绿 宝 石
Fall into your light

U0529908

长命万岁

下

怡然 著

江苏凤凰文艺出版社

第二十四章
交锋

为什么不敢呢？裴笑说漏了一点，谢知非喝多了酒，不仅会撒娇、会闹事，胆子还肥。胆子肥在平常的时候没什么好处，在此时此刻，却相当于诸葛亮对着司马懿唱了一出空城计。

周也看着谢知非似笑非笑的眼神，心里突然有些发寒——太笃定、太镇静，带着一份极为张扬的有恃无恐。

他是知道这人真实身份的，内阁大臣谢道之最宠爱的第三子，北城兵马司指挥使。

周也转了几个心思后，淡淡道："事情总会查清楚的，给你家大人传个话——"

"大人进来喝杯茶吧。"谢知非十分无礼地打断，哂笑道，"反正我家大人也正睡不着觉，有什么话正好当面说。"说完，他退后半步，做了个请的手势。

周也眉心一跳，飞快地看了眼谢知非身后的朱青："本官还有事，请转告裴大人，刺客只怕还在衙门里，这一晚上务必小心。"

"大人辛苦了，话一定带到。"谢知非行礼，等一行人走远了，才身子一晃，虚脱道，"朱青，快扶你家爷一把。"

朱青赶紧上前："爷怎么了？"

"爷腿软。"

"爷刚才……"

"装的！"人的直觉是最准的，他刚刚打开门的一瞬间，扑面而来的是若有若无的杀气，他冷汗都被吓出来了。

谢知非低头用力喘几口气："回房，关门，落闩。"

…………

有了这一出，谁还敢睡？

现在的局势就好比羊圈里有六只羊，羊圈外有一群狼，没有人知道狼群什么时候会攻上来。

"周也刚刚带来的那帮人，我在衙门里一个都没见过。"酒醒后的谢知非十分冷静，与平常吊儿郎当的样子完全不同，"虽然这些人把杀气藏起来了，但我能肯定，身手不会弱，而且他们使的兵器也是刀。"

李不言："那就铁定是树林里的那帮黑衣人。"

"好了！"裴笑苦笑，"倒是引蛇出洞了，却没想到引出一条蛇王，还是最毒的那种。"

"爷！"黄芪战战兢兢地问，"我想不明白一件事，周大人要是和吴关月父子有关，那他是怎么当上南宁府知府的？"

这话简直是问到了裴笑的灵魂深处。据他所知，朝廷命官，尤其是守着国界边疆的官员，每年都要进京述职，考核也更为严苛，这人是怎么混进来的？吏部那帮王八蛋都眼瞎吗？还不如晏三合一个女流之辈。

想到这里，裴笑飞快地瞄了晏三合一眼。算了，娶回去吧，将这样的人娶回去，能镇宅！

他咳嗽一声："周也混进来一事稍后再说，现在我们要想的是——"

"我们要想的是，周也到底是华国人，还是齐国人，他和吴关月父子到底是什么关系。"晏三合冷冷地接话，"更要想的是，我们怎么撬开他的嘴，把吴关月父子引出来。"

这话让所有人心里一悚，尤其是谢知非和裴笑。

倘若周也真是大齐国人……这无异于在官场上掀起一场腥风血雨，上上下下所有与他有牵扯的人都不会有好果子吃。

如果周也不是大齐国人……华国官员与异国流亡君王暗中勾结，这罪名等同于叛国。

裴笑一激灵："黄芪，你去院子里守着，一只苍蝇都不要放进来。"

黄芪还没来得及应声，就听朱青和李不言异口同声道："我也去！"

裴笑怒了："这屋里装不下你们？"

朱青："裴爷，黄芪一人没办法眼观六路，耳听八方。"

李不言："裴大人，黄芪、朱青两人没办法眼观六路，耳听八方。"

裴笑："……"

屋里少了三人，气氛更沉闷了，不仅闷，而且热，角落里冰盆里的冰早已融化，偏又关着窗子，燥热无比。

谢知非起身把窗户打开，又拿起一旁的蒲扇，慢悠悠地扇着。

凉风袭来，晏三合心里的烦躁才稍稍压下了点下去。

谢知非瞄她一眼，微不可察地把扇子往她那边挪了挪，缓缓地开口："周也是哪国人，和吴关月父子到底是什么关系，这两件事咱们都先不谈，就先谈怎么把周也拿下，撬开他的嘴，找出吴关月父子，这才是关键。"

"你怎么想？"晏三合反问。

"我——"谢知非一噎。

"这样，"晏三合不想浪费时间，起身拿过三张纸，"我们各自把自己的想法写下来。"

裴笑诧异："晏三合，以前不都是你说了算吗？"

"事情到了现在，一步都不能走错，走错了，弄不好我们六人都要折在这里。"晏三合看一眼谢知非，"谨慎一点，从现在开始谁的办法好，谁说了算！"

"我同意！"谢知非走到书案边一边磨墨，一边思索，等心里有了主意后，提起笔就写。

写完，他把纸放在背后："晏三合，轮到你了。"

晏三合已经有了腹稿，寥寥几笔，很快写完。

裴笑虽然拧紧了眉头，落笔却丝毫不见犹豫，几乎是一气呵成。

片刻后，三张纸同时放在桌上，纸上分别写着：化敌为友，先礼后兵，化干戈为玉帛。

写的不一样，意思却是同一个意思：他们是来化念解魔的，不是来追究周也是哪国人，为什么混进官场，与周也交恶对他们没有半点好处。

　　晏三合伸出一根手指，在桌上轻轻敲了几下："既然意见一致，那就想想如何化敌为友、先礼后兵？"

　　裴笑见那两人和他想的一样，心里有了底气："这样，明天白天我给周也递帖子，晚上上门拜访他一下。"

　　晏三合："理由是什么？"

　　裴笑："回京在即，感谢照顾。"

　　"这八个字极好。"谢知非一拍掌，"'回京'表示我们要走了，从此山高路远，各不相干，给他吃一颗定心丸。'感谢'二字是示好，我们对他没有任何恶意。"

　　晏三合接话："上门拜访是我们的诚意，在他的地盘，能让他放心。"

　　裴笑一听两人都夸他，心里有点得意。

　　然而就在这时，晏三合话锋一变："你们有没有想过一个问题？周也是放心了，我们却陷入险境，是生是死都任由他说了算，万一他起杀心……"

　　扑腾，扑腾，扑腾……裴笑只觉得心脏跳得越来越快，万一周也起了杀心，那就只有一条路可走——黄泉路！

　　这世上，上坡路最难，下坡路最省事，黄泉路那就是彻底完蛋了。要不要冒这个险？值不值得冒这个险？这是每个人都需要认真思考的问题。

　　裴笑默默地看了谢知非一眼，心里多少涌上些愧疚。这一趟他陪着自己风里来雨里去，苦点累点也就算了，万一出点事，谢家那头怎么交代？

　　"谢五十，你别去了，和朱青在观音禅寺等我们。"

　　谢知非扭头："什么意思？"

　　"没什么意思。"裴笑脸色发青，"这事本来就和你没关系，你要是为这个丢了性命，不值得。"

　　谢知非冷笑："裴明亭，你这会儿才来和我说没关系，早干什么去了？"

　　"小爷怎么知道化个念解个魔都能把小命弄丢了？"裴笑一拍桌子，火气冲天，"小爷要是有前后眼，京城都不会让你出，你个王八蛋要是敢跟来，小爷打断你的腿。"

　　谢知非漠然地盯着他："你可真能！"

　　裴笑咬着唇："你别管我能不能，反正明儿个你不能去。"

　　谢知非呼吸急促了一下，这人脾气臭，嘴也臭，但有一样是香的：待他的心。说不怕是假的，他身后一大家子的人呢，老祖宗、父亲、母亲、大哥、大姐……哪一个都是他放不下的。但眼前这一个也是他放不下的。

　　"一道来的，就要一道回。"谢知非看着他，"你个王八蛋明天要是不让我去，三爷我从此不认识你裴明亭！不信，你试试！"

　　"……"裴笑有些愣愣地凝视面前的人，话都不知道怎么说下去。

　　"哼！"

晏三合皱着眉头，一脸想吐的表情。她的本意是提醒一下，要思虑周全，要做好应对措施，以防万一，这两位爷倒好，直接上演"浓情蜜意"的生离死别的大戏。

"裴大人，"晏三合冷冷道，"我是来帮老太太化念解魔的，不是来送命的。"

裴笑："……"

晏三合："既然观音禅寺没问题，长青和智通和尚就应该好好利用。"

裴大人黯淡好久的眸子像一下子淬了星星。

"明亭，我其实也想和你说这个。"只是被晏三合抢了先。

谢知非："明日把你的官印给我，观音禅寺那头我去安排。"

裴笑："你……你怎么安排？"

谢知非："还记得我们离开凉茶铺后，我和李不言打的赌吗？"

裴笑："记得，输的人帮赢的人去观音禅寺抢头炷香。"

谢知非："我输了，这香就该我去抢。"

裴笑眼前又一亮，这个借口顺手拈来，合情合理，一点违和感都没有。

"问题是，你抢得着吗？"晏三合一语双关。观音禅寺的和尚被我们折腾成那样，他们还会出手帮我们吗？

"那就看三爷的嘴够不够甜了。"谢知非嘴角扬起一点苦笑，"实在不行，我就只能厚着脸皮抬出我亲爹了！"

…………

府衙西北角深处的一座小小院子是知府周也的院子。院子不大，装饰和摆设十分简陋，周也一年也只有几天会住在这里。

他掌灯、烧水、沏茶，茶叶沉下去的时候，有人推门进来："大人。"

周也放下茶盅，冷冷道："那院里怎么样？"

"院里有人守着，灯一直亮到现在，别的查不到。"

周也那张平淡无奇的脸上像盖了一层霜，唯有一双眼睛在烛火中那样黑，那样深不可测："刚才和我交手的人是跟在谢知非身边的那个叫朱青的侍卫，这人出剑很快，功夫扎实，是个高手。"

"大人，他们一定是怀疑了。"

"我在知府这位子上坐了整整九年，在华国待了整整二十几年，还从来没有被人识破过。"周也摇摇头，"却没想到竟被他们几个人给识破了。"

"大人，下一步怎么办？"

"躲了这么些年，我够了，他也够了，你们也够了。"周也转过头，神色坦然，"阿强啊，是时候做个彻底的了结了。"

那个叫阿强的忽然眼眶一热："周也哥！"

"是福不是祸，是祸躲不过，一切只看老天爷的意思。"周也声音沉甸甸的，"明天他们应该会有所行动，你们不用靠得太近，远远盯着两个人就行。"

"谁？"

· 324 ·

"一个是谢三爷,一个是裴大人的妹妹。"

"三爷这人我知道,但裴大人的妹妹,"阿强有些不明白,"盯着她做什么?"

周也眼中露出些玩味的意思:"那四人的身份,我们都清楚,唯有她和她的那个婢女来路不明,是个变数。"

阿强想到那把舞得让人眼花缭乱的软剑,顿时如坠冰窖。

周也冷笑一声,道:"他们能找的帮手,如果我没有猜错的话,应该是观音禅寺的人。"

阿强眼球充血:"和尚里头有武僧,个个功夫厉害。周也哥,那我们怎么办?"

"没有退路。"周也突然眼中寒光四起,"阿强,和兄弟们说……决一死战吧!"

…………

这一夜,客院的烛火一直亮着。

每一步都要落到实处,每一种可能性都要设想周全,没有人敢拿自个儿的性命开玩笑。

时间一点点流逝,朱青再次推门进来:"爷,要抢头炷香差不多就得出发了。"

话落,屋里的气氛陡然起了变化。

连一向冷情冷性的晏三合都咂摸出一点"不成功便成仁"的悲壮来。她抬头看着谢知非,想叮嘱几句,又觉得太过煽情的话说不出口,纠结片刻后,只冲他轻轻地点了一下头:"万事小心。"

"这话应该我对你们说。"谢知非皱眉,"我在观音禅寺安全得很,倒是你们——"

与晏三合的内敛形成明显反差的是裴明亭。他走过去用力地抱住谢知非,大掌在谢知非后背上狠狠地拍了几下:"兄弟,保重啊。"

"你们也一样。"谢知非推开他,走到晏三合面前,伸手揉揉她的脑袋,轻轻笑了,"输给李不言就等于输给你,你想求什么,我去跟菩萨说。"

我这脑袋,你还揉上瘾了?晏三合抬头看着他,认真地想了想,道:"我求得好死!"

三爷浓眉轻扬,半笑不笑地看着她:"好,咱们就求这个!"

他一走,屋里便安静下来。晏三合和裴笑一动不动,跟两根木头桩子似的。

他们在等一个决定生死的消息——谢知非有没有顺利走出府衙。如果他顺利走出去了,事情就还有一线生机;如果他根本走不出那扇朱门,就意味着周也对他们起了杀心,那就难了。

就在裴笑等得快要喊"救命"时,黄芪和李不言推门进来。

"怎么样?"裴笑噌的一下跳起来。

黄芪用力一点头:"爷,三爷走远了。"

"菩萨保佑,菩萨保佑!"裴笑一屁股跌坐下去,心说:再这么下去,我的这颗心早晚会奄奄一息。

晏三合淡淡地扫他一眼:"裴大人,写信吧!"

"这就写。"裴笑挣扎着站起来,到书案前,提笔认认真真地写下几行字,吹干墨迹后装进信封,"去交给周大人。"

"我去吧!"李不言把黄芪往身后一扯,道,"顺便观察观察敌情,我擅长做这个。"

裴笑用眼神询问晏三合,见她点点头,才把信交到李不言手中。

李不言拿过信,笑了笑:"晚上有场硬仗,不想输的话,裴大人和小姐都赶紧去补觉,还有你小芪子。"

黄芪的脸腾的一下红了,这个李姑娘怎么能这么叫他呢,忒不正经了,不是调戏人吗?

…………

李不言一走,晏三合便甩袖进了里屋。

裴笑也回了自个儿房里,一站定,眼皮突然剧烈地跳起来:"黄芪,左眼跳财,还是左眼跳灾?"

黄芪一怔:"爷,左眼跳财!"

完了,我这会儿是右眼跳,难不成是菩萨在提醒我,有大祸临头?裴笑想都没想,抬腿就是一脚:"混账东西,明明是左眼跳灾,右眼跳财。"

黄芪捂着屁股,刚要辩解几句,突然看到他家爷的脸色一瞬间变得惨白如纸:"爷,你怎么了?"

"爷的两只眼睛……都在跳!"

黄芪整个人僵成一根门柱,两只眼睛都跳,那就不是大祸临头,而是灭顶之灾了。

"黄芪,给爷铺纸、磨墨。"

"爷要写给谁?"

"蠢货啊,遗书还能写给谁?"裴笑声音奄奄一息,"我要是知道这一趟这么险的话,根本不会管季家人的闲事。"

黄芪心说:得了吧,就爷你那个性子……

突然,他的衣襟被一把抓住,裴笑的目光逼视过来:"别铺纸、磨墨了,快给爷找个香炉,弄三炷香,再去买点纸钱来,多买点。"

"爷这是要……"

"我得和外祖母说道说道,让她好好保佑我,我要是没了,季家一百几十口人通通完蛋。"

…………

与裴大人的坐立不安相比,晏三合一沾枕头就陷入了深度睡眠。

她睁眼时,已是夕阳西下。李不言坐在夕阳里,用布一下又一下擦拭着软剑。

见她醒来,李不言把剑往腰间一缠,走到床边坐下:"帖子给周也了,没见着他本人,是由衙役转交的。他家在哪里也已经打探清楚了。中午的时候,咱们院外的那些侍卫撤走了,我猜应该是周也的意思。"

周也是接受了他们的示好吗?晏三合撑着床沿坐起来,用力揉揉脸,默然良久,道:"不言,不知道为什么,我总觉得事情有些诡异。"

"诡异在什么地方？"

"说不上来，就是一种感觉。尤其是周也，这人就像一个又黑又深的山洞，洞里是什么，是危险还是宝藏，根本不知道。"

"当然不知道啦！"李不言歪着头，"因为我们还没有爬进去探过。"

晏三合握住了她的手："李不言，这一趟万一真的有事，你不用顾着我——"

"晏三合，你给我闭嘴！"李不言一把甩开她的手，"别以为你是小姐，我就不敢骂你打你，你要是再说这种话，姑奶奶抽你大嘴巴，你信不信？"

"信！"晏三合突然起身一跳，钩住她的脖子，脸往她脖子上蹭。

"走开，走开！"李不言作势去推她，恶狠狠道，"我不吃你这一套。"

"吃的，吃的！"晏三合搂得更紧。

李不言无言以对苍天，有谁相信，晏神婆耍起赖来简直比谢纨绔还不要脸！

…………

周府的宅院在大明山脚下。三进的宅院并不大，也很简陋，两个老仆各自忙着各自的事。

主人庭院中，蔷薇花开得正盛。花下摆着一只炉子，炉子上正咕嘟咕嘟煮着药。边上坐着一人，那人一手拿着扇子扇火，一手时不时地打开药罐，低头往里面看几眼。

这人正是周也。见药汁收得差不多了，他把药罐端到一旁，小心地倒出一碗药来，亲自尝了尝后，端进屋里。

屋里陈设豪华，与宅子的简陋极不相配。黄花梨木的架子床上，半倚半躺着一个白衣男人。男人合着眼睛，肤色蜡黄，瘦得颧骨都突了出来。

听到脚步声，他睁开眼睛，见是周也，又无力地合上了。

周也把药放在一旁，坐到床边："起来喝药了。"

那人一动不动，只当没听见。

"我尝过了，不算苦。"周也从怀里掏出个小纸包，"这是托人从那边带的排糖，喝完药，你尝尝是不是原来那个味。"

"阿也！"那人有气无力，"我已经尝不出味了。"

"怎么会呢，你不是还天天嫌药苦吗？"

"就是因为药苦，所以吃什么都是苦的。"那人睁开眼睛，看了周也好一会儿，"不要再拖着我了，我这条命被你拖了整整三年，够久了。"

"你喝完这碗药，我就放手，以后再也不逼你。"周也笑起来。

那人似不敢相信，怔怔地看着周也。

"喝完药，我有事要和你说。"周也伸手从那人的肋下穿过，轻轻把他往上一扶，"是件好事。"

那人叹气："阿也，你总是这样。"

"总是哪样？"

"哄骗我。"

周也端起碗，用调羹舀出一勺，吹了吹，送到他嘴边："真的是好事，你再信阿也一次。"

那人嘴上说不喝，但调羹递过来的时候，还是乖乖地喝了。

一碗药喝光，周也端来清水给他漱口，又顺势帮他把衣服的领子理了理，最后才从小纸包里拈起一块排糖，自己咬一半，剩下的一半放进他嘴里："甜吗？"

那人抿了几下，点点头。

周也帮他把被子往上拉了拉，轻声道："一会儿咱们府里有客人来，是京城的客人，我和你说过的。"

那人眼睛陡然睁大。

周也看着他的样子，轻轻笑了："我没骗你吧，以后真的不会逼你喝药了。"

…………

马车从府衙出发的时候，突然下了一阵雨，雨来得急，去得也快。

裴笑放下车帘，忧心忡忡道："不知道谢五十这会儿到了哪里，长青老和尚那头有没有谈妥。"

没人理他。

晏三合背靠着马车壁，微微拧着眉，不知道在想些什么。

李不言依旧擦拭着她的软剑，动作轻柔得像在擦拭情人眼角的泪。

外头驾着车的黄芪心里也越来越发毛，堂堂一府知府，那是多么威风的地方官，可怎么这路越走越偏了呢，跟到了荒郊野外似的？

黄芪不知道，另一条道上的朱青也正在疑惑这个问题。

"爷，大明山怎么这么偏？"

骑在马上的谢知非一言不发，脸色十分凝重。他担心的倒不是偏不偏的问题，而是晏三合那头有没有什么变故，能不能顺利与他会合。

"加快速度！"

"是！"

…………

夜幕降了下来，谢知非翻身下马。巷子深处，远远能看见两盏孤灯，是周府门口挂着的灯笼，视线再往上，便是气势逼人的大明山。

如果不知道周也是黑衣人中的一个，他谢三爷会夸一声：好一个幽静避世的山居。但此刻他只想说：此人心机颇深，早就备下了退路。人往山里一钻，就是最善于追捕犯人的锦衣卫来了，一时半会儿也拿他没办法。

谢知非捏捏鼻梁，努力压下心里的焦虑，这时只听朱青欣喜道："爷快看，马车来了。"

谢知非悬了一路的心这才算安稳下来，他把缰绳往朱青手里一扔，大步走过去，轻轻一跃，上了车。

车里，裴笑也是一块石头落了地，等不及地问："怎样？"

"都妥了。"谢知非从怀里掏出一枚信号弹,"智通他们已经埋伏在半里外,有事以它为信。"

裴笑:"有多少人?"

谢知非:"我摆出了我爹,还答应每年多给寺里十个名额,长青把所有武僧都派来了。"

"干得漂亮!"裴笑激动地一拍掌,"晏三合,你还有什么要叮嘱的吗?"

晏三合睁开眼睛:"谢知非,帮我向菩萨求了吗?"

谢知非没想到她会问这个,怔了怔才道:"求了!"

"菩萨怎么说?"

"菩萨说,必得好死。"

"那我没话了。"晏三合唇一弯,轻轻笑了。这笑如同夜风一样,吹来得很慢,消失得很快。

…………

敲门,等待,门开。

周也一身灰色长衫走出来,平淡无奇的脸上什么表情也没有。

"竟劳周大人亲自开门,罪过罪过。"裴笑抱了抱拳,笑得比见到他亲娘老子都要真诚,"打扰了。"

周也目光一一扫过六人后,做了个请的手势:"敝室陋堂,裴大人,里边请。"

裴笑背着手走上台阶,一脚跨过门槛的时候,目光飞快地往宅子里探了一眼。院子里黑漆漆的,树影绰绰,连盏灯都没有,空气里飘着一股淡淡的药味。

这药味很熟悉,好像在哪里闻过。裴笑用力嗅嗅,心猛地沉了一下,如果他没闻错的话,这应该是他们裴家祖传的还魂丹,因为这里头有一味特殊的草药,叫还魂草。

还魂丹怎么会在这里?这个姓周的难不成还去过他们百药堂?裴笑看了眼身前的周也,再转头看看身后的晏三合,一肚子心惊胆战拼命往下压。

他哪里知道晏三合此刻也是心惊连连。

院子黑漆漆的,四周一个人都没有,这让晏三合突然想到了几个月前的雨夜撑着伞跟在谢总管身后的场景。所不同的是,那时候的谢家灯火明亮。

为什么不点灯呢?那些树影绰绰的背后暗藏的是什么?是黑衣杀手吗?

树影里藏着人——这是李不言、朱青、黄芪共同得出的结论。他们呼吸很浅,是高手,而且不止一个。三人不约而同地生出一个念头:这趟,怕是危险了!

这一路,他们走得无比沉默且窒息。

院子后接着一段长廊,长廊尽头往右一拐,是个普普通通的院落,这时才看到亮着灯的内堂。

内堂门口站着两个老仆人,背都已经佝偻了,见有人走过来,两人往边上避了避。

众人随周也进了院子。

院子空荡荡的,连棵草都没有种,院中的空地上突兀地摆着一个大水缸。

这个布局？谢知非手指轻轻碰了碰晏三合的后背，晏三合抬头对上他的眼睛，微不可察地摇了摇头。她只会化念解魇，不懂风水，更看不出这里头的深意。

这时，周也已经走到屋檐下，反剪了手转身："我周府规矩，主子进，下人在院外守着，但我知道谢哥儿是裴大人的左膀右臂，也里边请吧！"

一句话把六人说得脸色都齐刷刷一变。

明面上，只有裴家兄妹是主子，余下四人都是下人，偏偏周也在四人中只点名了谢知非……这绝对是意有所指。

谢知非心跳快了一拍，脸上却装出一副泰然自若的表情来，挺直了腰背，意味深长地回敬了一句："周大人，好眼光啊。"

周也神色漠然，什么也没说，转身跨过门槛。

三人进到内堂，同时愕然。

一水儿的黄花梨木，每一件都古朴雅致，看一眼就知道做工是上等的，说不定还出自名家之手。

不点灯，主仆俱是衣着朴素，内里的摆设却价值不菲。三人相互看一眼，蹊跷，这可太蹊跷了！

周也在八仙桌的主位坐下，裴笑则坐在八仙桌的另一边。

按身份，按规矩，谢知非只有站的份儿，但他等晏三合落座后，一撩衣衫，大大方方地在晏三合的对面坐下。

如果周也识破他的身份，那就用他的身份给周也递上一份投名状——这是三人事先商量好的。

"周大人，有件事情我得向你坦承。"谢知非一脸愧疚，"我其实并不是裴大人的贴身侍卫，我真正的身份是谢道之的儿子。"

周也脸上的表情颇为吃惊："是……内阁大臣谢道之？"

你装什么装？谢知非笑得口蜜腹剑："主要是家父不让我出京，偏我这人又贪玩，这才装扮成裴明亭的侍卫。"

他话刚说完，就察觉到晏三合抬起眼皮向他看来。

风流纨绔说话真的很有几分讲究，"裴明亭"三个字喊出来，周也就应该清楚这二人的关系。男人的字不是什么人都能喊的，只有很亲密的人才行。而亲密的人，才能结伴同行。

"原来如此！"周也哈哈一笑，显然是听懂了，"谢公子，失敬失敬。"

"周大人，对不住啊，你别和我这个浑不懔的人一般见识。"

"年轻人嘛，难免难免。"周也十分大度，"酒菜已经备下，裴大人，谢公子，我们边吃边说。"

还有酒菜？三人一时间都有些愣怔，按照事先商量，他们进了周府，寒暄几句，事情就要挑明了说。为防止意外，他们三人甚至连茶都不打算喝一杯。

"怎么？"周也脸上有些不快，"裴大人巴巴地给我下了帖子，原来不是来府上吃饭喝酒的？"

"确实不是。"裴笑为防止节外生枝，忙笑道，"我这不是马上要走了，特意来跟周大人道个别，只是来道个别。"

周也脸上颇有几分遗憾："裴大人不打算再找吴关月父子了？"

裴笑："……"

周也："遇刺之仇不报了？"

裴笑："……"

裴笑在心里破口大骂：你个龟孙子能不能不要每句话都意有所指？

谢知非飞快地与晏三合一对眼，见她长睫轻轻一眨，于是哈哈一笑："明亭，周大人如此好意，我们岂能辜负？周大人，一会儿我们好好喝一杯。"

周也目光向晏三合看过去："裴姑娘的意思呢？"

晏三合故意把自己说得很刁蛮："周大人，我这人挑剔，事先说好了，好吃的吃两口，不好吃的，我可懒得尝。"

"不尝怎么知道好吃不好吃？"周也冷冷一笑，"裴姑娘，你说是不是？"

这话又让三人心里狠狠一惊，难不成饭菜里还真添了什么东西？

…………

酒菜就摆在庭院的大水缸旁。一张八仙桌，每个角上竖着一盏宫灯，坐定了，还能听到水缸里的鱼扑腾扑腾戏水的声音。

八道菜，四道冷菜，四道热菜，两壶梅子酒，端菜倒酒的还是那两个老仆人。许是年龄大了，这两人的手都有些抖，给裴大人斟酒的时候，还不小心洒了些出来。

这一洒，顿时把晏三合的目光吸引过去。

晏三合此刻才发现，酒壶上的山水画栩栩如生。晏行是书画高手，耳濡目染下，晏三合在画上的造诣要比许多人都深，这绝对不会是普通画师的手笔，必出自名师之手。

这真是要多怪异就有多怪异，晏三合在心里对自己说。这个周也用得起黄花梨木的家具，请得起名师在酒壶上作画，为什么还要顺走他们的钱？

还有，她坐下来的时候趁机看了一眼，水缸里的鱼不知道是凑巧，还是什么，刚刚好是六条，和他们一行六人的数量一致。是在暗示他们几个就像这水缸里的鱼，别想逃出去？

这时周也端起酒盅："这一杯，我敬三位贵客。南宁府虽说是个小地方，但山清水秀，民风朴实，希望你们以后还有机会再来。"

这酒，喝还是不喝？

喝？里面会不会添什么东西？

不喝？等待他们的会是什么？

裴笑端起酒盅："谢知非昨儿醉得不省人事，我妹子酒量不好，这杯酒我先和周大人碰一个，来，干！"

"裴大人就不怕我这酒里有东西？"周也的声音低得近乎冷酷。

·331·

"我怕什么？"裴笑一副油盐不进的样子，"我爹是太医，我虽不懂医，但有没有毒还是尝得出来的。"说罢，他头一仰，把酒灌了下去。

尝得出来个屁！就是咬咬牙豁出去了，要死也是我裴明亭先死，哪能让谢五十和晏神婆冲在前面。不过……好像……还真没事！

"裴大人好胆量。"周也一口把酒干掉，拿过酒盅帮两人斟满，突然话锋一转，"对了，裴姑娘在府里排行第几？嫡出还是庶出？"

"哥，我排行第几？嫡出还是庶出啊？"晏三合向裴笑看过去。

周也一听这话，瞬间变色。

按事先商量好的，裴笑脸上露出八分尴尬、九分愧疚、十分抱歉，最后深深地吸口气。

"周大人！"晏三合坦承道，"谢知非的身份是我们给你的第一份投名状，我的身份是第二份投名状。我不姓裴，姓晏，名三合。"

吧嗒！周也惊着了，手里的筷子掉了一根。

"你到底是什么人？和他们两个有什么关系？来南宁府做什么？还有……"他似乎噎了一下，"你们为什么要给我递投名状？"

周也的反应和他们预料的如出一辙，用一个字形容，那就是：假！

"周大人，这事说来不仅话长，而且诡异。"裴笑的语气从来没这么温柔过，"我的外祖母姓胡，祖籍是南宁府北仓河边的东兴县，她十六岁入京，做了我外祖父的妾。后来由妾扶为妻，生儿育女，相夫教子，就这么普普通通地活了一辈子。年前，我外祖母去世，死后发现棺材板合不上。"

"慢着！"周也大骇，道，"你刚刚说什么，棺材板合不上？"

"没错，棺材板合不上，合不上是因为她生前有念，时间一久，念就成了魔。"说到这里，裴笑自己先愣住了：奇了个大怪，想当初谢五十和我说这些话的时候，我骂他乌龟王八蛋，现在这些话，我怎么说得这么顺口？

晏三合很自然地接下话头："周大人，我晏三合就是那个化念解魔的人。"

吧嗒——周也手里仅剩的一根筷子也掉在桌上。吃惊之余，他锋利的目光倏地射到晏三合脸上，眼珠子一动不动。

裴笑与谢知非的目光轻轻一碰——到目前为止，周也的反应都在他们预料之中。

许久，周也把两根筷子捡起来，整齐地放到碗边："我想问一下，那老太太的心魔是什么？"

晏三合："老太太的心魔是一条黑狗。"

"一条黑狗？"周也惊得面目都有些狰狞了。

晏三合认真地点点头："我们查到那条狗是别人送给她的，所以她的心魔不在那条狗身上，而是在送她狗的人身上。"

周也又发了好一会儿呆，才问道："你们一直在找吴关月父子，难道说送她狗的那个人……"

"吴关月！"晏三合轻轻地吐出三个字。

周也在听到这三个字后，脸上的表情倏地消失了。他目光颇有深意地掠过晏三合、谢知非，最后落在裴笑身上，似乎明白了什么："裴大人送我两份投名状，原来是想让我帮着找吴关月父子？"

"周大人啊，我千里迢迢来南宁府就是为了这一桩事，外祖母的棺材到现在还开着。"裴笑神情颓然，"天气越来越热，我总不能眼睁睁地看着她暴尸在光天化日之下。"

周也重重地叹了口气："裴大人这份孝心让人感动，只是下官这些年来也在苦苦追查他们父子二人，却始终没有半点音信，爱莫能助啊！"

爱莫能助个鬼啊！裴笑看着周也虚情假意的脸，狠狠一咬牙，才把已经涌上喉咙的脏话强行咽了下去。

"周大人。"这一声唤后，裴笑沉默良久，眼睛慢慢泛红，脸上的痛苦、挣扎一目了然，"我裴家乃世医之家，族里男子不是在太医院当差，就是悬壶济世，独独我这个不成器的文不成，武不就，学医也没个天赋。我这个僧录道右善世是家里托人花银子买来的，也就是给我装点装点门面，可说到底，我还是个混日子的。"

周也道："裴大人自谦了，谁活在世上不是混日子？"

"还真不是自谦，我既不像周大人那样心怀天下，造福一方百姓，也没有千里江山，出将入相的打算，更没有什么修身齐家治国平天下的壮志。"裴笑神情寥落，"我就想着父母家，兄弟安，祖母也能安。"

"裴大人无雄心，有重义，是个实在人啊！"周也听了颇为感动，"但裴大人与下官说这么一番话的用意是什么？下官还是有些不明白。"

我话说到这个份儿上，你竟然还装作听不出来？还是不是人？裴笑深吸一口气，声音微微发颤："周大人，我找的是吴关月父子，至于吴关月父子犯了什么事，怎么犯的事，朝廷打算对他们如何……这些通通与我无关。"

周也似乎没明白"无关"二字是什么意思，一声不吭地盯着他。

裴笑嘴角微微抽搐了一下："只要他们帮我化解外祖母的心魔，让她得以安息，我不会对任何人说起曾经见过他们，更不会恩将仇报。"

话到这里，意思表达得明明白白，但还差最后一步，裴笑举起右手，郑重其事道："周大人，我若有违此言，天打雷劈，不得好死。"

周也看着他，沉默地点点头。

裴笑心下微微一松，这人的动作和神态都预示着他似乎被自己说动了。

"裴大人！"周也叹息一声，"这话不应该此刻说，更不应该对本官说。但本官答应你，此事经你口入我耳，再不会有第三个人知道。"

裴笑的神情就像被人夯了一榔头，他眼珠子一转，向晏三合和谢知非各看了一眼：又被我们料到了，投名状递了，感情牌打了，这孙子还是死活不承认，跟咱们装傻呢！

谢知非与晏三合同时眨了下眼睛——软的不行，那就只有来硬的喽！

·333·

第二十五章 书年

啪！裴笑突然把酒盅往桌上重重一搁："周大人不要欺人太甚，把我惹火了，我可是什么事情都做得出来的。"

"裴大人，下官怎么就欺人太甚了？"周也一脸的委屈，"吴关月父子罪恶滔天，你要找他们，本官全力支持，找到他们，你要帮他们隐瞒行踪，本官睁只眼闭只眼，敢问——"他顿了顿，突然眼中寒光四起，"欺人在何处？太甚在何处？"

"周大人！"裴笑回以一记冷笑，"在大齐国小树林里袭击我的黑衣人是你的人吧？"

"……"周也此刻的神情就像被人夯了一榔头。

"为什么要刺杀我？我与周大人有什么仇，什么怨？莫非……"裴笑的目光往前逼近了几寸，带着淬了冰的寒意，慢悠悠一笑，"周大人怕我找到吴关月父子？"

"……"

"我很好奇，周大人一介父母官，养着一帮黑衣杀手做什么？"

"……"

"我更好奇，周大人到底是华国人，还是齐国人？"

最后一个字落下，月光突然从乌云中挣脱出来，照进院中。院中寂静如死。

这世上，朋友之间有两种相处方式：第一种是用你的心换我的心；第二种是用你的秘密换我的秘密。

这世上，敌人之间也有两种相处方式：第一种是你死我活，不死不休；第二种是化干戈为玉帛。

裴笑轻轻嘘出口气："周大人，如何取舍，你自己掂量掂量吧！"

周也取出袖中的帕子，一根一根地擦拭着手指。最后一根手指擦完，他轻描淡写道："裴大人有什么证据证明黑衣人是我派出去的？"

"因为……"裴笑挑挑眉，"你就是黑衣人中的一个。"

"难道裴大人试探过我的身手？"周也"噢"了一声，似有所悟道，"看来昨儿袭击我的那个黑衣人，是裴大人你派来的。"

换了平日，裴笑早就一拍桌子，怒骂一句：都到这个份儿上了，你还跟老子装傻充愣呢？但此刻，他强忍怒意，笑意阴森："不试探一下，又怎么能发现周大人这么多不为人知的秘密？"

周也扔了帕子，缓缓地站起来。

他这一动，在院外守着的李不言他们三人心下不由得警惕起来，纷纷转过身子，目不转睛地看着周也。

周也回看着他们三人，忽而摇摇头，又摇摇头，然后幽幽地叹出一口气："既然是秘密，那就不能为人所知……"

不好！谢知非听到这里，勃然变色，赶紧伸手去摸怀中的信号弹。

然而他快，周也比他更快，飞起一脚踢翻了桌子。

那桌子像长了眼睛似的，劈头盖脸地向谢知非身上砸来，谢知非被狠狠地砸倒在地，真真切切地感受了一回"胸口碎大石"的痛苦。

变故就在须臾之间。

守在门边的李不言他们在周也踢出那一脚之际，就蓦地飞身而来。

李不言和黄芪直奔周也而去。

朱青则纵身一扑，扑到谢知非身旁，一脚将那桌子踢开："爷，怎么样？"

谢知非只觉得五脏六腑都挪了位，一边忍痛把手伸到怀里去摸那信号弹，一边目光顺势抬起。

只一眼，他所有的动作瞬间停住：一片狼藉中，晏三合与周也一前一后站立着。周也手上多了把匕首，那明晃晃的匕首正架在晏三合的脖子上。

谢知非顿时像一只陷入疯狂的野兽，比他更像野兽的是李不言。李不言离二人只有一步之遥，就差那么一点点，她就能抢在周也出手之前挡在晏三合面前。

裴笑因为踩了个肉圆子而滑一跤，这会儿正从地上艰难地爬起来，还没站稳，他脸色便唰的一下惨白如纸：什么情况，我一跤摔出个乾坤大挪移来？

裴笑颤着唇看谢知非：兄弟，现在怎么办？

谢知非咬着牙，一摇头：不知道。

裴笑急得快疯了：别说不知道，赶紧想办法啊！

谢知非眼睛一瞪：先保住晏三合！

周也饶有兴趣地看着眼前的几个人，甚至还嚣张地"啧"了一声，最后目光落在谢知非身上。他把匕首轻轻往下一压，血顺着晏三合的脖子流下来。

谢知非突然觉得心口一痛，想也没想，就把怀里的信号弹往地上一扔，然后举起了双手："别伤她，一切都好商量，什么都好商量！"

"你们呢？"周也目光掠过李不言他们。

李不言深深地看了晏三合一眼，果断地把手里的软剑扔到地上。朱青和黄芪也只能有样学样。

兵器落地，院子里忽地拥进来一群持刀的黑衣人，将他们团团围住。与那天在小树林唯一的区别就是，他们脸上没有蒙面的黑布，一张张脸看得特别清楚。这一张张脸都不年轻，三十出头，四十不到的年纪。

周也一声厉喝："把他们通通绑起来！"

"是！"

黑衣人和这一行人都交过手，知道哪个身手好，哪个身手不好。李不言、朱青、黄芪一人一捆绳，手和脚被绑了个结结实实。

还不够！黑衣人又将这三人挪到水缸旁，用麻绳将他们与水缸绑在了一起。

谢知非和裴笑则被绑在太师椅上。梨花木的太师椅死沉死沉的，别说背着跑，就是站起来也艰难无比。

都绑完了，周也把刀放下来，伸手推了晏三合一下。晏三合趔趄了好几步才站稳，没有人来绑她。

周也一撩衣衫，在太师椅上坐下，手腕轻轻一掷，匕首稳稳地扎在晏三合脚下的两块青石砖缝隙里："晏姑娘！"

晏三合僵硬地转过身。

黑衣人把信号弹递到周也手上，周也翻来覆去看了几眼："劳烦解释一下这信号弹有什么用处。"

"你猜啊。"到了这个份儿上，晏三合反而淡定了。

她千算万算就是没算到周也的身手竟然在李不言和朱青之上，在小树林里的那次交锋，他根本还没使出六成力。

"我猜……"周也眯了下眼睛，"半里地外埋伏着观音禅寺的一帮武僧吧！"

晏三合："看来周大人很聪明嘛！"

周也受了夸，笑了。

晏三合突然发现周也那张平淡无奇的脸笑起来还颇有几分男人的味道，好像整张脸都有了光彩。

"那就麻烦晏姑娘跟我这个聪明人解释一下，要怎么样才能让那些武僧回去。"

"回不去。"

"哦？"

"信号弹是让他们立刻赶来，两个时辰后我们出不去，他们也会赶过来……"晏三合指了指谢知非他们，"帮我们几个收尸。"

这话就等于在向周也发出挑衅：我们死了，你也跑不掉，想同归于尽，来啊！

周也又淡淡地笑了："阿强！"

"是！"阿强一步一步走到裴笑跟前，慢慢地蹲下去。

裴笑吓得脸都绿了，他他……他……他想干什么？为了给自己壮胆，他故意破口大骂："你想干什么，离老子远一点，滚开！"

阿强像没听到他骂，把手伸进他怀里，飞快地从里面掏出个官印。

周也随即也掏出自己的官印，一抛。

阿强稳稳地接住，然后一言不发地走出了院子。

"晏姑娘，你说那些武僧看到裴大人的官印，再看到我的官印，会有什么反应？"

此刻，晏三合内心的惊叹没办法形容。

真是聪明啊，两个官印，再添一句：裴大人发现是他冤枉了周大人，现在两人已经化敌为友，这里用不着你们了，回吧！武僧们本来就不想掺和官场的争斗，话都不会多问一句，便会直接拍拍屁股走人。而一旦武僧离开，他们这六人死都不知道怎么个死法！

晏三合眯起眼睛，直勾勾地看着面前的周也，脑海里却出现她和晏行下棋的一幕。

楚汉两界，风云突起，晏行走了一记花心车："将军！"

晏三合无言半晌："我输了。"

"孩子！"晏行拿起她的棋，"不到最后一刻，别轻易认输，你看……"他走了一记屏风马，"生机！"

晏三合用力地甩甩脑袋，脑海里清晰地涌上三个念头。

把刀架在别人的脖子上，这才是我晏三合该干的事——这是一个念头。点了头炷香，菩萨却没有保佑我，是点香的谢纨绔不诚心，还是菩萨只收香，不干活儿——这是第二个念头。眼下这个局，要怎么破呢——这是第三个，也是最重要的一个念头！

而就在这时，周也背着手走到她身边，弯腰拔起地上的匕首，声音低沉道："晏姑娘，选个死法吧！"

晏三合冷笑："死，还能选？"

"能！"周也，"是一剑封喉，还是千刀万剐？是砒霜毒酒，还是麻绳白绫？是死在他们几个之前，还是死在他们几个之后？"

"要杀便杀，要剐便剐，废什么话！"李不言突然开骂，"姑奶奶最恨你这种逼逼叨叨逼逼叨的人。来啊，姑奶奶头一个，赶紧的，谁不动手，谁就是孙子。"

她身边的黄芪吓得脸都绿了：姑奶奶，你疯了吗？

朱青却眼波一动：真是好样的，她这是在护主呢！

周也脸色铁青，拿着匕首就往李不言那边走去。

晏三合浑身的汗毛都竖了起来。她猛地转过身，双目赤红地盯着李不言，血管里的液体不是因为感动而沸腾燃烧，而是她看到了一线生机。

李不言说得对，废什么话呢？事情到了这个地步，周也不立刻杀了他们，难道还在等什么黄道吉日？

还有！他让属下拿着两个官印去见武僧，难道就不怕三爷和武僧有什么特殊的暗号约定？

还有！！他把所有人都绑起来，唯独优待自己，而明明自己才是化念解魔的人，也应该是最危险的人。

电光石火间，晏三合突然想到了在小树林里那些黑衣人一击即退，想到了没有加任何"作料"的酒……不对！一定有什么地方不对！

虚空中，她脑海里有两块原本各自漂浮着的浮片咔嚓连接在一起。两块浮片的连接处，有的地方严丝合缝，有的地方牛头不对马嘴，根本合不上去。

但又怎样呢？人家都已经用一记"花心车"将军了，自己这"屏风马"就只能走一步看一步了，反正，再差还能差到哪里去？

晏三合突然冲过去，一把握住周也拿着匕首的手。

"晏三合！"李不言心都要跳出来了，"你干什么？"

"不干什么！"晏三合语速异常快，"我就想问周大人一句话，你费尽心思一步一步把我们引到这里来，所为何事？"

轰！轰！轰！

她一字一句如同炸雷一般，落进了每个人的耳中。

裴笑瞪得眼睛几乎凸出来：兄弟，她刚刚说什么？你听到了吗？

谢知非的心怦怦直跳：我没聋！

周也垂首，难以置信地看着晏三合。

晏三合冲他一抬下巴："周大人费尽心思一步一步把我们引到这里来，应该是有所图吧？！"

两句话，前面一个字都没变，但后面的意思可就千差万别了。"所为何事"是问话。"有所图"是肯定，也是对前面那一句的回答。

从谢知非的这个角度，正好能看到晏三合垂在一侧的手，那手修长苍白，拇指和食指无意识地一下一下地捻着。他心跳漏掉一拍的同时，也不由得替晏三合感到紧张，这丫头也没把握呢！

周也的手轻轻一挣，饶有兴味地又打量了晏三合两眼："晏姑娘，你莫非有什么妄想症？我引着你，我为什么要引着你？！"

"问得好！"晏三合指着一旁的宫灯，"我第一次看到这东西是在谢府，走一路，看一路，是真好看，也贵吧？"

她手指一拐，指向正堂："一水儿的黄花梨木，这得花多少银子呢？"她手指又一拐，指向地上碎成渣渣的酒壶，"连这上头的画都是出自大师之手。"她目光一寒，"还至于要为那八百两银子做贼吗？"

周也勃然大怒："你有什么证据，说我偷了你们八百两？"

"你刚刚的话就是证据。"晏三合冷笑，"我只说八百两，没说那八百两是我们的，周大人在心虚什么？"

周也一张老脸瞬间涨红，也冷笑："晏姑娘是在跟我玩文字游戏吗？"

"比不上你周大人，把姜太公钓鱼，愿者上钩玩得溜溜转。"晏三合道，"在老汉的凉茶铺，你根本不用把那个装银子的小包袱扔下来。"

谢知非瞳孔瞬间紧缩又扩大。

"你消消停停地喝完茶，像往常那样和老汉闲扯几句，别说人，就是再聪明的鬼都不会怀疑你。"

谢知非脱口而出："他却故意扔下包袱，故意放下两文钱，故意匆匆离去，故意叫而不停。"

裴笑一惊：兄弟，你为什么说话？

谢知非长睫一合：兄弟，赶紧支援她，别让她独木难支啊。

晏三合斜睨了谢知非一眼，慢腾腾地接话道："周大人就这么想让我们对你产生疑心吗？"

周也冷哼一声，掀起衬衫，在太师椅上诡然坐下，脸上一副"我倒要看看，你还能唱出什么好戏"的表情。

晏三合："我们来找你要路引，要手书，你很痛快地给了，不仅给了，还派了八个侍卫给我们。"

"晏三合，你还忘了一件事。"谢知非提醒道，"他派侍卫之前还故意提醒我们，大齐国不太平哟。"

裴笑看着这两人，好像忽然间明白了什么，忙道："随即却派出黑衣人袭击我们，这叫什么？这叫贼喊捉贼！"

周也喉咙不由自主地滚动了一下，脸色铁青。

晏三合扭头看着四周的黑衣人："那些人手脚功夫很厉害，使的也是杀招，按理说我们不死也得重伤。但很奇怪，我们这些人连个轻伤都没有，为什么呢？"

不等周也作答，一旁的谢知非又冷笑道："因为，他在试探我们。"

"笑话！"周也目光沉沉，"我为什么要试探你们？"

"又是一个好问题。"晏三合反剪起手，胆子颇大地走到周也面前，"我刚开始也不明白为什么，直到发现你是偷我们银子的人，才恍然大悟。因为你早就发现了谢知非的身份，因为你不相信我们去大齐国是为了寻亲，为了探知我们去大齐国真正的目的，你这才派出了黑衣人。而人在遇到危险的时候做出的反应最为真实，做出的决定往往最为糊涂。"

晏三合忽地笑了："我们住进了知府衙门，如你所愿，一头扎进了你早已布置好的陷阱。"

说到这里，她又想起两件事情来。

不仅她想起来了，裴笑和谢知非也都想了起来。

裴笑心想：我还带着十来个衙役去观音禅寺逼问吴关月的下落，这些衙役中一定有他周也的人。我在周也眼里就是个二傻子！

谢知非心想：我还兴致勃勃地请衙役们勾栏听曲，其中只怕也有周也的眼线。我在周也的眼里就是个二愣子！

而他周也就像一个老神在在的猎人，看着二傻子、二愣子们在陷阱里来回蹦跶，上下折腾。

"于是，我们派了朱青反过来刺探你，"晏三合眼神发冷，"以你那么快的身手，以你身边藏着那么多的高手，如果不想让朱青发现你就是那个黑衣人，你根本不会使出在小树林里逼退他的那一招。"

话音刚落，朱青只觉眼前一亮。对啊，正是那一招，他才想到了黑衣人中有周也。

"周大人，以你今时今日的地位，动动嘴皮子就行，根本不用扮作黑衣人出手吧。"晏三合"啧"了一声，头一歪，道，"这么一顺下来，我都忍不住要怀疑那个老汉。"

谢知非冷笑："那老汉嘴太碎，话太多，但每一句话都答在点子上，而且他出现的时机特别巧。"

"也正是因为那个老汉的出现，我才又想到了早就被我忘在脑后的那八百两银子的事情，才把注意力移到了你身上，否则……"晏三合拖长了调子，"谁会想到？谁能想到？谁敢想到？"

"谁都想不到！"裴笑道，"因为周大人做官做得太好，好到让我这么一个爱挑刺的人都觉得挑周大人的刺是我的错。"

周也淡淡地看了裴笑一眼，眼神中有什么一闪而过。

晏三合："对了，我们在试探你之前还做了一件事。"

谢知非："我请衙门里的兄弟喝了顿酒。其实酒是借口，主要是想打听打听你周大人的为人，想必周大人也应该得了消息。"

"按正常的逻辑，为了稳当起见，周大人那会儿应该离我们远远的才是。"晏三合话锋陡然一厉，"但周大人偏不，借口公务繁忙歇在衙门里，好像就是在等着我们上门试探一样。"

周也神色很坦然，不仅坦然，还颇为赞赏地叹了一句："这故事，编得可真是精彩啊！"

"既然故事这么精彩，那么周大人，"晏三合直视着周也黑沉沉的眼睛，"告诉我，你一步一步把我们引来这里的目的是什么？"

"没有目的。"周也站起来，垂眼看着晏三合，"一切都是你们臆想出来的。"

晏三合一字一句道："绝对不可能。"

"这世上没有什么不可能。"周也的声音冰冷而有杀气，让人从心底生出一种不寒而栗的感觉，"这一番话让你们多活了一刻钟，现在是时候送你们上路了，来人！"

"你和吴关月父子到底是什么关系？"晏三合霍然伸手，再次抓住周也的胳膊。

没错，她豁出去了，使出最后一记破釜沉舟："你是他们的手下，还是亲人？你混在华国，爬到南宁府知府的位子，一坐就是九年，为的是保护他们？他们一定藏在这个宅子的某一处，说不定我说的每一句话他们都能听见！"

晏三合变了调的声音吼得声嘶力竭："吴关月，别做缩头乌龟，有种你就给我滚出来！"

周也眼角狠狠一跳，下一瞬，杀气如潮水般自他周身倾泻而出，他手中的匕首轻轻一翻……

李不言的血冲上头顶："三合，快跑！"

谢知非魂飞魄散："晏三合，快跑！"

裴笑心都不跳了："晏神婆，快跑！"

能跑哪里去？晏三合站得稳稳当当，昂起头，挺起胸，然后轻轻地闭上了眼睛。死就死吧，她其实……想死很久了！

啪！啪！啪！三记不轻不重的掌声传来的同时，周也浑身的杀气瞬间消散得干干净净。

晏三合一激灵，猛地睁开眼。

昏暗的光线中，老仆人推着轮椅走进院中，轮椅上坐着一人，青衫，白发。宫灯灯光勾勒出那人的轮廓，十分消瘦，十分苍老，也……十分出众。就像戏文里的主角，只一个亮相，就让人觉得他是个有很多故事的人。

"是你！"裴笑愕然，脱口而出，"你是儿子。"

那人"嗯"了一声，目光向最远的那个人看过去："你竟然还背着我偷别人银子，阿也？"

周也的脸突然涨红了，他结结巴巴道："算……算不得偷，那银子就放在椅子上，我……我就顺手牵了羊。"

"主上，你不要罚周也哥，我们——"

"阿强！"周也突然目眦尽裂，语气前所未有地严厉，"闭嘴！"

阿强？这人不是拿着官印找武僧们去了吗，怎么又突然冒了出来？六人齐齐傻眼。

还有更让他们傻眼的。只见周也大步走到轮椅前，屈膝蹲下去，用很轻很柔的声音道："我抱你去那边坐着，好吗？"

被称为主上的人伸出手，摸了一下周也的头发，说了一个字："好！"

周也把他抱进太师椅中，又怕他坐得不舒服，从屋里找出一个锦垫，垫在他的腰间。

那人舒坦了，目光没看晏三合他们，而是淡淡地落在那片狼藉上。

周也忙朝阿强他们递了个眼色。不过片刻，狼藉退去，干干净净的青石砖因为被水冲刷过，在宫灯下闪着一点光泽。

"如此待客之道，失礼了。"那人冲晏三合抱歉一笑，眼角皱纹深刻。

晏三合傻愣在那里，这人虽然有一副被岁月狠狠侵犯过的身体，但比起她笔下的那个人像，仍是好看数倍。他已经这么好看，那么吴关月呢？

"阿也，帮他们松绑。裴公子、谢公子的衣裳脏了，拿两件我从前的旧衣裳，让他们换上。"

饶是晏三合再有一颗七窍玲珑心，这会儿也被"主上"的一言一行给弄蒙了：我们是先礼后兵，他们是先兵后礼？

她转过身，愣愣地看着谢知非和裴笑，才发现这两人比她还要蒙。

黑衣人帮五人松绑，又有人向谢知非和裴笑递上两件半新不旧的长衫。

谢知非和裴笑对视一眼，倒也不废话，走进屋里三下两下脱下脏衣，换上旧衣。衣裳穿在裴大人身上正正好，只是三爷身形高大，衣服勒得有些紧。

他是武官，没有文官那么多讲究，索性敞开了走出来。

所有人的视线都向他瞥过去，独独没有晏三合，晏三合的注意力全部在那人身上。她大着胆子走上前，连名带姓地喊了一声："吴书年？"

那人点了点头："目穿陪绯处，梦断曝书年。"

晏三合想了想，道："人物孤中秘，神山返异仙。"

吴书年没想到这小丫头还能接上，接的还是上一句，脸上颇有几分欣喜："这是他最不出名的一首诗。"

"谁的诗啊？"裴笑嘀咕。

晏三合看裴笑一眼："比起'留取丹心照汗青'，比起'零丁洋里叹零丁'这两个

·341·

名句，这一首的确无人问津。"

竟然是前朝名将。

裴笑心惊胆战地看了晏三合一眼：看不出来啊，这神婆还满腹诗文。

这时，吴书年伸手扯了扯周也的衣裳，抬头唤了一声："阿也！"

周也眼神软了下来："来人，烧水沏茶，给晏姑娘、裴公子、谢公子搬三把椅子过来。"

"是。"

晏三合如深井一样的眼睛里有着两重震惊：一重震惊是吴书年对他们的态度；另一重震惊是吴书年和周也的关系。两人看着像主仆，但细细一品，又似乎不太像。

四方桌再次搬上来，桌上是一壶清茶、四个茶盅，所不同的是原来坐北朝南的周也此刻站在吴书年身后。他的站姿不像侍卫的那种站姿，而是将一只手搭在了太师椅的背后，这个动作像是将吴书年整个人纳入他的保护圈。

"裴公子，"吴书年缓缓地转动眼珠，目光落在裴笑身上，"你们百药堂有一味药叫还魂丹。"

裴笑："你怎么知道？"

吴书年："不仅知道，还吃了好些年，就是贵了些。"

怪不得他一进宅子，就闻到了还魂丹的味道。

"贵有贵的道理。"裴笑习惯性地翻了个白眼，"还魂丹里有还魂草，那草长在昆仑山的悬崖上，四周有毒蛇和催生子保护，光采这个草就费老鼻子劲儿了，更别说里面还有百年人参——"

不对啊，裴笑突然停住话，目光死死地看着吴书年。

还魂丹，顾名思义就是给病重的人吃了还魂的，眼前这人瘦得只剩下一把骨头，两眼凹陷，脸色青灰，明显有下世的光景。裴笑心说，应该是活不了多久了。

吴书年十分坦然："你们若是晚来些日子，怕是就见不到我了。"

"主上！"周也声音不悦。

"阿也这人什么都好，就是听不得我说这些，就这点……"吴书年笑得很淡，"……不好。"

这话除了周也，没有人能接，偏偏周也沉着脸，一声不吭，气氛一下子冷凝下来。

吴书年低头，手握成拳放在唇边，低哑地咳了一声。

周也眼神微微一动，弯下腰，轻声道："冷不冷？"

吴书年"嗯"了一声。

周也立刻折回屋里，变戏法似的拿出了一条薄毯子，盖在吴书年的膝盖上。

吴书年又笑了，眼梢处隐隐有得意。

晏三合移开目光，不料与谢知非的视线撞上，后者轻轻一合眼，示意她赶紧开口说话，免得夜长梦多。

她虚虚地攥了下手心："吴书年，我们的来意你可知道？"

"知道。"吴书年微微合眼,"我父亲年少的时候有个青梅竹马,年前去世,棺材合不上,心魔是我父亲。"

晏三合见他说得如此心平气和,诧异道:"这事你不震惊?"

"我今年四十有六,活到我这把年纪,别说棺材合不上,就是你外祖母死而复生,我也是信的。"吴书年轻轻叹了一声,"只可惜,我父亲已经不能死而复生了。"

吴关月死了?谢知非和裴笑同时向晏三合看去,那怎么办?

晏三合多少料到了几分,不慌不忙道:"如果老太太的心魔真是你父亲,那你愿意替他给老太太化念解魔吗?"

吴书年:"我可以?"

晏三合一点头:"你是他儿子,唯一的血脉,非你莫属。"

"我能不能打听一下,如果老太太的心魔化解不了,棺材一直合不上,结果会如何?"吴书年轻轻地笑了起来,笑得像只老狐狸,"你们千里迢迢跑过来,事情应该不小吧!"

说,还是不说?说,这个吴书年会不会就此拿捏,就此要挟?不说,是不是显得没有诚意?思忖片刻,晏三合坦坦荡荡道:"事情的确不小,如果心魔不解,将祸及儿孙。"

吴书年若有所思地看向裴笑:"裴公子,你外祖家是不是官至户部侍郎?"

人家都吃过还魂丹了,季家的事情也不是能瞒得住的。裴笑一点头:"我大舅舅曾经官至户部侍郎。"

"曾经?"吴书年皱眉,"那么如今呢?"

"不瞒你,如今已是阶下囚。"裴笑沉默一下,觉得不能让他就这么牵着鼻子走,又补了一句,"吴书年,这已经是我们送给你的第三份投名状,我们所有的诚意都拿出来了。"

吴书年一言不发地低下头,太瘦的原因,他的脖颈显得尤其细长,仿佛轻轻一折就折断了。

裴笑吃不准这人到底是个什么心思,桌下的脚轻轻碰了碰晏三合的脚。

晏三合抬起眼皮看裴笑一眼,没做任何反应,话已经说到这个份儿上,连底牌都被人看去,再催就没有任何意义了。他们费尽心思地引他们上钩,显然是有所图的,图什么?他早晚会说出来。

果不其然,吴书年抬头看着周也,语气带着一些询问:"晏姑娘和裴公子给我们递了三份投名状,阿也,我们也还他们三份,你看如何?"

这话一落,桌旁三人顿时心跳如擂鼓,来了,来了,来了!

周也垂着眼,沉默良久后,面无表情道:"这第一份投名状,我给裴公子。"

裴笑在听到这一句后,原本如擂鼓的心跳咯噔一停。

"我是华国人,但吴家人是我的主子。"

我的娘咧,好大一份投名状,三人惊得同时倒吸一口凉气。华国的人,华国的官,却认流亡君主做主子,这这……这……谢知非和裴笑更是面面相觑。

裴笑心里十分想问一句"你这么做到底是为了什么",但理智告诉他,不能问:"你这份投名状,我收下了。"

"这第二份投名状,我给谢公子。"周也看着谢知非,"驿站的事情,我是临时起意。"

谢知非皱眉:"不是早有预谋吗?"

"当时没有预谋,只为了顺手牵羊。"周也声音十分干涩,"我其实早在两年前就见过裴公子和谢公子。"

谢知非心头一颤:"你两年前就认识我们?是怎么认识的?"

"我知道!"裴笑这会儿脑子十分灵光,"他一定是到我们百药堂买还魂丹的时候见过。"

"确实如此,我每年进京述职时,都会到百药堂。也正因如此,我知道两位都是顶顶有钱的主儿……才决定顺手牵羊。"

谢知非问:"是因为缺钱吗?"

周也目光在吴书年的侧脸上逗留了一下:"算是吧!"

"他总是想把最好的给我,才弄得家里入不敷出。"吴书年语气没有半分责备,反而声音又温和又沉稳,他从大拇指上摘下一枚玉扳指,"这扳指用来抵那八百两绰绰有余,谢公子收着吧!"

我会要你姓吴的东西?谢知非尽量控制着自己的语气:"周大人说得对,我谢三爷不缺那八百两。"

吴书年笑笑,没把扳指再套上去,而是随手放在了桌上。

周也冷冷地看了谢知非一眼,目光一转:"晏姑娘——"

"等一下!"晏三合打断他的话,"在你送出第三份投名状之前,我有两个问题想问。"

周也:"你说!"

晏三合:"这一趟,你去京城做什么?还是述职?"

周也:"专程买药。"

晏三合:"驿站的事情是临时起意,那么从凉茶铺开始,你才是有预谋的?"

周也:"是。"

晏三合:"预谋什么?"

周也冷冷一笑:"晏姑娘太心急了吧,这正是我们要还给你们的第三份投名状。"

晏三合:"……"

"只是在送出第三份投名状之前,劳烦你们先听个故事。"周也弯下腰,在吴书年耳边低语,"你说,还是我说?"

吴书年静了一瞬,道:"难得见到几个年轻人,不知为什么就有了说话的欲望。"

周也点点头,伸手拿过他面前的茶盅,递到他嘴边:"那先润一润嗓子。"

吴书年就着他的手喝了几口,然后一脸歉意道:"故事有些长,就是不知道你们有没有耐心听?"

"有。无论多长,我们都想听,而且求之不得。"晏三合的声音很坚定。

"这个故事要从我祖父说起。"吴书年扬唇淡淡一笑,"你们打听吴家,一定知道吴氏原是前朝的皇族,因为李氏谋反,才被赶下了台。李氏手下留情,让吴家最不起眼的一支活了下来。"

一段波澜壮阔的历史被他说得如此轻描淡写，晏三合忍不住又打量了吴书年一眼。

"从高处摔落下来的人有两种可能：一种是贪恋荣华富贵，一心想重回过去；一种是避世隐居，做个闲散世人。"吴书年目光幽幽地看着远处，"吴家这一支素来胆小怕事，便隐居在北仓河边的老街，远离纷争，安分度日，活是活下来了，但无时无刻不在李家的监视中，天地虽广阔，何处可避李？近百年来，吴家人一代又一代都活在命悬一线的胆战心惊中。"

人心原本如此。晏三合在心中叹了口气，换了谁坐上那个王位，都不会对吴氏一族放任不管的。

"祖父从小在这样的环境里长大，性格内向且沉默寡言，一头扎进书里，两耳不闻闲事。我父亲曾对我说过，祖父的屋里堆满了书，只要有好书，他连饭都顾不上吃，觉都顾不上睡。"

听到这里，晏三合不由得想到了晏行。晏行也是爱书成狂，只要寻着一本好书，比孩子要到糖吃还开心。

而爱书之人，心中必有丘壑，看来，吴书年的祖父也绝非泛泛之辈。

"祖父十二岁那年，大齐王室再度发生宫变，陈氏取代李氏，一举坐上王位，算是改了朝，换了代。"说到这里，吴书年忽地冷哼一声，"风水轮流转，王位轮流坐，也终于轮到李氏一族尝尝吴家曾经遭受的滋味了。"

晏三合淡淡道："陈氏坐了王位，吴家的境况一定会有所改善。"

吴书年不置可否地挑了下眉："姑娘这话，缘由在何处？"

"陈氏推翻李氏坐上王位，李氏所喜欢的必是陈氏所厌恶的，李氏所厌恶的必是陈氏喜欢的，否则又怎么叫改朝换代？"

吴书年深深地看了晏三合一眼："姑娘读过书？"

晏三合："跟着祖父识了几个字。"

"倒是通透！"吴书年赞叹一声后，又道，"祖父弱冠那年，因为才华出众，被召进京中给世家子弟讲学，这是吴家在老街沉寂百年后再次踏入京城。"

这话说完，连谢知非和裴笑都惊了，二十岁便进京为师？这吴家一门当真没有一个是普通人！

"也正是这一次进京，祖父他老人家被长公主相中，奉命做了驸马。"吴书年偏过头，看向晏三合，"姑娘再猜一猜，我祖父他愿意不愿意？"

这还用猜吗？你都说奉命了。晏三合想了想，措辞："读书人自有几分傲气，我想他是不愿意的。"

吴书年似乎从这话里得到了极大的满足，忍不住笑了："我祖父是不愿意的，但为了吴氏一族，又不得不愿意，就这么着，两年后我父亲呱呱坠地。这里，不得不提一下我的祖母，我祖母长公主是个很美很美的女子，我父亲的长相大部分都遗传了她。她女扮男装进了学堂，听了祖父一堂课，便主动向王室请婚。而陈王室为了让自己的王位显得更加名正言顺,也需要祖父前朝皇族的身份来装点一下门面。"

"女高男低,这门亲事好不了。"裴笑插话。

吴书年笑道:"裴公子可成亲了?"

裴笑余光偷偷瞄一眼晏三合,倒是相中了,就是不知道晏神婆她愿意不愿意:"尚未成亲。"

"亲事好不好,不在于谁高谁低。"吴书年道,"我祖父这样的人,谦和写在脸上,傲气藏在骨子里;而我祖母这样的人,傲气摆在脸上,自卑埋在骨子里。"

"自卑?"晏三合皱眉,"为什么?"

吴书年:"因为她不识字。"

晏三合惊了:"堂堂公主不识字?"

"陈家是武将出身,没有坐上王位时,族中女子都不识字。祖母后来是由祖父手把手教了几年,才把字识全。"吴书年说到这里,低低叹息道,"如此说来,两人也算琴瑟和鸣了几年。"

晏三合问:"是什么原因让两人心生嫌隙?"

"我祖母想让祖父入朝做官,我祖父志不在此,矛盾由此产生,日积月累后,便两看两相厌。"吴书年自嘲似的笑了笑,"不过也正因如此,我父亲才跟着我祖父回老街住了几年,才认识了你们嘴里的那个季老太太。"

话到这里,已到了关键时候,裴笑素来心急:"你父亲和你说过她吗?他们是不是青梅竹马?是不是两情相悦?"

"裴公子,饭要一口一口吃,故事要一段一段听。"吴书年不紧不慢道,"关于季老太太的事情,我后面会提起,但不是现在。"

可小爷我急啊。裴笑竭力控制着情绪。

"吴书年,"晏三合又有疑惑,"长公主为什么肯放儿子回老街住?还是说,你父亲从小就和长公主不亲?"

吴书年微微变色,他发现眼前的少女比他想象中的还要聪明,总是能听出他隐藏在话里的深意。

第二十六章 故事

"是的!"吴书年大大方方地承认。

"用我父亲的话说,他从小便是慈父严母。贵重的身份就应该匹配贵重的教养,长公主因此对他要求颇多。祖父则恰恰相反,教父亲读书识字,带他踏青走马,游山玩水，宠之溺之。

"但长公主并非没有远见之人，恰恰相反，她的格局比一般女子要大，看得也比一般女子要深远。她知道夫妻心生龃龉时，便放任丈夫离开，她看到陈家儿孙一个个纵情声色，骄淫奢侈，便同意儿子一同离开。

"这一点我父亲曾亲口对我说过，长公主唯一做对的一件事情便是允许祖父和他回了老街。"

唯一做对的事情？那也就是说，长公主这一生做错过许多事情。晏三合心有戚戚，看来吴关月的一生比她想象中的还要复杂很多。

"为什么你父亲说，长公主放他回老街是做对了？"晏三合问得十分委婉，"在老街这些年，他经历了什么？"

吴书年慢悠悠地呷了一口茶，对晏三合一笑："可以这么说，我父亲这一生所有的行事，包括他后来起兵造反，与你们华国对抗，皆从这条老街开始。"

晏三合一惊，目光下意识去看谢知非，却不料谢知非垂着脑袋，两条剑眉微微拧着，不知道在想什么。

"晏姑娘。"

"是！"晏三合向吴书年看过去。

"晏姑娘对藩属国可有了解？"

"有！"感谢对面那个不专心的风流纨绔，让我现在有话可说，"所谓藩属国，就是一切依附于大国，内政干涉不干涉我不知道，但谁做皇帝，谁不做皇帝，一定是大国的意思。"

"看来晏姑娘只了解到表面一层。"吴书年冷冷一笑，这是他露面以来，脸上第一次露出阴冷的、不屑的笑，"这样说吧，除去每年大量的朝贡、皇帝由谁做，大齐国长得漂亮的姑娘，每年都要敬献给华国的各类官员。大齐国和华国人做买卖，在大齐国值十两银子的东西，在华国只值五两。而且，在我父亲对上你们华国皇帝之前，齐国的人见到华国的人要跪地行礼。齐国人杀华国人，要以命抵命，而华国人杀我们齐国人，给官府送点银子，就能平安无事。"

晏三合目光一沉："你的意思是……不公平！"

吴书年不答反问："姑娘觉得呢？"

"这世上从来没有公平一说。"久未开口的谢知非声音十分低沉，眼神更是冷，"你们大齐受别国欺负的时候，是我们华国替你们出兵打仗，赶跑强寇，战死的是我们华国的将士，消耗的是我们华国的国库。"

行了，我的好三爷，你就不能少说一句？这个时候，他说屁是香的，你也给老子点个头。裴笑赶紧踢踢谢知非。

哪知谢知非根本不理会，又冷冷道："没有付出，哪来得到？做人，自己腰板硬不起来，那就别怪别人欺负你。于国，也是一样的道理。"

谢五十，老子要给你跪下了。裴笑赶紧对吴书年笑道："你别搭理他，他这人从小——"

"说得好！"吴书年大喝一声，青灰色的脸上因为激动泛起潮红，"这话我父亲也曾对我说过，一模一样。"

这回，轮到谢知非悚然一惊。

"公主府四面高墙，出入都由侍卫跟着，看到的都是好的，听到的都是奉承话，用父亲的话说，是一片繁花似锦。"吴书年道，"但在老街，在北仓河边，我父亲看到了这人世间的另一面。

"那里有饿得跟狗抢食、啃树皮吃的孩子；有生了病，被家人嫌弃，只能自己爬进深山里等死的老人；有站在街边揽客的妓女，下半身都臭了，还想用身子换点银子，给家里的孩子挣口吃的；有三十出头的壮汉跪地磕头，求官老爷们放过自己长得有几分姿色的女儿……

"魔有千千万万种，有冤魂不散，有业病缠身……但没有哪一种能够比拟这般如此真实、如此残酷的人世间。

"我父亲曾对我说，为官者不需要读那么多狗屁圣贤书，一条老街，一条北仓河，就能让他们知道这个官要怎么做。

"为君者无论是吴家、李家，还是陈家，只要还有老街，还有北仓河的存在，就不会长久。"

裴笑又用脚踢踢谢知非：兄弟，看不出来，那吴关月还有大格局。

谢知非淡淡地看他一眼，回以一记冷笑。

"父子二人在老街一住多年，每年长公主都派人来接一回，每年都被拒绝。父亲十八岁那年，长公主下了最后通牒，命令父子二人即刻回京。"

季老太太和吴关月差两岁。季老太太十六岁离开东兴县，如果吴关月十八岁离开老街，那几乎就是一前一后。晏三合在心里暗暗做下标记。

"父亲见祖父不愿意回京，便写信与长公主交涉，最后他以入朝为官的代价换取了祖父继续在老街生活的自由。"吴书年说到这里，声音依旧温淡，气息却有些不太平稳，"我父亲熟读史书，博古通今，身上流着两代皇室的血，既不缺野心，又有手段，再加上长公主这些年苦心布局经营的人脉，他很快就在朝堂上崭露头角。那几年是他们最为母慈子孝的几年，我父亲还顺着长公主的意思娶了我母亲。"

"等一下！"裴笑怎么都忍不住要出声打断，"就没我家老太太什么事吗？"

"裴公子，我说过了，老太太的事情后面会说到。"吴书年目光与他平视，"前因后果说明白了，你才会明白为什么他们两个有缘无分。"

裴笑一噎，到底还是老老实实地闭嘴。

"我母亲……"吴书年静了一瞬，眼神一点点黯下来，"其实很可怜，她是长公主亲自挑中的人，知书达理，温柔娴静，长得也很美，却没有一天能走进我父亲心里。她每天晚上都会站在院门口，眼巴巴地看着那条青石路，等着父亲从另一头走过来。比我母亲更可怜的是几位姨娘，她们与我父亲同完房，就会有人送来一碗避子汤。"

这又是为什么？不应该是多子多孙多福气吗？晏三合十分疑惑："是你父亲觉得她们不配怀上他的子嗣吗？"

"晏姑娘的想法和我曾经的想法一样，直到后来，我能与父亲像成年人一样对话时，他才告诉我缘由。他说……"吴书年平静地说着每一个字，"我这一生注定不会有什么好下场，我让你来这人世间已是自私，又何苦再多几个冤魂？"

他竟然这么想？晏三合手指不自觉地攥起来。

从老街走出去的吴关月是脱胎换骨的吴关月，他跟长公主回京，入朝为官，娶妻生子，一步一步位极人臣……其内心有一个任何人都无法撼动的目的。

吴书年看到三人脸上的震惊，心里有着无法与人言说的骄傲和喜悦。这就是他的父亲，他这一生唯一崇拜和敬仰的人。

"慢慢地，我父亲的权势越来越大，尤其是陈氏老的王去世后，新王仅仅十二岁，极度依赖我的父亲。说到这里，我不得不聊一聊陈氏。"吴书年深深吸了口气，"不知道是不是大齐这片土地上的魔咒，每一个千辛万苦登上高位的人，在平定天下铲除异己后，就开始肆无忌惮。锦衣玉食不够，酒池肉林不够，三妻四妾不够，我们吴氏一族如此，李氏一族如此，陈氏一族更是变本加厉。他们争权夺利、奢侈骄纵，连我祖母这个嫁出去的公主都想着要把权力牢牢地握在自己手中。"

这时，一声冷笑从门口传出来："这不是魔咒，这是人的心魔，这个心魔还有一个名字叫——欲望。"

院子里的众人皆是一惊。尤其是吴书年，根本不敢相信这话是从一个丫鬟的嘴里说出来的。

晏三合看了李不言一眼，这么牛的话，她可说不出来，一定是她那个牛的娘说的。

"姑娘说得很对，就是欲望，对权力的欲望。而欲望如沟壑，永远填不满。我父亲位极人臣后，在朝堂上大刀阔斧地进行改革，每一刀都砍向陈氏一族。这就造成了他与陈氏的对立，几乎到了水火不容的地步，陈氏一族对他恨之入骨，数次派人暗杀他。"吴书年脸色渐渐阴沉下来，"暗杀不成，他们又把主意打到了我和我的祖父身上，杀我祖父的命令其实是长公主亲自下的。"

"妻杀夫？"裴笑惊得声音拔高三度。

吴书年看了裴笑一眼："动手之前，长公主给我祖父写过一封信，让他劝一劝儿子。我祖父回信说：当初是你让他入朝为官的，谁作的孽，谁自个儿受。长公主看完信，连眼皮都没眨一下，就对手下说了一个字：杀。"

即使过去很多年，吴书年说到这里，依旧一阵悲从中来。

"其实他们之间的恩恩怨怨我并不是很清楚，父亲也很少与我谈起。只是夜深人静的时候我总在想，是什么让我祖父宁肯独居在破旧的老街，也不愿意回那富丽堂皇的长公主府？一日夫妻百日恩，又是什么让我祖母毫不犹豫地说出那个'杀'字，就为了她身后的陈家吗？"

晏三合偏过头看着吴书年，只见他满目冰冷，胸口一起一伏，极力压抑着痛苦。

就在这时，周也的大掌落在吴书年的脖颈上，很慢很轻地揉捏着，无声地安慰。

渐渐地，吴书年的情绪平复下来，又缓缓道："祖父的死是压倒我父亲的最后一根稻草。他以养病为由，把长公主软禁在府里。在筹谋数年后，那场针对陈家的杀戮悄无声息地来临。吴关月，我的父亲，几乎杀光了陈氏一族的人，坐上了大齐国的王位。"

一场滔天的杀戮就掩盖在吴书年平平淡淡的言语中。

桌边三人只觉得脚心蹿起一股寒意，浑身的汗毛都竖了起来。

"父亲坐上王位的几个月后，带我回了老街，这是我第一次回老街，也是最后一次。"吴书年目光一偏，向裴笑看过去，"我们二人站在北仓河边，父亲和我说起了他的童年往事。"

来了，终于来了！裴笑心潮澎湃，浑身的血液都沸腾了起来。

"我父亲说，在北仓河的另一边，有一个小姑娘叫三妹，还有一条狗叫黑蛋。裴公子，你外祖母的闺名是叫三妹吗？"

对上了！裴笑激动得拼命点头："你父亲还说了什么？"

"他说完这一句，便什么都没有再说，只是脸上的神情……"吴书年叹息着合上眼睛，似乎在回忆，"要怎么形容呢？我从未在他脸上看到过那样的神情，眉头舒展，嘴角往上扬，眼角弯下来，像整个人都泡在热水中，连头发丝都软了下来。"

这样的形容让晏三合心里生出强烈的不适感。

从她听到吴关月这个名字起，这人就和"杀戮"两个字画上了等号。哪怕他心里再怀家国天下，再怀百姓苍生，陈氏一族、郑家一百多口人，还有在那场因他而起的战争中死去的人，都是他刀下活生生的冤魂。这样冷情冷性的人，露出哪怕一丝柔情，都是奢侈。

"我问父亲：你是不是喜欢她？父亲沉默了很久很久，终于点了点头。"

裴笑因为听到这一句话，眼里进出两道亮光。

"我又问父亲：既然喜欢，为什么不娶回来？就算做不了正妻，做个妾也是好的。"吴书年说到这里，又看了裴笑一眼，"我说这话不是辱没你外祖母的意思。父亲妻妾颇多，能说话的一个都没有。我当时想如果那个叫三妹的姑娘能陪在他身边，至少他不会那么孤单。"

"你父亲是怎么回答的？"裴笑屏气凝神。

"我父亲又是一阵沉默，就在我以为他不会开口时，他突然说……"吴书年顿了顿，放慢了语速，"她要的是几间瓦房、四方小院、一个殷实人家，她要得太少了，我反而给不起。"

裴笑："……"

"不是给不起，而是他的心太大，"晏三合冷静道，"装朝争，装百姓，装天下，自然就装不下一个女子。"

吴书年苦笑一声："晏姑娘总是这么一针见血吗？"

"我只是比许多人更清醒些。"晏三合也瞥了裴笑一眼，"更何况，他和胡三妹一个高,一个低,一个读书万卷,一个目不识丁,就算真走到一起,最后的下场也不会好到哪里去。"

吴关月才是这世上最清醒的人。胡三妹是他孤寂老街生活中的一抹色彩,是他君临天下后的一声叹息,是他夜深人静时的一段回忆,唯独不能是他的枕边人。

"晏三合,"裴笑看着她,眼神焦急,"这么说来,我外祖母的心魔应该就是他。"

晏三合思忖良久,点点头:"应该是。"

两人的确是青梅竹马,两小无猜,的确是郎有情妾有意,暗生情愫,也的确是劳燕分飞,各奔东西,各怀相思。

起初,她还觉得老太太不应该为了一段旧年的儿女私情祸害到儿孙后代,但听完吴关月的故事,又看到吴书年本人……大概,这世间任何一个女子都是没有办法忘记像吴关月这样的男子的吧。

"那就点香吧!"谢知非的语气颇有些不耐烦。

晏三合和裴笑同时一惊:怎么就点香了?吴书年还没有说为什么把他们引过来呢!

吴书年看向谢知非,笑了:"这故事才讲了一半,谢三爷就这么迫不及待了吗?"

"下面还有什么可说的?"谢知非桃花眼轻轻往上一挑,"一件是你父亲和我朝开战,最后兵败垂成,成为流亡君主;另一件是你们派人屠杀郑老将军一府,被我朝追杀至今。"

周也低头,看着谢知非的眼神如刀。

谢知非只当没看见,冷笑道:"这两件大事于你来说都是不堪的过往,还是不说的好。"

喀喀喀……吴书年突然剧烈地咳嗽起来。

周也脸色大变,一只手端起桌上的茶盅,一只手赶紧帮吴书年揉背。

许是周也喂得急了,吴书年嘴角流出些茶水来。他不想让别人看到自己狼狈的丑态,飞快地掏出帕子狠狠地擦了几下,然后又匆匆地把帕子合上。

他的手快,又岂能快得过人的眼睛?那帕子上一抹深红色,是血。

裴笑的心跳了一下,偏过脸,朝谢知非深深地看一眼:姓谢的,你能不能不要刺激他?

谢知非也看到了那口血,心里后悔刚才的冲动,有些心虚地去看晏三合,却见晏三合正若有所思地盯着他……

谢知非忙端起茶盅,用喝茶来掩饰一二。

吴书年止住咳嗽后,原本还算挺拔的背一下子佝偻下去,脸色非常难看,根本找不到形容词来形容。

裴笑到底在医药世家里浸淫了二十年,一眼就看出这人身上藏着剧痛,只是他硬生生地忍着。

"你……"裴笑想了想,"如果放心的话,派人去一趟知府衙门,我包袱的最里层有两颗还魂丹,可以让你舒服一些。"

"不用了。"吴书年手心疼出冷汗,"生死有命,富贵在天,阎王要我三更死,不会等到五更天,听命吧。"

裴笑:"那你拣重要的说,不重要的就一带而过。"

晏三合抬眼向裴笑看过去,这小子虽然面冷、嘴臭,内里却不坏。

吴书年喝了一口新倒来的温茶,声音却还是干涩的:"我父亲没想和你们华国对上,如何瞒天过海他早就已经算计好,但他犯了一个致命错误。"

裴笑问:"是什么?"

吴书年:"吴氏有血脉能存活于世,是因为李氏一族没有赶尽杀绝。"

"我明白了!"裴笑恍然大悟,"是不是他也学吴氏,留下了陈氏一支?对了,应该是那个陈氏王的庶弟?"

吴书年轻轻地点了下头:"此人因为是庶出,从不参与朝争,往日里见到我父亲都不敢对视,只会远远地避开,所以我父亲便留了他一命。哪曾想到……"

晏三合冷静地开口:"只能说,你父亲的心还不够硬。"

"是!"吴书年咬了下发灰的唇,眼中流露出浓烈的情绪,"当时无数人劝过我父亲,不赶尽杀绝,就等于放虎归山,可我父亲仍是一意孤行。我真不明白,筹谋那么久,什么都已经万无一失,他竟然会犯这么低级的错误。"

"因为书读得太多的人,多少都有些书生意气。"

吴书年一惊,抬眼看晏三合,只见她一双眼睛黑白分明,不闪不避。

"这话是我祖父说的。他还说,太有原则的人登不上高位,便是登上了,也坐不稳当。"她回看他,目光平静,"你父亲不与三妹做夫妻,不让妾室生下他的孩子,到不杀光陈氏一族……这些都是他为人的原则。"

吴书年黯淡的双目突然有光亮闪过。

多少年了,他一直弄不明白,为什么父亲明明知道留着那人是祸害,却仍然让其活命。

如果没有那人,就凭孙斌那个老东西,根本成不了气候……偷天换日的戏法就能顺利地圆过去……就不会惊动华国皇帝……更不会有后来的那场以卵击石的战争……

原来,父亲一生的转折从老街开始,但他一生的命运,早在呱呱坠地被冠以吴姓时,老天就已经为他安排好了结局。

"宿命啊!"吴书年悲怆地大喊一声,仰头哈哈大笑,笑着笑着,便笑出了眼泪。

泪水不断地从他的眼角流出来,而与此同时,那些日日夜夜折磨他的不甘也随之散去。

何处最伤心,关山见秋月!

何处最伤心,关山见秋月!!

认命吧!

笑声中,裴笑瞪了晏三合一眼:你怎么也学着谢五十去刺激他?

晏三合只当没看到。

笑声渐弱，吴书年急促地呼吸了几下后，唤道："阿也。"

周也蹲下来："可是累了？"

"嗯！"吴书年脸上的一切表情淡去，只留下说不出口的深深疲惫，"下面的故事，就由你来说吧！"

"好！"

周也站直了，将吴书年的头轻轻往腰侧一揽。头靠上去的同时，吴书年的眼睛慢慢闭起来，一动不动。

裴笑见吴书年胸口的起伏越来越小，真怕他就此死去，恨不得伸出去探一探他的鼻息。

周也居高临下地看着三人，声音说不出地冷："我要说的只有一件事，就是郑家的灭门惨案。这也是我引着你们走到这里的最终目的。"

这真是不开口则已，一开口惊人，桌边三人只觉得十分不可思议。郑家的灭门惨案还有什么可说的，还需要引着他们？难道这里面还有什么是非曲直？

这时，只听周也掷地有声道："下面我说的每一句话都是真的，若有半个字是假，愿肠穿肚烂，不得好死，死后打入十八层地狱，永生永世不得超生。"

三人面面相觑，发这么毒的誓，周也想做什么？

"永和二年，主上发动政变，血洗陈氏王室，当时我在南宁府上林县任主簿，时年二十五岁。永和三年，我朝发兵大齐，我仍在上林县任职，时年二十六岁。永和四年，主上父子兵败逃亡，是我在暗中接应，将他们接到上林县藏了起来，时年我二十七岁。永和四年冬至，主上在夜里溘然而逝。第二日我推门而入时，他倒在地上，身子冰凉，早已没了气息，时年五十五岁。"

没有一个字是多余的，每一个字都像狠狠地砸在三人的脑袋上，砸得他们头皮炸裂，魂飞魄散。

晏三合简直不敢相信，那个心有壮志的一代枭雄竟然悄无声息地死在了冬至的夜里。

"他因何而死？"晏三合声音有些发颤。

周也垂目，挡住了眼中的情绪："那一场战争耗费了他所有的心力，非要讲一个死法，那应该是郁郁而终。"

"距他兵败逃亡有多久？"

"仅四个月的时间。"

四个月便郁郁而终？晏三合一时竟无言以对。

"永和六年，我由上林县调任至南宁府，任知事，正九品的小吏，并买下了这处宅子，把他安顿下来。"说到这里，周也飞快地看了眼吴书年，"永和八年的七月初十，天气异常炎热，这宅子里有人过世。"

"谁？"三人几乎异口同声。

周也："是我的小主子，他叫吴不为，刚满十五岁。"

裴笑惊道："他是吴书年的儿子？"

谢知非皱眉："那场战争中活下来的不是父子二人，而是祖孙三人？"

晏三合："他是怎么过世的？"

"吴不为是我主上的孙子，也是书年的儿子，三代单传，只此一根独苗，因天花而死，死在我的怀里。"周也眼神很冷，"他给我留下的最后一句话是：周叔，你和父亲说，我不疼，一点也不疼。"

"吴书年，当时你在哪里？"谢知非突然大喊。

他的这声喊实在太大声，把晏三合和裴笑都吓了一大跳。

"我在门外，阿也怕我被传染，死活不让我进去。"不知何时，吴书年已经睁开了眼睛，"我回了他一句'好孩子，爹爹对不住你'。"

"因为我没让书年送孩子最后一程，书年想多陪陪他，于是停灵七天。七天后，葬于大明山顶，和他祖父合葬在一起。"周也脸上是隐藏不住的伤心，"墓前竖了一块无字碑，墓后种了两棵松柏，边上还有一块大石，你们如果想去，应该很容易找到。"

听到这里，裴笑心里只觉得十分怪异：我们为什么要去？这跟解我家外祖母的心魔有关系吗？还有，他们讲这些话，连年月日都讲得这么详细，到底有什么用意？

他下意识地抬头看晏三合，却见晏三合脸色煞白，睁大了两只眼睛，死死地看着吴书年。

她咋了？裴笑赶紧扭头看谢知非，却见谢知非满头满脸的汗，放在桌上的两只手死死地握成拳头，发出咯咯咯骨头裂开的声音。

他又是咋了？裴笑的心一瞬间提到了嗓子眼，正要说话，谁知谢知非霍然起身，一把揪住周也的衣襟。

众黑衣人见到，纷纷拔刀围了上来。

而原本倚着水缸听故事的李不言他们三人也惊得跳起来，各自拔出手里的剑。

一眨眼，院子里的气氛陡然剑拔弩张。

裴笑毛骨悚然，低呵道："谢五十，你干什么？"

谢知非这会儿连眼珠子都在发颤，喉咙里发出如困兽一样的低吼，就是不说一个字。而那张原本笑眯眯的俊脸不知何故扭曲变了形，额头上的青筋一根一根，似要破皮而出。

这样的谢五十，裴笑活了二十年，从来没见过。

"谢知非！"晏三合跟着站起来，十分大胆地伸手覆在他揪着周也衣襟的手上。

掌心的冰冷让谢知非的手松了一下，晏三合随即用力一拽。

谢知非被拽得跌坐在太师椅上，嘴角牵动了一下，似乎想说什么，可惜，还是什么都没有说出来。

"周也，"晏三合声音比任何时候都要冰冷，语速比任何时候都要缓慢，"你绕这么大一个圈子，讲了这么一个故事，是想告诉我，郑家的那桩灭门惨案不是吴关月父子所为？"

"什……什么？"裴笑悚然一惊。

"郑家的案子发生在永和八年的中元节，也就是七月十五。"解晏行心魔的原因，晏三合已经把这个日子牢牢刻在脑子里，"吴关月在四年前就已经死了。七月初十，吴书年的儿子吴不为过世，停灵七天，也就是七月十七才出殡。"她双眉紧皱，"那么也就是说，郑家的灭门惨案另有凶手，吴关月父子是冤枉的。"

冤枉的？裴笑嗤笑一声："别开玩笑了，这怎么可能？"

"主上就是冤枉的。"阿强冷着脸走过来，"当时我们都在门外陪着主上，小主子走的时候，我还哭了呢！"

"我也在！"

"我也在！"

"我也在！"

"我对天发誓！"

"我也可以对天发誓，发毒誓！"

黑衣人接二连三地出声，裴笑只觉得眼前的一片天地都变了颜色。

郑家的案子震惊天下，如果吴关月父子真是冤枉的，那么这个案子真正的凶手是谁？如果吴关月父子不是冤枉的，那么他们这么做的目的是什么？

他下意识地看晏三合，却见她黑长的双睫微微战栗着，脸上也是一副被雷劈过的样子。

死寂，令人窒息的死寂。

良久，晏三合冲吴书年扬了扬下巴："我有几个问题要问。"

吴书年看着她，轻轻地笑了，阿也说得没有错，这六个人当中，这个年轻的姑娘最深不可测："小丫头，你只管问。"

晏三合："你说你是冤枉的，除了前面你说的这些，还有什么证据？"

吴书年："没有！"

晏三合："既然没有，那我怎么相信你说的话是真的？"

吴书年："晏姑娘没听过一句话吗？人之将死，其言也善，我没必要骗你。"

晏三合摇头："不是一句人之将死，其言也善就可以一带而过的。我化念解魔，还得讲个因果是非呢。"

"说得好！"谢知非沉着脸道，"这个案子除了刑部、大理寺、都察院三司会审，还有锦衣卫在暗中探查。四部联手，怎么会查错案？"

这时，周也突然冷笑一声："我也想知道，明明四部联手，怎么还会查错案？"

谢知非被他这一激，又怒了："周也，你别忘了你是华国的官。"

周也眉心一压："不好意思了，三爷，在我这里只认吴氏这一个主子。"

谢知非咬牙："你这是叛国，是死罪，当诛九族。"

周也抬起下巴，轻蔑地一笑："我赤条条一个人，没有九族。"

"你——"

"我什么？"

四目相对，两人的眼神都冷得跟冰碴似的。

"阿也！"吴书年的声音带着颤抖，"你扶我起来！"

周也的眼神如刀一样剐过谢知非，然后弯腰把吴书年扶起来。

吴书年晃了晃，稳住身体后，一把推开周也的手，一步一步挪着两条腿往前走。

他走得很慢，每一步都像走在刀刃上。终于，他走到水缸前，扶住缸沿，回头深深地看一眼谢知非："这水缸里有六条鱼，知道为什么是六条吗，三爷？"

为什么？六人心里都在问。

吴书年轻描淡写道："代表我曾经去了华国京城六次。"

一记闷雷劈在谢知非身上。锦衣卫踏遍万水千山要找的人竟然在他们的眼皮子底下进进出出？胆子也忒大了！

"阿也每年进京述职，我便装扮成他的下人，也跟着去。你们一定好奇我冒着这么大的危险进京去做什么，"吴书年慢慢挺直了腰背，目光深邃，"我父亲在你们眼里，或许是乱臣贼子，但在我心里，他就是个大英雄。英雄可以做惊世骇俗、把天都翻过来的大事，也可以孤独地死在冬至的夜里，那都是光明磊落。我这一生在他的庇护下没什么出息，窝窝囊囊，躲躲藏藏，但……"

他急促地换了口气："但只要我还有一口气在，就不容许有人诬蔑他，不容许有人往他身上泼脏水。所以每一年进京，我都在暗中调查杀害郑家一家真正的凶手。直到三年前，我开始服用还魂丹，我……我……我再也没有力气为我的大英雄平反了。"眼泪从他深深凹陷的眼眶中落下来。

周也走上前，轻轻拥住了吴书年，沉声道："这三年都是我一个人进京，除了述职和买药外，我无时无刻不在寻找机会。"

晏三合："什么机会？"

"查案这条路之所以走不通，是因为我是外官，根本接触不到京城的水，更不要说探一探它的深浅，而你们……"周也缓缓地吐出一口气，"一个僧录司右善世，一个北城兵马司指挥使，你们不仅身在水中，而且熟悉水性，深知它的深浅。"

"你要我们查郑家的案子？"裴笑惊得脱口而出。

"我们帮你们化念解魔。"周也目光缓缓地扫过面前的晏三合、谢知非、裴笑，一字一句道，"你们帮吴家父子平反，找出屠杀郑家的真正凶手，祭奠死者的亡灵，也能让书年和我……死而瞑目。"

每个字都生硬地碰着三人的耳膜，不等他们做出反应，面前的吴书年嘴一张，一连吐出好几口血来。

"书年！"

"主上！"

吴书年冲周也惨然一笑："对不起，阿也，这一回我没忍住！"

周也脸色大变，手往他身下一抄，把他打横抱起来："三位，我等你们半个时辰，也只等你们半个时辰。"

院子里空落下来。

三人面面相觑，脸色都十分难看。

....

事情到这个地步，所有的谜底都已经揭开，接下来要做的是选择。可怎么选择呢？

晏三合看着水缸里的鱼，平静道："我们各自表态吧。"

裴笑看看晏三合，再看看谢知非："表态之前，我有个问题，你们相信他们说的话吗？"

晏三合："我信！"

谢知非："我不信！"

裴笑白眼都翻不出来：看，自己内部不统一，怎么答复别人？

裴笑问："晏三合，你为什么信？"

晏三合："因为他们没必要费这么大的劲儿来给我们编一个谎。"

裴笑又问："谢五十，你为什么不信？"

谢知非看了晏三合一眼："四部同时查一个案子，谁在其中做手脚，都是件不太可能的事情。案卷我亲眼看过，没有任何问题。"

"你为什么会去看郑家的案卷？"裴笑愣了愣。

谢知非眼中有什么一闪而过："这个案子的案犯到现在都没有抓住，每年考核，四部都要旧事重提，我们五城兵马司不看案卷，如何拿人？"

"谢知非，"晏三合直视着他，"你给我一个吴书年说谎的理由。"

"晏三合，"谢知非回敬她，"那你给我一个吴书年没有说谎的理由。"

晏三合："吴关月爱民如子这一点，你承认吗？"

谢知非："承认。"

晏三合："他的爱民如子带来两个后果。"

谢知非："哪两个？"

晏三合："一个是大齐的百姓到现在都在念着他的好。"

谢知非："另一个呢？"

晏三合："周也受他的影响，也爱民如子。"

谢知非眉一压："然后呢？"

晏三合："吴关月在造反逼宫时屠杀的是陈氏一族，连那个叫孙斌的老臣都留着没杀，可对？"

谢知非四肢一僵，回话明显慢了下来："对！"

晏三合："由此可见，这人不会滥杀无辜，可对？"

谢知非艰难地点了一下头。

"我记得，当时在解晏行心魔的时候，就对你父亲说过一句话，我说冤有头，债有主，还轮不到郑将军一府。"晏三合屈指敲敲缸沿，"郑将军一府除了郑老将军，还有谁是该死的？"

轰！谢知非耳畔轰鸣作响，脸上的血色如潮水般褪去，心底的咆哮却不断地涌上来，几欲冲破这原本不该属于他的皮囊。

没有人该死，他们都是无辜的。我爹是无辜的，我娘是无辜的，我妹妹是无辜的，还有我……我也是无辜的！

佛说善人行善，从明得明，他们都是那么好的人，为什么还死在刀山火海中？为什么？

"谢知非，谢知非……"

"谢五十，谢五十……"

"啊？"三爷茫然地抬起头，眼中没有焦距。

晏三合火大："这都什么时候了，你说个话也能走神，能不能专心点？"

裴笑也火大，一脚踹过去："谢五十，没被鬼附身吧，喊你多少遍了？"

谢知非涣散的瞳孔终于有了焦点，他从嗓子眼里挤出一句话："晏三合，下面的事你来做主吧。"

什么叫我来做主吧？晏三合紧皱眉头看他，这人一晚上都不太对劲儿，根本不像平常见惯的那个谢纨绔，真被鬼附身了？

"晏三合！"谢知非知道她在怀疑什么，故意痞痞道，"你这么看着我，是对我有好感的意思？"

我呸！晏三合把他当成空气，扭头冲裴笑道："你代表苦主，表个态吧！"

裴笑深吸一口气，沉稳道："根本没有选择，只有答应下来，而且我能看出来，这个吴书年已经没有多久可活了。"

"我和你想的一样。"晏三合扔下这一句，转身走到院外，"去告诉你们主上，我们应下了。"

"是！"

"慢着，麻烦准备一张祭台、三盘瓜果、两个烛台、一个香炉。还有，请你们主上沐浴更衣，准备化念解魔。"

第二十七章 清白

净房里，雾气腾腾。吴书年浑身浸泡在热水中，两条瘦骨嶙峋的胳膊无力地搭在木桶边缘。

身后，周也将手指插入他的头发中，一点一点温柔地搓揉。

"阿也，我现在是不是又老又丑？"

"没嫌弃。"周也声音渐低，顿了顿，道，"我唯一嫌弃你的，是你疼的时候从不喊疼。"

吴书年笑道："这也让你发现了？"

"吴书年，我从六岁就跟在你身边，你眨个眼睛，我就知道你在想什么。"

"是啊，我父亲从前常说，阿也的眼神最好了。"说到这里，吴书年静了许久，"我这一辈子什么都比不上父亲，连在死这件事情上都没做到像他那样痛快利落，但有一件事情，我比他强。"有个人从六岁开始就把我装在他心里。

周也没问是哪一件事情，把毛巾绞干了，绕到边上帮他擦脸。

吴书年顺势闭上眼睛，轻轻嘘出口气："不知道为什么，那三个年轻人我挺喜欢的，都是好人，三爷的那个侍卫，我觉得和你有几分像。"

"哪里像？"

"话少。"

"裴公子的侍卫话也少。"

"不一样。"

"哪里不一样？"

"谁入了他的眼，他能把命都给那人。"

周也终于笑了："你这是在变相地夸我？"

吴书年睁开眼，手指轻轻一钩，钩住了周也的衣襟。

周也在木桶边蹲下，看着他，不说话。他也不说话。

终于等来了，整整九年，太漫长了。许久，周也轻笑道："你洗好了，一会儿我就着你的水也洗一下。"

吴书年看着他，深深地看着他，良久，回了一个字："好！"

…………

一张祭台坐北朝南，三盘瓜果依次摆好，两个烛台火光跳跃，唯有香炉里的香还不见踪影。

香呢？裴笑皱眉。

这时，李不言从包袱里拿出一炷香，递到晏三合手里。

裴笑愕然，赶紧用胳膊蹭蹭谢知非：这香跟了李不言一路，怎么还没断呢？

谢知非往边上让让，眼风都没向他扫过去。

周也推着吴书年走进院中，不知道是不是被热气熏过的原因，吴书年原本青灰色的脸泛着些不正常的红色。他目光落在晏三合身上。

晏三合走过去，垂首道："你是替你父亲点香，不要有杂念。香能点着，就说明我们找的心魔是对的。"

吴书年扶着周也的手，从轮椅上站起来："我有句话要说。"

别是反悔了吧，裴笑赶紧拽着谢知非走上前。

吴书年目光渐凝，轻轻推开周也的手，身子慢慢往前一躬，艰难地行了一礼。

三人脸色大变，晏三合伸出手的同时，裴笑已经扶住了吴书年。

吴书年慢慢直起身，喘着气道："三位，拜托了。"

裴笑："既然答应了，我们就一定尽力，但如果时运不济，什么都查不到，你也不要怪我们。"

"那也是吴家的命，不怪你们。"

吴书年向晏三合伸出手，晏三合把香交到他手上的同时，大步退回了原位。

谢知非随即跟过去。

怎么就剩下我一人？裴笑莫名一惊，也赶紧跑过去，站在了两人中间，不由自主地咽了口口水："谢五十，晏三合，我好紧张。"

谢五十没理他。

晏三合更没理，她抿了下唇，看着一步一步往前挪的吴书年，瞳孔微微放大。

"晏姑娘，我现在就点香吗？"

"等一下！"

晏三合沉稳地开口："季老太太死前脑海里想的是一条黑狗，黑狗是吴关月送的。吴关月是季老太太的青梅竹马，他身上流着两个王族的血，是一代枭雄，也是无数人心目中的大英雄。

"两人因狗结缘，互生情愫。胡三妹是吴关月唯一喜欢过，却偏偏又只能放手的女子。

"胡三妹带着不甘和不舍离开北仓河，到季家做了个小妾。季家纳她，是因为正妻身子坏了，无法生育，需要她给季家传宗接代。

"胡三妹的肚子十分争气，头一胎就生了个儿子，儿子记在正妻名下，算作嫡子，由正妻抚养长大。第二胎仍是儿子，胡三妹主动把儿子扔给正妻，自己拖着刚刚出月子的身体去服侍婆婆。

"慢慢地，胡三妹在季家内宅站稳脚跟。她被人算计，也算计别人，她伏低做小，忍气吞声许多年，在正妻死后被扶正，成了季家真正的女主人。

"随着年纪渐长，胡三妹在男人那里失了宠，和两个大的儿子不亲，儿子的婚姻甚至不由她这个生母做主。在两个大儿子的眼里，他们真正的嫡母是已经去世的张氏。

"胡三妹千年媳妇熬成婆，开始拿捏搓揉别人，她亲自相中的第三个儿媳妇宁氏与她反目成仇，让她成为季家的笑话。

"胡三妹原本是个贫穷的渔家女，一脚踏进京城后，就再也没走出京城，到死都困守在季家的后院里。她的人生没有光照进来，也没有可窥见的方向，眼前身后都是一片空茫幽暗。虽然锦衣玉食，虽然儿孙满堂，但她仍然活得不开心。

"她一辈子最美好的回忆是在东兴县，是在北仓河边，是那个俊得不能再俊的贵族吴公子，是那条绝食而亡、有情有义的黑狗。她人生的大部分时间都靠着这段回忆活下去，念念不忘，时间一久，心念成魔，以致死后棺材合不上。"

最后一个字落下，晏三合看着吴书年："吴书年，你明白了吗？"

"明白了，胡三妹其实也是个可怜人。"

因为病痛，细细的汗从吴书年的鼻子上冒了出来。他挪着脚步到祭台前，把香合在两掌中间，深吸一口气后，慢慢地闭上了眼睛。

"胡三妹，"他的声音因为虚弱而十分轻柔，像情人间的呢喃，"我是吴关月的儿子，名书年。我父亲早在九年前便离世了，他走得很突然，摔了一跤，再也没爬起来。

"父亲生前最后一次回老街，站在北仓河边的时候，和我说起过你，他说，你是他唯一喜欢过的女子。他不娶你，是因为他要做一件搅动日月的大事，而你要的几间瓦房、四方小院、一个殷实人家，他给不起。

"我父亲这一生也很可怜，才华抱负、雄心壮志都没有实现，最后还做了流亡君主，东躲西藏。何处最伤心，关山见秋月，这是我父亲名字的由来，听听，连名字都起得这么惨，你应该庆幸自己没有跟他。

"该说的话都已经说了，你别怨他，该放下的都放下吧，别再做孤魂野鬼，投胎去吧，如果……"

吴书年眼眶浸红，声音慢慢哽咽："如果你在那边碰到他，帮我和他说一句，我们来世再做一回父子。我做父，他为子，我来帮他挡一世风雨！"

最后一个字落下，吴书年伸出手，把香放在了烛火上。

所有人的气息都凝住，目光都落在那炷香上。

裴笑死死地掐着谢知非的胳膊，隔着衣服，他都能感觉到自己浑身的汗毛正在一根根竖起来："谢五十。"

"闭嘴！"谢知非死死地盯着那炷香，眼睛一眨不眨。

院子里，死一样的寂静，连最轻微的呼吸声都听不见。时间在这一刻被无限地放大、拉长，仅仅是几个呼吸间，却慢得像过了一生一世。

香头一点点缠上烛火，一缕白烟袅袅上升。

"晏三合，点上了。"

老太太的心魔找对了，季家有救了！裴笑欣喜若狂，一扭头，却发现晏三合整个人像被从水里捞上来的一样，浑身都被冷汗湿透了："你——"

"闭嘴！"晏三合的目光始终没有离开过那炷香。

这时，吴书年把香插进香炉里，偏过脸，目光询问似的看着晏三合。

晏三合轻轻一点头。

他一直挺着的脊梁像被压上了重物，瞬间便坍塌下去。

周也赶忙推着轮椅上前，将浑身都在打战的吴书年搀扶到了轮椅上。

接下来，便是等待，香一点点燃着，那么安静，安静得让人能听到自己的心跳声。

慢慢地，谢知非两条剑眉拧在了一起。不太对啊，上一回燃香没有那么长时间，香插到香炉里，忽地刮过一阵风，眼睛一闭一睁之间，那香就燃完了。今儿这炷怎么烧得这么慢？

谢知非绷不住了，用胳膊轻轻蹭了蹭晏三合，晏三合像受到了惊吓，浑身一哆嗦。

而就在这时，裴笑突然大喊："怎么回事，香怎么突然灭了？"

没有一丝风，烧到一半的香竟然自己灭了，这是见鬼了吗？所有人只觉得头皮发麻，冷汗直飙。

裴笑"嗷呜"一声，从后面死死地抱住了谢知非。

谢知非浑身的血都往头上涌，这会儿哪还顾得上他，一把抓住晏三合的胳膊："晏三合，这是怎么回事？"

晏三合脑子里嗡嗡嗡的，唇一张一合好几次，终于在一片混沌中找到了自己的声音："别慌。"她挣开谢知非的手，走到香炉前，伸出手，把那炷燃了一半的香拿起来，反反复复地看。

李不言走上来："小姐！"

晏三合抬头。

两人目光对视片刻，李不言叹了口气后，从她手中把香拿走，继而收进包袱里。

周也一看收香，十分愕然："晏姑娘，这是怎么回事？"

晏三合苦笑："这是专门给死人化念解魔点的香，此香会出现三种情况。"

周也："哪三种？"

"第一种是香点不着，这代表点香的人不诚心。第二种是香突然断了，这代表心魔从根儿上就是错的。第三种是燃一半灭了，这代表……"晏三合苦笑，"胡三妹的心魔不止吴关月这一个。"

什么？

什么？

什么？

"我外祖母还有别的心魔？"裴笑简直是抓耳挠腮、心乱如麻，最后恨不得五脏俱焚，"晏三合，这心魔解一半，那我们季家……"

"不会有任何变化。"晏三合道，"只有把心魔都解开，季家才会停止倒霉。"

解一半都已经费了这么多周折，还有一半……我的个亲亲外祖母哎，你生前闷声不吭，怎么死后这边一个心魔，那边一个心魔，你这是要把你家外孙折磨死啊！裴笑想号啕大哭。

"晏姑娘！"轮椅上的吴书年低低地唤了一声，"我们……能帮上什么忙吗？"

"不急，让我想想，我要好好想想！"晏三合面无表情地走出院子，将所有人的视线甩在了身后。

"哎，怎么就走了，不一起商量商量吗？"

裴笑正要追上去，被谢知非一把揪住："你给我消停点，让她静一静。"

…………

晏三合不知道往哪里走，反正是沿着青石小径，怕迷路，走一段又折回去。

天气炎热，一丝风都没有，虫鸣声倒是此起彼伏，可通通没有落进晏三合的耳朵里。

她此刻的脑子就像一匹在旷野中疾驰的千里马，以胡三妹救下那条黑狗为起点，奔向她咽下最后一口气的终点。

除了一个吴关月，还有什么能让胡三妹心念成魔？她是不是遗漏了什么？

"书年！"

"主上！"

晏三合脚下一顿，猛地转过身，愣了片刻后，飞快地冲过去。

院子里，轮椅上的吴书年倒在周也的怀里，一动不动。

"他怎么了？"

周也："疼晕过去了。"

晏三合声音高起来："那赶紧把他抱进房里啊，还愣着干什么？"

周也抬头看着晏三合，轻轻笑了："他来之前交代过，不想再回房里，你们来之前，他已经整整一年没出过那个房间了。"

晏三合心头微微刺痛，想也没想，便道："黄芪，去把那还魂丹拿来，要快！"

这会儿吃还有用吗？黄芪拿不定主意，抬眼瞄自家主子。

裴笑一听晏三合说起还魂丹，就知道这个吴书年对他们还有用："蠢货，还不快去！"

"慢着！"阿强上前一步，身子挡住了去路。

"都到这个节骨眼上了，你个龟儿子还怕我们卖了你啊？"裴笑破口大骂，"滚开，老子带的还魂丹比你们买到的至少好十倍。"

阿强一跺脚："我是想让他跟我一道走，我知道近路。"

黄芪："走！"

裴笑心中的滋味难以言喻，讪讪道："周大人，把他抱到躺椅上去，这样他会舒服些。"

谢知非也小声提议："家里还有没有药？可以再喂他吃一点。"

周也握着吴书年的手，微微战栗起来：书年啊，你说对了，这三个年轻人，他们真的都是好人。

"来人！"周也冷静地吩咐，"拿躺椅来，去煎药，再去拿床被子。"

"是！"

一通手忙脚乱后，院子里再度安静下来。

裴笑看着吴书年的脸色，犹豫了好一会儿，低声道："他怕是没有几个时辰了，周大人，后事预备下了吗？"

所有人一听这话，眼睛同时瞪着裴笑，都快瞪出怒火来。

"如果没有预备下……"裴笑磕磕绊绊道，"我……我们就留下来帮忙啊！"

"不必了。"周也在躺椅边蹲下，抓起吴书年骨瘦如柴的手，放在掌心，轻轻地帮他搓揉。

手搓完，他又开始搓脚。吴书年的脚一年四季都冰冷，用热水烫都烫不暖，只有他用手搓，才能搓出一点温度。

·363·

"晏姑娘让人去拿还魂丹，一定是想从书年嘴里再打听些什么。"周也开口。

晏三合十分坦白："你猜对了，我的的确确还有几个问题想问问他。"

周也："一会儿他醒来，你抓紧时间问，问完了，你们就离开吧。最后的一点时间，我不想有人来打扰他。"

"好！"晏三合垂首看向周也，竟然在他眼角看见一点转瞬即逝的泪渍，她心中有一点刺痛，忽地蹲下来，"我还有几个问题，也想问问周大人。"

周也淡淡地笑道："姑娘是想问我，为什么要偷那八百两银子？"

晏三合："嗯。"

周也："刚刚书年已经说过了，我想把最好的给他。"

晏三合："真是这样吗？"

"是！"周也抱歉一笑，"他打小锦衣玉食，没吃过半点苦，我一点都不想亏待他，时间一久，便入不敷出了。"

"既然都入不敷出了，为什么还要去帮那些百姓？"晏三合目光深深的，"甚至不惜自己去做贼？"

周也："主上这一生的抱负没有实现，我能为他做的，除了帮他照顾好书年，也只有这么一点了。"

晏三合："你不怕百姓知道后——"

"晏姑娘！"周也冷冷地打断，"不是我做的每一件事情都需要让别人知道缘由。他们念着我的好也好，知道我做贼恨我也罢，这些都与我无关。"

晏三合脸色忽地变得惨白，晏祖父也是这样的，他们竟然是同一类人。

"接下来这个问题可能有些不中听，"她压抑着心里的难受，"你一个华国人为什么认吴家父子做主子？"

"不是只有大齐国的百姓与野狗争食，我也曾经干过这事。"周也舔了下干涩起皮的嘴唇，"十几条野狗追着我，是主上把我从狗嘴里救下来的，一命之恩，自当以命相报。"

"那年你几岁？"

"六岁。"周也并不愿意多说自己的事情，回看着晏三合，"还有什么想问的？"

晏三合："你这一身的功夫，从何而来？"

周也看一眼身后围着的兄弟们："想留在贵人身边讨口饭吃，总得让贵人知道你的用处，除了拼命学功夫，没有第二条路可走。"

晏三合："那么你到华国做官，是吴关月安排的？"

周也由衷地赞叹："晏姑娘真聪明，没有主上，我又如何进得了这华国的官场？"

"那么我是不是可以认为……"晏三合想了想措辞，"他们祖孙三人能在那场战争中活下来，和你有很大的关系？你是吴关月布下的最后一道防线？"

"是！"周也毫不犹豫地承认，且没有丝毫愧疚之色，"是我通风报信，也是我做的接应，但我不是主上最后一道防线，姑娘看看他们，他们每一个人都是主上安排的防线。"

晏三合看着身后的那些黑衣人："说到底，吴关月还是怕死，他为自己留了后手。"

"这一回，姑娘料错了。"周也声音说不出地苍凉，"我们的任务不是保护主上，我们保护的是书年和小主子，是我自作主张把主上敲晕了背走的。"

晏三合眉头一皱："你自作主张？"

"因为他知道，我的父亲若是没了，那么郁郁而终的人就会是我。"不知道何时，轮椅上的吴书年睁开了眼睛，目光定定地看着周也。周也回看着他。

万千情意皆在这一眼中，余下的人和事皆在这一眼之外。

晏三合尴尬得没处安身，突然后背一紧，人已经被拎了起来，还没来得及喊出声，后背的手一松，她稳稳当当地落在一把竹椅上。她不用抬头也知道，刚刚那一下是谢纨绮干的。

晏三合胸口像被烫了一下，觉得现在不光眼睛尴尬，浑身上下都很尴尬。她不得不咳嗽一声，打断了面前的两人："吴书年，你感觉怎么样？"

吴书年轻轻合了下眼睛，缓缓地笑开："不怎么样，应该是回光返照。"

晏三合心酸地笑了："那就趁着你回光返照之际，你再帮我想想，关于老太太的心魔，站在你父亲的立场上，还能想到什么？"

吴书年睁大眼睛，很认真地分析说："老太太的心魔是条黑狗，狗是我父亲送给她的，我——"声音戛然而止。

周也失声惊喊："书年？吴书年？"

吴书年动了一下手，周也察觉到，无声地嘘出一口气。

与此同时，谢知非和裴笑对视一眼，也把刚刚提起的心按下去，吓死了。刚刚他们以为这人一口气没上来，就这么走了呢！

晏三合迅速站起来，弯腰，垂首："吴书年，你刚刚是不是想到了什么？"

他点点头："我想到了一件事，不知道对你们有没有用。"

晏三合："你说！"

"狗对我们吴氏一族十分重要。当年吴氏还是大齐的王时，有一年王宫失火，是吴王养的狗咬着吴王的衣服把他从火里拖了出来。"吴书年因为疼痛缓了好几口气，"吴王于是下令，吴氏儿孙世世代代都不许杀狗，也不许吃狗肉，我们吴家——"

"吴家不杀狗？"发出这一声惊喊的是谢知非，他声音里带着说不出的惊讶、惶恐，还有……慌张！

吴书年虚弱地点点头："这是条族训，记在吴家的族谱上，你若不信，我让阿也拿给你看。"

"晏三合！晏三合！晏三合！"谢知非叫得一声比一声急。

晏三合的心一瞬间提到了嗓子眼："别急，别急，你慢慢说，是不是有哪里不对？"

谢知非眼珠定定地看着她，反而一个字都不说了。

晏三合看得很清楚，这人的瞳孔是散着的。他怎么了？可是想到了什么？

谢知非想到了，郑家是有狗的，而且不止一条，用来看家护院，其中有一条叫阿黄，他小时候还曾骑在阿黄的身上。

然而……

谢知非的声音颤得跟什么似的："永和八年，郑家惨案中，没有一条狗是活着的。"

"什……什么，你们……说……说什么？阿也，快……快扶我……喀喀喀……"

周也一边帮吴书年揉胸，一边大喊道："三爷，你倒是把话说清楚啊，算我求你了！"

"我看过郑家的案卷。"谢知非彻彻底底惊醒过来，"案卷里写着郑家除了鸡笼里的鸡、鸭笼里的鸭、吓得四下乱窜的猫，没有一个活口，狗都被杀了。"

裴笑整个人一僵，随即猛地睁大眼睛："我想到了一件事情，黄芪在老街打听完回来说，吴家人不吃狗肉，这么说来，郑家的案子——"

"郑家的案子的确有问题。"晏三合异常冷静地接过话，"狗对吴家有恩，吴家祖训不杀狗，不吃狗，吴关月跳进北仓河，与胡三妹结缘，多半是因为这个祖训。而郑家的案子中，没有一条狗是活着的，那么也就是说，这个案子不可能是他们吴家做的。"

最后一个字落下，谢知非踉跄着后退几步。怎么会错呢？四部联手，刑部、大理寺、都察院、锦衣卫……不应该啊！

谢知非脸上十分茫然："吴——"一个"吴"字还没叫出口，他神色顿时剧变。

眼泪不断地从吴书年的眼角涌出来，他因为激动整个身体一动一动地抽搐着："阿也，阿也……"

"我在，书年，我在呢！"

"听……听……到了没有？他们说……说……不是我们吴家做的……不是我们吴家……我们吴家……是……清白的。"

"嗯嗯，听到了，我听到了。"

吴书年嘴角牵动了一下，露出淡淡的一点笑："我有脸，有脸……去见……见爹了。"

"嗯嗯嗯。"

吴书年轻轻合上了眼睛，几不可闻道："那……回……家吧，我累了，想……睡一会儿！"

"好，回家，咱们回家。"周也手上一用劲儿，把他打横抱起，目光却沉沉地落在晏三合脸上，"我其实……特别希望晏姑娘能问我另一个问题。"

晏三合与他的目光对视，然后深吸一口气："你不知道，我其实很想问，但一直忍着，怕你介意，不敢问。"

周也薄唇抿成一条线，轻轻笑道："晏姑娘是帮死人解魇的，在你那里，还有什么不敢的？"

是啊，还有什么不敢的？！晏三合很直白地问出了心底的话："他娶过妻，生过子，你却孤身一人，你甘心吗？"

周也不答反问："晏姑娘可有喜欢的人？"

"没有。"晏三合摇摇头。

"等晏姑娘哪天有了喜欢的人就会明白，有一种人，你连死都甘心替他。"

晏三合胸口猛地一震：有吗，会有这样一个人，我喜欢到愿意替他去死？或者有这样一个人，喜欢我到愿意替我去死？

"三爷！"周也眼眸漆黑，"那玉扳指还请三爷收下，书年这人最不喜欢欠人东西，我怕他走得不安生。"

谢知非还沉浸在找到证据的震惊中，茫然地点点头："哦！"

"裴大人，"周也看向裴笑的眼神有种看尽千帆的沧桑，"还魂丹太贵了，降点价吧，贵人的命是命，穷人的命也是命。"

"这不是我一个人能决定的事情，我回去和我爹商量商量。"裴笑咬咬牙，一跺脚，"哎呀，回头你要是吃，我一定让他们便宜卖给你。"

"那就一言为定。"周也昂起头，长长地舒出口气，"三位，山水有重逢，来日无可期，在下告辞！"

说罢，他淡淡一笑，抱着怀里的人转身走出院子，再也没有回过头。

晏三合不确定自己是眼花，还是想多了，总觉得周也这一笑说不出地诡异。

…………

吴书年他们主仆一走，黑衣人瞬间也走得干干净净，院子空落下来，没有人开口说话，所有人的脸色都很难看。

短短一盏茶的时间，他们不仅发现老太太的心魔只解了一半，吴书年还马上就要死了。最让他们难以接受的是，郑家灭门惨案另有真凶。无论是谁，此刻都难以平复自己的情绪，或者说，都被震惊到了。

打破沉默的是李不言："还是想想老太太的另一半心魔是什么吧？"

像一盆冰水从头灌到了脚，裴笑一激灵："对，时间不等人，咱们得立刻回京城。"

"不能回！"谢知非果断地拒绝，"万一，老太太的心魔还在北仓河边呢？"

裴笑一下子没了主见："晏三合，你说呢？"

晏三合看了谢知非一眼，然后走到吴书年坐过的太师椅前，悄然坐下。宫灯的光落下来，打在她的脸上，那张脸可真是疲惫啊，眼底是一层浓重的青黑色，眼珠布满了血丝。

她用手捂住脸，长久地不说话。此刻她才知道，一个内宅妇人的心思能藏得多深，深到追根溯源到她的童年、她的故乡、她的青梅竹马，依旧有摸不着的地方。也难怪世人都说，人心似海，深不见底。

时间一点点过去，晏三合拿开手，睁开眼，一字一句道："起程回京吧，老太太另一半的心魔不会在北仓河边。"

谢知非沉默片刻，追问道："为什么这么说？"

"老太太活了六十八岁，十六岁离开北仓河。这十六年里，刻骨铭心的只有吴关月一个人。"晏三合撑着椅子扶手站起来，"余下的五十二年，她都活在京城里，那才是漫长的一段岁月。"

　　谢知非并非和她抬杠："可京城我们都一一查过了，没有啊。"

　　晏三合沉默了片刻，道："也许我们查得不够仔细、不够深，也许有什么东西被我们遗漏了、忽略了。"

　　谢知非没有再反驳，而是轻轻一点头："好，听你的。"

　　三爷一说好，余下的人都没有意见。

　　裴笑心急如焚，冲晏三合道："回京怎么走，还是听你的，总而言之，得快，京里这会儿都不知道成什么样了呢。"

　　晏三合正要说话，忽地，眼前有什么一亮。

　　李不言扭头望去，顿时大惊失色："不好了，这宅子起火了。"

　　"起火了，这怎么可能？"裴笑踮脚去看，神色一下子僵住。

　　是起火了，火光顷刻间就映红了半边的夜空，将远处的青山映得清清楚楚。

　　谢知非皱眉："好好的，怎么会起火呢？"

　　晏三合想着周也最后那一抹笑，心直往下沉："走，我们去看看。"

　　裴笑伸手想拦："这一看，又得耽误时间，我们——"

　　"让开！"晏三合把裴笑往边上一掀，便狂奔起来。

　　"谢五十，你看她——"

　　"别废话了！"谢知非一把拽起裴笑，追着晏三合而去。

　　这是晏三合活了十七年跑得最快的一段路，几乎都要跑断气了。

　　李不言怕她体力不支，拽着她的胳膊，手上使了点劲儿，带着她跑。

　　起火的是个宽敞的院子，两人刚冲进去，就被扑面而来的滚滚热浪熏得缩回了脚。

　　热浪中，所有的黑衣人都跪在院子里，一动不动地看着肆虐的大火，泪从他们的眼里流下来。

　　"为什么会起火？"晏三合大声问。

　　没有一个黑衣人回答她。

　　晏三合目光迅速扫过这些人，发现其中没有周也："周也呢，他在哪里？"

　　有黑衣人扭过头，满面泪痕地对晏三合道："阿也哥在里面，他说主上一个人走会孤单。"

　　"孤单个屁！"晏三合急得大吼，"你们去把他救出来，快去，快去啊，快去救他啊……"她一边嘶吼，一边抬腿就往里面冲。

　　李不言吓得魂飞魄散，死死抱住了她："三合，三合，你冷静一点，冷静一点。"

　　"去救他，把他们救出来，都要救出来……"晏三合像个疯子一样，一边奋力挣扎，一边疯狂大喊。

　　"周也，你给我出来，出来啊……快跑啊……不要死……不要死……跑啊……"她吼得声嘶力竭，整张脸因为用力而变得扭曲、狰狞，在一片赤热的火光中，像极了从地狱里爬上来的厉鬼。

"晏三合，晏三合！"

晏三合一听是谢知非的声音，急忙转身，一把揪住他的衣襟："谢知非，去救他们，把他们都救出来……快啊……"

"晏三合，这是他们的决定——"

"很疼的，会很疼的，不要……不要……"

谢知非见她吼得撕心裂肺，什么也听不进去，情急之下只能手起掌落。

颈后的痛意传来，晏三合眼睛一睁，用最后一点力气向火光中看过去，她仿佛看到周也那张平淡无奇的脸又冲她轻轻一笑："晏姑娘，在下告辞！"

眼角的泪悄然滑落，晏三合合上眼睛的同时，阿强震耳欲聋的声音在她背后响起："主上——阿也哥——"

…………

深夜的官道上，两辆马车向京城的方向疾驰，驾车的人，一个是朱青，一个是黄芪。

晨曦透进来的时候，晏三合睁开眼睛，入眼的是李不言担忧的目光。

身下一颠一颠的，应该是在马车里，她坐起身，问："我们这是往京城赶了吗？"

这一问，吓住了，晏三合指指自己的喉咙，一脸的惊恐："我嗓子怎么了？"

你还好意思问？李不言做了一个要掐死她的动作："喊得声嘶力竭，嗓子不劈才怪。"

晏三合一口气松出来。

"晏三合，"李不言目光前所未有地凝重，"那么大的火，你拼了命要冲进去，拦都拦不住，是想吓死谁？"

晏三合脑袋耷拉下来，开口说了几个字，意识到李不言听不见，忙抬头，指指自己的口型："很熟悉，就像自己亲身经历过一样。"

李不言不由得大惊失色。

晏三合："我看到火的瞬间，就感觉像有个人附在我的身体里，也感觉那些火好像是烧在我身上，很痛苦，很绝望。"

"看来你是真的经历过。"

晏三合点点头。

李不言极为冷静道："你这么痛苦，那么身陷火海的人，对你来说很重要。"

晏三合眼神黯淡下去："你说，会不会是我的父母？他们也是被活活烧死的？"

李不言轻轻弹了下她的脑门："没有根据的事情，不要乱想，乖乖躺下去休息。"

晏三合哪里还能睡着："他们人呢？"

李不言手往后面指指："在马车里。"

晏三合："他们怎么没骑马？"

李不言："一个个累得跟狗似的，谁还骑得动？这马车是裴大人问长青老和尚要的，一刻没耽误，连夜就出发了。"

晏三合静默了片刻，道："大明山脚下的宅子呢？"

·369·

李不言咬咬唇："被阿强一把火烧了。"

晏三合全身的力气一下子没了,身子慢慢往后靠。烧了也好,这样一来,周也的身份、吴书年的过往通通化成了灰烬,再也没有人知道,再也不会有人去打扰他们。

"阿强会把他们的尸骸带到大明山顶上,和吴关月合葬在一起。"李不言叹息,"阿强说别的不可惜,只可惜周也这些年帮吴书年寻来的一件一件好东西,都没了。"

晏三合眼中的伤感掩不住："其实,是个好结局。"

"三爷和裴大人也这么说。"李不言揉揉晏三合的头发,声音温柔,"余下的侍卫都解散了,各奔东西,周也入不敷出的另一个原因,他没有真正告诉我们,其实,他帮每一个侍卫都存了一笔钱。"

晏三合不知道说什么好。

"对了,阿强没走,他说他就留在山上,做个守墓人,帮吴家守一辈子的墓。"

晏三合转过脸,把涌出来的一点泪水逼进眼眶,沉默良久后,她轻声道："也是个好结局！"

第二十八章 周也

周也爷爷死的那天,天气很热。尸体摆上一天就有味道了,周也虽然饿得前胸贴后背,可还是忍不住想吐。

邻居们连夜砍了几棵树,做了一具薄棺材。落葬后,隔壁婶子偷偷塞给了他两个馒头。

这年,他五岁。

五岁的周也没见过爹,也没见过娘,跟着爷爷在周家屯守着几亩祖田过日子。日子虽然难过,但头上到底还顶着瓦片,能遮风避雨。

周也爷爷死后的第四天,周家屯便开始接二连三地死人,一个月时间,几百座新坟竖起来。

官爷来了,说是瘟疫。周也不懂什么叫瘟疫,却本能地懂活命,他跟着几个侥幸活下来的村里人跑了。他们跑了五天五夜,那几个人也死了,只剩下周也一个。

周也不知道能去哪里,他饿了好几天,实在走不动路,眼前一黑便晕了过去。他醒来才发现自己被关进了一间屋子,屋子里有十几个和他一样瘦得不成形的小孩子。

周也别的本事没有,但对一样东西天生敏感——危险。他借口要拉屎,到了院子里,瘦瘦的身子一弯从狗洞里钻出去,然后撒腿就跑。

他拼命地跑啊跑啊,突然,看到路边有条狗,正趴在地上啃着一根肉骨头。他想都没想，立刻停下来，捡起一块大石头，就冲那狗奔过去。

他想，反正是活不成了，死前嗦嗦骨头尝尝味也是好的。骨头是抢到了，可他还没来得及嗦上一口，不知从哪里又蹿出来十几条野狗。

他一手拿骨头，一手拿石头，又撒腿就跑，跑得急了，扑通倒地，野狗们冲过来，张嘴就要咬他，这时一支长箭射过来，射碎了整块青石砖，野狗们一哄而散。

痛意中，他看到一个神仙般的人在他身边蹲下来。他抹了一把脸上的汗水，装出很凶的样子："别以为你救了我，我就能把骨头给你，想都别想。"

那人轻轻地叹了口气。

很多年以后他才知道，吴关月之所以救下他，是因为当时他拿着石头冲狗跑过去时，那眼神又凶又狠，像一头狼。

五岁的冬天，他第一次拿起刀，学做一头真正的狼。六岁的冬天，他被带进一座豪华的大宅子，去见一个比他长六岁的少年。那少年穿一身纯白的儒衫，站在木棉花下，露出沉静又谦和的笑："听说你叫周也，以后我叫你阿也，如何？"

他愣愣地站在原地，呆了。这世上叫他阿也的人都死光了，可他喜欢别人这么叫他，听着亲切。

…………

周也再次见到吴书年是在十年后。

那年他十六岁，没有了又凶又狠的眼神，却已经是一头真正的狼。而十年后的吴书年依旧是一身纯白的儒衫，坐在夕阳下，仅一个侧面的弧度就让人心生好感。

周也默默地走到他身后。

他察觉，转过身，眼睛微微一亮："阿也，你来了！"

"主子。"周也单膝跪下行礼。

他要大婚了，娶一个陈氏家族的漂亮女子。这门亲事是长公主相中的，长公主把控不了儿子，就想着用孙子来牵制一下。

主上不放心，在所有人中挑中了周也，做他的暗卫。

暗卫是在别人看不见的地方保护他的主子，没几天，他就摸熟了主子的生活规律。

主子寅时二刻起床读书，卯时三刻去给长公主、母亲请安，顺便陪二人用早饭。

早饭过后，有先生上门授课。午饭后，他会小睡片刻，就歪在竹榻上，醒来去主上的书房，帮主上处理一些杂事。

事情多的时候，他一下午都待在书房里；事情不多，他处理完政务后，便会带着侍卫上街走走看看。

晚饭，父子二人就在书房吃。吃罢饭，主上会考他的学业，聊一些朝廷上发生的事情，并听听他的看法。

一切事毕，他才会回到自己的院子里，脱下长衫，换一套利落的短打，在院子里打一通拳，出一身汗。

最后沐浴更衣，睡觉，入睡前，他会看会儿闲书，有时是鬼怪游志，有时是才子佳人。

他入睡很慢，总要翻来覆去好一会儿，被子也不好好盖，喜欢盖一半压一半。夜里他总磨牙，也总说梦话。

周也怎么也弄不明白，白日里素淡清雅的一个人，无人时便是这么一副模样。

他房里有四个大丫鬟，还有两个通房。通房一个叫冬雪，一个叫秋风，都是长公主赐下的。一个月中，他和冬雪、秋风各行房两次，不偏不倚。

主子行房的时候，一般暗卫就该哪里凉快哪里待着去，周也却躲在暗处看着，听着。

周也很看不上那两个通房，觉得两人一身的浊气，根本配不上他，在床上更像两只狐狸精，吸食着他的阳气。他有些气自己手里的刀只能杀人，不能斩妖。

大婚是在春日，他一身红袍骑在高马上，那一瞬间，周也感觉自己的心也像春日的花一样开了。

新妇叫陈柳柳，长得十分丰腴可人。

周也看着他掀开红盖头后，便悄无声息地离开，在无人处练了一夜的刀法。

第二日，他向主上请了个假，带着银子，换了件干净的衣裳，把自己打扮得人模人样后，去了妓院。

主上说过，男人总要经历了风月事才能更沉稳，十七岁的周也第一次踏入脂粉堆里……

周也几乎是夺门而逃，仿佛身后还有十几条野狗在追着他。不知道是天意还是什么，他跑进了一条死胡同，看着面前的那堵墙，他慢慢地蹲在地上，无声地痛哭。

这是周也第一次哭，也是最后一次。哭完了，继续回去当差。

新婚对他的生活并没有什么改变，唯一改变的是，那两个通房被陈柳柳找借口打发了出去。他在书房停留的时间越来越长。

有一天深夜，他突然唤了一声"阿也"。周也做暗卫几个月来，第一次出现在他面前。

周也要跪，他一把托住："阿也，你说人活着是为什么？"

这个问题，周也不想回答，怕吓到他。

他也不在意周也能不能答，自顾自道："我父亲要令江山平，四海清，我呢，我为了什么？"

周也肚子咕噜咕噜两声。

两人同时一愣。

周也羞得想找地洞钻。他却笑了，把桌子上的核桃酥拿过来："吃！"

周也没敢动。

"让你吃就吃！"

周也只得拿起一块，低头咬了一小口，连嚼都没敢嚼，囫囵吞下去，差点没被噎死。

他又递来一杯茶。

周也没敢喝。

"喝！"

周也乖乖地喝了。

从那天以后，只要那人歇在书房，都会把周也叫出来，看着他吃点东西，喝几口茶，再放他出去。

半年后，陈柳柳有了身孕，按规矩三个月内不能同房，他索性在书房歇下。

陈柳柳怕男人忍不住，仗着肚子里的那块肉，求长公主把书房里的丫鬟换成了小厮。陈柳柳当真太不了解他，那四个大丫鬟哪个没对他动过心思？又有谁得了逞？

男人当差没有女子心细，好几次他喝到嘴的都是冷茶。周也看不下去，偷偷跑出来帮衬了几次。他发现后笑笑，什么也没说，索性找了个由头，把小厮也打发了出去。

就这样，周也白天做暗卫，夜里做小厮，帮他端茶倒水、铺床叠被，偶尔天气热了，还得帮他摇上半宿的扇子。

周也既开心，又愁得慌。

那天夜里，周也照例帮他摇扇子。就在他昏昏欲睡的时候，突然察觉到空气里有一些怪异。他太熟悉这种怪异感了，便悄无声息地拿起边上的刀，破窗而出……

三个杀手使的也是大刀，可惜出刀的速度太慢，都死在他的刀下。他收起刀扭头看了屋里一眼，那人站在窗前，神色淡然，显然这已经不是第一次遇袭了。

遇刺的事除了主上外没有人知道，从那天夜里开始，周也就睡到了他的外侧，这是主上的命令。

这个命令几乎要了周也的命。

有一回醒来，周也发现那人突然睁开眼睛，眼底漆黑、深邃。

周也吓死了，僵成一块石头。

他轻轻地叹了一口气，声音嘶哑："阿也，再过几年我让父亲放你离开，你娶个好媳妇，再生个儿子吧。"

周也不知道说什么，只能仓皇而逃。

他还没从混沌中理清什么，主上就把他叫过去，命他收拾收拾东西，立刻去华国。儿子遇刺的事情让主上终于下了决心，要为儿孙留一条后路。

周也连东西都没有收拾，直接出了长公主府。

到了华国，一切都安顿下来，周也心里才生出了后悔，应该和那人说一声的……可还有什么脸去叮嘱呢？！

周也走到铜镜前，看着镜子里那张普普通通的脸，冷笑：姓周的，记住自己的身份和本分，别仗着他性子好、脾气好，就不知道天高地厚！

在华国前五年，没有任何人来找过周也。

有时候一梦醒来，他茫然四顾，心里空荡荡，感觉自己就是一个活着的孤魂野鬼，没着没落。

周也曾经想过，如果有一天自己再见到他，要说些什么呢？是先笑呢，还是先跪呢？是对那天清晨的事情只字不提，还是得赔个不是？

可当那人猝不及防地站在他面前时，他发现自己错得离谱。他什么话也说不出来，一个字都说不出来，只会傻傻地看着那人，感觉恍如隔世。

"阿也，"那人从侍卫手里接过一包东西，"给你带的核桃酥，现做的，你尝尝味道如何？"

他接过来，咬一口。好了，他不再是一个孤魂野鬼，他的魂又回来了！

那人挥退了侍卫，看着他："嗯，很有几分做官的样子了。"

周也再咬一口核桃酥，嘴里含着东西，就不用说话了，本来他就是个话少的人。

"祖父死了，父亲他打算动。"

周也猛地抬起头。

"牵一发而动全身，以后会如何，没有人能料到。"那人走进屋里，倒了杯温茶，递到他手里，"这么多人里面，我只相信你，你帮我好好保护他。"

说完，他撩起衣袍，在门槛上坐下来，然后拍拍身边的位置，示意周也坐。

周也战战兢兢地坐了。

"有时候我常常想，生活在这样一个家庭里，到底是老天爷垂怜我，还是厌恶我。"

周也心头一惊。

"我祖母很可怜，有男人等于没男人，要强了一辈子，到头来连儿子都和她不亲；我祖父很可怜，一辈子活在长公主的威严下，连个好死也没落着；我母亲很可怜，天天想着讨好我父亲，防这个防那个，就是没防住自己的心；我父亲也可怜，这么多年没睡过一天安稳觉，眉头没有舒展过一天。"

短暂的安静后，他摇摇头，又道："我从懂事那天起，就想让他们都开心，谁的话我都听，他们让我做什么，我都照着做，他们让我娶谁，我就娶谁。

"我努力，我自律，我比任何世家子弟都勤奋，可为什么我讨好了他们这么多年，结果是祖母把祖父给杀了？父亲把祖母给软禁了？

"他们每个人都疼我，可他们做每一件事情之前，都从未想过我，我活着的意义好像就是为了给吴家留个后。"

周也惊得心怦怦直跳。

那人低着头，看不到脸上一丝表情。

"你六岁那年到公主府，是我求父亲带你进来的，我想看看从狗嘴里抢走骨头的孩子长什么样。你十六岁再次进公主府，是我亲自选的，中间隔了十年，十年我见了你十次。每年岁末你们进行搏杀时，父亲都会带我去看，他站在明处，我站在暗处。有一个人，他赢了，我替他开心，他受伤了，我觉得心疼，这人此刻就坐在我边上。"

此刻周也的心突然不会跳了。

"周也，"那人抬起头，看着他，然后唤了一声他的全名，"人生在世，总要有所为，有所不能为，讨吴家人欢心，是我要为的，让吴家人伤心，是我不能为的。五年前我让你娶妻生子，是真心话，五年后，我还是这句话。"

那人轻轻叹口气，似乎很生气："别把自己活成个孤魂野鬼，看看这屋子，还有一点人气吗？"

周也漆黑的眼睛死死地盯着那人，心又跳了，跳得太快了。他有些压制不住。

缓了好久，周也把手里的茶盅放下，深深地呼吸了好几口气。他吸气呼气的同时，手握成拳头，松开，再握成拳头，再松开。

最后周也一咬牙，抓住了那个人的手，很用力："一日是暗卫，一辈子都是暗卫，暗卫不需要娶妻生子，他这辈子只做一件事。"周也看着他，很执着，"护好他的主子，陪着他生，陪着他死。"

第二十九章 归京

回京的路，他们归心似箭，两辆马车几乎是日夜不停。朱青驾车累了，换三爷；黄芪驾车累了，换李不言。马跑累了，到了驿站直接换马。

和尚们亲手做的马车简陋是简陋了些，但结实不是一般地结实，跑了大半程，竟然还没有散架，人却已经散架了。

裴大人整天缩在马车里，用他自己的话说，被颠得离死只差一口气了。

晏三合也是整天缩在马车里，除了睡觉还是睡觉，她似乎要把这两个月欠下的觉都补足了。

这一路最反常的是谢三爷，他话少了，吃得也不多，脸都沧桑了。

朱青瞧在眼里，疼在心里，心说，两个多月前的三爷，那多水灵啊，往人堆里一站，要身材有身材，要脸蛋有脸蛋，大姑娘小媳妇哪个不多看两眼，这会儿都快成野人了！

他不仅成了野人，小甜嘴也没了，变成个锯嘴的葫芦，无论裴笑怎么逗他，他就回一个字：滚！

二十五天后的一个傍晚，两辆马车像约好了似的，四个车轱辘同时吧嗒一声，断裂了，六人只能弃车骑马。

他们没骑一会儿，远远就看到了那个曾经歇过脚的官驿，也正是在这里，他们的银子被周也顺走了。想到周也，所有人翻身下马的时候，齐刷刷地向南宁府的方向看了几眼，心中戚然。

"三爷。"

一个声音从背后骤然响起，谢知非转身，皱眉："你怎么会在这里？"

丁一看到自家主子，先是一怔，随即两只眼眶水汪汪的："我的爷啊，你怎么变成这副样子了？"奇装异服不说，满面风尘不说，胡子拉碴不说，怎么瘦得下巴都尖

· 375 ·

了呢？！

能有这副样子不错了！谢知非摸摸胡子："爷问你话呢，你怎么会在这里？"

丁一抹了一把泪："小的左等爷不来，右等爷不来，心里着急，这就迎出来了。"

应该是父亲和大哥他们着急了。谢知非扭头问晏三合："住一晚上，洗个热水澡，吃顿饱饭如何？我这个样子回去，他们得吓死。"

晏三合一点头："吃完饭，到我房里来。"

丁一眼睛瞪得跟铜铃似的，他听到了啥？晏姑娘邀三爷去她房里，孤男寡女的……

"还不赶紧去让掌柜备水备饭？"谢知非看不得丁一这副蠢样，一记栗暴敲过去，"爷的衣裳有没有带几套过来？"

丁一忙不迭地点头："带了，带了，爷的、裴爷的衣裳都带了。"

谢知非："晏姑娘的呢？"

丁一一怔，晏姑娘的关他什么事？

谢知非怒上心头，又一记栗暴敲过去："摸不清主子心事的下人，要他做什么？阉了送宫里。"

丁一吓得快哭出来了。他做错了什么，盼星星盼月亮的，竟然盼来爷要把他小兄弟割了？

朱青把他扯到一边，低声交代道："以后做事，爷有什么，晏姑娘也要有什么。"

"啊？"

"别啊！"朱青，"一会儿你也去晏姑娘房里，什么能说，什么不能说赶紧先打打腹稿，别惹爷生气，爷最近心气不太顺。"

…………

沐浴、吃饭后，谢三爷顶着一张后娘脸走进晏三合房里，他身后跟着裴笑，裴笑身后跟着丁一。

晏三合已经让李不言沏好了茶。

她把茶盅往谢三爷面前推一推。谢三爷拿过来，喝一口，差点没喷出来："晏三合，这是什么鬼茶？"

"苦丁茶，给你去去火气。"

谢知非看看裴笑：爷有火气？

裴笑哼一声：都快冲上天了。

谢知非：这么明显？

裴笑：你说呢？

晏三合："丁一，现在季家是什么情况？"

经过朱青的提示，丁一十分恭敬道："晏姑娘，季家的情况不太好。"

裴笑瞬间变脸："怎么个不好法？"

丁一看他一眼："季老爷被上了刑，十二爷病危，九姑娘她……"

裴笑心里咯噔一下："她怎么了？"

丁一："两个月前，九姑娘在牢里撞墙自尽了。"

平地炸响一声雷，震得所有人目瞪口呆，裴笑更是整个人被雷劈成了两半，一半是惊恐，一半是难以置信。

谢知非脸色苍白："她为什么撞墙？"

"小的仔细打听过，说是有两重原因，一重是前面被退了婚，她本来就郁结于心。另一重是因为抄家那日被人……她又在牢里听了几句闲话，于是就……"

"听几句闲话就上吊？"李不言冷笑连连，"真枉费我和小姐为了她还拼死闹出那么大动静。"

裴笑一拳砸在桌上："李不言，你这说的是什么话？"

"人话！"李不言胸口起伏，"怎么，我说错了吗？"

裴笑怒道："谁像你似的，没脸没皮、没羞没臊？"

李不言冷笑："正因为我没脸没皮、没羞没臊，所以我还活着，九姑娘但凡能跟我学上一成，哪怕是半成，她都死不了。"

"你——"

"你们吵得再凶，她能活过来吗？"晏三合眼神冷得像冰，"后事是怎么处理的？"

丁一咬咬唇："尸体是裴夫人领出来的，草草落了葬，也是因为这个，季家女眷现在被挪到了花神庙。"

晏三合看了眼已然没了魂魄的裴笑："花神庙是个什么说法？"

"原来是个尼姑庵，后来用来关犯事官员的女眷，使点银子就能见着人。"丁一，"裴爷，现在裴夫人隔三岔五就去送点吃的穿的，日子比在北司好过。"

裴笑眼神怔怔的，像没听见。

晏三合又道："十二爷是哪一房的？"

丁一："是季老爷最小的儿子。"

晏三合："他人在哪里？"

丁一："男眷都在北司牢狱里，裴太医每隔十天进去帮他施针一次。"

晏三合神色平静地又问道："朝廷给季家定罪了没有？"

丁一看看自家爷，犹豫了片刻，道："还没有。"

晏三合起身："不言，陪我到外头走走。"

李不言："好！"

晏三合经过裴笑身边的时候略微站了片刻，然后冷冷地开口："裴明亭，脸皮这种东西，在闺中有用，在狱里没用，在顺境中有用，在逆境中没用，在千金小姐身上有用，在一个犯人身上没用。"

裴笑抬头看着晏三合，眼中的血色一点一点涌上来。等门一关，血色终于变成了泪，滚滚而落。

谢知非伸手按在裴笑的肩膀上，轻轻拍了几下。

裴笑别过脸，吸了吸鼻子，声音哽咽："我只想着她们在里面会不会受欺负，却没料到她……为什么就不能等一等，熬一熬？"

谢知非看着他，一时间说不出话来。

他们这一路风餐露宿，日夜兼程，马都跑死了好几匹，就是为了能让季家人早日出来。结果倒好，他们没放弃，她却放弃了。李不言和晏三合说得半个字都没有错，还枉费他们这两个多月吃的苦，受的罪。

"把眼泪收收，这会儿还不到哭的时候，被那两个神婆瞧见了，又得笑话。"谢知非又拍了几下裴笑的肩，目光一转，看向丁一。

丁一扑通跪地，道："爷，小的撒了谎，是大爷担心爷的身体，命小的在这里等着爷。"

"我料到了，你起来回话。"谢知非道，"季伯被上了什么刑？人受不受得住？"

丁一爬起来："前前后后挨了五十记板子，裴太医花了些银子，进去瞧了他一次，伤得不算重。"

谢知非一愣，随即反应过来："陆御史和北司那头还是看在皇太孙的面上手下留了情啊！"

陆时审案虽然不喜欢用刑，但用起刑来绝对不会手软，五十记板子对他来说，根本不叫用刑。北司那头，如果蔡四不肯睁只眼闭只眼，别说是裴太医，就是苍蝇都难飞进去一只。

"他……松口了吗？"

"季大人死活没有松口，把事情都承担了下来。"

谢知非看了裴笑一眼，季陵川这么做既明智，又不明智。明智的是：事情到他为止，不牵扯出更多的人，以太孙的为人，只要留得命在，日后总不会亏待季家。不明智的是：这样一来，罪名都在他的头上，贪污那么多银子，真要定罪的话，下场会很惨。

谢知非又问："京里情况如何？"

丁一下意识地把声音往下一压："据说太子被皇上呵斥了一顿，跪了半个时辰，第二天腿疾便犯了。"

谢知非瞳孔急剧地收缩一下，太子的腿是瘸的，阴天下雨就会犯腿疾，皇上因为这个，上朝时免了他的跪，偶尔还会赐座。罚跪半个时辰，对太子来说已经是极重的处罚。

丁一："太子在宫里跪了半个时辰后，回到东宫，就将太子妃禁足了。"

"这事不足为奇，太子素来就是眼里揉不得沙子的个性，这个足是禁给张家人看的，也是禁给皇上看的。"谢知非又问，"对了，汉王那头可有动静？"

"回爷，案子交到陆大人和锦衣卫手中后，汉王那头毫无动静，刑部那头也没有任何私下的动作，一切都行得光明正大。"

"可见这事背后有高人。"久未出声的裴笑突然开口，脸上的泪渍已被擦得干干净净。

谢知非深以为然地点点头。怀仁曾经说过，汉王这人从小习武，不是能沉得住气的性子。然而这次他没有再进一步的动作，看似一切交给陆御史秉公执法，实则不是什么好事。

"还有一件事，小的不知道要不要在这个时候讲。"

谢知非知道丁一想说又不敢说的是哪一件事："明亭不是外人，你只管说，查到了什么？"

丁一："回爷，咱们的人把安徽府整个水东县都走访了一遍，没有打听出晏姑娘的真正身份。"

谢知非又一惊："丁点都打听不到吗？"

丁一摇头："丁点都打听不到。"

谢知非："他的旧友呢，可曾走访？"

丁一："回爷，无论是能找得到的旧友，还是活着的晏氏族人，一个一个都走访了，都打听不到。"

谢知非偏过脸去看裴笑："那晏三合是从哪里来的？石头缝里蹦出来的？"

裴笑："这会儿没心思管这个，先把季家的事情解决了再说。丁一，去把晏姑娘叫来，老太太心魔的事情——"

"明亭，"谢知非拦住他，"晏三合是个什么样的人，这一路你还看不明白吗？她心里比我们急，别给她压力了。"

裴笑颓然。

谢知非："走，回房休息，还有三天路程，一气呵成赶回去。"

裴笑撑着桌面站起来，手指了指心口："想到九妹，我这儿疼，疼得厉害。"

谢知非揉揉他的脑袋，声音温柔地哄着："祖宗，我知道，都知道的。"我这里曾经比你疼上无数倍。

…………

已入五月，天气虽然比不上南宁府的炎热，但空气中已有几分暑气。

晏三合抬头看了一眼漆黑的夜："谢道之书房有棵歪脖子树，几茬儿主子都换过了，它还挺立不倒。人啊，到头来还不如一棵树。"

李不言知道晏三合嘴上不说什么，但心里不知道多替九姑娘惋惜。她故意没接这话，而是另起了话头："回程这一路，你可曾想到什么？"

所有人都以为晏三合这一路是在补觉，只有李不言知道，她脑子里一定把所有关于季老太太的消息来来回回拼接了无数次。

"有一点。"晏三合的思绪果然被拉回来，"但我还不是很确定，我还要见一个人。"

"谁？"

"季陵川。"

"为什么是他？"李不言惊得变了脸色，"他那头不都已经问过了吗？"

晏三合面色冷峻："我猜，他还有一些话瞒着我们没有说。"

瞒着，为什么瞒着？李不言惊得心怦怦直跳。

…………

主仆二人走了一刻钟，便回了驿站。

她们刚推开房门，就看见谢知非一个人坐在圆桌前，手里捏着一个茶盅："晏三合，过来坐。"

李不言颇有眼色，二话不说便转身离开。

晏三合走过去，两人面对面坐着，谢知非拎起茶壶帮她倒茶。

晏三合低头见是白水，微微皱眉。

"别皱眉，这会儿喝茶，夜里准失眠。"谢知非放下茶壶，唇动了几下，欲言又止。

晏三合等不及，先开了口："回去后，三爷想法子安排一下，我要见季陵川。"

谢知非的表情和刚刚的李不言一模一样："见他做什么？"

"有话要问。"

谢知非知道晏三合不会平白无故跑去牢里见人，立刻痛快道："回去我就安排。"

"等不及回去，你让丁一现在就动身赶回京城，回京后，我立刻要见到他。"

"晏三合——"

"不用劝，时间比什么都重要，死一个九姑娘足够了。"

谢知非突然笑了："我要说的不是这个。"

晏三合一怔："那你要说什么？"

"那苦丁茶后来细品品，苦里面还带着一点回甘。"谢知非深深看着她，"你不觉得这茶和你很像吗？"初见是苦的，品一品却能品出甜味来，回味十足，后劲儿十足。

晏三合咬牙："三爷这是在夸我吗？"

"嗯，是夸！"

"三爷有没有听过一句老话？小甜嘴，胡辣心。"

"不能够！"谢知非一本正经地反驳，"对你，我心口如一。"

这人的小甜嘴怎么又回来了？晏三合耳朵微微泛红，眼睛都不知道往哪里看，神色极不自然："三爷有这个夸的时间，不如这就去安排，毕竟以我的身份要见一个朝廷要犯，不是件容易的事。"

谢知非眯一眯眼睛："对我来说不容易，但对某人来说，是容易的。"

晏三合心中大骇，同行一路，整整两个半月的时间，除了玩笑、打趣，这人正经说出的每一句话都很谨慎。她心思一顿，故意一脸好奇地问："某人是谁？"

"你不是心里早有答案了吗？"谢知非眼睛一眯，"否则也不会借口和李不言去散步，故意把房间让给我们。"

晏三合看着这张瘦了一圈的俊脸，暗暗磨磨后槽牙，什么谢纨绔，根本就是个谢人精！没错，她心里的确有答案。能把季府女眷挪到花神庙，能让裴太医进牢狱给季家十二爷施针……这绝对是那位皇太孙的手笔。

她拉着李不言离开，就是不想听到什么太子、什么太孙，还有这个王那个王的破事。他们谁和谁是一伙的，谁和谁斗得死去活来，关她什么事？

晏三合直逼谢知非的眼睛："我是来化念解魔的，不是来管闲事的，三爷。"

谢知非露出一丝人畜无害的笑容："你答应过吴书年和周也，会查清郑家灭门的案子，而查这个案子，是一定要管闲事的。"

晏三合心里大为警惕："我是替苦主答应的，而且真正点头的人是裴笑，三爷可别指望我。"

"晏三合，你想说话不算话？"

激将法？晏三合冲谢知非一挑眉："看来那杯苦丁茶功效还是不够，一会儿三爷再多喝两杯，去去火，醒醒脑。"

"好，一会儿就去喝，我听晏三合你的话。"

晏三合，晏三合，他怎么叫得这么顺口？晏三合感觉有些招架不住，赶紧低头喝白水。

谢知非嘴角的笑慢慢收敛："晏三合，有一件重要的事，我们必须商量一下。"

"周也的事？"

真聪明，谢知非桃花眼微微下垂。目睹了大明山脚下的那场大火，震惊之余，这一路谁也没有再提起过周也他们，眼看还有三天入京，有些事情是必须商量一下的。

裴笑这会儿被季家的事情打击得半死不活，能拿主意的只有他们俩。

"周也是知府，他最后葬身火海，这事一定会以奏章的形式送到吏部，再由吏部送到皇帝手中。"谢知非顿了顿，又道，"吏部出于谨慎会派人去查一查，但周也自焚就是为了不留下任何痕迹，所以查出的可能性不大。"

晏三合："这是好事。"

谢知非："但你别忘了，给胡三妹化念解魇的时候不得不提起两个人。"

晏三合："吴关月父子？"

谢知非点头："还有我父亲、大哥问起的时候，我也不得不提起这两个人。"

晏三合拖长了调子："那三爷的意思是……"

谢知非身子往晏三合那边挪挪，声音压得很低："我们和周也不熟，郑家案子的凶手还是吴关月父子，我们只是查到老太太和吴关月是青梅竹马。"

晏三合眼神死死地盯着谢知非。他两条剑眉紧紧蹙在一起，晏三合从没见过这张素来吊儿郎当的俊脸有这凝重的时候。

"你是怕这个案子一旦露出来，会掀起轩然大波？"

"不是轩然大波，是地动山摇，是山崩海裂。这里头涉及刑部、大理寺、都察院，还有锦衣卫……"谢知非深吸一口气，"牵扯之广，牵扯之多，根本难以想象，弄不好会死很多人。"

"真有这么严重？"

"有过之无不及。"

晏三合听他这么一说，心跳瞬间加快，良久才开口："谢知非，和周也不熟可以，青梅竹马也可以，但凶手是吴关月父子这一点，只怕有点难。"

谢知非脸色大变："为什么？"

晏三合："等我见到季陵川以后，确认了某些事情，我再告诉你为什么。"

"季老太太另一半的心魔是不是解开了？"谢知非瞳孔一张，突然伸手用力握在晏三合的肩头，"快和我说，是什么？"

晏三合看看肩上的手，再看看手的主人，叹了口气："谢知非，你有没有想过一个问题？"

"什么？"

"胡三妹听说郑家灭门惨案是吴关月父子做的，她会是什么样的反应？"

谢知非脑子里嗡的一声，下意识地问："她深居内宅，能有什么反应？"

"看，这就是你们男人的自以为是！"晏三合冷笑一声，掀开肩上的手，"不要以为内宅女人是傻的，是笨的，是没有爱恨情仇、悲欢离合的。她是人，是活生生的人，她的身份不只是季老太太、季夫人，她还有个名字，叫胡三妹！"

三爷的小甜嘴立刻派上用场："对不住，晏三合，我没有贬低她的意思，我只是好奇她会有什么反应……"突然，谢知非一激灵，手闪电般伸出去，这一握握在了晏三合纤细的胳膊上，"晏三合，你的意思是……"

晏三合见他眼神了然，轻轻地点了点头："如果我是胡三妹，我心里藏着一个远在天边，却又终生难忘的青梅竹马。我对他十分了解，因为少年的吴关月什么都会对我说，他会说起自己的远大抱负，说起自己来老街住的原因，还有父母的不和。我们因黑蛋结缘，共同养育它，他对黑蛋常常惦记。于是，我在某一天问起他，你怎么会对狗这么好？"

谢知非十分迅速地接了话："我告诉胡三妹，我们吴家的祖上曾被狗救过命，于是留下一条祖训，后代不许杀狗、吃狗，狗是我们吴家最忠诚的朋友。"

晏三合点点头："很多年以后，我成了锦衣玉食的季老太太。有一天，我无意间听说郑家灭门的惨案是吴关月父子做的，我的世界都坍塌了。"

谢知非眼前一亮，又接着晏三合的话往下说："她根本不敢相信这件事会是吴关月的手笔，在她的记忆中，吴关月是清风明月，是神仙一样的人。她震惊、怀疑、痛苦、揪心，种种情绪压抑在心里，无人可说，无人可诉，直到老死的那一天都无法释怀。"

晏三合："前面一句话是对的，后面一句话不对。"

谢知非："哪里不对？"

"我根本不相信郑家的案子是吴关月的手笔，震惊、怀疑、痛苦、揪心过后，我冷静下来，于是暗中派人偷偷打听。"晏三合目光悠远，"我到处打听，到处打听，当我打听到郑家养的狗每一条都被杀了……"

谢知非瞳孔紧缩，脱口而出："她便知道这案子一定不是吴关月父子做的，他们是被冤枉的。"

最后一个字落下，屋里沉寂下来。

谢知非到这里终于明白过来，想要解开老太太的心魔，关于吴关月父子的那桩案子根本没有办法绕过去。

"三爷能放我的胳膊一马吗？"

"啊……噢……"谢知非骤然松手，"对不住，我抓裴明亭抓习惯了。"

他的胳膊和我的胳膊能一样吗？晏三合心里咆哮，脸上却淡淡的："所以这事我不能答应你，一切都要等解完那半个心魔后再说。"

谢知非恍若未闻。

晏三合见他一动不动："三爷还有什么事要交代？"

谢知非抬眼看着她，犹豫了一下："如果胡三妹的心魔是知道郑家的案子不是吴关月父子做的，那么说到底，还是和吴关月父子有关，那吴书年的香就不应该燃一半灭了。"

"你说得很对，这也是我想了一路一直没想通的地方。"晏三合沮丧道，"一定还有什么是我遗漏的。"她说这话的时候手托着下巴，头微微仰起，修长的脖颈弯出一道好看的弧度。

谢知非的手又下意识地伸出去，伸到一半的时候，他忽然听见心里扑腾扑腾两下，莫名其妙地心虚。

我在心虚什么？他问自己。

"谢知非，你干吗？"

"啊？"谢知非惊得站起来，飞快道，"没……没干吗，你早些休息，我——"

"谢知非！"晏三合跟着站起来，"鉴于你说的地动山摇，郑家的案子我更不能掺和，我不嫌自己命长。"

谢知非一怔。

"你和裴明亭，一个指挥使，一个右善世，身后还站着一个'某人'，足矣！"

谢知非不怒反笑，两条剑眉慢慢舒展开来，唇一勾，露出他招牌式的风流纨绔的笑，然后摆摆手，扬长而去。

晏三合呆在原地，这世间有个词叫"红颜祸水"，那有没有一个词叫"蓝颜妖孽"呢？

门一关，"妖孽"脸上的笑便沉了下来："晏三合，郑家的案子你必须掺和，因为只有你才能解开这里面的谜团。想逃？门都没有！"

"妖孽"走下楼梯，朱青、丁一等在下面："爷！"

谢知非看了两人一眼，背着手走到驿站外面。

两人赶紧跟过去。

主仆三人走到无人的地方，谢知非转过身："丁一，你立刻回京去见太孙，让他想办法安排一下，晏三合要见季陵川。"

丁一："是！"

谢知非："除此之外，你让我大哥帮忙安排，三天之后我要病愈出场，裴大人也要从广西办完差回去。"

丁一："明白！"

谢知非："去吧！"

丁一看着爷绷得紧紧的脸，讨好道："有一桩喜事忘了告诉爷。"

"说！"

"那个徐晟两个月前去西山打猎的时候，突然从马上摔下来，把一条腿给摔断了。"丁一兴奋道，"沈冲做得天衣无缝。"

谢知非淡淡道："嗯！"

呃，丁一转身的同时，狐疑地朝朱青看一眼：爷怎么一点都不开心？

朱青摸摸鼻子：不是和你说过了吗？爷回来的这一路，心气都不太顺！

"朱青，你陪我回房。"

"是！"

主仆二人转身走进官驿，回到房里。

房里，裴笑一个人坐在孤灯下，手里把玩着一个茶盅，神色晦暗不明。

他身后，黄芪人站得笔直。

谢知非在心里叹息了一声，然后走到裴笑身边坐下："朱青，黄芪，你们也坐。"

朱青与黄芪对视一眼，不明白为什么三爷行事也跟晏姑娘学了。

两人坐定。谢知非开口："关于吴关月父子、周也的一切，你们都给我嚼碎了，咽进肚子里，一个字都不能往外透露。"

裴笑还沉浸在九妹撞墙自尽的悲伤中，随口道："五十，你放心，这事我知道轻重。"

"你知道轻重，却不知道这轻有多轻，这重有多重。"谢知非深深看着他，"任他是谁，我父亲、你父亲、我大哥，甚至太孙那头也不能透露一个字。"

连怀仁都要瞒着？裴笑刚要问一句"为什么"，只听谢知非又道："想想郑老将军是什么人，想想吴关月父子是什么人，再想想刑部、大理寺、都察院、锦衣卫……牵一发而动全身啊，明亭！"

裴明亭听他这么一说，心瞬间提到嗓子眼，冷汗都冒了出来：这案子要是闹出来，四九城的天都得翻过来！

"所以，你这一路话也少，饭也吃不下，觉也睡不香，就是为这事？"

"不然呢？！"

裴明亭一拍额头，懊恼道："我竟完完全全没有想到这一茬儿，真是疏忽了。"

"你不是疏忽了，你是因为心里想着老太太另一半心魔。"谢知非一字一句道，"接下来的话，你们都给我听仔细了，我们对外的说辞是……"

…………

京城北司诏狱，油灯昏暗。咣当一声后，徐来一步一步顺着楼梯往下。

牢狱里一丝风都没有，又闷又潮又热，还有一股血腥味弥漫在空气中，令人作呕。徐来赶紧掏出帕子，捂住口鼻。

"徐大人，小心脚下。"狱卒在前面带路，不时回头叮嘱几句，不多时便走到了最里面的一间牢房。

徐来从怀中掏出银票。狱卒接过来，笑眯眯地塞进怀里，顺势掏出怀里的钥匙，把牢房门打开:"大人只管说话,小的在门口帮大人守着。"

"去吧!"

徐来弯腰钻进牢房里,用力咳嗽了几声。

季陵川侧躺在一张破草席上,抬起眼皮,看了好一会儿,才看清来人是谁。

徐来皱着眉头走过去,在季陵川面前蹲下来,忍了好几下,才把帕子放下:"季陵川,我来是想告诉你一件事,你小儿子……"

季陵川一听到最疼的小儿子,猛地睁大眼睛。

徐来心中得意地一笑,看吧,这世上就没有哪个做父母的不心疼自个儿孩子:"你小儿子一个时辰前咳出一大口血,这会儿正昏迷不醒。"

季陵川挣扎着坐起来,脚链、手链碰出刺耳的声音:"你……你说什么?"

"锦衣玉食的公子哥儿,哪吃得了牢狱里的苦?更别说他身上还有病了。"徐来"啧"了一声,"老季啊,说句掏心窝子的话,咱们一辈子拼来拼去,说到底不就是为了儿孙吗?白发人没走,黑发人先走了,痛啊。"

季陵川一双手死死地握成拳头,咬着牙关不说话。

"你是个聪明人,聪明人就得干聪明事,别一条死路走到底,凡事多为儿孙着想着想。"

"你到底想干什么?"

"我来替人传个话。"徐来用帕子捂着鼻子,声音却十分清楚地透出来,"只要你把张家人咬出来,那人便保你儿子不死,保你季陵川也不死!"

"呸!"一口含血的唾沫吐到徐来身上,季陵川身子微颤,额头的青筋一根根暴出来,他道,"要我背主,做你的春秋大梦!"

徐来半点不在意,反而阴森森地笑了笑:"老季,我给你三天的时间。这三天之内,你什么时候想通了,什么时候来找我。但是三天一过……那就别怪我徐来心狠手辣。"

"你想怎样?"

"对你,我当然不敢怎样。"徐来眼中露出凶光,"但对一个本来就病得快去见阎王的人,我想做些什么手脚,没人查得出吧?!"

"你……你……你——"

"我还是那句话,多为儿孙想一想,别白发人送黑发人。"徐来把身子凑过去,压着声音,"老季啊,你是知道我的,我这人喜欢折腾,从来不会让人好好死的。"

"你这条恶狗!"季陵川气血翻涌,嘴一张,喷出一口血来,正正好喷了徐来一脸。

徐来拿帕子慢悠悠地擦干了血渍,直起身,冷笑:"老季,大戏开场了。"

…………

东宫太子府,沈冲敲了敲书房门。

"进来!"

沈冲推门进去,走到书案前:"爷,刚刚北司传来消息,一刻钟前徐来私下见了季陵川。"

"哦，他说了些什么？"

"打听不出来，季陵川被他气得吐了一口血。"

赵亦时放下手中的笔，从椅子上站起来，踱步到窗前。他从小在太子和皇帝身边长大，天生有股帝王之气，不说话的时候气势压下来，别说沈冲，就连最得宠的近身内侍严喜都大气不敢出。

"五十和明亭走了多久？"

"足足两个半月了。"

"成不成，也该回来了吧！"赵亦时转身，"交代下去，把季陵川护好了，万万不可出事。"

"是！"沈冲退出去。

严喜见太孙右手虎口上沾了一点墨渍，忙绞了帕子去擦。

赵亦时挥开他的手，自己拿过帕子一点一点擦拭。忽然，他手一顿："案子拖了两个半月，汉王这个时候让徐大去见季陵川，目的何在？"

严喜垂下头，心知太孙这话绝不是在问他。

"季陵川死死撑了两个半月，硬生生扛了下来。"赵亦时轻轻皱眉，"他还能扛多久？如果他扛不住，那么后果又会如何？"

严喜把头垂得更低了。

"从季家被抄，到季陵川被关进大牢，皇上对此事只字不提，只字不问……"赵亦时把帕子往严喜手里一扔，"这又是为什么？"

严喜拿着帕子，头几乎垂到了胸口。

…………

翌日，天微微亮，六匹快马驶离驿站，直奔京城方向。

五月正是雨多的时节，除了第一天风和日丽外，余下的时间他们几乎都是在雨中前进。所有人都是一身泥泞不堪，都是强弩之末，都靠"季家不太好"这口仙气在硬撑着。

离京城还有数百里的时候，雨下得实在是太大，根本看不清前路，谢知非和晏三合一商量，决定找地方躲一躲，等雨小点再赶路。

突然，有匹马冲他们疾驰过来。朱青、李不言、黄芪见这人来势汹汹，心里暗暗戒备着。

待那匹马冲到近前，三人长长地松了一口气，是丁一。

丁一勒住缰绳，马在原地打了个转后，他冲谢知非一招手，又跑了出去。

谢知非抹了把脸上的雨水，使劲儿一抽鞭子："跟他走！"

没走多远，丁一便由官道拐到了小径上，又奔出小半个时辰，终于在一座寺庙前停下来。

谢知非抬眼，眼眶顿时一热。

寺门口，大哥谢而立撑着一把黑色的油纸伞，正抻着脖子在人马中找他。

目光一对上，谢而立差点没落下泪来：这臭小子，怎么就成了这样？

"大哥！"谢知非翻身下马，冲谢而立走过去。

谢而立顾不得老三一身的泥水，把伞一掀，上前一步便抱住他，低吼道："你还知道回来！"

谢知非不知道说什么好，只能把自己戳成一根木棍。

谢而立一抱就放，目光扫见裴明亭半死不活地倚着黄芪，忙喊道："快，快都进寺里去。"

这时，晏三合和李不言走近。谢而立见这两人浑身泥泞且湿透，比落汤鸡还惨，忙道："衣裳、鞋袜都放在厢房里了，热水也已经备下，姑娘快去换一换吧，小心着凉。"他捡起地上的伞，帮二人撑过去，"这一路，辛苦了。"

晏三合不懂热络，不会应付，接过伞，用力点了一下头。

厢房不大，但五脏俱全，晏三合怕李不言着凉，硬逼着她先沐浴更衣，自己则穿着湿衣站在屋檐下，打量四周的环境。刚刚她走得急，也没细看这寺庙叫什么名字，不过看环境、看地势是不错的。

这会儿天已暗下来，谢而立等在这里，又弄了这么几间厢房，可见是要过夜的。为什么要在寺里过夜？

对面厢房的门吱呀一声打开，谢而立走出来，见到晏三合站在屋檐下，便撑着伞走过去："晏姑娘，咱们今儿就在这里过一夜，明天早些往京城赶。"

"有什么说法吗？"晏三合问。

"这寺叫玄奘寺，供奉的是地藏菩萨，地藏菩萨是保平安的，谢府三爷只要身子不大好，就会到这里静休养病。"谢而立把伞往上抬了抬，"这也是没法子的事，晏姑娘，你说是不是？"

这话透着玄机，但这玄机对晏三合来说并不难懂。

谢知非离开京城近两个半月，这么长时间不见人，对外一定是称病。三爷在府里养病，必然是今儿这个探病，明儿那个探病。对了，还有那个没过门的谢三奶奶，想必也会三天两头地跑过去。为了掩人耳目，索性安排谢三爷在寺里静养，谁也见不着。

明儿回京，对外又可以说谢三爷病好了回府，还是大爷亲自来接的。

至于裴大人，寺庙本就是他的地盘，一听说好兄弟在这地儿养病，还有不在回程路上探一探病的道理？这一探，不就能约着一同回京了吗？！

想得很周到，安排得很周全。晏三合点点头，表示自己没意见。

"姑娘先洗漱，一会儿一道用饭。"

"不必了，送我房里来吧，明日寅时一刻出发，不要耽误了。"

"等一下！"谢而立见她要进房，忙叫住她，"姑娘离开谢府这么久，对外是说姑娘回了云南府一趟，处理一些琐事。"

晏三合皱眉，这个说辞也就意味着她日后要在谢家长住。

谢而立浅笑："这也是没法子的事，晏姑娘，你说是不是？"

精不过你们！晏三合不想在这种小事上费口舌："还有什么要交代的吗？"

"老太太和父亲都很惦记你,三天两头念叨,大奶奶和二妹也问了我好几次姑娘什么时候回去。"谢而立浅笑道,"这次回去等事情妥当之后,我带姑娘在府里转转,认认人。"

谢府的男人嘴上抹了蜜,心里藏了刀,一个比一个会说话,一个比一个会算计!

晏三合沉默良久,到底点了点头。

第三十章 探狱

厢房里。

谢知非和裴笑沐浴更衣,随便吃了几口斋饭,倒头就睡。

谢而立帮二人盖好被子,吹灭蜡烛后,便掩门离开。抬头瞧见对面晏三合的厢房里也已经是漆黑一片,他便对守门的丁一道:"我去找住持下几盘棋,夜里不回来了。"

大爷爱棋,是谢府尽人皆知的;玄奘寺住持棋下得好,是整个僧录道尽人皆知的。丁一等他离开后,便拿着小板凳在门口坐下,头一点一点地打着瞌睡。

也不知道睡了多久,突然,一颗小石子扔过来,丁一猛地睁开眼睛,一跃而起:"谁?"

夜色中,一道修长的影子缓步而来。丁一惊了一跳,刚要上前行礼,那人就冲他做了个嘘声的动作,随即又指了指屋里。

丁一忙点点头,赶紧推开房门,把烛火点上。

裴笑正睡得香呢,感觉有人摇他,气得一脚踢过去:"滚开!"

"两个半月不见,气性不小啊,明亭。"

这声音?裴笑吓得一骨碌坐起来,揉揉眼睛,等看清楚床边坐着的人是谁,一个白眼翻出天际,往后又倒了下去。

赵亦时冲谢知非笑笑:"他这副德行,你这一路怎么受得了?"

"忍呗!"

"忍什么忍?!"裴笑又一脚踹过去。

谢知非没来得及躲开,硬生生地挨了一脚。

裴笑冲赵亦时一抬下巴:"你怎么来了?"

赵亦时索性脱了鞋子上床,盘腿而坐:"一是不放心,来看看你们;二是季陵川的事情已经安排好,但必须等到明天夜里;三是……"他看着裴笑,一脸歉意,"九姑娘的事情怪我,是我没有看顾好。"

"没你的事。"裴笑冷笑道,"就像天要下雨,娘要嫁人一样,她想死,谁也拦不住,我想通了。"

赵亦时很是诧异，扭头看谢知非。

谢知非打了个哈欠，道："两个神婆骂过了，把他骂好了。"

裴笑对他翻一记白眼："那不是骂，是劝。"

谢知非："嗯，劝好了！"

赵亦时轻笑一声后，慢慢敛了神色："你们那头的事情怎么样？"

谢知非："老太太的心魔找到了一半，还有一半没找着。"

赵亦时沉吟："你让我安排见季陵川，还有一半的心魔是在他身上？"

裴笑插话："不确定，晏三合没细说，只说要见季陵川。"

赵亦时："老太太找到的一半心魔是什么？"

裴笑："怀仁，这事说出来你得被活活吓死，我家老太太年轻的时候有个相好，你猜是谁？"

赵亦时："谁？"

裴笑："是大齐国的逃亡君主吴关月。"

赵亦时瞬间变了脸色："你说什么？"

"我就说你会被活活吓死。"裴笑重重地叹了口气，"那狗是吴关月送他的，我家老太太是被逼着上的轿子，五十年的念想，这不就成心魔了吗？你说这事闹的，谁能想到呢？！"

赵亦时："你们找到吴关月父子了？"

裴笑："找到个屁，打听来打听去，都说人早就死了，还白白耽误了我们好长时间。"

赵亦时："那怎么办，死人是不能解心魔的吧？"

裴笑看了谢知非一眼。谢知非接话道："晏三合说季老太太真正的心魔可能还在京里，于是我们就赶回来了。"

赵亦时用了好长的时间才消化了这些离奇的消息，苦笑道："想不到老太太还有这么一段造化。"

裴笑："谁能想到？！"

"不说这些。"谢知非把话岔开，"京里现在如何？"

赵亦时："没什么动静，你们接着睡，我先回去。"

"这就走？"谢知非诧异。

赵亦时拍拍他的肩："避人耳目是其一，不放心牢里的人是其二，尤其在这个节骨眼上，不能出事。"

他下床，整了整衣衫。就在这时，有敲门声响起，接着沈冲的声音在门外响起："爷，京中传来消息，季陵川的小儿子快不行了。"

…………

北司，牢狱。

季陵川突然一激灵，噌地坐起来，大口大口地呼吸，刚刚他竟然梦到有人掐着小儿子的脖子，一点一点看着小儿子咽气。

"季大人做噩梦了？"

季陵川吓了一跳："谁？"

牢房栅栏外，蹲着一个狱卒："有人让我来通知季大人一声，三天的时间，还剩下六个时辰，六个时辰后，贵公子只怕就成了一具冷冰冰的尸体。"

季陵川疯了似的冲过去，两只手死死地握住栅栏："你说什么？你再说一遍！"

"我家主子见季大人这两天睡得太香，有些不太高兴，所以就提前动手了。"

季陵川浑身的血液直往头顶冲："你们这帮畜生、杂种，有种冲我来，冲我来啊……"

狱卒听了，叹息地摇摇头："真当有太孙护着就没事吗？季大人啊，我家主子说了，总有他太孙护不到的地方。"

"你们……你们……放了我儿子……儿啊……"季陵川喉咙里难以遏制地发出痛苦的低吼声，头一下一下用力撞着栅栏。

血顺着额头流下来，季陵川根本感觉不到疼，他耳边全是小儿子的声音。这是他最疼爱的孩子，那么听话，那么懂事。

"爹，我来帮你磨墨！

"爹，今儿晚上我要跟你睡。

"爹，你明天下朝早些回来，带我去徐记吃涮羊肉……"

季陵川绝望地失声痛哭，浊泪和着血一滴一滴落在囚衣上，整张脸说不出地扭曲、恐怖。

"母亲——"季陵川目眦欲裂，青筋凸起，"你还要祸害季家儿孙到什么时候？你能不能不要那么自私，为儿孙后代考虑考虑啊？！"

狱卒掏掏耳朵，心说这季陵川没有被刺激疯吧，自己作的孽，跟死了的人有个屁关系？

…………

深夜。

一辆驾四的马车从小径驶入官道，直奔京城方向。天子驾六，卿驾四，这马车正是皇太孙赵亦时的座驾。

虽然马车宽敞、精致，但同时坐着五个人，还是稍稍嫌挤了一些。

没有人开口说话，空气中飘浮着某种诡异又难以言说的气氛。说得直白一点，那就是尴尬。

季家十二爷突然不行了，他们只能连夜出发。为了掩人耳目，朱青、丁一和黄芪留下来，明日随谢府大爷一道回府；为了掩人耳目，所有人只能坐进皇太孙的马车里。

晏三合看了皇太孙几眼后，头一偏，索性闭目养神，心里想的是——面上责罚，暗地里迎出百里，一个个的真会唱戏。

谢知非见晏三合闭目，索性也装睡，心里想的是——幸好我提前在晏三合那里做了铺垫，否则这局面很难看。

裴笑神情黯淡，目光呆滞，一脸"别来问我，我什么都不知道"的表情。

李不言双手托着下巴，盯着赵亦时看。她看得饶有兴趣，眼珠子都不带转的，嘴角竟还挂着一丝意味深长的笑。

而赵亦时此刻的目光都在晏三合身上。片刻后，他坦然地开口："晏姑娘，我和明亭、承宇自幼便是好友，只是没有太摆在明面上，望姑娘见谅。"

晏三合抬起眼皮，淡淡道："贵人不必多解释，我们以后不会再见的，我也不是多嘴之人。"

言外之意，你是谁，和谢、裴二人是什么关系，我没兴趣知道，更不会往外说，大路朝天，各走一边。

赵亦时扭头看向谢知非，轻轻笑了。

谢知非摸摸鼻子：知道了吧？这一路最难侍候的还不是裴明亭，眼前这位才要人命呢！

赵亦时："从南城门进城，到北司还有大半个时辰，路上会有人送一套侍卫的衣裳过来，晏姑娘就装扮成我的侍卫，跟我进北司。"

晏三合："他们几个呢？"

赵亦时："北司不是那么好进的，他们只能在马车里等我们。"

晏三合正要点头，却见谢知非黑沉的目光向她看来。她心中明了："贵人，有些问话太过私密，我必须一个人去见季陵川。"

"我也没时间带你去见他，我去另一处牢狱见季府十二爷，还有……"赵亦时半点没有皇子皇孙的架子，"我不叫贵人，姑娘若愿意，可唤我一声怀仁。"

晏三合不卑不亢道："还是称呼一声殿下吧！"她再胆大妄为也没胆大妄为到称呼当朝皇太孙的字，更何况，人家只是随便这么一说，她若当真，便不知趣了，"劳烦殿下和驾车的说一句，请他赶车快一些，没时间了。"

"放心！"

…………

北司。

另一处牢狱。

年轻瘦弱的少年躺在地上，气息越来越弱。

狱卒看了眼徐来，低声道："大人，这人的身子根本禁不住咱动手。"

徐来面露阴狠："季陵川那个老贼交代了吗？"

狱卒："回大人，还没有。"

徐来冷笑一声："切他一截小指，拿去给那老贼看。"

狱卒有些犹豫："万一……"

"没有万一，用老参先吊着他一条命。"徐来冷冷地看了狱卒一眼，"只要季陵川咬出张家，这人便没有用处，死了也就死了。"

"是！"

片刻后，一声凄厉的惨叫声响彻北司大牢。

不知道是不是父子连心，满头是血的季陵川突然感觉到心口一阵绞痛，痛得他狠狠地抽搐了几下。

"儿子！"一定是儿子出事了。

他仓皇地爬了几步，发狠地用头撞着栅栏，喉咙里疯狂地一声一声嘶喊着："来人，来人啊……"

一片血色中，有狱卒跑过来，在他面前蹲下，冷笑着打开一个锦盒："季大人，瞧瞧吧！"

季陵川低头一看，两只眼珠子忽地定住。死一般的窒息如洪水般扑面而来，仿佛一只大手死死地掐住了他的喉咙。

"季大人，还有最后三个时辰，贵公子能不能保住命，就看季大人识相不识相了。"狱卒把锦盒往牢里的地上一扔。

季陵川像条狗一样手脚并用地爬过去，飞快地从地上捡起那一截手指，老泪纵横：保张家，就保不住儿子。保儿子，自己背主不说，下场也好不到哪里去。可儿子是我的命啊！

"啊——"老天爷，你这是要活活逼死我季陵川哪！

…………

马车在北司的后门停下。

沈冲一掀车帘，小侍卫拎着食盒从里面跳出来，继而下车的是赵亦时。

有锦衣卫迎上来，走到赵亦时耳边低语了好几句。

赵亦时脸色微微一变，冷声道："前边带路。"

"是，殿下。"

小侍卫便是晏三合，她低头跟在赵亦时身后，一步都不敢落下。

他们穿过长廊后，进到一扇铁门里，锦衣卫掏出钥匙，将挂在上面的厚重的锁链打开。

赵亦时背手站在门口，斜睨了晏三合一眼："罢了，你替我去走一趟吧。"

晏三合一惊，不是说好一起进到牢里，然后赵亦时再找个借口离开，怎么起了变化？她机灵道："殿下有什么话要小的带到？"

赵亦时蹙起眉头："无话。"

"是！"

那锦衣卫看一眼晏三合，咳嗽一声，道："殿下，只有半个时辰。"

赵亦时表情依旧很淡："可听见了？"

晏三合头垂得更低："是！"

两人一前一后走进铁门，赵亦时等二人不见了身影，脸色才冷下来。

沈冲上前半步："殿下，出了什么事？"

"两个时辰前,徐来砍下了季十二的一截手指给季陵川看,随即季陵川就说要见徐来。"

沈冲暗道不妙:"那季陵川会不会……"

赵亦时垂眸不说话。

沈冲急了:"殿下,赶紧拿主意啊!"

"不急,容我想一想。"赵亦时抬手揉揉自己的眉心。

…………

从铁门逐级而下,穿过阴森恐怖的甬道,晏三合大气都不敢出,整个人绷得像一根上紧了的弓弦。

走到最里,锦衣卫停下脚步,指了指里头的人,道:"钥匙在狱卒那里,你就在外头说吧。"

"多谢。"晏三合放下食盒,朝那人一抱拳。

锦衣卫转身离开,她朝牢狱里看过去,这一眼,她彻底惊住。角落里蜷缩着一人,这人披头散发,满脸是血,哪里还有半点人样?

"季陵川。"

"……"

"季陵川!"

"……"

连喊两声无人应答,晏三合直觉不太妙,正要再喊时,季陵川突然冲过来,面目狰狞道:"你这个骗子,骗子!"

晏三合低呵:"季陵川,你认清我是谁!"

季陵川哈哈大笑,似疯似癫:"化成灰我都认得,你收了我两千两,说要帮我母亲化念解魔,你解开了没有?你没本事解开,你还我儿子命来……哈哈哈……"

"季陵川,我只有半个时辰的时间,没工夫听你发疯。"晏三合伸出手,用力揪住季陵川带血的衣襟,"下面我说的每一句话,你都给我听清楚了。"

"来不及了,已经来不及了,九丫头没了,我儿子没了,季家没了,通通没了,老太太,母亲,你害人不浅啊!"

晏三合手一松,握成拳头,直中季陵川的面门。

痛意传来,季陵川眼中的疯魔退了一点。他喉间呜呜地哽咽着,腿一软,跌坐在地上。

晏三合索性也盘坐下去:"季陵川,你母亲的全名叫胡三妹,她真正的家乡在广西省南宁府东兴县。那里有满山的翠竹,有一片一片的菜园,还有一条长长的望不到头的北仑河。北仑河的另一边是大齐国,它是两国的边界。胡三妹小时候很苦、很穷,但她过得很自在,她还有一个好姐妹,叫胡珍,人称珍姐儿。"

想到珍姐儿,晏三合冰冷的脸上现出一点柔色。

"有一天,姐妹两个在河边玩耍,看到北仑河里有条狗落水,胡三妹便游了过去,恰好这时，北仓河的另一边也有人游过来。那条落水的狗怀了身孕，两人就在水里帮母狗接生，就这样，胡三妹认识了她的青梅竹马。胡三妹死后脑子里出现的那条黑狗就是和那人一同接生的那条，那个人的名字，你一定听过，他叫吴关月。"

季陵川低垂的头骤然抬起来："你你……你说什么？"

"吴关月，大齐国的流亡君主，屠杀郑老将军一府的罪魁祸首。"晏三合直视着他混浊的眼睛，"你是当官的，吴关月怎么成为流亡君主，怎么屠杀的郑老将军一府……这些事情你比我清楚。"

季陵川一口口倒抽着凉气，根本没办法回答她的问题，只是用力地点点头。

"你母亲胡三妹到京城做妾，根本不是她情愿的，她是被逼离开北仓河的，离开前她对好姐妹珍姐儿说，这辈子不会再回来了。而那条名叫黑蛋的黑狗也在胡三妹离开后绝食而亡，因为它的主人无情地抛弃了它。"

季陵川身子明显一颤，脸上露出不可思议的神情。

"所以，你现在明白为什么竹院那么阴森、潮湿，老太太也执意要搬过去了吗？那些翠竹是她念念不忘的。

"所以，你明白老太太当家后为什么下令府中不准养狗了吗？因为她看到狗，就会想到黑蛋。

"所以，你明白老太太为什么在后花园种一园子的菜了吗？她种的不是菜，她是在怀念种菜的儿时。

"所以，你明白老太太为什么在心湖边一坐就是好几个时辰了吗？她看的不是心湖，是她朝思暮想却永远回不去的北仓河。

"所以，你明白老太太为什么起了想放丫鬟小红离开的念头了吗？因为她从小红的身上看到了自己从前的影子。

"至于她为什么不宠季家的孙子、孙女，偏宠裴明亭这个外孙……"晏三合闭了闭眼睛，想着裴明亭这一路的所作所为，"大概是因为胡三妹她从小就是这样一个天不怕地不怕、性子野、无拘无束的人吧。"

季陵川怔怔的。这真是那个连大字都不识一个的老太太吗？为什么听上去那样陌生，那样……不可思议？！

"季府抄家的当晚，我们见到了陈妈，见到陈妈后，我们连口气都没喘，马不停蹄地直奔南宁府。"晏三合想着那些惊险的过往，忍不住闭了下眼睛，"在南宁府，我们历经千辛万苦找到吴关月的儿子吴书年，吴关月在兵败后的第四个月就郁郁而终。其实吴书年也已经是将死之人，但不知道是不是你母亲在暗中保佑，我们在他死之前终于找到了你母亲一半的心魔。"

季陵川的眼睛骤然瞪大，几乎要瞪出眼眶："一半，怎么只有一半？"

晏三合冷冷地看了季陵川一眼："你不应该问一下，你母亲这一半的心魔是什么吗？"

"我不想知道。"季陵川偏头啐掉口里的血沫，眼睛赤红，"我只想知道，什么时候才能找到她另一半的心魔，让她不再祸害季家儿孙。"

"我却必须告诉你。"晏三合语气非常坚定，"你母亲一半的心魔是吴关月。"

"我猜也是。"季陵川对老太太有说不出的怨怼，"明明进了季家，明明锦衣玉食，明明是有夫之妇，却对一个十恶不赦的男人念念不忘，愚妇，愚妇啊！"

"季陵川，吴关月并非十恶不赦，若真要有个比较……"晏三合脸上露出浓浓的嘲讽，"十个你父亲季春山也比不过他一个。"

季陵川呼吸一窒。

"至于你……"晏三合再度冷笑，"以你的品性，自然是连给吴关月提鞋都不配。"

"你……"季陵川气得几乎要呕出一口血来。

"现在你母亲的心魔还剩下一半，这一半心魔解不出来，死的将不只是一个季十二。接下来我要问的问题……"晏三合伸出手，又一次揪住季陵川的前襟，"你必须老老实实没有半点隐瞒地回答我，否则以老太太的心魔，你们季家必定断子绝孙，一个都活不成。"

季陵川的奇经八脉没有一处不是痛的，真要断子绝孙，他还有什么脸面去见季家的列祖列宗？他抖着身体，颤着音："你问。"

晏三合松开手，把自己翻涌的情绪往下压一压："老太太真正搬到竹院是什么时候？如果你记不得，可以回忆一下当年京城发生了什么大事，你们季家发生了什么大事。"

季陵川神色十分茫然。

晏三合看着他，缓缓又道："又或者，她跟你之间发生了什么事？"

"我我……我想起来了。"季陵川呼吸顿时急促起来，"老太太真正搬进竹园是在……就在郑家惨案发生后的几个月。"

晏三合："你确定？"

季陵川点点头，然后又飞快地摇摇头："不对，应该是郑家案子的凶手确定是吴关月父子以后。"

晏三合变了脸色，又问了一遍："你确定？"

季陵川手重重地拍了下栅栏，这一下，他算彻底想起来了："刚开始，老太太听说郑家的案子后，只是感叹了几天。"

"她感叹什么？"

"可怜啊，造孽啊，骂是哪个畜生做出这么丧尽天良的事情。"

"后来呢？"

"后来查出凶手是吴关月父子后，她就常常打听，甚至还跑来问我。"

"问你什么？"

季陵川怔怔地看着晏三合，思绪拉出很远。

那天应该是在他的书房，他书房里还有客人，老太太就这么匆匆忙忙地闯了进来。

整个季府都知道，季府大老爷、二老爷的书房是禁地，就算三弟、四弟过来，都得事先派人通报一声，更何况是内宅女眷。他当时脸就拉了下来，只是顶着一层孝道，并且当着客人的面不好发作。

他走过去，问她发生了什么大事。

她一把抓住他的手，颤颤巍巍地问道："老爷，郑府一族的灭门惨案，当真是大齐国的吴关月父子做的吗？"

他皱眉："母亲问这个做什么？"

她不仅没有回答，反而又问道："朝廷没弄错吧，怎么可能是吴关月父子呢，他们是大齐国的人，咱们四九城哪能让大齐国的人跑进来？"

他一听这话，简直怒从心头起。妇道人家，打听朝政也就算了，竟然还敢质疑朝廷官员的判案？传出去，岂不是要被同僚笑掉大牙？

他毫不客气地呵斥："母亲安安分分地过日子就行，朝堂大事你不懂，更无须懂。若母亲实在闲着无事，就从外头叫几个戏子来家里唱唱戏。"话说得不够重，他又补了一句，"或者去西山的寺庙里住几天，念念经，静静心，少管那些不该管的闲事！"

她唇一动一动的，又想说话，又不敢说话，两只眼睛可怜巴巴地望着他。

他最恨她做出这副无辜又可怜的模样，声音一压，冷冷道："母亲还有其他事情吗？"

"没了，没了，你忙吧，你忙你的。"她听得懂他每一句的言外之意，转过身，拄着拐杖一步一步往外走。

他没等她走出院子，便甩甩袖子，回了书房。

季陵川声音沙哑："晏姑娘，我哪知道她和吴关月有那么一层关系啊！"

晏三合："她后来还向你打听过吗？"

季陵川摇头："老太太是个知趣的人，被拒了一次，她就不可能再凑上来问第二次。"

晏三合："二老爷那边呢？"

季陵川："没听我二弟说起过。而且二弟和我是一条心，老太太那头但凡有点什么事，他都会跑来和我说。"

晏三合："然后，老太太就搬去竹院住了？还是中间又发生了些什么事情？"

季陵川想了片刻，道："没有了，没有什么事了。"

"不对吧！"晏三合道，"我听陈妈说，老太太年纪大了，管得有些多，你们两个大的都是养在嫡母跟前，岂是受她管的？"

季陵川浑身一震，难以置信地看着晏三合。

晏三合冷笑一声："陈妈这话绝对是话中有话，只是她是个下人，说话做事极有分寸，已经习惯了给主子留情面。"

季陵川觉得有些喘不过气来："我没有瞒，都是些小事，我没把那些小事放在心上。"

"什么小事？"

"她……她也不知道是糊涂了，还是嫉妒我嫡母，话里话外总让我和我二弟离张家远一点。"

为什么要离张家远一点？晏三合苍白如纸的脸上浮现出一抹疑惑。

"除此之外呢？"她又问。

"她还经常在我耳边念叨，说什么季家的富贵已经滔天了，树高多危风，人这一辈子，吃过几碗饭，走过几座桥，都有定数……"说到这里，季陵川带血的脸色一点点变了，声音也越来越低，低到晏三合几乎要听不见。

晏三合急得一把又揪住他："她还说了什么？"

"没了，就是反反复复地念叨这些，她念叨一次，我和二弟就厌烦她一次，心想这老太太真是不知趣。后来……"季陵川换了语气，"后来我和二弟言语中狠狠地弹压了一两次后，她就不敢再说了，再后来，她就搬去了竹院。"

季陵川记得很清楚。当时他长出一口气，对老二说："终于可以不用听这老太太胡说八道了。"

晏三合断然松开手，然后便是长久地沉默。烛火的原因，她的五官周围笼罩着一层淡淡的红晕，脸色却是前所未有地凝重和清冷。

"晏姑娘，你是不是——"

"你闭嘴！"晏三合毫不客气地打断他，"我再问你，你知道不知道郑家灭门一案的始末，包括内里的一些细节？"

"这……"季陵川手心冷汗渗出。

"说！"晏三合发泄般重重地拍了一下栅栏，怒吼，"说实话！"

季陵川双手插进头发里，用力抓了几下，然后猛地抬头道："我在张家听说过。"

"你有没有说给老太太听过？"

季陵川摇摇头。

"如果，"晏三合看着他，"我是说如果，老太太因为吴关月的关系，想要打听郑家的案子，你说她会用什么办法？"

季陵川眼珠子不动了，定定地看着晏三合半晌，然后又一拍大腿："这个简单，我虽不会说给老太太听，但我会说给我夫人听。"

"郑家的案子，你和你夫人聊起过？"

季陵川点点头："出了那么大的一个案子，谁心里不好奇啊？我私下告诉过她。"

"包括郑家的狗一条都没有活下来？"

"你怎么知道？"季陵川惊恐万分地看着晏三合。

"我不仅知道，我还知道……"晏三合话锋突然一转，"吴关月的祖先被一条狗救过，他们吴家有一条祖训是不杀狗，这事老太太也知道。"

"什么意思？"季陵川蒙了片刻后，突然身子狠狠一颤，眼睛都直了，"你你……你的意思是……"

"季陵川，"晏三合压抑着声音里的愤怒，慢慢地从地上站起来，然后居高临下道，"老太太的另一半心魔，我找到了。"

"找到了，真的找到了。"季陵川手脚并用地从地上爬起来，两只手死死地抓着栅栏，"是什么，你快告诉我，是不是季家有救了，是不是我儿子有救了，你快说啊！"

晏三合冷笑一声，然后头也不回地转身离开。

"晏三合，晏三合……你回来……你回来啊！"季陵川从栅栏里伸出手，整个人失控地跳着、蹦着，跟个疯子似的，"你回来，我求求你快回来，还有半个时辰，只有半个时辰了……"

晏三合脚步一顿，立即转身走回去。

"什么半个时辰？"

"我家十二还有半个时辰，他们就要动手了，我没有咬出张家，我什么都没有说，你救救他，我求求你救救他啊……"季陵川缓缓地跪倒在地，眼泪、鼻涕流下来。

晏三合不知道为什么，对这个男人生不出半分同情，只冷冷地说了一句："季陵川，你也有今天！"

…………

另一处牢狱里。

赵亦时坐在太师椅上，脸色阴沉地看着栅栏里气息微弱的季家十二爷。

身旁，徐来弓着身子，赔着十二万分小心："回殿下，案子拖太久了，下官也是万般无奈，才出此下策。"

赵亦时强忍怒火，平心静气道："好一个万般无奈啊，徐大人。"

徐来扑通一声跪下："回殿下，这人是季陵川的爱子，关进牢狱时只剩下小半条命，就算裴太医十天一来，下官瞧着也无力回天。将死之人，总得死得其所，若能用他来逼一逼季陵川，说不定此案就能了结，也能慰皇上之心。"

赵亦时心中惊怒到了极点。他搬出裴太医，无非就是在说，你皇太孙的一举一动，所有人都睁只眼闭只眼，那么也请皇太孙对于我的一举一动睁只眼闭只眼，谁胜谁负，各凭本事，各听天命；搬出皇帝，无非就是在说，我徐来所作所为皆名正言顺，我是在为皇帝办事啊！

赵亦时藏在袖中的手微微发抖："徐大人忠君爱国，倒是辛苦了。"

"殿下这么说，下官无地自容。"徐来身子往地上一拜，姿态越发恭敬。

赵亦时冷冷地注视着他，良久后，弯下腰亲手扶起，温声道："我也是看他年纪轻轻，便多存了一份怜悯之心。"

徐来一脸感叹："殿下仁心仁义啊！"

赵亦时轻轻一笑："你既夸我仁心仁义，高低我也得送季十二最后一程，徐大人陪我一道如何？"

"……"徐来后悔得差点没咬舌自尽。皇太孙这是打算亲自在这里护着季十二啊！那他还能做什么手脚？还怎么能撬开季陵川的嘴？

徐来心里恨得牙痒痒，脸上却一脸恭敬，道："下官遵命。"

……

晏三合推开铁门，心头微微一惊。偌大的院子里，只见沈冲与那锦衣卫在低声交谈，却不见赵亦时的人影。

沈冲见她出来，冲那锦衣卫一颔首，大步走过来："晏姑娘，如何？"

晏三合一点头："殿下呢？"

沈冲："殿下有事忙去了，但他临走前让我转告姑娘一句话。"

晏三合："你说！"

沈冲："姑娘想做什么，只管去做，出了事情他来顶着。"

"我要把季陵川从牢狱里弄出来，要他沐浴更衣，然后找一处僻静的院落，要一张祭台、三盘瓜果、两个烛台、一个香炉。"晏三合道，"得快，季府十二爷已经没有时间了。"

沈冲表情说不出地一言难尽。晏姑娘，这里是北司牢狱啊，他到哪里去弄这些东西？更别说要把季陵川弄出来了。

晏三合一看他的表情，就知道要坏事："把殿下喊过来。"

沈冲咬着牙，道："晏姑娘，殿下现在喊不过来，他和刑部侍郎徐来在一处……"说到这里，沈冲抬手半捂着嘴，"徐来一惊动，事情更难办。"

这怎么办？晏三合急得用力抓了两把头发，好不容易把老太太另一半的心魔找到了，偏偏……

忽地，她神色一变："我想到一个人，他应该可以！"

……

马车里，李不言抱着臂，没心没肺地打着瞌睡。边上的两位爷你看我我看你，都觉得时间从来没这么难挨过。

裴笑用脚尖碰碰谢知非：晏神婆行不行啊，怎么去了这么长时间都没回来，不会出什么事吧？

谢知非：祖宗啊，你盼点好成不？

裴笑：我急啊。

谢知非：谁不急？

裴笑：问一问边上那李神婆，晏神婆到底有几成把握？

谢知非：十成。

裴笑：你怎么知道？

谢知非冷哼：掐指一算！

裴笑想咬死他：你变成谢神棍了？

"二位爷！"李不言不知何时已睁开眼睛，"我掐指一算，我家小姐已经在回来的路上。"

谢知非："……"

裴笑："……"

就在这时，车帘一掀，晏三合噌的一下跳进来。

裴笑吓一跳，嘴里正要"啊"，被谢知非一把捂住："晏三合，怎么样？"

晏三合直视着谢知非："我想另一半的心魔应该是找到了，但现在又面临一个问题。"

谢知非："说！"

晏三合："怎么把他从大牢里弄出来，让他沐浴更衣？怎么准备那些化念解魔的东西？"

谢知非下意识地问道："怀仁呢？"

"听说在和徐来打太极。"晏三合伸手，很不客气地揪住谢知非的衣襟，"谢三爷，你的小甜嘴该派上用场了。"

谢知非盯着胸前的那只手，思忖片刻，极为冷静地回答："晏三合，三爷的小甜嘴能准备那些化念解魔的东西，没办法把人从大牢里弄出来。还有……"他两条剑眉紧紧蹙着，"三爷还必须有一个光明正大的理由，才能让人去准备这些东西。没有这个理由，别说一张小甜嘴，就是十张小甜嘴，也办不成事。"

晏三合手一松，脸肉眼可见地塌了下来。

"呜呜呜……"

谢知非一扭头，见自己还捂着这祖宗的嘴，赶紧放开。

裴笑把头探到帘子外，用力呼吸几口新鲜的空气，又飞快地缩了回来："我有个主意。"

晏三合和谢知非异口同声："快说！"

裴笑："你们说巧不巧？今天是我外祖母六十九岁的生辰。"

晏三合不明白："所以呢？"

"是这样的，四九城有个老规矩，老人去世第一年的生辰，孝子贤孙要为她过阴寿。"裴笑道，"如果第一年的阴寿不过，老人就会认为儿孙没孝心，以后也不会保佑他们。"

晏三合觉得不可思议："还有这一说？"

"幸好有这一说。"裴笑正色道，"季家到了这个份儿上，还不得多求求祖宗保佑？这样一来，所有的理由都是现成的。"

谢知非一击掌："如果是这样，我厚着脸皮去求一求蔡四，应该能把人弄出牢狱，反正就在北司里面，人也跑不掉。"

"等一下！"李不言插话道，"别忘了，你们两人此刻的'真身'都在玄奘寺。"

裴笑摇摇头："顾不上这些了，谢五十，你说呢？"

谢五十没说话，只是点了下头。

晏三合当机立断："行动吧。"

"等一下，"谢五十拽住她，"晏三合，没银子办不成事，咱们还剩下多少？"

"不言。"

李不言解下包袱，把剩下的钱通通拿出来："还有这么多。"

谢知非二话不说，通通拿过来，塞到怀里。

晏三合："够吗？"

谢知非深深看着她："本来不够的，但加上三爷的小甜嘴，够了。"

嗯，你的嘴值钱！晏三合掀帘往下一跳，落地后，又突然折回来，看着裴笑道："裴大人总在关键的时候派上大用场，很好。"

裴笑脸蓦地一红：菩萨哎，这是晏神婆第一次当着别人的面夸我，我我……我……我心跳加速了！

…………

北司诏狱对谢三爷来说，有五六个锦衣卫是能把酒言欢的，有一半锦衣卫是混了个脸熟。这一点脸熟足以让三爷开口求人。

更何况，三爷求人办事的时候，从来都把自己放得很低，把别人抬得很高。再配着他那张大姑娘小媳妇都爱的脸蛋，铁石心肠的人都不忍心拒绝。最最重要的是，三爷求人手上从不空着，好处给得很足。

不到一刻时间，僻静的院子腾出来了，祭祀台什么的也都备下了，就差一个还在牢里的季陵川。没有北司老大蔡四点头，谁也不敢把人从牢狱里放出来，弄不好要掉脑袋的。

蔡四的府邸就安在北司边上。他这会儿正睡着觉呢，身边是个小太监，见是谢府三爷，他又闭上了眼睛继续睡。

谢知非咳嗽一声。他没睁眼。

谢知非再咳嗽一声。他还是没睁眼。

谢知非无声地笑了两下，走过去，在床榻边一屁股坐下。

蔡四这时才懒懒地睁开眼睛，尖着嗓子问道："三爷有什么事？"

谢知非："今儿是季府老太太头一年的阴寿，想给老太太过个寿。"

蔡四的声音更尖了："三爷这是打算把人弄出来？"

谢知非扯了下唇角笑笑："不然我还能求到你这里来？"

蔡四眨巴两下眼睛："太孙殿下在何处？"

"在你们北司，和徐来一起。"

"半个时辰，不能再多了。"

谢知非起身，低头看着蔡四那张白脸，伸出一个巴掌："这个数，回头我让人给你送来。"

蔡四余光往桌面上一瞄："让三爷破费了。"

"破费什么？能孝敬四哥，是我的福分。"谢知非从桌上抄起腰牌，扭头冲那小太监看了一眼，"啧啧"两声。

"滚！"蔡四冲谢知非的背影骂了一声。

小太监听脚步声走远："干爹怎么就把腰牌给他了？"

"小喜儿啊，你记着干爹一句话，不看僧面看佛面。"

小喜儿睁着一双好看的丹凤眼："难不成三爷的佛面是太孙？"

蔡四既不说是，也不说不是，只尖尖地笑了两声："你再记着干爹一句话，跟谁过不去，也别跟银子过不去！"

第三十一章 是你

幽静的小院里，烛火已经点上。

季陵川穿着一身不知是谁的灰袍，散着灰白的湿发，一瘸一拐地走进来。

他身后的谢知非从怀里掏出一张银票，递到押送的锦衣卫手里。锦衣卫一点不客气地接过来，笑眯眯地和三爷闲聊几句后，才转身离开。

李不言冲晏三合一点头："我在外面守着。"

谢知非等她走出院子后，顺手把木门掩上，身子往后一靠，懒懒地倚着木门。

一里一外，两个人，两道屏障，一个僻静的四方小院，多么安全的化念解魔之地。

晏三合看着谢知非半明半暗的侧脸，心思稍稍浮动了一下。这人脸上似乎挂着好几层皮，剥下一层是谢纨绔，再剥下一层是谢人精，如果接着往下剥呢……会是什么？

她这一心思浮动间，季陵川已经走到她面前："晏姑娘，我儿子……"

"还没死，喘着气呢！"

季陵川只觉得浑身的血都热起来了，一脸讨好地问："既然老太太的心魔找到了，那……那就别耽误，咱们开始解魔吧！"

"不急。"晏三合目光沉沉地看着季陵川，裴明亭说过，季老太太这么多儿女中，就数季陵川和她长得最像，一眼就叫人看出他是谁的儿子，"季陵川，说一件你记忆最深，死都忘不掉的有关老太太的事。"

季陵川一下子愣住了，然后问："这和解老太太的心魔有关吗？"

晏三合不说话，只冷冷地看着他。

季陵川被她看得浑身不自在，更不自在的是要想老太太的事。

有什么可想的呢？季府那么大，他从前住嫡母的院子，成年后一个人住东院，季家千娇万宠的大爷，从小就被当成下一代家主来培养。她不过是父亲的一个小妾，深居后宅，足不出户，逢年过节才有资格在季府露一面，偶尔视线碰到，他抬头，她低头，是要避讳的。

什么时候对她有印象的？季陵川微微错愕，他竟然想不起来，好像是嫡母病重了，她来侍疾那会儿……

对！她一天十二个时辰有十个时辰都在嫡母的床榻前，他这才留心起父亲的这个小妾。

那天他和二弟进去给嫡母请安，嫡母倚着床，正在被太医问诊，太医诊了良久，斟酌着拟完方子后，交到她的手上。

她送太医离开，再进来时，手里多了个木桶。嫡母卧床不起，脚已经开始浮肿，太医交代每天要用药水泡脚，能活血化肿。

她扶嫡母坐起来，帮嫡母把两只脚挪进桶里，就势蹲下，手伸进水里，帮嫡母轻轻按摩脚底穴位。

她低头做事的时候，嫡母招他和二弟过来，问起今日先生都教些什么，他便抑扬顿挫地背起了书："大学之道，在明明德，在亲民，在止于至善……"

他背得很好，一个字都没有错。嫡母很欣慰地点点头，问他："明德是指什么？"

他昂首道："明德是指本有的仁心，也是天地之心、赤子之心，更是君子之心。君子不失赤子之心，能见众生，能起怜悯，能生佛性。"

嫡母听了连连点头，夸他书读得好，悟得透，又命人拿来两套笔墨纸砚，赏了他和二弟。

得了赏，他拉着二弟欢天喜地地去了，谁也没往水桶边看一眼，谁也不知道这个卑微、低贱的小妾竟然是他们兄弟二人的生母。

直到嫡母临终前，把他和二弟叫到跟前将真相说出来。

二弟年纪还小，听完蒙蒙的，季陵川却觉得天都要塌了，堂堂季府大爷竟然是个小妾生的，传出去别人会怎么看他？万一父亲将来再娶，生下个嫡子，他要怎么立足？

他再怎么也没有料到，嫡母为他们兄弟二人安排好了所有的后路，所以他才对张氏一生感激和敬重，也才有了对胡氏的不屑和冷落。

"一年前，也是这个月份，她的身子已经不大好了，脑子也糊涂，前脚跟她说过的事，后脚便忘。"季陵川声音有些哽咽，"那天太医跑来和我说，老太太最多还有几个月，让我们可以着手预备后事。她的后事，我和二弟其实早就预备下了，二弟觉得她不能和父亲合葬，心里有亏欠，就拉着我去瞧她。"他说这话的时候，混浊的眼中挤出一点泪水。

"去的那会儿正是傍晚，可日头还在，她坐在藤椅上，晒着最后一点太阳，旁边站着陈妈，陈妈正在帮她剥橘子。我们兄弟二人正要走过去，她忽然一个字一个字地背起来——明德是指本有的仁心，也是天地之心、赤子之心，更是君子之心。君子不失赤子之心，能见众生，能起怜悯，能生佛性。"季陵川说到这里，微微停顿，"我没反应过来，二弟却扭头对我说：'大哥，这话听着怎么这么熟悉？我好像在哪里听过。'经他这么一提醒，我才想起来，老太太竟然记得我以前在嫡母跟前做的注解，一个字……一个字都没有错。"

"老太太活了六十有八，你自十岁起叫她一声'母亲'，五十八年的母子生活中，太多太多的点点滴滴……"晏三合看着他，"你为什么对这一件事记忆深刻？"

季陵川心头狠狠一颤：是啊，我为什么偏偏对这一件事情刻骨铭心？

晏三合目光往前逼近半寸："因为她不识字，根本不明白这注解的意思，可她不仅记住了，还记了一辈子；因为她老了，很多事情都不记得，却独独记着你的这两句话。"

季陵川眼泪滑下来，哽咽着点点头。

他根本没有言语形容当时那一刻的感觉，好像心口被人狠狠地戳了一刀，痛不可当。她怎么就记住了？她为什么要记这个？她记住这个有什么用？

"季陵川，你听清楚了。"晏三合伸出手，揪住他的前襟，眼神凶猛而冷厉，"老太太还有一半的心魔，是你！"

"怎么会是我？"季陵川猛地把晏三合一推，惊声尖叫，"怎么可能是我？不可能，不可能，绝对不可能！"

晏三合踉跄着后退几步，一只大手扶上来，掌心的温度，不用回头看，也知道是谢三爷。

"别总抓男人的前襟。"

晏三合瞪他一眼，当她愿意抓呢，不这样，又怎么能让季陵川刻骨铭心？

"晏姑娘，晏三合……"季陵川整个人突然变得狂躁起来，又蹦又跳，喉咙里发出低沉的咆哮。

晏三合抬起腿，熟练地在他的膝盖上踢了两下。

扑通——季陵川跪倒在地，因为痛，声音有些破碎不清："晏三合，快告诉我真相，为什么是我？为什么？"

"真相？"晏三合眼底浮现出一丝悲凉：我怕你听了受不住，季陵川。

"胡三妹伏低做小，千忍万忍，以两个儿子为代价，终于被扶正，坐上季家女主人的位子，能让你们光明正大地叫她一声'母亲'，可对？"

季陵川颤着声："对！"

"胡三妹被扶正后，你父亲没有把她当作真正的妻子。张家的年礼不经她手，你们兄弟二人的婚事不许她过问，在季春山的心目中，他的发妻永远是张氏，可对？"

"对！"

"你和你二弟从来没把她当真正的母亲，觉得托生在小妾的肚子里是你们这辈子最大的耻辱，一个连字都不识的渔家女，怎么配做你们的母亲，可对？"

季陵川羞愧地低下头："对！"

晏三合冷冷地看着季陵川："男女间的情爱容易割舍，心凉了，情也就淡了，你父亲再娶十七八房姨娘，对她来说，也不过是添双筷子的事。可血脉之情，刀割不断，火烧不断，那是渗透在骨子里的东西。你们每一个都是她十月怀胎，每一个她都把一只脚伸进了鬼门关，九死一生生下来的。"

季陵川只觉得眼前一片天昏地暗，胸口像塞进了一块巨石，堵着，气都喘不过来："晏姑娘，别说了，别说了……"

"不说，怎么能让你知道前因后果？"晏三合自嘲似的冷笑一声，"想要得到什么，就一定要先付出些什么，老太太很清楚这世上什么药都有，唯独没有后悔药。而且看着你们两兄弟成家立业，读书做官，她也没有什么好后悔的，哪怕你们兄弟二人再看不起她，只要你们好，她都认了。"说到这里，晏三合突然话锋一转，"你还记得三太太宁氏讲的锦绣绸庄的事吗？"

季陵川痛苦地点点头。

"明明是大太太做的，她却诬陷说是三太太。"晏三合道，"我当时说，老太太有两个目的，一个是家和万事兴，一个是她要恩威并施，立她做婆婆的规矩，其实我说错了。"

"那是什么原因？"裴笑忍不住插话。

"大太太是张家挑中的，她想家和万事兴，请问裴大人，这个家是谁当的？"

裴笑看着地上的季陵川："原来她是不想让舅舅夹在中间左右为难！"

晏三合："还有，她也不是想要什么恩威并施，反过来，她想讨好大太太。"

裴笑纳闷："为什么？"

"因为……"晏三合的声音突然轻得像夜风，"因为她想通过大太太的嘴多知道一些儿子的事情。季大老爷今天吃了什么，喝了什么，冷不冷，有没有添衣，衙门里顺不顺，有没有糟心事。这些平常的无趣的生活片段，通过大太太的嘴讲给老太太听，对大太太来说，这是她和丈夫之间的点点滴滴，但对老太太来说，这是他们母子之间的点点滴滴。"

"我外祖母她……"裴笑一下子哽咽住了。

"人这辈子对第一次最难忘。"晏三合的侧脸陷在明明暗暗的光影里，"第一次怦然心动，第一次踏进季府的朱门，第一次与男人水乳交融，第一次有了身孕……"

那时的胡三妹又如何知道，她和这孩子只有十个月的母子情分？她应该是怀着满心的期待和喜悦，盼着这个孩子呱呱坠地，听他来到这个世界上的第一声哭声，感觉他的第一次吮吸，看他长出第一颗乳牙，听他第一次叫自己母亲。

讽刺的是，除了那声哭声外，她什么都落空了。那个名叫陵川的季府大爷成了她今生今世只敢在梦里抱住的妄念。

"陈妈说过，老太太生前常说一句话，人啊，一定要多看，多听，少说话，话一多，不仅显得蠢，心事也都被人瞧去了。"晏三合轻轻地摇了下头。

"瞧瞧，老太太活得多有自知之明，她给自己的定位就是一个旁观者，旁观儿女们的生活，他们好，她安心，他们不好，她揪心。正因如此，她才暗中撮合贴身丫鬟和季府三老爷的床事。在老太太的认知中，只有生下儿子，宁氏才有底气活在季家，也只有生下儿子，季府三老爷才算有了后，在族里才能站稳脚跟。

"她不敢明着做，只能用偷偷摸摸、遮遮掩掩的法子。她什么都算好了，唯独没有算准三太太的性子。三太太十里红妆嫁到季家，娘家金山银山花不完，根本不吃她这一套。季陵川……"

晏三合话锋又一转，眼神陡然锋利。

"你母亲十六岁孤身一人进京，赤条条什么都没有，有的只是她年轻健康的身子，还有一个能生儿子的肚子。她是个渔家女，没有娘家可以依靠，没有父母兄弟可以帮衬，你知道她为了上位忍到什么程度吗？"

季陵川眉心狠狠地跳了一下。

"陈妈说，你祖母拉不出屎，她用手一点一点帮你祖母抠。你看到的，是你母亲蹲在地上给你嫡母洗脚，你看不到的，或许她更卑微。你嫌弃她的出身，嫌弃她唯唯诺诺……"晏三合垂着的手慢慢握成了拳头，手背上的青筋开始一根根地凸起，"你以为，她坐上季家女主人的位子光靠你嫡母的恩赐吗？你靠着张家升官发财，而她从头到尾靠的都是她自己。你有什么资格看不起她？有什么资格嫌弃她？季陵川，你凭什么？"

季陵川整个身子都在打战，仿佛有人拿着一把斧头，将他那颗顽固不化了五十年的脑袋硬生生劈开了，一半是后悔，一半是痛苦。

"你们兄弟二人有没有想过，她有没有选择？进季家有没有选择？把你让出去，她有没有选择？"晏三合眼底红成一片，"是谁逼得她要算计主母的位子？是谁逼得她对宁氏那样？是谁逼得她要对你父亲的小妾动手？又是谁把她从一个单纯的渔家女变成了那样的人？"

你们一个个的都凭什么？晏三合愤怒地在心底咆哮！

一只大手落在晏三合的头上，她猛地转过身。

谢知非没想到她反应这么快，一瞬间眼里的温柔来不及藏，只能咳嗽一声做掩饰："不要太激动，怒极伤身。"

说罢，他退到门边，懒洋洋地倚着，脸上看着不动声色，心里却怦怦直跳：奇怪，我怎么摸她的脑袋上瘾了？

晏三合从满脸惊骇到平静只用了短短须臾的时间。而此刻的季陵川已经像条死狗一样，瘫坐在地上，默默流眼泪。

晏三合冷笑："季陵川，真正的伤心处远没有到来，先收收你的眼泪吧！"

季陵川声音嘶哑地喊道："晏姑娘，求你给我一个痛快，我……我……"

这就受不住了？晏三合心中冷笑一声，蹲下去，伸手按住了季陵川的肩膀。

季陵川一对上她的眼睛，心里便说不出地惊恐。

"前面我就和你说过，老太太的青梅竹马是吴关月。永和二年，吴关月父子起兵称王；永和三年，大齐发兵；永和四年，吴关月父子兵败流亡。这些消息应该都会断断续续地传到老太太耳朵里，那个尘封在她心底的名字明目张胆地摆在了台面上。

"夜雨敲窗，伴一梦清长。梦里，北仓河边的木棉花开了，暖风吹过，遍地花瓣，她恍惚看见那丰神俊秀的男子站在木棉树下，叫她三妹。醒来却是一个比一个让她惊心的消息。

"我无法想象老太太在听到这一个个消息后是什么样的心情。但有一点可以确认，连日夜相伴的陈妈都不曾察觉到半点，可见她藏得极深，也藏得极好。"

季陵川双手撑着地，缓缓地抬起头，声音极度嘶哑："直到……直到郑家案子的凶手浮出水面,是吗?"

"是!"晏三合道,"但你知道为什么吗?"

季陵川木愣地摇摇头。

"因为她从小就知道吴关月的人生梦想。"晏三合顿了顿,"季陵川,你知道吴关月的人生梦想是什么吗?是山河大地,是海晏河清,是万民乐业!"

季陵川的呼吸顿时急促起来,眼中露出了不可思议。

晏三合料到了他会有这个反应。

"所以吴关月造反,杀王族,最后落得流亡的下场,老太太只会伤心,不会惊讶,这是吴关月的宿命。相反,他没有这样的宿命,老太太才会觉得奇怪。

"可是当郑家案子的凶手浮出水面时,老太太心里那堵原本坚不可摧的墙骤然坍塌。

"她不顾一切地跑到你院里,问那个案子有没有审错。她迫切地想要你给她一个答案,她不相信,也不敢相信,把一族人都杀光的这件事会是吴关月做的。"

季陵川的浊泪滚滚落下:"吴家有祖训不杀狗,她在我夫人那里打听到后,心里就明白这案子不是吴关月做的。"

晏三合闭了闭眼睛,疲倦地回答:"对。"

"那……"季陵川小心翼翼地看着晏三合,"她的心魔还是吴关月,怎么会和我有关?"

"季陵川啊!"晏三合伸手拍拍他的肩,一脸失望地站了起来,"你可太小瞧你的生母了。"

"晏三合,"裴笑已经完全等不及,"你快说啊,我外祖母到底怎么了?"

晏三合看着裴笑,露出了一丝似悲似喜的笑容:"老太太心里明白了这案子不是吴关月做的,那么她会不会往深处想一想,这个案子到底是谁做的呢?为什么四部联手查案,还弄出个冤假错案来?"

话落,原本懒懒倚着门的谢知非神情一下子变了,顿时面冷如月。

裴笑更是如遭雷击:"你的意思是,老太太还曾想过要帮吴关月父子平反?"

"我想她应该想过,毕竟这是整个案子最关键的点,只要她敢站出来说,吴关月父子的冤屈就能洗刷干净。"

季陵川:"那……那她为什么没有?"

晏三合冷冷一笑:"季陵川,连你都不相信她的话,那别的人呢,他们信不信?"

季陵川哑口无言。

"其二,吴关月是什么人?她一个内宅妇人,跟大齐的流亡君主扯上关系……"

"这弄不好……"裴笑听得脸色惨白,"就是叛国的大罪。"

"最重要的一点,"晏三合冷笑,"如果她说出去后,季家会不会受牵连,儿子的前程会不会受牵连?"

"朝廷要是信她,也就罢了,可关键是……"裴笑一跺脚,连连摇头,"不会信的,谁都不会信的，他们一定会以为老太太疯了，弄不好我两个舅舅都会受牵连。"

晏三合低头，看着季陵川的眼睛："所以老太太想了许久，只能硬生生地闭紧嘴巴，把真相放进肚子里，死都不能说出来。"

五月的天，季陵川浑身都在发冷，冷得他两排牙齿都在打战。

这案子三司会审，再加上一个锦衣卫，只要老太太往外进一个字，就等于把季家推到了四部的对立面。

不仅如此，案子最终是呈到皇上御案上的，皇上朱笔一批，才能对吴关月父子下达缉拿令。敢质疑皇上，敢质疑朝廷，这对季家来说，无异于灭顶之灾啊！

"老太太在选择沉默的同时，也选择了搬到竹院生活。"晏三合的声音一下子柔了起来，"她搬去竹院有两个原因，一是出于对吴关月的愧疚；二是她不想让人看出她心底藏了秘密。"

话到这时，裴笑才恍然大悟："怪不得老太太搬到竹院后就常常到心湖去，一坐就是大半天，也不跟小辈们说笑了。"谁能想到竟然会是这个原因？

晏三合看了裴笑一眼，声音再次响起："她看的是心湖，心里想的是北仓河，还有那个脊梁骨始终挺拔的少年。她从前有多崇拜、多仰望那个少年，现在就有多痛恨、厌恶自己的怯懦。

"可她没办法不怯懦，季府二百多条人命都压在她身上，她害怕啊。所以她只有用这种方式让自己的良心不那么难受，夜里才能睡得稍稍安稳一些。"

晏三合的脑海里有光影轻轻落下。

老太太在心湖边坐着，把自己坐成一块石头，没有人知道她心里正经历着怎样的山崩海啸。甚至连陈妈都以为，老太太悠闲地晒着太阳，品着香茗，正颐养天年。

晏三合忽生感慨似的道："多么可笑啊，一个震惊朝野的惊天大案，首先窥破真相的竟然是位大字不识大门不出的内宅老太太。"

谢知非和裴笑听到这话，不由自主地对视一眼，何止可笑，还真荒唐。

短暂地沉默后，晏三合又开口："老太太这人年轻的时候，就话少、心思重，郑家案子发生时她已经快六十岁，活到她那个份儿上，想得会比别人多。"

"母亲想到了什么？"季陵川此刻已经像半个死人一样，连说话都奄奄一息。

晏三合："她在想：为什么四部联手查案，最后案子还弄错了？又是什么原因弄错的？"

谢知非突然冷笑："她想不明白的，没有人能想明白。"

"对，她根本想不明白。"晏三合偏过头，见谢知非正凝望着她，"但她能想明白另一件事。"

谢知非："是什么？"

晏三合移开视线，看着地上的季陵川，再次蹲了下去，一字一句道："她想明白了这案子的水很深，她想明白了官场的水很深，她更想明白了做官很危险。"

季陵川的脸色肉眼可见地煞白一片。他满脸错愕地看着晏三合："晏……晏姑娘，你在说什么，你能不能……能不能慢点说？"

"你说过，她让你们兄弟二人离张家远一点，这是为什么？"

"……"季陵川张着嘴，连呼吸都忘了。

"张家是前太太张氏的娘家，更是太子妃的娘家，她从来不敢过问你们和张家之间的任何事情。为什么到老了，反而要你们和张家离得远一些？"晏三合深深吸一口气，"她强烈反对宁氏的女儿去给太子做妾，甚至不惜用绝食来威胁，季陵川，她连你的婚事都没有过问，为什么会过问孙女的婚事？"

季陵川突然手脚并用地从地上爬起来，恶狠狠地瞪着晏三合，撕心裂肺地怒吼道："你到底想说什么？"

"我想说什么，你不明白吗？还是不想承认？"

季陵川不由得打了个寒战。

"她为什么反反复复说，季家的富贵已经滔天了？为什么说树高多危风？为什么说人这一辈子都有定数？"

"你的意思是……"裴笑突然冲过来，蹲下，一把抓住晏三合的胳膊，"我外祖母因为吴关月被冤枉，怕有朝一日季家也会落得如此下场？"

晏三合看着裴笑，几乎是一个字一个字地往外迸："你外祖母因为郑家的案子，想到吴关月；因为吴关月被冤枉，想到京城的官场；因为官场的可怕，而担心身在官场中的儿子。"

"这不可能……这绝对不可能……啊啊……"季陵川突然失声痛哭起来，一边哭，一边支离破碎地嘶喊道，"她……她……连字都不识，她……她……"

"她有脑子，也长眼睛。"晏三合目光森冷无比，"她当过家，知道一斤米多少钱，季家一个月收入多少，开支多少，知道季家在外头有多少产业，也知道你们兄弟几个每年能挣多少银子回来。

"她天天坐在心湖边，挖一片心湖要多少银子，她心里算得出。家里饭桌上吃什么，衣服穿什么，又添了多少个下人，迎来送往的排场有多大，她心里都有杆秤。

"当她发现季家吃的、喝的、用的越来越奢侈，当她发现你季陵川暗中贪污，在帮张家敛财时，她还有什么想不到？"

晏三合冷冷地笑了："或许她还想得更多，她想到了太子与汉王之争；她想到了儿子是太子的人；她想到有朝一日，儿子会不会也出于某些原因成为下一个被冤枉的吴关月？"

"不可能……"季陵川的脸彻底狰狞、扭曲，双手握成拳头，用力捶打着地面，嘴里仍然疯狂地喊着，"这绝对不可能……"

"季陵川，你真真是小看了你的母亲。"晏三合的语气中带着一些连她自己都难以抑制的激动，"吴关月身上流着陈氏、吴氏两代王朝的血，她一个渔家女能让吴关月那样的人为她心动，难道只靠一点稀薄的姿色吗？"

这轻轻一句问话，让季陵川心神狠狠一颤。

"吴关月的儿子吴书年亲口对我们说,他父亲坐上王位后,回到北仓河边,和他说起了胡三妹。

"吴关月那时候大约年过半百,能让一代枭雄都念念不忘的女子一定是有过人之处的。

"她十六岁进京,六十岁不到发现吴关月被冤枉,她在天子脚下整整住了四十年,在你们季家这个官宦之家耳濡目染了四十年。她真的就是你嘴里那个大字不识大门不出的内宅老太太吗?

"四十年间,她看着京城世家的起起落落,看着那些官员被抄家、流放、杀头、灭族……"

晏三合眼中突然迸出厉光:"季陵川,你还敢再说一遍不可能吗?"

裴笑被她眼中的厉光吓得心头咯噔一跳,手一松,一屁股跌坐在地上,整个人都蒙了。

再去看季陵川,他瞪着两只混浊的眼睛,眼珠子定定的,气息微弱得像只用一根细丝吊着,下一瞬就要断气。他心里那堵坚不可摧的墙彻底轰然坍塌。

"季陵川!"晏三合疲倦地闭了闭眼睛,声音放得极缓极慢,"你在牢狱心里最惦记的不是妻子,不是兄弟,而是你最小的儿子季十二,你恨不得用自己一条命去替他承担所有的伤和痛。"

季陵川听到小儿子,眼睛里才算有了一点回光返照的光亮。

"你对季十二是什么样的心情,老太太对你就是什么样的心情。所不同的是……"晏三合眼里的厉光散去,只余悲色,"你对季十二的担心、关心、痛心都能说出来,喊出来,她不能。

"你们虽是母子,但她在你面前从来没有做母亲的威严。你皱皱眉头,她心里害怕;你语气不耐烦,她就只能远远走开。

"她对你所有的担心、关心、痛心,只能在无人的孤寂的夜里,自己一个人反复在脑海里说上几十遍、几百遍、几千遍。儿啊,做人别太贪哪!儿啊,和张家走得远一些吧!儿啊,这个官咱们能不能不做了……

"季陵川,能说出口的痛苦都不算痛苦,说不出口的才是真正的痛苦。"泪也终于从晏三合的眼中落下来。

山河大地,海晏河清,万民乐业,这是多少老百姓深切期盼的。

吴关月对出身贫苦、卑微的胡三妹来说,除了崇拜、爱慕、敬佩外,更多的是一种信仰。一个人究竟要多爱另一个人,才敢背叛自己的信仰?

这世上有一种酷刑,叫万箭穿心。此刻,季陵川觉得他宁可给自己上这样一番酷刑,也不想从晏三合嘴里听到这些。

寂寂天地间,他半跪半坐,有鲜血从心中汩汩流过,可他身体的奇经八脉已经感觉不到痛苦,只觉得冷,彻骨地寒冷。

他忽然想起了老太太临终前的那一日,汤药已经喂不下去了,儿孙们都聚在床前,等着她咽下最后一口气。偏偏这一口气，她死活不肯咽。

陈妈见他脸上露出不耐烦，便弯腰凑到老太太耳边："老太太，你还有什么放不下的？你说出来，孩子们都在呢。"

老太太缓缓地睁开眼睛，目光一一扫过所有人，最后落在他身上。她定定地看了一会儿，然后从被窝里哆哆嗦嗦地伸出一只手。

没有人知道她想干吗，但那只手已经伸出来了，就停在半空中。他是长子，靠得最前，犹豫了好几下，只能硬着头皮上前握住。是的，这是他活了五十年第一次握住老太太的手，她的手那样干枯、消瘦，就像枯树的藤。

他心里说不出地反胃，想松开，可老太太突然极为用力地抓住了他的手。他心中大骇，猛地一甩，老太太手垂落下去的同时，眼睛缓缓地闭上，终于咽下了最后一口气。

季陵川颤抖地举起自己的手，放在眼前，死死地盯着。这手握过笔写过字，曾被嫡母牵在掌心；这手摸过皇帝华贵的衣袍，摸过最鲜嫩女人的身体，摸过爱子的脸颊，可从来没有一次伸向过她。

而她呢？有多少次偷偷地想把手伸过来，如同她临死前那样，期盼着他能握住，握紧了。

啪——季陵川用力抽了自己一巴掌："我是个畜生啊！"一掌落下的同时，他吐出一口血，人直挺挺地往后倒下去。

"季伯！"

"大舅舅！"

两道声音惊呼的同时，谢知非眼明手快，赶紧扶住，裴笑则死命地去掐他的人中。

晏三合冷冷地看着，无动于衷。这世上最没有用的是心凉后的殷勤、人死后的忏悔，都晚了！

季陵川悠悠转醒，目光呆呆地看着晏三合，他动了动喉咙，试图说话，却发不出一丝声音。

晏三合声音也冷漠："季陵川，你母亲胡三妹，六十八岁无疾而终，死后棺材合不上，心魔是一条黑狗。黑狗的背后隐藏着两段故事，两个心念，吴关月是其中一念，此念已解。还有一念，是你。"她的声音轻轻颤了一下，"这一念自你呱呱坠地，被送到嫡母张氏手上的那天起，就隐隐存在；从郑家案子凶犯锁定吴关月起，此念正式形成。日后的每一天，每一夜，甚至每一个时辰，都在折磨着胡三妹，以致久念成魔。这前因后果，你可都明白了？"

季陵川依旧呆呆的，像魂魄俱失的行尸走肉。

裴笑急得大喊："大舅，你明白了没有？"

一行浊泪自季陵川的眼角慢慢滑落，他点点头。

"明白就好！"晏三合从怀里掏出那半截香，"有什么话，点了香再说吧，时间不多了。"

季陵川没接香，反而一把抓住晏三合的手，声音一声比一声哑："我我……我……"

"若她原谅你，去地府前自会入你梦里；没有入梦，那便是今生缘分已断，来生也不必再见。"晏三合把香塞到他手中，缓缓起身，因为蹲得太久，腿已酸麻，她身子摇晃了几下。

谢知非本能地想去搀扶，伸手才发现季陵川还倚在他怀里，只得咬咬牙道："季伯，点香吧。"

季陵川此刻脑子里只有那"不必再见"四个字，心如刀绞般痛，疼得他几乎连香都握不住。他茫然地看了谢知非一眼后，挣扎着坐起来。

谢知非和裴笑一对眼，两人手臂同时用劲儿，一左一右将季陵川扶起。

他推开二人的手，抹了一把泪后，颤颤巍巍，一步一步向香炉走去。他每走一步，谢知非和裴笑的心跳便快一分。

季陵川原本还算挺拔的身子越来越弯，像有千斤重担压在他身上。可他丝毫没感受到半点痛苦，好像那千斤重担根本不是压在他身上。

季陵川在香炉前站定，有些胆战心惊地看着晏三合。

晏三合嘴角勾起冷笑的同时，轻轻一领首。

季陵川这才颤颤巍巍地伸出手去点香。香，一寸寸点燃。

季陵川把香插进香炉后，屈膝跪地，什么话也没有说，就开始磕头，一个头一记响，磕得结结实实。血被磕出来，一滴滴落在青石砖上，从他脸上滑落下来，瞧着竟跟厉鬼没什么区别。

裴笑实在看不下去，大着胆子走过去轻轻按住季陵川的肩膀："舅舅，别磕了，说话吧！"

还有什么可说的呢？他没有脸说。不如把他挫骨扬灰吧，上刀山下火海也行啊，一层一层地烧，烧开皮肉，烧出骨血，用刀剐出他的心，看看那心是什么做的，石头吗？

裴笑急了："说话啊，再不说，当心老太太不入你的梦。"

季陵川愣了片刻，突然号啕大哭。他像个委屈的孩子，抱着裴笑的两条腿，一边哭，一边撕心裂肺地喊："娘，娘，娘，回来看我一眼吧，你回来……你一定要回来，你一定要回来啊……看看我……看看儿子……我是你的儿子……"

喊声中，一阵狂风呼啸而至，香以极快的速度往下燃着，只是眨眼的工夫，便燃到了尽头。

最后一点香灰掉落的时候，所有人耳朵里都听到了咔嗒一声轻响。

晏三合的心跳骤然停住，眼前一黑，人软软地倒下去。意想中的痛意并没有传来，她感觉自己落入一人的怀里，应该是谢人精，这人离自己最近，手臂也最有力。

她长长的眼睫战栗了几下，正慢慢合上的时候，耳边又传来谢人精低沉的声音："睡吧，我护着你呢！"

要你护！她挣扎着用最后一点清醒的意识在心里吼出了这三个字。

…………

就在晏三合在心里说出这三个字的同时，北司门口一匹快马在"吁"的一声中停下。

马上跳下一人，冲着门口的侍卫一掏腰牌："带我去见季陵川。"

侍卫定睛一看，腰牌上写着"秦起"二字，再抬头看看来人，惊得心头一跳，手足冰凉。

官分三六九等，太监自然也分等级，最重要的有十二监、四司、八局，总称二十四衙门。司礼监是十二监之第一署，也是二十四衙门之首。

秦起是司礼监随堂太监，虽不像掌印大太监那样一人之下，万人之上，却也是专门帮皇帝办事的人。

这么晚了皇上派人来见季陵川，一定有大事。

侍卫忙恭敬道："公公跟我来！"

"前边带路。"

"是！"

二人飞快地穿过长廊，来到牢狱门前。

当班的锦衣卫见是秦起，也吓得魂飞魄散，想着季陵川还在那小院子里没回来，心头一虚，忙扑通跪倒在地。

秦起一看牢狱的铁链是开着的，顿时脸色大变，伸手一拉铁门，飞快地逐级而下。他还没走到最里，远远就已经瞧见那栅栏的门也是开着的。

何人敢私放朝廷要犯，简直胆大包天！秦起几乎是飞奔过去的，到了近前探头一看。不对啊，有人在。

那人穿一身灰白色长衫，盘腿坐在一张破烂的草席上，缓缓地抬起头，露出一张惊为天人的面庞。

秦起不由得大惊失色："殿下，你……你怎么在这里？"

赵亦时黑黝黝的眼珠像深海，笑容淡淡的："秦起，我怎么不能在这里？"

…………

"大人，徐大人，徐大人哎……"侍卫急匆匆地跑过来，附在徐来耳边低语几句。

徐来猛地睁大眼："你说什么？"

"大人啊，别什么了，得赶紧通知王爷，这个时候秦起出宫，不知道是福是祸呢。"

徐来噌地站起来，来回踱了几步又停下："你说太孙在季陵川的牢里，那季陵川呢？"

"小的在这里守着，外头的事情不知道啊，刚刚也是听人说来着。"

"还站在这儿干什么，还不快去打听！"

"是！"侍卫一溜烟地跑开了。

徐来深吸几口气，让自己迅速平静下来，思绪回到了半刻钟前。

半刻钟前，季十二的气息越来越弱，几乎已经是大半个死人了，皇太孙再也坐不住，拂袖而去。

·413·

皇太孙一走，徐来便决定趁着季十二还吊着一口气，再断他一指，然后给季陵川送去。这才刚准备断呢，宫里就来了人。

徐来用脚踢踢草垛上的季十二，冷笑道："这会儿我倒不好动你，算你小子命好！"

话音刚落，原本气息全无的季十二突然坐了起来。徐来吓得"嗷"的一声跳开了。

那些准备行刑的人也都吓了一跳，蹿出一后背的冷汗。什么情况，不会是诈尸了吧？

这时，只见"尸体"低头看看自己的左手，眼睛倏地瞪大了，然后嘴一张，大声嚷嚷道："我的手指呢，我的手指到哪里去了……疼死我了……啊啊……疼啊……"

这是什么情况？所有人听得头皮一炸，纷纷去看徐来。

徐来一点一点扭动着脑袋，睁大了眼睛打算再去看一眼季十二，偏这时候季十二突然止住了哭，也正向他看过来。

四目相对！徐来看着那黑洞洞的眼睛，吓得魂飞魄散，夺路而逃："不好，诈尸了！"

第三十二章 孤儿

朱门吱呀一声打开。谢知非抱着晏三合从里面走出来。

李不言迎上去："给我吧！"

谢知非没有动："化完念就晕过去，回回都这样？"

"嗯！"

"什么原因？"

李不言上前接过晏三合，抬头冲谢知非莞尔一笑，道："还能有什么原因，累了呗！"

谢知非眉头紧皱，上回说累，他信，在马上几天几夜不睡觉，能不累吗？但这一回……他正想再多问一句，余光扫见有人心急火燎地奔过来，不由得眼皮一跳。

"三爷，出大事了，宫里来人了，我得赶紧把季陵川弄回去。"

"谁来了？"

"听说是秦起。"

谢知非心头一凛："怎么会是他？"

"三爷快别问了，这哪是我能答得上来的？"

谢知非飞快地握住那人的肩："季陵川悲伤过度，已经走不动路了。"

"我来背！"

"兄弟，对不住了，若连累你，直接来谢府找我。"

"真有那天，我不会客气。"那人冲谢知非挥挥手，"你们也赶紧走吧，这里不能再留了，快走，快走！"

谢知非当机立断道："明亭，把人放下，走！"

裴笑看看地上瘫作一团的季陵川，再看看谢知非凝重的脸，忙冲那人抱了抱拳："谢了，兄弟！"

黑暗中，三人健步如飞，连个停顿都不敢有。宫里这会儿来人，不知道是福还是祸，但有一点可以肯定，他们偷偷把季陵川弄出来一事怕是瞒不住。好在他们事先拿了蔡四的腰牌，又找了个天衣无缝的理由，否则真是滔天大祸。

出门后，却不见皇太孙的马车，谢知非和裴笑这才同时想到赵亦时还在北司里面呢。

裴笑问："怎么办，要不要等他？"

谢知非看着李不言手上的人，当机立断："不等。"

裴笑又问："那咱们现在去哪儿？真身还在玄奘寺呢！"

谢知非犹豫了一下，道："这里离蔡府近，去蔡四那里对付一晚，顺便把腰牌还给他，还能打探一下情况。"

裴笑一脸担心："蔡四能让我们进？"

"反正已经拖累了，也不差这一回！"谢知非往李不言面前一蹲，"把她放上来，我来背！"

李不言："……"

"犹豫什么？"谢知非怒喝道，"你功夫最好，就指着你护着我们仨呢！"

李不言分得清轻重，二话不说就把晏三合放在谢知非背上，又顺便问了一句："你们嘴里说的蔡四到底是谁啊？"

"锦衣卫北镇抚司的老大。"谢知非直起身，把背上的人往上提提，"别废话了，快走！"

三人拐过两个胡同，便到了蔡府。裴笑正要上前敲门，突然，门吱呀一声打开。

里头的人、外头的人打了个照面，都一惊。

谢知非赔了个笑脸："大半夜的，四爷这是要往哪里去？"

蔡四伸出一根枯长的手指，冲谢知非用力点点："谢三爷，你干的好事！"

谢知非耸耸肩，表示自己很无辜。

蔡四看他这副样子，顿时气不打一处来，尖着嗓子道："腰牌呢？拿来！"

谢知非朝裴笑看一眼。裴笑忙把手伸进他怀里，掏出腰牌，递给蔡四。

蔡四收起腰牌，正要迈步，谢知非却脚下一挪，挡在了他面前。

"干什么？"

"借个院子，让我干妹子休息一晚上。"

还敢得寸进尺？蔡四都快急得吐血了："你哪来的干妹子？"

"我爹认的！"语气那叫一个理直气壮。

蔡四想想银子，想想皇太孙，再想想谢道之，手指又冲他点点："你可真够费劲的。"说完，头一扭，"来人！"

管家上前："老爷！"

"腾个干净的院子给三爷。"

"是！"

蔡四把头扭回来："明儿一早给我滚蛋！"

"那不行。"谢知非笑得贱兮兮，"不等四爷回来，我可舍不得走！"

蔡四白眼都懒得翻了，这小子是想从他嘴里打听些消息出来，怎么就这么精呢？！越看面前这人越烦，蔡四把人往边上一掀，翻身上马。

谢知非朝裴笑和李不言递了个眼色，三人动作敏捷地进到蔡四府里。

院子的确干净，被褥什么的都是新的，李不言飞快地铺好床，扶着晏三合躺下来，又将帐帘放下来。

"二位爷也休息去吧，小姐这头有我守着就行。"

谢知非揪心赵亦时那头的情况，裴笑揪心季十二活没活，两人对视一眼，一前一后离开厢房。

屋里很闷，李不言把窗户打开，又从院子的井里打了一桶水上来。

帕子蘸了井水，绞干，她解开晏三合的衣襟，一点一点擦拭脸和脖颈："三合，季老太太的心魔算是解完了，你解得太好，我在门外都听哭了，我想到了我娘。"

李不言手指抚着晏三合的眉眼："睡吧，有我守着呢，没人会来打扰你的梦境，多睡一些，就能多梦到一些。人活着，总得寻着根儿不是，没着没落地活着，也是孤魂野鬼一个。"

李不言的每一个字，晏三合都听得清清楚楚，但她此刻又累又乏，眼皮如有千斤重，沉沉地睡去。

也不知道睡了多久，晏三合猛地坐起来，惊喘两口气后，抬头看了一眼四周。

这是一间姑娘家的闺房，粉黄色的帐帘，一袭一袭流苏随夜风轻摇。古琴立在角落里，铜镜置在梳妆台上，镂空的雕花窗棂中有点点红光射进来。

她身上是一床薄薄的锦被，面料摸着很丝滑，和谢府盖的被子手感差不多。

晏三合掀开薄被，走到窗户前，刚要推开窗户，目光却被边上一方小小的书案吸引过去。书案上是一沓书籍、一方砚台、一支毛笔，镇纸下面压着几张纸。

晏三合看清那纸上写的是什么，偏偏一个字都看不清，急得汗都冒出来。就在这时，她突然感觉到一阵灼热扑面而来。

晏三合猛地推开窗户，不由得大惊失色。远处，漫天的大火熊熊燃烧。着火了！

她飞快地搬来一把椅子，踩上去，利落地从窗户里跳出去。她落地的时候，没站稳，摔了个跟头，绣花鞋也飞了，她手脚并用地爬起来，就这么光着脚去开院门。

院门落了闩，她得踮着脚才够得着。门闩一滑，大门打开，她目光一扫，顿时感觉自己的心脏像插进了一把冰冷的匕首，倏地停止跳动。

好多黑衣人，手里拿着明晃晃的刀，手起刀落，便有人头落地。晏三合吓得两条腿直抖，双手死死地捂着自己的嘴巴，不敢发出丁点声音。

就在这时，有一大一小两个人向她跑来。

"快，快去把你妹妹和你娘叫醒。"

"爹，那你呢？！"

"别管我，快去，快去啊！"

话音刚落，几个黑衣人便从天而降。男子拎着长剑，与黑衣人搏杀在一起。

少年跑出几步，扭头一看，又跑了回去："爹，我来帮你！"

男子一剑挡住黑衣人的刀，怒吼道："快逃，快逃啊，儿子……"

还能往哪里逃呢？黑衣人早就挡住了少年的去路，那少年提起剑，毫不畏惧地迎战。

晏三合心里涌上排山倒海般的绝望，根本不是对手啊！

那些黑衣人的刀法简直神出鬼没，只几个回合，便一刀刺破了少年单薄的胸膛，血喷涌出来。

"儿子——"男人吼得撕心裂肺。

晏三合惊得瞳孔一缩，声嘶力竭地大叫："哥——"声音尽数被一只大掌捂住。

"小姐，快到暗道去，快……"那人说完这一句，就拖着晏三合往暗道去。

我不走！我不要走！你去救他们，你快去救他们，我求求你去救他们！晏三合拼命地挣扎，泪流满面，身体里巨大的痛苦几乎要将她搅成齑粉。

"你究竟梦到了什么，哭成这样？"李不言赶紧拿起一旁的湿帕子，拨开晏三合的头发，帮她擦泪。

就在这时，帘子一掀。

"李不言……"谢知非冲进来，愣住了，"她怎么了？"

"没什么！"李不言飞快地放下帘子。

"什么叫没什么，她在哭啊！"谢知非走过去想看个究竟，被李不言挡住了去路。

"三爷，所谓化念解魔就是要把胡三妹这一生的悲欢离合都体验一遍，小姐这是替胡三妹伤心呢！"李不言掩饰得十分自然，"三爷这么急过来，有事？"

被问到正事，谢知非忙道："我和明亭有事要出去一下，你和晏三合就在这院里歇着，等我们回来。"

"放心！"李不言的放心，谢三爷还真不放心，又叮嘱了一遍，"哪儿都不要去，也不要乱跑。"

"放一百个心！"李不言拍拍胸脯。

谢知非这才转身离开，一脚跨出门槛，他又转回了身。

"还有事？"

谢知非静着一张脸，幽深得离奇："等她醒了，你和她说一句。"

"什么？"

"怒及伤身，哀及伤心，心就拳头这么大，不要装太多东西。"

珠帘一动，已不见了三爷的身影，李不言抱着臂，浅浅地笑，别说，这三爷正经起来还挺有学问。

谢知非走出院子，发现竟然滴滴答答地下起了小雨。

裴笑迎上来："都交代了？"

谢知非："交代了。"

裴笑："应下了？"

谢知非："拍着胸脯应下了！"

裴笑一点头："那走！"

两人走出蔡府，直接上了停在蔡府门口的一辆马车，沈冲已经在车里等着。

马车在空无一人的青石路上奔驰，沈冲忙压着声道："两位爷，殿下被叫进了宫里，一同被叫去的还有蔡四。"

谢知非："季陵川呢？"

沈冲："他还在牢里。"

谢知非："打听到秦起问了季陵川什么话没有？"

沈冲摇头。

谢知非皱眉："那秦起半夜到北司做什么？"

"不是打听不到，是季陵川根本像傻了一样，眼睛都是直的，问什么，他根本听不见，掐他也不喊疼。"沈冲忧心忡忡，"三爷，晏姑娘把他怎么了？"

谢知非："没怎么他，就是帮老太太解了心魔。"

沈冲："那季府老太太另一半的心魔到底是什么？"

那哪能让你知道呢？谢知非目光轻轻向裴笑一扫。

裴笑当即冷哼一声，道："你有空想这个，不如先想想你家殿下这一趟是福还是祸吧！"

随即，谢知非不动声色地把话岔开："太子那头惊动了吗？"

沈冲忙道："没敢通知，但天亮后一定瞒不住。"

马车里闷，谢知非略一颔首，解开脖颈处的扣子："就是不知道皇上那头是个什么心思，帝心难测啊！"

裴笑："按理说，老太太的心魔都解开了，季家应该翻身了。"

沈冲一听他说这个，忙道："对了，裴爷，季十二活过来了。"

裴笑颤着声道："当真？"

沈冲："听说把徐来吓了一大跳，以为是诈尸了呢！"

裴笑眉心跳了下，目光有些惊慌地向谢知非看过去。

谢知非知道他惊慌什么："我家老太太也是这样，香点完就活蹦乱跳了。"

真有这么神吗？裴笑听得头皮发麻，身子往谢知非那边靠靠。

谢知非十分沉稳道："沈冲，现在一动不如一静。"

"三爷这话是什么意思？"

"老太太的心魔化解了，但季家的事情还没了结，不如我们就看看有些事情是灵还是不灵？"

沈冲还没开口，裴笑抢了先："你到现在竟然还不相信晏三合？"

"不是不相信，"谢知非幽深的眸子沉下去，"是我们现在根本没有办法打探到更多的消息，只能寄希望于她。"

皇上深夜派秦起见季陵川的目的？不知道。

皇上会如何处置赵怀仁？不知道。

皇上会不会派人彻查此事？不知道。

"我们现在能做的就是把马车赶到宫门口，等怀仁出来再做打算。"谢知非目光扫两眼沈冲，"你主子能一言不发地跟秦起走，我猜他心里有应对之策。"

…………

赵亦时从禁城东门而入，一路向北，走了一刻钟后，便有内侍迎上来："殿下，皇上在晏安宫。"

晏安宫是皇帝的寝宫，永和帝年岁渐长，对儿女情事淡了不少，一月中有半月歇在这里，兴致来了，才去后宫各个嫔妃处走走。

赵亦时随小内侍走到晏安宫的门口，整了整仪容后，才冲殿内当值的内侍点了点头。

内侍赶紧去通报，片刻后，又匆匆出来："殿下，皇上让您进去。"

赵亦时深吸一口气，抬脚跨进殿内。

此刻已是深夜，外殿的烛火熄了大半，内殿还留着几盏，赵亦时匆匆瞥一眼，发现龙榻上没有人影，不由得心口一阵晃，赶紧四下寻看，才在窗边找着人。

他快步上前，掀起衣衫，跪地行礼："孙儿给皇爷爷请安。"

"太孙好大的胆子啊！"

赵亦时原本挺起的身子又伏了下去："孙儿死罪，请皇爷爷责罚。"

皇帝反剪了双手，一言不发，殿里一下子沉寂下来，除了祖孙二人的呼吸声，再无半点声音。

许久，皇帝缓缓地转过身，袖子一拂，看都没看赵亦时一眼，便自顾自走到龙榻前。

贴身太监严如贤上前侍候更衣。

放下帷帘时，他看了赵亦时一眼，轻声道："陛下，太孙殿下……"

"让他跪着。"

"是！"严如贤不敢多言，快步退出内殿，冲当值的小内侍们挥挥手，示意他们走远些。

虽是五月，暑气渐盛，但膝下的金砖依旧寒凉入骨。赵亦时直起身，身子往后一坐，便将两条腿盘坐起来。皇帝这一觉，没有两三个时辰醒不来，这是最好的偷懒方法，他还能顺道打个瞌睡。

偏今日皇帝不想让孙子偷懒："你跪过来。"

赵亦时赶紧爬起来，跪到了龙榻前，心里揣摩了好一会儿，到底还是开了口："今日是季府老太太第一年过阴寿，明亭求了我，我念着他一片孝心，便在暗中帮衬了一把。"

"帮衬到牢里去了？"

"是孙儿失了分寸。"赵亦时垂下头，又似乎不太服气，"皇爷爷从小便教导孙儿，为人者，孝为先，不孝者，天厌之，神弃之。他姓裴，而非姓季，千里迢迢从南宁赶回来，是不想让外祖母以为季家儿孙都忘了她。此孝心，天地可表，孙儿这才冒险为他行事。"

"他为孝，朕可以不罚他。"厚沉的声音从帷帐里透出来，"但你，朕要罚，不仅要罚，还要重罚，你可知为何？"

赵亦时心底暗暗惊骇。

"你是君，他是臣，君为臣涉险，此一重罪。无视国法、律例，此乃二重罪。这第三重罪……"帷帘猛地掀开，露出皇帝一双冰冷黑沉的眼，"你可知是什么？"

赵亦时咬着牙，摇摇头。

"是愚孝。"

三个字让赵亦时惊出一后背冷汗，他忙自辩道："皇爷爷，孙儿——"

"你该学学你父亲，户部被他打理成这样，还能不闻不问，泰然处之。"皇帝冷哼一声，"东朝太子的贤名，可真是人人称颂啊。"

一股寒流从脚下蹿起，赵亦时四肢百骸都冻成了冰，一时竟不敢相信自己的耳朵听到的会是这一句。

有泪从赵亦时的眼眶中落下。他喉结上下滑动几下后，哽咽道："皇爷爷，愚孝也是孝。东朝如何，臣不敢妄议，但父亲如何，做儿子的总要为他议一议。"

"你还要帮他辩解？"

"是！"

"朕倒要听听，你要如何辩？"

赵亦时跪着往前行两步，昂首道："季陵川之所以敢贪腐，是因为张家；张家敢肆意妄为，是仗着出了一个太子妃。"

一道寒光从皇帝眼中闪过，他冷哼一声。

"母亲深居内宅，每日在府里做做针线，赏赏花草，对朝堂之事从不多问一句，也不敢多问一句，张家、季家的事，她最无辜。"赵亦时，"父亲手掌户部，起用季陵川，一来是相信此人的能力，能将漕运治理好；二来也是看在母亲的分儿上，却不想……"

他顿了顿，又道："用人不善不察，是父亲的失职。按理，他应该上书陛下，请陛下从严从重处罚，季家也好，张家也好，一个都不要放过，方不负皇恩。

·420·

"可如此一来，母亲那头便是山崩地裂，他们结发夫妻二十余载，相濡以沫，父亲若上这样一个折子，对得起皇恩，对得起天下，独对不起母亲。

"古人云忠孝不能两全，父亲在季陵川一事上，皇恩与结发夫妻不能两全。"

说到这里，赵亦时深深地叹息一声。

"皇爷爷总说，父亲此人书生意气太重，孙儿从前还不信，如今却是信了，为君者，儿女情长事小，家国天下事大，孙儿也试着劝了一回。

"父亲听罢，只与孙儿说了一句：张家也罢，季家也罢，说到底还是我用人不察，最该受罚的是我，我又有何脸面上书皇上，请求宽恕？

"皇爷爷，父亲并非顾及贤名，而是在等着您的处罚。"说完，赵亦时伏身深深地拜下去。

皇帝冷眼看着他，良久，道："你去外头跪着吧！"

赵亦时没动："孙儿还有一话要说。"

"说。"

"今日之事，明亭也罢，蔡四也罢，说到底是孙儿仗着皇爷爷的宠爱，大胆行事，最该受责罚的也是孙儿，请陛下饶过他们。"

"滚出去！"皇帝一拍床沿，声音突然暴怒。

赵亦时抹了一把泪，躬身退出去，在外殿的门槛前又屈膝跪下。

严如贤匆匆看他一眼，忙进到内殿服侍。

皇帝脸上怒气犹在，一双虎目狠狠地盯着那道门槛，眼中暗流涌动。

严如贤硬着头皮上前道："陛下，夜深了，歇着吧！"

皇帝冷哼一声。

严如贤把冷茶倒掉，往茶盅里添了些温水："陛下润润嗓，别气坏了身子。"

皇帝突然伸手，冲门槛那头用力点了几下："朕怎么教出这么一个人，其心可诛！"

严如贤半个字也说不出口：可不是其心可诛，专挑皇上您的七寸去了。

先帝在时，对结发的先皇后最为敬重，先皇后一去，先帝悲痛欲绝，连着七天没上朝。皇上承得大位，诸事都效仿先帝，后宫女子再多，也绝不冷落皇后，初一、十五始终歇在皇后殿中。

早年，皇后的娘家也犯过一些错，皇上更是以一己之力保下来。太孙这一番话是在提醒皇上：太子这也是在效仿您。

"去把蔡四叫来。"

严如贤忙道："是！"

…………

蔡四整整衣衫，跟在严如贤身后进到了内殿。他不敢多瞧，走到榻前，跪地行礼："臣见过陛下。"

皇帝没让他起身："把季陵川放出去的事，是你同意的？"

蔡四早就想好了说辞,忙道:"回陛下,臣是看在裴大人一片孝心的分儿上……臣错了,请陛下责罚。"

"哼!"皇帝冷哼一声。

"臣死罪!"蔡四伏倒在地,从袖中掏出几张银票,"这是裴大人给臣的好处,臣不该收,臣有罪。"

皇帝嘴角一牵,脸上的怒意反倒散了一些。十官九贪,贪不可怕,可怕的是存异心。季陵川那个位子,换了谁都不会清白的,不过是贪多少的问题,他动季陵川,敲打的是太子。

"朕听说,这几日你们北司人来人往,热闹得很啊!"

蔡四忙直起身,又从怀里掏出一张纸,双手递上去:"回陛下,进出的人,进出的时间,在牢里待了多久……通通都在这张纸上。"

永和帝接过纸,淡淡地扫了一眼,眉头轻锁。

这张纸上写着他孙子进出三次:一次是季家人入狱当天;一次是季府九姑娘吊死的当天;还有,便是今日。进出最多的是刑部侍郎徐来。

"徐来对此案颇为关心啊!"

蔡四大着胆子看了眼皇帝的神色:"因为此案由陆大人为主,三司为辅,徐大人十分敬业,这三个月和我们都处熟了。"

皇帝又是一声冷哼。蔡四吓得赶紧又伏倒在地。

一旁的严如贤也将腰弓得更低,好掩住嘴角的一抹冷笑。

锦衣卫分北、南两司,其主子只有一个人,那便是眼前这一位身量伟岸、不怒自威的天子。徐来身在刑部,手却伸进了北司,不就等于徐来背后的主子在打北司的主意?

严如贤在心里摇摇头,还是太心急啊!

…………

马车里,随着天一点一点亮起来,连最沉得住气的谢三爷都不淡定了。整整一夜,皇太孙和蔡四都没有出得了宫,宫里到底发生了什么?

三爷打个哈欠,踢踢裴笑:"把你身上的五帝钱,还有什么《金刚经》通通拿出来。"

"干什么?"裴笑两只眼睛青黑。

"帮怀仁求求菩萨。"

"没用。"

"为什么?"

裴笑硬着头皮说了大实话:"其实……都还没开过光。"

谢知非咬咬牙:我现在把这人弄死还来得及吗?

他正想着,耳边突然传来沉重的朱门打开的声音,一挑帘,却见有人从里面走出来。

严如贤，怎么会是他？

谢知非心跳加速，目光朝裴笑看过去。

裴笑拍拍他："你在车上待着，我和沈冲厚着脸皮去问一问。"

两人跳下车，飞快地跑过去。

严如贤一见这两人，便两只鼻孔朝天，只当看不见。

裴笑赔着笑："严公公这么早就出宫，可太辛苦了。对了，太孙殿下呢？"

严如贤神色倨傲，看都没看裴笑一眼，手一指沈冲："太孙在宫里还得待上几日，你回府里给太孙拿几身换洗衣服来。"

沈冲刚要"哦"一声，裴笑便抢了话："严公公，两三身还是五六身，您老给个准数！"

"别削尖了脑袋打听，这是你能打听的吗？"严如贤冷冷地扫了裴笑一眼，就扶着小内侍的手上了马车，扬长而去。

"死太监！"裴笑低低地骂了一声，转身又上了马车，把这几句话一字不落地说给谢知非听。

谢知非思忖片刻，道："既然如此，我们就分头行动，明亭，你去北司门口守着，我去接晏三合，沈冲回太子府拿衣裳。"

…………

蔡府小院，晏三合睁开眼睛看着帐顶。她曾经设想过很多遍自己的过往，却从没想过，过往竟是如此惨烈，惨烈得她只要一想到梦里的那些场景，就心痛不已。

良久，她沉沉地吐出一口气。藤椅上的李不言骤然惊醒，用力揉揉脸后，走过去在床沿上坐下："梦到了什么？"

晏三合把眼珠子转向她："被你说对了，我的确是大户人家出来的。"那帐帘、锦被、古琴、书、纸……绝不是小门小户用得起的东西。

"然后呢？"

"那个欺负我的人应该是我哥……"晏三合将梦境里发生的一切毫无保留地说给李不言听。

听完，李不言好半天都没缓过神来。难怪她看到周也葬身火海，会拼了命地嘶喊、挣扎，甚至也要跟着跳进火里；难怪她在梦里哭得那么凶，原来她的亲人都没落得个好死。

"谁救了你，你看清楚了吗？"

"没有。"晏三合坐起来，把头靠在李不言的肩上，整个人已经彻底蔫了。

李不言轻轻拍着她的后背："别泄气，黑衣人、杀戮、烈火……这绝对不会是小事，咱们先歇上两天，再好好盘算从哪里开始查这事。"

"不言，"晏三合声音有些发抖，"我对季陵川说过，真相越往下挖，就越残忍。"

"嗯，你说过。"

"这话我轻飘飘一说，真落到自己头上，就有些受不住了。"

·423·

"什么受不住？"谢知非顶着一身湿气走进来。

李不言站起来，用身子挡住晏三合，冲谢知非莞尔一笑："三爷可真不把自己当外人啊，进进出出的，好歹吱个声啊！"

"我吱了。"三爷一脸的委屈，"在外头吱了两声，你们没动静。"

主仆二人悚然一惊，他在外头吱了两声，那么也就是说站了片刻时间。

"你都听到了什么？"晏三合的声音又哑又沉，还带着浓重的鼻音，像被什么碾过似的。

谢知非皱眉："就听到一声'有些受不住'，晏三合，你受不住什么？"

"受不住你动不动就往我房里跑！"晏三合冷着脸，低呵道，"出去！"

谢知非的脸皮用城墙来形容都有些侮辱了城墙，他嘴角扬起一个微小的弧度，显得十分光明磊落："我进来是想和你说一声，太孙进宫一夜，也没有消息传出来，季家那头不知道是福还是祸。晏三合，我心里没底呢。"

还"呢"？他这是在向谁撒娇？晏三合淡声道："是福不是祸，把心按回肚子里。"

"你声音怎么了？"谢知非把李不言往边上轻轻一拨，"怎么哑成这样？"

晏三合清了清嗓子："没什么大事。"

谢知非扭头看李不言："我交代的话，你说了没有？"

"什么话？"李不言一愣，接着又"噢"的一声，算是想了起来，"小姐昏睡的时候，三爷让我传话，说怒及伤身，哀及伤心，心就拳头这么大，不要装太多东西。"

晏三合不明白好好的，谢知非为什么要说这样一句话，心里揣摩着总是有前因后果的。

李不言十分机灵，道："瞧，我家小姐感动得话都说不出来了，我替她谢谢三爷！"

三爷看着晏三合："真要感动，就和我说说，受不住什么？"

这茬儿还能不能过去了？晏三合挑眉，正要撑回去，却听院外传来一声喊："谢三爷！"

谢三爷转身就往外走，连个停顿都没有。

晏三合松了一口气的同时，又觉得这声音很陌生："是谁？"

李不言："好像是这宅子的主人。"

晏三合这才发现房间不对："这里不是谢府？"

李不言一耸肩："真身在玄奘寺呢，回不去谢府，这里是北司老大蔡四的家。"

蔡四此刻正叉腰站在院中，见谢三爷火急火燎地跑出来，脸上不由得带了些怒色。

谢三爷一看他这张脸，心便直往下沉，脚步也慢下来，走到近前，先咬了下唇，才问道："是不是不太妙？"

蔡四一拳头打在谢三爷胸口："算你小子命好。"

死太监手劲儿真大！谢三爷顾不得叫疼："快说说，怎么个命好法？"

"刚刚严如贤来北司宣旨了，季家没事。"

"什么叫没事？"谢三爷脸上露出不可思议的表情，"季陵川官复原职了？"

"三爷这是说天书呢！"贪那么多的银子，还能官复原职？

蔡四冷笑："查抄的家产充国库，季陵川杖责八十，流放南宁府，余下人一概释放。"

南宁府，这是什么狗屎缘分？谢知非眼角跳了跳，问："没了？"

"三爷还想如何？"蔡四眼睛瞪他，"贪那么多银子，还能活命的，他季家是头一遭。若先帝在，就算是死罪，只怕也是剥皮削骨的那一种，皇上这是手下留了情啊！"

谢知非偏过半个身子，目光怔怔地看着晏三合歇下的厢房，说不出这会儿是什么样的心情。

他知道蔡四这话比真金还真，别说是先帝，贪腐放哪朝哪代，季陵川都是一个"死"字。

还真是神啊！他在心里感叹一声，又问道："何时动刑？"

"一个时辰以后，严如贤亲自监工，你兄弟去喊他亲爹了！"蔡四一脸嫌弃，"二爷也该从我这府里滚蛋了吧！"

谢知非吊了整整三个月的心终于在此刻彻底落回原处。他笑眯眯地上前揽住蔡四的肩，说笑几句。

…………

厢房里，晏三合把院子里两个人的对话听了个一清二楚，她掏了掏耳朵，在心里骂了一声：真下流！

李不言用胳膊蹭蹭她："季陵川被流放，季家翻不了身了啊？"

"谁说的？"晏三合冲窗外抬下巴，"季陵川多大了？"

"整五十岁了。"

"这个年纪在官场上，只怕也没几年蹦跶了，重要的是儿孙毫发未伤，将来皇帝死了，太子上位，太子死了，太孙上位，还怕季家不复起？"

"那你说，胡三妹会入季陵川的梦吗？"

"入不入的我不知道。我知道的是，他那个年纪要熬过八十大板不死，也不是一件容易的事。"晏三合原本就哑的嗓音压得更低，"把他流放到南宁府，这事……"

"你觉得蹊跷？"

"只能说冥冥之中自有天意！"晏三合道，"对了，谢知非为什么让你交代那样一句话？"

"你在梦里正哭着呢，他突然闯进来，我就找借口说你是在为季老太太伤心。"李不言笑了一下，"三合，你感觉到没有，谢三爷对你可够上心的？"

"是吗？"晏三合皱了下眉头，"我怎么觉得他有点不安好心呢？"

不安好心的谢三爷掀帘进来："晏三合，收拾收拾东西，咱们要撤了。"

"往哪里撤？"

"别问，跟我走就行。"谢知非因为事情有了着落，笑起来时酒窝也比往常要深，

"饿不饿？"

晏三合是真饿了，前胸贴后背的那种，于是点点头。

"先忍着！"谢知非一挑眉，压着声音道，"死太监府里的东西不好吃，咱们去外头吃。"

前脚和人家勾肩搭背，后脚就嫌弃。晏三合讪讪道："八十板子，季陵川受不住吧？"

"我知道你担心什么，放心。"谢知非冲窗外一抬下巴，气定神闲道，"钱已经给到位了，事他保准帮咱们办得妥妥的，死太监这一点是极让人放心的。"

....

刑部衙门。

"大人，大人……"

徐来在北司受了点惊，一夜没睡好，正趴在桌案上补觉呢，听到这催命似的喊声，不由得心怦怦直跳。他抹了一把脸，问："何事？"

心腹走上前："大人，刚刚皇上下旨发落季家了。"

徐来猛地站起来："是不是秋后问斩？"

心腹看了眼主子，犹豫片刻，道："季陵川杖责八十，流放南宁府，余下人无罪释放！"

"什么？"徐来根本不敢相信自己的耳朵，"你……你说什么？"

心腹："大人，皇上重重拿起，轻轻放下了啊！"

怎么可能呢？不应该啊！徐来一屁股跌坐在椅子上，整个人都傻了，半响，又跳起来道："快，快去北司打听，不对，去王府，去王府打听，这里头肯定有内情。"

"是！"

心腹一走，徐来整个人便瘫坐下去，只觉得胸口一阵憋闷，明明是十拿九稳的事情，怎么过了一个晚上就天翻地覆了呢？

"大人！"

"你怎么又回来——"徐来话说到一半，看到心腹身后跟着一人，忙起身相迎。

那人冲徐来恭恭敬敬地行了个礼，然后从怀里掏出个帖子，递过去："徐大人，王爷晚上在府中宴请，请徐大人过去喝杯薄酒。"

"是是，一定到，一定到！"徐来接过帖子，心中忐忑，自己没替王爷把事办成，没把张家拉下水，这宴怕不是好宴啊！

"王爷还有一句话，要小的捎给徐大人。"

"请说，请说！"

"八十板子，可死，可残，可伤……"

徐来心头一跳："王爷的意思是？"

那人冷冷地回了他一个字："死！"

....

北司，正堂。

上首端坐着两人，分别是老御史陆时、大太监严如贤，下首坐的是刑部侍郎徐来和北司老大蔡四。

正堂中间摆着一副刑具，刑具左右站着两人，这两人俱是身材魁梧。

静等片刻后，季陵川被人架进来。

陆时与严如贤对视一眼后，沉沉地开口："季陵川，行刑前，你可有话要说？"

季陵川惨白着一张脸，低垂着头，一副魂不在身上的样子。

陆时一拍惊堂木："季陵川，八十板子下去，你是死是活全看老天爷，还不趁着此刻留几句话下来？"

季陵川抬起头，看了陆时一眼，然后轻轻一摇头，又闭上了眼睛。

陆时面上波澜不惊，心中却大为震撼，这人脸上竟是什么表情也没有，像是存了死志啊！

严如贤咳嗽一声："陆大人，时辰已经差不多了吧！"

"嗯！"陆时目光一沉，"来人，行刑！"

"是！"左右两人举起板子便打。

一时间，沉沉的杖击声响起。

不过十几下的工夫，季陵川灰色的衣衫上已被血色染湿，他五官扭曲，却死死地咬着牙关，一声不吭。

蔡四看得心头大骇，锋利的目光扫过行刑的两人，又扫了眼身旁的徐来，脸色渐渐阴沉下来。

行刑打板子是有讲究的：一种是雷声大，雨点小，听上去啪啪啪，实际上力道都收着呢；另一种是雷声大，雨点也大，每一板子都是实打实的，不掺水分。

他已经答应了谢三爷，无论如何都要保下季陵川的一条命，因此特意叮嘱下头的人，板子打起来有点数，却不承想……一个个的，手伸得可够长啊！

徐来此刻眼观鼻，鼻观心，心里正乐着。

权势和银子可真是个好东西，前者能让人屈服，后者能让人卖力。蔡四啊蔡四，众目睽睽之下，你竟然还想着要保季陵川一条烂命，也得先看看王爷答应不答应。季陵川今日必死无疑！

"三十、三十一……"

咔嗒！满座皆惊，这是季陵川胫骨被打断的声音。

三十下将胫骨打断，陆时与严如贤对视一眼。

陆时心想：难不成，皇上还是要季陵川死？

严如贤心想：这姓季的哼都不哼一声，还真是个硬骨头，也难怪一个人硬生生把事情都扛了下来。

…………

季陵川是硬骨头吗？不是。

比起化念解魔时那些锥心刺骨的痛，此刻的皮肉之苦对他来说已经不算什么了。他反倒觉得每打一记板子，自己的罪孽就轻一点，说不出地畅快。

他突然想起很久以前的一件小事。

季府三爷呱呱坠地，用人都说三爷的鼻子、眼睛长得像他，他心中好奇，便偷偷去了她院里。

那是个夏日的午后，丫鬟、婆子都在阴凉处打瞌睡，他径直走到里屋，唤了一声"姨娘"。

她噌的一下站起来，有些手足无措。

"我来看看三弟！"

"那……那跟我来！"

他跟着她走进里间，见到了摇篮里的三弟，不由得嘟囔："哪里像啊？一点都不像，他丑死了。"

她眉眼笑开了："大爷，你把手指伸到他手里，看看他会不会拽住你。"

"我会不会弄伤他？"

"不会。"

于是，他伸出手指，小心翼翼地塞过去。

婴儿似乎察觉到了，小手突然用力地握住了他的手指，他吓了一跳："好大的劲儿！"

"大爷小时候也喜欢握着别人的手指，握得可紧了，都不肯松开，劲儿比这个还大。"

"你怎么知道？"

"我听太太说的。"她笑道，"大爷把手指抽出来吧。"

他抽了几下，没抽动："罢罢罢，让他再握一会儿吧！"

她又笑，目光轻柔。

他扒着摇篮坐下，一阵困意袭来，眼皮很重："我打个盹儿，一会儿三弟松开了，你叫醒我。"

"好。"

窗外，知了在叫，他和她不过半臂距离，她身上有很淡很淡的奶香味，熏得他更困了。

迷迷糊糊中，有微风吹过来，接着，他听到轻轻一声："儿子，热不热？娘给你扇扇！"

悔恨的眼泪从季陵川的眼角落下来，剧烈的疼痛中，他最后睁了下眼睛。堂外淡青色的天，微醺的风，裴家父子正仰着头，一脸担心地看着他。

就这样死了吧，这个结局于他来说是最好的，否则漫漫余生，他要向何人愧疚，又向何人忏悔？

板子啪啪落下，在剧烈的疼痛中，季陵川缓缓地闭上了眼睛，坦然赴死。

不知道过了多久，在一片混沌中，有脚步向他走来，冰凉的手指轻轻戳上了他的额头。他心里忽然涌起一股巨大的怯懦来：娘，是你吗？我的报应你看到了吗？你痛快吗？

无人回答他，他耳边只有轻轻的一声叹息。然后，他感觉后背有什么覆了上来，将他血肉模糊的身躯紧紧护在了身下。痛意骤然消失，可那一声又一声的板子还在往下落。

季陵川似乎明白了什么，猛地睁开眼睛，全身剧烈地挣扎起来。

"别动！"熟悉的声音飘进他耳中，"娘这辈子没帮你做过一件事，就这一件，也算全了咱们母子今生的情分。"

今生？那来生呢？

"不必再见了！"她笑盈盈地冲他挥挥手，一双眸子又黑又亮。

他透过那双黑眸看到了一望无际的北仓河，看到了开得正盛的木棉花。

木棉花的尽头，站着一个英俊的少年，少年伸出手，她向他飞奔过去。

"娘——娘——娘——"他吼得撕心裂肺。

她却没有回头，也不会再回头……

两行带血的眼泪从季陵川的眼角滚下来，滑到腮边，原来，这才是他的结局——成为一个孤儿！

第三十三章 家宴

啪——最后一记板子落下，两个行刑的人累得气喘吁吁："陆大人，八十记板子已打完。"

话刚落，裴寓、裴笑父子便冲进来，一个伸手去把脉，一个伸手去探鼻息。

"儿子，还有气！"

"爹，他活着！"

裴寓欣喜地看了儿子一眼："快，背回去治伤。"

裴笑一边蹲下，一边问："爹，伤得这么重，能救回来吗？"

裴寓一巴掌拍过去："脉搏跳得这么有力，再救不回来，你爹还活个什么劲儿！"

这怎么可能？徐来看着那血肉模糊的人，彻底傻眼了。

不对啊，他明明瞧得很清楚，板子打到三十几下的时候，季陵川人就不行了，怎么还活着？

徐来脑子一热，冲上去探季陵川的鼻息。

就在这时，早已昏死过去的季陵川突然睁开了眼睛。徐来吓得两眼一翻，身子跟踉着往后连连退了数步。

"徐大人，可得站稳了，小心摔一跤，爬不起来。"

一只枯长的手握住了徐来的胳膊，徐来猛然看去，正对上蔡四一双阴恻恻的眼睛。

惊魂未定，又添恐吓，徐来两眼一翻，当场昏了过去。

…………

咚咚咚！谢知非起身去开门，门外是个小伙计："有人托我给三爷带个话，事了了，人活着。"

谢知非心里念了声"阿弥陀佛"，从怀里掏出二两碎银子，朝那伙计手里一塞。

关门，转身，他幽幽地看了李不言一眼："你去外头看着门，我和你家小姐有些话要说。"

李不言忽地一笑："我只问一句，正事还是私事？"

嘿，三爷我还就不明白了："正事如何？私事又如何？"

"正事，我麻利就走，私事嘛……"李不言勾唇，"你说了不算，我还得听听我家主子的意思。"

主子放下茶盅，很淡地朝李不言合了下眼睛。李不言当下就站起来，二话不说，麻利地掩门而出。

她一走，房里便陷入尴尬的沉默。

因为真身还在回京的路上，蔡四府里又不是久留之地，谢知非便让蔡府的人把他们送到了这里——晏三合被他瓮中捉鳖的那家客栈。这里离南城门最近，花二两碎银子请几个小叫花在城门口守着，谢府的车马只要进城，就能很快会合。

一切都顺理成章，如果不是客栈只剩下这一间夫妻房的话。

所谓夫妻房，是专门给有钱人量身定做的。床是软的，被子是香的，枕头是成双成对的，最要命的是，这房间上一对住着的夫妻刚走不久，这屋里还有一股浓浓的合欢香。

谢知非心说：都老夫老妻了，还玩这些花活儿，一看就不是什么正经人！

晏三合也是浑身不自在："三爷有话直说。"

"还是老问题。"谢知非懒懒地往后一靠，目光越过她，看着窗户外那一方青色的天空，"怎么避开郑家的案子，对所有人有个交代？"

晏三合看他片刻，道："你确定要把吴关月的事情瞒下来？"

"非常确定。"

"难！"晏三合直截了当地回了他一个字。

"想想办法。"谢知非身子往前一凑，目光始终落在她脸上，"算我欠你一个人情。"

晏三合挑了一下眉："三爷说话可算话？"

谢知非静静地看了她一会儿，嘴角噙着一抹若有若无的笑意："你说呢？"

这人在用美男计？晏三合噌地站起来，忍无可忍地在房里踱了几步，调匀了呼吸，道："这个人情，我是要问你讨回来的。"

"只要不是杀人放火，不违背良心，我都可以应下。"

这可是你自己说的！

"老太太的心魔是条狗，狗和吴关月有关，吴关月和郑家的案子有关，最后解开老太太心魔的人是季陵川。"

谢知非托着下巴，看着她，又眨一下眼睛："串联得没有错。"

"老太太和吴关月是青梅竹马，她得知郑家的案子是吴关月做的，怕朝廷查到她和吴关月的关系，怕有一天流亡的吴关月找上门来避难，怕影响到儿子的仕途，怕影响季家的荣华富贵，于是心惊胆战，久念成魔。"晏三合坐回椅子上，一抬下巴，"三爷，这个借口如何？"

漂亮！既有前因，又有后果，一切合情合理，编得天衣无缝。谢知非眼中闪着激动的光："晏三合，我真想夸夸你，就怕你太骄傲。"

晏三合屈指敲敲桌面："三爷与其夸我，不如想想怎么让季陵川闭上嘴巴。"

"不用想。"谢知非拿起茶盅，"他在官场混迹这些年，太清楚这事的轻重，我只要叮嘱一声，他便能把这个秘密带进棺材里。"

我该想的是另一件事，谢知非一仰头，把茶灌了下去。怎么把你晏三合拉下水，和我一起查郑家的案子？

…………

"老爷，老爷啊！"谢府里，谢总管呼天抢地地跑进书房，"大爷回来了，三爷回来了，晏姑娘也回来了。"

谢道之欣喜若狂："人呢？"

"马车刚到巷口，老奴先跑来给老爷报个信。"

"季家那头呢？"

谢总管上前附在谢道之耳边低语几句，谢道之听完长长地松出口气："快，快备热水、热饭。"

"大爷捎话说，晚上在懿恩堂用饭，带晏姑娘认认人。"

"她同意了？"

"大爷的话还能有假？"

"那还不赶紧把这好消息告诉老太太去？"

"是是是。"

"慢着！"谢道之喊住他，"交代厨房，晚上的饭菜丰盛些，多做些三儿和晏姑娘爱吃的菜。"

"是是是！"

"回来！"

"老爷还有什么吩咐？"

谢道之兴奋地来回踱几步，然后没头没尾地说："都叫上，一个都别落下。"

谢总管却听懂了："是，都叫上，都叫上！"

马车在谢府门口停下。晏三合习惯性地抬头看一眼牌匾，不知为何有种恍如隔世的感觉。

"晏姑娘回来了，辛苦啦。"谢总管笑得见牙不见眼，语气比见着亲娘还要亲，"热水都已经备下，姑娘——"

"你闭嘴！"虽然恍如隔世，但晏三合还记得这死胖子让汤圆打探她的事情。

谢总管傻眼，不是都说好要认认人了吗，怎么这位祖宗还是一脸"夹生饭"的样子？

等两个姑奶奶打他面前走过后，他冲身后的三爷苦兮兮地撇撇嘴。

谢三爷熟视无睹，自顾自去追晏三合了。

谢总管："……"三个月没见，三爷怎么看都不看我一眼，小花我失宠了？

谢知非追上晏三合："瀿恩堂你没去过，回头我带你去，免得你走错了。"

晏三合不知道为什么，敏感地想到了他跟蔡四说的话："不必了，汤圆认识。"

谢三爷哪是一句"不必了"就能打发掉的："汤圆只能在外头守着，进不了里面，今儿人都在，我带你认人。"

"你哥会带我认！"

"我哥说，这事交给我了。"谢三爷扭头，"哥，是吧？"

谢而立怎么会驳自家兄弟的面子，很淡定地点点头："晏姑娘见谅，我还有些公务等着处理，要去得迟一些。"

嗯，你比出远门三个月的人还要日理万机。晏三合点点头，没有拆穿这兄弟二人的把戏。

李不言规规矩矩地跟在晏三合身后，等走到无人的地方，便快行两步："你在打三爷的主意？"

以晏三合的性子，只要她不想，没有人可以强迫，这兄弟俩明显是在一唱一和，她却还是点头了……有猫腻！

"杀人放火是大案，不论是京城的，还是外省外部的，都会记录在册。"晏三合道，"他是五城兵马司的人，在刑部、锦衣卫、北司似乎都有熟人，我想通过他的手查一查。"否则，她为什么要辛辛苦苦地帮他想借口？

李不言点头："找他就对了，但还得好好想想，怎么能让他不起疑心。三爷的好奇心可不是一般地大啊！"

"不急。"晏三合把头轻轻靠在她肩上，"下一个心魔我还没有感应到，我们有的是时间好好想！"

…………

书房里，谢道之看着瘦得已经没了形的老三，心疼得眼睛都红了。

谢而立道："父亲放心，厨房我已经交代过了，单独给老三开个小灶，账房那头也已经安排下去。"他头一偏，"老三，两千两够不够？"

"不够！"谢知非谎撒得气定神闲，"路上我还被人偷了八百多两，害得我和明亭他们一天只能吃一顿饭，都快饿死了。"

"让账房再多加一千两。"谢道之又从自己的抽屉里找出一张银票，"想吃什么就吃什么，别省着。"

谢知非完全没有客气的意思，直接往怀里一塞："爹，大哥，季老太太的心魔说来话长，一会儿我还得去跟老祖宗和娘问安，我就长话短说了。"

再怎么长话短说，谢知非也足足说了一盏茶的时间，最后一个字落下，整个书房的气氛沉下去，如谢知非预料的那样。

谢道之静默良久，道："既然老太太的心魔已解，此事就此揭过，尤其吴关月和老太太的关系，往外不要提一个字。"

"老三！"谢而立接话，"你叮嘱一下明亭，小心祸从口出。"

等的就是你们这句话。谢老三见他们半点没起疑心，心头骤然一松。他瞒着父亲和大哥，除了自己那点不可告人的秘密外，最重要的一点是——这事凶险万分，绝不能把谢家扯进来。

"明亭肯定不会往外透一个字。爹，大哥，你们也就当没听我说起过。"

谢道之："去吧，老太太和你娘盼了你很久。"

"我先回房洗漱一下，换身衣裳，否则……"谢知非冲谢道之一挤眼睛，"她们可比不上爹你能忍，肯定水漫金山。"

"滚——"谢道之被儿子看穿了，恼羞成怒。

谢知非滚了，可没滚几步，就被跟出来的谢而立叫住。

"大哥，还有什么事？"

谢而立左右看看，无人："徐晟的腿断了，不是你动的手吧？"

"哎呀！"谢知非故意先一惊，再一喜，"哪个英雄好汉帮三爷我出了头？"

"真不是你？"

"哥，你看看我这张脸都沧桑成什么样了，还有那闲工夫？"

"不是你就好。"谢而立淡淡道，"杜依云来咱们府里不下十趟，你今儿回来，她保证明儿就来，你心里要有个准备。"

"什么准备？"谢知非不耐烦，"我对她没意思，赶明儿你让大嫂在她耳边吹吹风，让她趁早找个好人家嫁了，别在我这个短命鬼身上浪费时间。"

"老三！"谢而立最听不得的就是"短命鬼"这三个字。

"哥，我错了。"谢知非认错的速度比兔子跑得还快，"如果哥能像爹一样，再支援我一千两，我一定活得比谁都命长。"

"混账东西。"谢而立拂袖而去。

走到书房门口，他冲心腹看一眼。心腹忙上前："大爷！"

"去和大奶奶说，寻个机会给老三送一千两银子去。"

"爷这是……"

"让那浑小子活得久一点！"谢而立咬牙切齿。

·433·

……………

浑小子这会儿懒洋洋地泡在木桶里,任由丁一帮他打湿头发,丁一手法熟练,一看就是做惯了的。

谢府三位爷,前头两位爷房里大小丫鬟一大堆,年满十六岁,老太太还会亲自挑两个通房丫鬟放过去。到了三爷这里,一院子和尚不说,连贴身侍候的都只有他和朱青两人。

为啥?就因为三爷身子骨不好,老太太和老爷怕三爷过早地沾了女色,被吸光了精气,命更短。

丁一看了眼自家爷宽阔结实的后背,心说爷的身子骨好些年没犯病了,可以近近女色了,这样也能让气顺些。

"丁一。"

"爷。"

"你说对付晏三合这样的人,是来软的好呢,还是来硬的好?"

轰隆隆!丁一脑子里瞬间浮现出一幅画面:自家爷把晏姑娘压在身下,晏姑娘拼命挣扎,甩手一记巴掌打在爷的脸上。

"爷啊!"作为忠仆,丁一决定今儿个无论如何都要劝一劝,"老爷、老太太、太太都不是不通情理的人,咱们犯不着冒着挨打的风险去坏人家姑娘家的清白。府里的人看不上,丽春院总有几个瞧得顺眼的。"

谢知非睁开眼睛:"你说什么?"

"爷啊!"丁一扑通跪倒在地,"晏姑娘身边还有一个李姑娘,她的软剑可不是吃素的,弄不好根儿都给爷削没了。"

谢知非:"……"他看了眼自己的胯下,嘿嘿冷笑两声,"朱青!"

朱青匆匆进来:"爷!"

"把姓丁的这根搅屎棍给我拖出去,砍了。"

朱青瞪了丁一一眼:你又怎么惹爷不开心了?

丁一一脸冤枉:我没有啊!

朱青:还说没有?还不赶紧滚!

丁一一边滚,一边在心里感叹:唉,这年头,忠仆难当啊!

朱青在桶边蹲下来:"爷是不是发愁怎么查郑家的案子?"

总算还有个知道主子心思的。

"郑家的案子是其一,晏三合是其二,你说我要不要用她不是晏行的孙女做威胁?"

"万万不可,爷忘了老太太说过的话吗?晏姑娘这人吃软不吃硬,来硬的,爷硬不过她。"

我又何尝不知道这个理?谢知非叹气:"但我瞧着,她软的似乎也不吃!"

"爷难道真要查郑家的案子?"

"男人一诺重千金。"谢三爷声音沉了下来,"我答应过他们的。"

他还魂九年,独活九年,从来没有放弃过寻找吴关月父子二人,所以才会对大齐国那段历史了如指掌,才会对郑家的案子了如指掌。他对天发过誓,生要见人,死要见尸,尸要带到郑家祖坟前,挫骨扬灰,告慰在天之灵。如今凶手另有其人……

谢知非心脏有力地撞击着胸腔,一下又一下,哪怕倾其所有,哪怕终他一生,哪怕上天入地,也得把真凶给找出来。他总得求个明白,才有脸去下面见他们!

…………

静思居。

"三爷来了!"汤圆迎出去,"姑娘在里间换衣裳,三爷稍坐片刻。"

谢知非撩起衣裳坐下,跷起二郎腿:"姑娘这一趟出远门累着了,你侍候起来多用些心。"

"三爷放心,奴婢晓得。"

"姑娘若有想吃的、想玩的,大奶奶应承不下的,只管来找我。"

"是!"

"别光应是啊,记下来,刻在脑子里。"

"是!"

两人正说着话,珠帘一掀,晏三合从里面走出来。

四目相对,两人都有些惊住了。都洗去了一身的风尘,都换上了崭新的衣裳,一个唇角习惯性上扬,无言亦风流,一个脸上习惯性透着清冷,却难掩眉间藏着掖着的精致。

谢三爷在心里感叹一声:人间绝色。

晏三合在心里骂了一声:人模狗样。

三爷起身,笑中带点坏:"晏三合,咱们走吧!"

晏三合深吸一口气:"你前边带路。"

三爷斜睨着她:"你可是习惯走在男人背后的女人?"

不是!晏三合磨磨后槽牙,迸出一个字:"走!"

走是走了,但两人走路的姿态截然不同。一个背着手,踱着方步,一派风流倜傥;一个背着手,迈着正步,身子僵硬无比。

李不言跟在两人身后,目光看看这个,再看看那个……论逢场作戏,三合远远比不上三爷那个老油条,她在紧张呢!

李不言灵机一动:"三爷,我问个问题,你不介意吧?"

"问!"

"三爷和二爷是不是不对付?"

"你还真敢问。"

"那三爷敢答吗?"

谢三爷垂目看了晏三合一眼:"凭你家小姐的聪明,在饭桌上听几句,就什么都明

·435·

白了。"

李不言笑:"三爷想让我闭嘴就直说,别拿我家小姐当幌子!"

谢三爷:"你闭嘴!"

"嗯!"

谢三爷深吸一口气,再深吸一口气,这姓李的也是一根搅屎棍!

晏三合的确是紧张,她平生最不喜欢的就是应付,假得慌,也累得慌。

李不言这么一搅和,她腰也不硬了,背也不僵了,到了瀔恩堂,抬抬下巴,神态自若地走进去。

老太太早就仰着头盼了,见人来,忙要起身去迎,被谢知非一把按住:"老祖宗,快坐着吧,哪有长辈迎小辈的道理?!"

晏三合上前,冲老太太一点头:"可安?"

既无称呼,又无行礼,一堂的人惊得倒吸一口凉气。

谢知非早就料到会有这一出。这丫头面对赵亦时都不曾下跪行礼,更别说因为晏行的关系,她对老祖宗和父亲都还没有真正释怀过。

"也不怪晏姑娘生分,我和老祖宗三个月不见,乍一见,也都不知道叫什么!"

老太太何等精明,指指谢知非,嗔怨道:"你还好意思说,还不赶紧让姑娘坐。"

"不急,我带她认认人。"谢知非走到一位妇人面前,"这是我母亲,姑娘称呼一声太太就行。"

晏三合上前,也点了下头:"太太安好!"

吴氏虽不知道晏三合的底细,却知道这人是老太太看重的:"姑娘有空到我院里去坐坐,不用太拘束。"

晏三合认真地看一眼吴氏,相貌端庄,衣着端庄,话说得也端庄:"好!"

"大哥、大嫂你都见过。"谢知非朝朱氏旁边站立的小男孩一招手,"这是我侄儿,谢淮洲。淮洲,叫姑姑。"

谢淮洲四五岁的模样,已经由谢道之亲自开蒙,他走到晏三合面前,行了个书生之礼:"晏姑姑好。"

我该怎么做长辈?不言,救命啊。

"这是晏姑姑给你备的见面礼。"谢知非摊开掌心,露出一枚小小的玉佩,"拿去玩吧!"

小淮洲拿过玉佩,冲晏三合微微一笑:"多谢晏姑姑。"

晏姑姑:"……"

谢知非稍稍偏过一点头,用低得不能再低的声音说:"我周到吧?"

晏三合"嗯"了一声:话圆得这么漂亮,事办得这么好看,以后叫你谢周到。

"这一位是我大姐,谢文姝。"谢知非在一个绿衣女子面前站定,手在她肩上轻轻一拍,"大姐,她就是晏三合。"

女子眨了眨眼睛,冲晏三合腼腆一笑。

晏三合微微颔首："大小姐安好。"

谢知非："我姐她眼睛看不见。"

晏三合心头一震，难怪她前头在谢府住了近一个月，却从未见过谢家大小姐，竟是个瞎子。

晏三合见她的眼睛与常人无异："是后天的吗？"

谢文姝点点头："六岁那年看不见的。"

晏三合心头又一震。

她帮人化念解魔，见过各色各样的人，听过各色各样的声音，眼前的这一位谢大小姐长相并不太出众，却有着一副极为动听的嗓子。她从未听到过这么好听的声音。

谢知非："晏三合，这两位一位是我二哥，一位是我小妹，你应该都见过。"

晏三合点点头："两位安好！"

"晏姐姐，你终于回来了！"谢婉姝嘟着唇，娇滴滴道，"我到静思居看你好几趟了。"

"嗯！"晏三合点头，目光一移，正好与谢二爷的视线撞上。

谢不惑也冲她一颔首，目光沉静得像无风时的湖水，没有一丝波澜。

谢知非："这一位是柳姨娘，这一位是罗姨娘。"

"两位安好！"

两位姨娘纷纷起身，向晏三合行礼："姑娘安好！"

晏三合目光一一扫过，心中吃惊。

柳姨娘脂粉未施，钗环未戴，却将一旁年轻明艳的罗姨娘给比了下去，若只是容色倒也罢了，偏这周身的气度……

这世上，正房有正房的长相，姨娘有姨娘的长相。柳姨娘不仅有正房的长相，还有正房的气度，也难怪谢道之要冷落二房的一子一女，不然，这谢宅里还有宁静日子过吗？

"老祖宗，人都认完了，开席吧！"

老太太毫不掩饰自己的偏心，冲谢知非招招手："来，你和晏姑娘坐我边上来。"

…………

家宴设在偏厅，一张大圆桌，凉菜已经上齐。

晏三合在老太太身旁坐下，一抬眼，却不见两位姨娘的影子，忍不住身子往后仰了仰，朝谢知非望过去。

谢知非知道这一眼是什么意思。

高门里的规矩，姨娘是上不了桌面的，即便有家宴，也得另开一席。他握拳咳嗽一声，示意晏三合别管。

这时，吴氏和朱氏婆媳二人起身，两人站在老太太身后，一个拿筷子，一个拿帕子，恭恭敬敬地侍候老太太用饭。

晏三合那个恶心，眉目冷冷一沉："老太太，既然今日这宴为我而设，我没别的要求，让太太和大奶奶坐下来，吃顿团圆饭吧。"

这话一出，满座皆惊。

在所有人惊恐的目光中，晏三合脸上没有半丝表情，甚至连看都没看老太太一眼，只是把右手放在桌上，食指在桌面上一点又一点，既像在等着老太太表态，又像在表达自己的不耐烦。

老太太脸色微微一变，这个动作是晏行以前最喜欢做的。她眼里的泪水迅速涌起，又用力压下："今日家宴，你们听晏姑娘的，都坐下吃饭，不用守着规矩了。"

满座又皆惊。老太太这人最看重的就是规矩，她常说的一句话便是"无规矩不成方圆"。

一片惊色中，晏三合不紧不慢又道："老太太，叫我三合吧，不要一口一个姑娘。"

她总算肯让我亲近了。老太太心头激荡，哽咽道："好好好！"

谢知非浑身的热血都被晏三合这几句话给点着了。谁说这丫头不懂人情世故？人家是不屑、不想，也不愿，瞧瞧这一进一退把老太太拿捏的，简直绝透了。

然而就在这时，一个声音响起来："姑娘体恤归体恤，只是这规矩还是要守的。"吴氏笑眯眯道，"老太太年纪轻轻就守寡，一个人千辛万苦把老爷拉扯大，才有了谢家的今日。我侍候老太太用饭，是在替老爷尽孝，一点都不辛苦。"

谢三爷唰的一下变了脸色。

谢道之咬牙在心里骂了一声"愚妇"。

这话放在平时说，一点错都没有，老太太还会笑眯眯地夸一声"太太有孝心"。但在今天，在这个场合，在晏三合面前，这话就说不得。

老太太守没守寡，是不是千辛万苦一个人，别人不知道，但晏三合知道得一清二楚。

而且，晏三合第一次露面，算是客。客人帮你吴氏说话，你不感谢倒也罢了，还当着所有人驳客人的面子，大不该。

再说，晏三合好不容易答应融入谢家，为此老太太连规矩都不要了，这个时候你吴氏跳出来，是要把人再赶走吗？

就在一桌人都不知道怎么接话的时候，谢知非站起来，把吴氏按坐在椅子上："我说太太啊，你站着，三合坐着，你是长辈，她是小辈，岂不是让她不自在？再说了，老太太身边不是有我吗，我来帮老太太布菜。"他笑眯眯道，"老太太眼睛看哪里，我的筷子就往哪里伸，我有三个月没见着老太太了，这份孝心也让我尽一尽。"

吴氏察言观色的功夫再差，也瞧出老爷脸上不太好看，当下不敢再多说。

谢知非回到自己的位子，举起酒盅，笑得人畜无害："晏三合，多谢你心疼我母亲和大嫂，这第一杯我替她们两个敬你，也敬我家老祖宗，总算和娘家小辈团聚了。"

这嘴何止抹了蜜，简直就是开了光。既化解了吴氏的尴尬，又拍了老太太的马屁，最关键的是，他还不忘哄她，还把她哄得相当舒坦。晏三合看着谢知非，就像看到了一尊金光闪闪的菩萨。

"老三，你坐下，第一杯酒还轮不到你敬。"谢而立瞪自家弟弟一眼，起身冲晏三合举杯，"既然认了人，那就是一家人，一家人不说两家话，以后姑娘多出来走动走动，老太太也好，太太也好，都会把你当自家女儿来疼的。"

话到这个份儿上，场面也有了，台阶也有了。晏三合举起杯子，淡淡道了两个字："多谢。"

一顿饭吃得其乐融融，仿佛刚刚那一幕不曾发生过一样。

老太太因为开心，多喝了两杯酒，头歪在孙子的肩膀上昏昏欲睡。

谢三爷朝父亲丢了个眼色，谢道之放下筷子站起来，这宴才终于散了。

…………

回到静思居，晏三合等不及似的换回自己的衣服，然后把门一关，拉着李不言在床边坐下。她把在瀌恩堂听到的、看到的一股脑儿地说给李不言听。

李不言听完，摸着下巴道："这么说来谢三十、谢五十的娘虽然贤良端庄，但瞧着不太聪明的样子。"

晏三合点点头。

李不言："这么说来谢老二的娘绝对不是一般人，就是不知道她的娘家因为什么犯了事。"

晏三合又点点头。

李不言："大小姐二十有四，按理这个年纪的姑娘早就应该出阁了，看来谢家是打算养她一辈子。"

晏三合再点点头。

李不言："你说谢三十和朱氏之间话不多，可见夫妻二人的感情也一般，否则这些年膝下不会只有一个孩子，就是不知道谢三十房里有几个姨娘。"

晏三合依旧点点头。

"谢五十那张嘴……"李不言扑哧笑了，"当真是人见人爱，花见花开，能把死人说活，活人说死，谁也没有他厉害，谢周到不好听，叫他谢玲珑得了，八面玲珑。"

晏三合没忍住，弯唇一笑。

李不言扒拉扒拉人，还少一个："对了，谢四十呢？你从头到尾都没有说起他。"

晏三合被她这么一提醒，这才想起饭桌上还有这么一个人："他话很少，没什么存在感。"

李不言："同样是爷，一个众星捧月，一个被人冷落，这还真是天差地别呢！"

"和咱们没关系。"晏三合身子往后一躺，头枕着胳膊，"不言，谢家我并不打算多待，这大宅门里的弯弯绕绕费脑子，也费精力。"

李不言跟着躺下去，侧身看着她："那你还跑去认人？"

"谢三十邀得真诚，我不好拒绝。"

"你啊，说到底还是心太软。"

晏三合被教训得不好回嘴，只能岔开话题："对了，帮我想想怎么向谢玲珑开这个口。"

李不言眼珠子滴溜一转,嗯,对付谢玲珑那只笑面狐狸,的确要好好想想!

…………

"笑面狐狸"怀里揣着大嫂偷偷塞过来的一千两,正坐在母亲吴氏的房里喝燕窝。

吴氏眼巴巴地看着儿子,怎么看,心里都觉得喜欢。

三爷吃完擦擦嘴:"娘,以后碰到晏三合的事情,你就记着儿子一句话。"

"什么?"

"晏三合说什么就是什么。"

吴氏一把扯住儿子的胳膊:"儿子,她到底是老太太什么人?你跟娘说句实话。"

"就是老太太远房的一个亲戚,老太太看她是孤女,所以接到府里养着。"

"一个孤女也至于宝贝成那样?"

谢三爷哄道:"怎么能不宝贝呢,老太太统共有几个娘家人?没了,就她一个。你对她好就是对老太太好。"

吴氏讪讪地松开手,一想不对,又抓紧了:"老太太今儿个让你们一左一右地坐在她边上,不会是想把她说给你吧?"

"那哪能呢?!"

"你呢?你这么帮她说话,没相中她吧?"

谢三爷没料到自家亲娘会突然这么问,一时间怔住了。

自个儿儿子是什么样,别人不知道,吴氏能不知道?她一瞧儿子怔怔的,顿时气极了,一掌拍过去:"她什么身份,你什么身份,门不当户不对的,你可别昏了头。"

"娘,你想哪里去了?!"谢知非揉揉胳膊,"我把她当妹妹。"

"最好这样!"吴氏苦口婆心,"你年纪也不小了,早点和杜丫头定下来,那孩子虽说有些骄纵,但出身是极好的。你爹别的都好,就是对你的婚事不大上心,按理说——"

"娘,别按理说了。"谢知非一听这话就想开溜,"我累死了,回去歇着了,你也早些歇着吧!"

吴氏却还要说:"你别怪娘话多,满京城不嫌弃你短命,又对你死心塌地的,娘看也就杜丫头,再没别人了。"她说着说着,眼泪就流下来,"还是娘对不住你,没给你一个好身子,你从小到大吃过多少苦,受过多少罪……"

又来了!谢知非在心里重重地叹口气。

…………

懿恩堂。

老太太酒醒大半,想着那一声"叫我三合吧",有着说不出的开心:"来人,去把老爷叫来。"

谢道之已经走到木香院的门口,木香院是柳姨娘住的地方,听说老太太叫他,只得又折回去。

他一进门，就听老太太笑眯眯道："老爷啊，三合那丫头算是留下来了，后面的事，咱们也得帮她打算起来。"

谢道之猜到老太太急着把他叫来一定是为晏三合的事。他在床沿坐下："这事儿子也琢磨了，也留心了，不瞒母亲，她的婚事……难！"

老太太当然明白这一声"难"难在哪里。

娶妻嫁女讲究的是一个门当户对。晏三合到底姓晏，不姓谢，晏氏一族落魄了几十年，晏行又是一个被流放的获罪官员，这门第实在摆不上台面。

高门大族娶妻，最少看祖宗三代的家世和人品，进高门是别想了。放低要求，嫁个普通百姓倒是可以，有谢家陪过去的嫁妆和帮衬，婆家只会把她供起来，可老太太心里哪里舍得她低嫁？那么标致的一个人，读过书，写得一手好字，画得一手好画，低嫁就是糟蹋了她。

老太太眼珠子滴溜一转："国子监的那些学子呢，有没有一两个人品、相貌出众，家境稍稍差一些的。"

"儿子也动过这个心思，也确实相中过几个出众的，但……"

"但什么？"

事到如今，谢道之也只能实话实说了。

"她这一趟走了三个月，其实不是回云南府给晏祖父上坟，而是给季家老太太化念解魔去了，咱们家老三陪着去的。"谢道之低声道，"没敢跟您说，一是不能声张，二是怕您惦记。"

像一道天雷劈过来，劈得老太太眼睛都直了，当下就明白了儿子说的"难"和自己想的"难"根本不是一回事。这丫头不是高不成低不就，是压根儿嫁不出去。谁会娶一个给死人化念解魔的人？

"那……那怎么办？"她一下子慌了，"总不能一辈子做个老姑娘啊，家里已经有一个，再来一个……哎呀，倒不是养不起，关键是对不住她祖父啊！"

谢道之："母亲别慌，这事还得从长计议。"

再从长计议，也是嫁不出去。老太太一把抓住儿子的手："老二不是还没成亲吗，配给他怎么样？"

"母亲，"谢道之噌地站起来，"你在胡说什么？"

…………

木香院，灯火幽微。

柳姨娘坐在灯下，听谢婉妹絮絮叨叨地说着饭桌上的事。

等女儿说完，她揉揉女儿的脑袋："不早了，去睡吧，夜里别蹬被子，让丫鬟仔细些。"

"哥呢？"谢婉妹看了眼倚在窗户边的谢不惑，"哥不走吗？"

"我和姨娘有几句话要说，你先回去。"

"就喜欢瞒着我和姨娘说悄悄话。"谢婉妹嘟囔一句，朝柳姨娘行了个礼后，便转

·441·

身离开。

谢不惑这才走过去,坐下:"姨娘,婉妹刚刚有句话说错了,母亲说完那句话后,不是只有老太太变了脸色,父亲、大哥,连着大嫂在内,脸色都不大好看。"

柳姨娘笑道:"这事,你怎么看?"

谢不惑:"这个晏三合和咱们家有渊源。"

"除此之外呢?"

"她不是一般闺中女子,而且她对老太太并没有十分尊敬。"

柳姨娘思忖片刻,道:"那姑娘不是老太太娘家人。"

谢不惑大惊:"为什么?"

"你看她的手指,又长又细又白,老太太娘家落魄得很,养不出那样一双好手来,这是其一。"柳姨娘回忆,"其二,濨恩堂的摆设是整个府里最好的,她从外头走进来,目不斜视,老三带她认人,她认得落落大方。老太太的娘家也养不出那样不卑不亢的人来。"

谢不惑细细一想,竟觉得十分有道理。

"她让太太和大奶奶坐下吃饭,并非没有规矩,一来说明她胆大,二来也说明她心善,否则当初也不会出手救你妹妹。"柳姨娘眉间含笑,"太太那样打她的脸,她一言不发,可见气量不小,气量大的人,要么涵养好,要么心气高,不屑多说。所以儿啊,别看她是个孤女,背后的水不会浅的。"

"姨娘分析得很对。"谢不惑想了想,又道,"她吃饭的样子慢条斯理,有板有眼,筷子怎么放,勺子怎么摆,丁点不错,可见是受过良好教养的。"

"这么说来,水就更深了。"柳姨娘看着儿子,深深地叹了口气。

"好好的,姨娘叹什么气?"

"对那位晏姑娘,姨娘别的不担心,就担心一件事。"

"什么?"

"我怕老太太拿你的婚事做文章。"

谢不惑悚然一惊:"明明老太太是把她和老三叫到身边坐着。"

柳姨娘呷口茶:"你是庶,老三是嫡,你是长,老三是幼。老三在官场,杜依云才配,而你行商……"

不知道是不是因为在饭桌上饮了几杯酒,谢不惑觉得不仅胸闷,而且身上躁得很。

"不用担心。"柳姨娘拍拍儿子的手背,"你若对她有意思,只管应下,她这样的人对你只有助力,绝不会拖累。"

谢不惑冷笑:"如果我对她没意思呢?"

柳姨娘怜爱地看着儿子俊秀的脸,从容道:"那谁也别想委屈我儿子。"

"爷!"乌行的声音在外头响起。

"姨娘,我去了!"

"早点歇着。"

谢不惑冲柳姨娘一点头，掀帘走出去。

乌行上前低语："二爷，刚刚季家来人了，三爷亲自领着人往静思居去了。"

谢不惑瞳孔骤然紧缩："静思居的人和季家人有什么关系？"

乌行摇头。

"季家什么人来了？"

"是季府大爷。"

谢不惑眉头紧皱："你还记得晏三合离开京城前曾经去过季家一趟吗？"

"记得，是由裴爷带着去季家的，还在季家待了大半天的时间才回来。"

"你不觉得很奇怪吗？"谢不惑的声音比夜色还沉，"她出发前去季家，刚回来，季家又来人。"

乌行点头："是有些奇怪。"

谢不惑："晏三合一走，老三就病了，晏三合回来，老三病就好了，这么巧吗？"

乌行："……"

"还是娘说得对啊，这姑娘背后的水很深。"谢不惑甩甩袖子，大步走进了夜色中。

第三十四章 情动

静思居。

季陵川的长子季海东一撩衣袍，跪地，冲晏三合砰砰砰磕了三个响头。磕完，手脚并用地爬起来，他一脸郑重道："父亲重伤卧床，不能亲自过来，他有三句话命我带给晏姑娘。"

"你说。"

"头一句是谢谢。"

"嗯。"

"第二句是当初他应下的事，绝不食言。若他没命活着回京城，便由我这个长子季海东替他完成，请姑娘放心。"

"嗯。"

"最后一句，"季海东看了晏三合一眼，"还请姑娘口下留情，给季家留一条生路。"

这最后一句话出来，倚门而立的谢知非抬了抬眼皮，这是要晏三合对老太太的事、对吴关月的事守口如瓶的意思。

晏三合站起来，走到季海东面前。

季海东比她高出一个头不止,却下意识地往后退了半步。老太太的事情,父亲事后全部告诉了他,如果不是十二弟死而复生,他无论如何都不相信眼前这个年轻的小姑娘竟是帮老太太化念解魇的人。

"我也有三句话给他。"

"姑娘请说。"

晏三合:"钱货两清,不必谢。"

季海东恭敬道:"是!"

晏三合:"他应下的事情,即便没有你特意来说,我也不担心他食言。他真要是食言,我也有法子讨回来,更何况举头三尺有神明。"

季海东吓得又往后退了半步。

"最后一句。"晏三合冷冷地看着他,"棺材合上的瞬间,老太太的事在我这里就到此为止,你们的生路不在我,在你们自己。"

季海东脸色一紧:"多谢姑娘,我会如实说给父亲听的。"

"既如此,我便不送了。"晏三合转过身,背影透着一股拒人千里之外的冷意。

季海东不敢多说一句,赶紧转身离开,走到门口,谢知非伸手拦住了他的去路:"我还有一句话,也劳烦海东哥一并带给季伯。"

季海东对谢知非是很熟悉的:"承宇,你只管说。"

谢知非:"黑狗也好,家狗也罢,万万不能对任何人说起。"

"……"季海东一脸蒙。

谢知非一看他这副表情,就知道季陵川在郑家的案子上嘴巴扎得牢牢的,连亲儿子都没说,心下顿时大安:"这话你只管对你父亲说,他明白的。走吧,我送送海东哥。"

"好!"

快到二门外的时候,谢知非突然咳嗽一声,压着声音道:"季伯的伤养好后,让他早些动身,不要耽搁。"

季海东猛地抬头,见谢知非神色凝重,心跳不由得漏了一拍,匆匆离去。

"爷,"朱青看着季海东的背影,忍不住问,"为什么要季老爷早点动身?"

"这样他才有时间去北仓河边看看走走。"谢知非转过身,突然又想起什么,"我记得咱们离开京城前让人盯着徐晟,可盯出什么动静来?"

"腿废了,三个月没出门,没盯出什么动静来。"

"会瘸吗?"

"沈冲下的手,能不瘸吗?!"

"我就喜欢那小子的心狠手辣。"谢知非的目光和神色都有些莫测,"刑部咱们的手伸得进去吗?"

朱青:"爷是想再看一回郑家的案卷?"

谢知非:"不是我看,是咱们家的晏姑娘看。"

朱青摇摇头："刑部难，大理寺和都察院还可以想想办法。"

谢知非拍拍他的肩："那就想想办法，钱不是问题，最重要的是要做得天衣无缝。"

"是！"

"还有，周也的事情估计很快就会送到吏部，你帮我留心着些。"

"是！"

"盯着宫门，太孙出来，赶紧通知我和明亭。"

"爷放心，已经派人盯着了。"

"朱青啊，"谢知非看着他，"爷离了你，可怎么办？"

朱青脸一红，哑巴了。

…………

静思居里，晏三合洗漱完，朝李不言幽幽地看了一眼，倒床就睡。

李不言帮她把薄被搭在身上，然后掩门而出。

汤圆在堂屋里收拾桌椅板凳，收拾完，一转身，吓一跳，李不言就站在她身后。

"姑娘有事？"

"有。"李不言挺直了腰板，"我和晏三合都是直肠子，喜欢有话说话，有事说事。"

直呼主子的名字，谁……谁……谁给她的胆子？汤圆开始有些头晕目眩。

"谢府这么多丫鬟婢女，你能来到静思居，说明和晏三合有缘分。"李不言道，"但缘分这东西不长久，今日聚明日散，真正能长久的是情分。"

汤圆听得有些糊涂。

"情分这东西，就好比存钱，你往罐子里存一点，她往罐子里存一点，钱越来越多，情分也就越来越浓。怕的是……"李不言话锋一转，"你当着她的面往罐子里存钱了，她一转身，你又把罐子里的钱给了别人。"

汤圆脸色唰的一下惨白。

李不言莞尔一笑，眉眼都弯起来了，却没有多少笑意："晏三合这人，你远着看，那就是块冰，但你要近了看，啧啧啧……"她伸手在她额头上轻轻一弹，"汤圆啊，不要用屁股决定脑袋，什么都可以错过，但错过了她……"后悔去吧！

汤圆腿一软，直接跌坐在地上。

…………

深夜。

院门拉开一条缝，汤圆猫着腰钻出去，四下瞧了瞧后，撒腿就跑。

她一气跑到谢三爷院子里，砰砰砰敲门。片刻后，她跪在地上，垂着脑袋，把李不言的话一字不落地说给三爷听。

谢知非本来都已经睡下，几句话一听，顿时睡意全无。好嘛，刚回谢府，被子还没焐热，那丫头就着手处理身边的人，手起刀落，连个缓冲的余地都没有，就一个字：快！

"你自个儿心里是什么想法？"他问。

汤圆咬着唇，不吭声。

"敞开了说，心里想什么就说什么。别怕，三爷不吃人。"

"三爷！"汤圆抬起头，眼眶红红的，道，"奴婢觉得晏姑娘人挺好的，奴婢想……"

"想干吗？"

汤圆一咬牙："奴婢想跟着晏姑娘。"

"好，以后别往三爷院里跑了，谢总管那头我会去说。"

汤圆万万没有想到，事情竟这么顺利，忙不迭地给三爷磕头。

"得，得，你家主子不爱这一套。"谢知非捂嘴打了个哈欠，眼睛里含着一汪水，"你是个本分的，好生侍候她，不要再生别的心思。"

"奴婢谢谢三爷的大恩。"汤圆识趣地退了出去。

谢知非把两条腿跷到桌案上，后脑勺枕着手，半响，嘴角勾出一丝似有若无的笑。

朱青："爷笑什么？"

笑什么？

"我笑我自以为做得天衣无缝，谁知道人家早八百年就识破了。那句屁股决定脑袋八成是说给三爷我听的。"谢知非摇摇头，"得嘞，就劳朱爷再辛苦一下，去给谢小花传个信，让他以后不要再管静思居的闲事。"

"是！"

"慢着！"谢知非收起两条长腿，站起来，手一背，"你顺道再去静思居一趟，帮三爷跟那两人认个错。"

"有必要吗，爷的面子往哪儿搁？"

"怎么没有必要？"三爷一边打哈欠，一边往里屋走，"面子这东西，在晏三合那里不顶用。"

那丫头得哄着来，得柔着来，得顺着来，把毛捋顺了，她才能心甘情愿地帮你查案子。至于她到底是何方神圣……谢知非磨了磨牙，不急，早晚会弄清楚的。

…………

晏三合是在两天后的清晨才再一次睁开了眼睛。

一睁眼，她就喊饿，李不言赶紧让汤圆去准备饭菜。

两碗米饭、六个菜、一碗汤，晏三合吃得干干净净，吃完，眼睛一闭，又沉沉地睡了。

汤圆心惊胆战地问："要不请裴太医过来把把脉？"

"用不着，她是缺觉，也累狠了。"李不言拉着汤圆去了外间，露齿一笑，"对了，你们家三爷这两天在忙什么？"

汤圆一听这话赶紧屈膝跪地，勇敢地抬起下巴："三爷在忙什么，奴婢不敢打听，奴婢只知道从今往后好好侍候姑娘，别的一概不知道，也不想知道。"

"嗯，总算弃暗投明了。"李不言扶她站起来，顺势钩着她的肩，"但有些事情该打听的还得打听，该知道的还得知道。"

汤圆："……啊？"

李不言睁着一对黑白分明的眼睛，侧头看着汤圆："尤其是三爷的事，咱们家姑娘很好奇呢。"

汤圆瞪大了眼睛，感觉自己的心都不会跳了。什……什么意思？让她多打听打听三爷的事，然后说给姑娘听？

"别怕，别怕！"李不言循循善诱，"多留个心眼就行，比如三爷喜欢什么，不喜欢什么，常干什么，不常干什么……"

汤圆诚惶诚恐："咱们姑娘是不是对三爷上心了？"

李不言挠挠头。是上心了。但这个上心不是那个上心。

"赶紧劝姑娘别上心啊，三爷是杜姑娘的，杜姑娘这人看着一团和气，其实厉害得很，姑娘斗不过的！"

李不言又挠挠头。真的吗？还有晏三合斗不过的人？

…………

晏三合斗不过的人第二天便来了谢府，可惜扑了个空，三爷天不亮就去了衙门。惦记了整整三个月，却没见到人，杜姑娘扑在大奶奶朱氏的怀里，嘤嘤直哭。

朱氏心里很清楚老三是在躲着杜依云，又不能明说，只能好生劝着。这一劝，杜依云哭得更凶。

朱氏正无可奈何的时候，太太派人来接杜依云。未来的婆婆有请，杜依云擦擦眼泪就跟着去了，朱氏看着她的背影，嘴角挑起一抹冷意。

春桃捧上茶盅，轻声道："奴婢倒有些看不明白了，三爷和杜姑娘如今到底是个什么情况？一个追，一个躲的。"

朱氏劝得口干舌燥，接过茶盅猛灌了两口："还瞧不明白吗？老太太、太太是心仪杜姑娘的，但老爷死活没松口，跟两个小的没关系。"

"杜家的门第，老爷还瞧不上吗？更何况三爷又不是个长寿的。"

"咱们内宅妇人瞧不明白外头的事。"朱氏放下茶盅，"只怕还和朝堂有关。"

春桃一听"朝堂"两个字，吓得赶紧闭上嘴巴，不敢再多问一个字。

朱氏问："晏姑娘这会儿在做什么？"

春桃："听说还没起。"

朱氏顿时笑了。

天天昏睡，一点也不在乎别人怎么看她，什么晨昏定省，什么规矩，什么礼数，通通靠边去，倒是真性情。

"她今年有十七岁了？"

"听说是十七岁了。"

"什么时候的生辰？"

"这倒没听人说起过。"

"找个机会打听打听，别错过了日子，让人家姑娘心寒。"

春桃一听这话，忙笑道："看来大奶奶对晏姑娘印象很好。"

可不是好吗？她嫁进谢府这么些年，哪怕身上来了葵水，小腹疼得要死，也得咬着牙侍候老太太、太太用饭，有谁帮她说过一句话？

"晏姑娘虽冷，却是有心的，杜姑娘虽热……"朱氏冷冷一笑，"我劝她半天，她连声谢都没有，可见是没有心的。我要是老三，宁肯娶晏姑娘，也不会娶杜姑娘。"只可惜啊，很多人是瞧不明白的。

…………

谢老三压根儿不知道女子们心里的这一个个弯弯绕。养了三个月的病，北城兵马司积攒了一堆公务，他忙得脚不沾地，这几天索性歇在了衙门里。

丁一揣摩主人心思不行，但活儿干得利索，再加上一个朱青，主仆三人整整忙了三天三夜，才把事情处理完。

第四天中午，他们才稍稍闲一点，裴大人穿着一身官袍颠颠地来了。

谢知非正喝着茶，抬头看他一眼，还没来得及把茶水咽下去，只听裴大人嚷了一句："谢五十，媒人我请好了，就是不知道该找谁说去，是你爹能做晏三合的主，还是你家老太太？"

噗——茶水直接从谢五十的嘴里喷出来。

裴笑抬头看了眼额头上挂着的茶叶末子，暴怒："谢五十，你才三岁吗？喷我一脸茶水。"

喷你怎么了？爷还想泼你一脸呢。谢五十把茶盅一扔，接过丁一递来的湿帕子，擦擦嘴和手，冷笑道："你还用请媒人吗？直接入洞房得了。"

"我是那种没规没矩、随随便便的人吗？"裴笑接过朱青递来的帕子，一边擦，一边冲谢五十大吼，"小心晏神婆知道了，揍你一头包。"

是揍你吧。谢知非懒得和这人废话，目光一斜，见丁一还戳在面前，顿时怒道："还愣着干什么，爷的扇子呢？茶呢？瓜果呢？"

丁一："……"

"一点眼力见都没有，是不是刚夸你几句，你就得意上天了？都拎不清自己有几斤几两？"

丁一："……"

"滚，滚，滚！"谢知非不耐烦地挥挥手。

丁一："……"

丁一十分委屈地滚了。他滚了几步，又突然扭过头幽怨地看了眼谢知非，在心里得出一个结论。

这个结论小裴爷替他说了出来："谢五十，你真的需要泄泄火，怎么火气这么大呢？要不，我背一段《金刚经》，让你清清心？"

清你家祖宗！谢知非不知道为何，总觉得心里有股邪火没地方出，看裴笑也是眼睛不是眼睛，鼻子不是鼻子的，前所未有地讨厌。

"谢五十，刚刚我问你的，你还没回答呢。"

"答什么？"谢知非冷笑道，"谢府里，谁都做不了晏神婆的主。"

裴笑眉头皱着，自言自语道："婚姻大事，父母之命，媒妁之言，她无父无母，媒人又不行，我的确好像有点无从下手啊！"

自信点，把"的确好像"四个字去掉。谢知非就不信裴家那关已经过了，故意问道："你爹知道这事吗？"

裴笑摇头。

"你娘呢？"

裴笑再摇头。

"那你的父母之命呢？"

裴笑很正经地回他一句："我和佛祖沟通过了，佛祖说身由心动，心由情动。"

谢知非："……"

一旁，朱青屏住呼吸，尽量减少一点自己的存在感，裴爷这事做得太儿戏了。

"谢五十，你这是什么表情？"裴笑指指自己身上的这身官服，"我是僧录道的官，佛祖就是我的衣食父母。"

"祖宗啊。"谢知非不知为何，邪火又嗖的一下没了，只剩下幸灾乐祸，"婚姻大事，不是儿戏，这事你得先跟你爹娘商量，征求他们的同意。他们同意了——"

"那黄花菜都凉了。"裴笑冷冷地打断他，"我们裴家世代为医，门第算不得太高，却也不低。我娶一个来历不明的神婆，你当他们会同意？"

"你知道就好。"

"所以，我这叫先斩后奏，不给自己留后路，懂不懂？"话听着不正经，他脸上却是一本正经的模样。

谢知非这才清楚地意识到，眼前这个人不是闹着玩，他是真的想娶晏三合。嗖的一下，邪火又从他的小腹蹿起来了。

"你对晏神婆动情了？"

裴笑点点头，脸上露出一抹淡淡的害羞。

谢知非和这人要好了小二十年，从来没在这人脸上见过什么害羞。

"她哪一点让你动情？"

裴笑扯扯嘴角："你忘了？她在林子里救过我一命，救命之恩当以身相许。"

谢知非气得想骂人。

"喂！"裴笑嘴角一横，"你脸上是什么表情？小爷可不是什么人都以身相许的，就她。"

谢知非："她是神婆。"

裴笑："巧了，爷胆子小，有个神婆镇宅，爷从今往后都不用怕那些神神鬼鬼的事了。"

谢知非："以她那个性子，绝对不可能让你纳妾。"

·449·

裴笑："娶了她，没想过纳妾。"

谢知非："就这么死心塌地？"

裴笑："怎么说呢？我以前的人生追求是扶他上位，然后和你混吃等死，现在变了。"

谢知非："变成什么了？"

裴笑眉头缓缓地舒展开来："想和她举案齐眉，想和她生儿育女，想和她白头到老。"

嗖！邪火根本压不住，直蹿脑门，都快蹿上天了。谢知非冷冷道："别儿女情长了，我看你还是先想想郑家的案子怎么查吧！"

话音刚落，丁一匆匆进来："爷，太孙出宫了。"

谢知非起身问道："他怎么样？"

丁一："神色如常。"

谢知非："他回了太子府，还是别院？"

丁一："太子府的车马一直等在宫门口，太孙一出来，就被接走了。"

谢知非扭头看着裴笑。

裴笑敛了脸上"儿女情长"的表情："别担心，真有事他会通知我们的。"

谢知非顺势教训道："所以，把你的心动情动收一收，正事一大堆，我们——"

"谢大人！"侍卫的声音在院外响起。

"何事？"

"府上来人传信，让谢大人今晚无论如何回家一趟。"

谢知非还没来得及说话，就听裴笑道："我也好久没去给老太太、太太请安了，谢五十，我陪你一道回去！"说着，他跨出门槛，吩咐道，"黄芪，一会儿去买一只烤鸭来，上回没让她好好尝尝，这回不赶路，让她尝尝滋味。"

谢知非眼神一刹那失衡，什么给老太太、太太请安，这王八蛋就是奔着晏三合去的。

…………

端木宫是太子宫殿，坐落在四九城的东部。

赵亦时从车里下来，内侍高行迎上去，垂首行礼道："殿下，太子殿下已经等在书房。"

赵亦时理了理衣裳，面无表情道："走吧。"

几日不曾回家，赵亦时一路行过，忽然觉得端木宫似乎又破败了一些，宫门上的几处黑漆都已经剥落得不成样。父亲做太子十七年，这座宫殿就再也没有修葺过，一砖一瓦都是从前的模样。十七年了，太久了。

不多时，便到太子寝宫，赵亦时一抬脚，发现院中石凳上坐着一人，手里拄着一根拐杖，正是他父亲。

他忙又整了整衣裳，上前跪下："父亲。"

太子赵彦洛看了他片刻，目光一抬，冷冷地斜睨了高行一眼，高行默默地退了出去。

院中，父子二人一个坐，一个跪，无语良久。

赵亦时见父亲迟迟不叫起，就知道事情不好，刚要开口，却听父亲哼一声，道："好一个贤德的太孙殿下啊。"

"父亲恕罪！"赵亦时心里一涩，身子伏了下去。

"恕罪？"赵彦洛轻轻一笑，"太孙这话赶紧收起来，我这个太子之位能保住还仰仗太孙的贤德，我哪敢恕你的罪？"

赵亦时半个字都不敢接下去，唯有沉默。

这十七年，皇帝数次起废太子的心，但每一次都被人劝住。太子品性仁慈是一方面，更主要的是顾及他这个太孙。

皇帝有一回甚至当着文武百官的面意味深长地感叹了一句："朕有贤太孙！"淡淡五个字让汉王脸色铁青，让太子脸色惨白，让各怀鬼胎的朝臣们心中骇然。

"太孙心里在骂我吧？！"

"父亲，儿子不敢！"

"不敢！"赵彦洛突然一拐杖抽过去，"在你眼里，还有什么不敢的？"

这一拐杖打得又狠又急，赵亦时闷哼一声，脸色顿时煞白。

"季陵川贪腐那么多银子，他借的是谁的势，仗的是谁的胆？张家吗？"赵彦洛因为愤怒，五官皆已扭曲，"我一而再，再而三地告诫你们，人不要太贪，心不要太黑，你们一个个把我的话当成耳旁风，背着我什么勾当都做，你们眼里还有没有我这个太子？"

赵亦时仍旧伏在地上一言不发。

赵彦洛最恨他这副默默忍受的样子："抬起头来！"

拐杖在赵亦时的头上敲了两下，赵亦时不得不仰起头，定定地看向太子。

太子脸上的嫌恶毫不遮掩："季陵川的下场是他咎由自取，我不向皇帝求情，是因为无脸可求。你倒好，明里暗里帮衬不说，竟然还替他去坐牢。"赵彦洛连连冷笑，"太孙啊，你是生怕别人不知道你的贤德啊！"

这话字字诛心。赵亦时红着眼眶："父亲，儿子若有此心，天诛地灭，人神同弃！"

"人神同弃？"赵彦洛脸上的肉抖了几下，"太孙如此举动，有情有义，谁听了不夸一声好？连皇上也因为太孙的情义赦免了季陵川的死罪，多感动啊。"

"父亲，"赵亦时积蓄了半天的勇气终于拿出来，"儿子有情义，那是因为父亲教得好，更是因为父亲有情义。父亲身为储君，一举一动都在别人的关注下，不方便行事，儿子是奉父亲之命，在救季家。"

"瞧瞧，本太子明明什么都没有让你做，你却什么都做尽了。"赵彦洛拄着拐杖，肥胖的身子缓缓地站起来，"贤太孙啊，你是我生的，你当我不知道你的心思吗？"

·451·

赵亦时挺直腰背，神色坦然："父亲，我没有别的心思，就是不想让汉王得逞。"

"汉王得逞？"赵彦洺把拐杖用力往地上一敲，怒吼，"你是在保你母亲，保你的母族，保你自己太孙的地位。"

"有什么错呢？"赵亦时忽地笑了一下，"父母好，就是儿子好，儿子好，就是父母好，一荣俱荣，一损俱损。"

赵彦洺没想到他会说出这样的话来，愣了片刻，举起拐杖又是重重一击，直接把他击倒在地。

"滚！"他一声怒吼。

赵亦时闭了闭眼睛，慢慢从地上爬起来，冲赵彦洺行礼："儿子告退，父亲保重。"

他转过身，没有立刻迈步，而是挺了挺腰背，一步一步走出院子。

院外，高行亲自守着，见太孙出来，唇动了几下，到底不知该说什么。

赵亦时淡淡一笑："看，我怎么做都是错！"

…………

傍晚。

谢府。

谢知非翻身下马。

"三爷回府了！"小厮忙上前接过缰绳，又冲一旁的裴笑道，"裴爷也来了，快里边请吧。"

谢知非："父亲和大哥呢？"

小厮："回三爷，老爷和大爷今儿晚上外头都有应酬。"

"那是谁把我叫回来的？"

"是太太。"

谢知非皱了下眉，一把握住裴笑的手："走，跟我去见我娘。"

裴笑的心思早就飞到静思居了，可话已经说出口了，这一趟是来给老太太、太太请安的，又不好收回去："黄芪，先把烤鸭给晏姑娘送去，让她趁热吃。还有，我一会儿就去瞧她。"

谢知非用力一拽，裴笑被他带得差点一个趔趄。

"拽我干什么呢？"

"别让我娘等！"

吴氏住东路的知春院，院子虽比不得老太太的院子，却也很幽静。

谢知非刚到院门口，就听到了杜依云的声音。他脸色一变，二话不说扭头就走，却忘了自己还拽着裴笑的手。

可怜的裴大人被拽得又是一个趔趄，彻底怒了："谢五十，你干什么？"

这一嗓子，屋里头的人还有听不见的？一道倩影从屋里飞奔过来："三哥，你回来了？"

裴笑无声地翻了个白眼，怪不得谢五十扭头就走，敢情是这位小姑奶奶在啊。

谢知非虽笑着，但语调平平："你怎么在？"

"在一天了，就等着三哥回来呢。"杜依云心疼地看着谢知非，"三哥怎么瘦成这样了？"

"已经养回来一些了。"谢知非摸了摸下巴，每一个字都意有所指，"刚去寺里的时候更瘦，这身子可真没用。"

杜依云一听，更心疼了："好端端的，怎么就病了，是不是累的啊？兵马司那个差事咱们辞了吧，我让我爹给你寻个又体面又轻松的差事。"

"何必麻烦世伯？"谢知非心虚地笑笑，"兵马司不用坐衙，挺自在的。对了，你用过饭了吗？"

"没有，我等三哥回来再用。"杜依云娇嗔道，"三哥，我让我们家厨娘做了红参老鸭汤，再清补不过，一会儿你多喝两碗。"

裴笑听着牙酸，受不了："你们慢慢吃，我去静思居看看。"

"不许去！"谢知非突然大吼一声。

边上的人吓一跳。

谢知非自己都没有料到这一声竟能吼得这么响，尴尬地摸了摸鼻子："我娘你还没见呢，谁允许你去的？！"

"哎呀，我把这事忘了。"

裴笑懊恼地一拍脑门，理了理衣裳后，大步走进房里。

谢知非正要跟上去，杜依云拦住了去路："三哥，他去静思居做什么？他和晏姑娘认识吗？是怎么认识的啊？"

谢知非一个字都答不上来，也懒得答。他眉头一皱："我饿了，头有些晕。"

"太太，三哥说饿得头晕，开饭吧！"杜依云走进屋，伸手晃了晃裴笑的胳膊，"明亭哥也在这里用了饭再走，太太刚刚还和我说起你呢。真要惦记晏姑娘，咱们就把晏姑娘也叫来一起吃，岂不是热闹？"

裴笑乍一听这话，满心欢喜，正等不及地想见晏神婆呢，但细细一品，觉得十分不妥当。

他是惦记晏三合，但这是暗戳戳的私密事，不可声张，不能声张。人家晏三合虽不在意这些，但到底是个姑娘家，自己浑蛋无所谓，姑娘家的名声坏不得。

"杜依云，谁说我惦记她？她帮过我一个忙，我去谢谢人家。"

杜依云娇娇柔柔道："明亭哥，是我用词不妥，你别介意。"

"好了，一个大男人还和姑娘家计较？"吴氏瞪了裴笑一眼，"来人，去把晏姑娘请来，就说太太为着昨儿的事情跟她赔个不是。"

"母亲，万万不可。"谢知非出声拦住，"她那个性子……"

吴氏脸色沉了一点下来，谁拦都可以，唯独不能老三拦，长辈跟晚辈赔不是，这姿态已经放得够低，老三拦着是怕自己吃了她吗？

谢知非扫一眼吴氏的脸色，只得扭头吩咐跑腿的丫鬟："去把晏姑娘请来，请的时候态度恭敬些。"

"是，三爷。"丫鬟麻利地跑走了。

"三哥，晏姑娘是什么性子啊，你说给我听听？"杜依云微微仰着头，一脸天真烂漫。

谢知非淡淡地看她一眼，话却是冲着吴氏说的："她性子冷，不爱说话，回头又惹母亲不痛快。"

吴氏舒了一口气，嗔笑道："我一个长辈，能和她一个小辈计较？"

杜依云立刻接话："三哥放心，我也会赔着小心的。"

谢知非笑笑，不说话。

…………

一刻钟后，晏三合穿着一身青莲色衣裳，十分素净地来了，身后跟着李不言。

李不言穿着一件男人的长衫，头发束起，英气逼人，额头上还有一层薄汗。

吴氏瞧见，微不可察地皱了下眉头，一个下人，男不男，女不女，成何体统！

饭菜摆在暖阁，一张小小的圆桌，五个人坐着还挺宽敞。

从陆家带来的一锅红参老鸭汤就摆在正中间，腾腾地冒着热气。丫鬟盛出第一碗，摆在三爷面前。

谢三爷习惯性端到吴氏面前："母亲先喝。"

吴氏拍拍儿子的手："依云让人炖了好几个时辰，煨得烂烂的，你多喝几碗。三合，你也多喝点。"

晏三合淡淡道："不必了。"

"晏姐姐，你还在生我的气吗？"杜依云咬咬唇，"上回我不知道你是谁，所以态度差了些，你大人有大量，别跟我计较。"

晏三合："你不值得计较。"

"……"杜依云一下子红了眼眶。

吴氏拿调羹的手一顿，眉头皱起来。谢知非何等眼尖，忙暗中用脚踢了踢裴笑。

"太太，三合怕热，红参性热，所以她不能吃。"裴笑一扭头，冲着杜依云道，"委屈啥啊？说明人家没把这事放在心上。"

杜依云吸了吸鼻子："谁说我委屈啦，我只是觉得心里愧疚！"

吴氏笑着做和事佬："三合，快别跟杜丫头计较了，她就是个心直口快的，但心眼不坏。"

晏三合抬了抬眼皮，淡淡地看了谢知非一眼，连嗯都懒得嗯一声，低头用饭。

吴氏碰了个软钉子，心里不太舒服，姑娘家的就应该像杜依云那样，脸热嘴甜，这样才讨喜。但她碍于晏三合是老太太的娘家人，也知道这丫头性子冷，自家儿子又特意叮嘱过，也就一笑而过。

吴氏朝儿子看看，示意他给杜依云夹菜。谢知非只当没看见，吴氏只得亲自动手。

杜依云轻轻咬一口吴氏给她夹的藕片，夸道："酸酸甜甜，比我们家厨娘做得好吃。"

"好吃就多吃两口。"吴氏怕自己做得太过明显,又夹一筷子菜放到晏三合的碟子里,"家里的事都妥当了,以后就踏踏实实地住着,把谢府当自己的家。"

晏三合扫了眼吴氏夹过来的菜,淡淡道:"食不言,寝不语,太太吃饭。"

吴氏一愣,偏过脸,觉得不可思议地看看儿子,这是让她闭嘴的意思?

"还有,不必帮我夹菜。"晏三合把菜里的蘑菇挑出来,"我不吃这个。"

吴氏拿筷子的手一抖,脸色极为难看。

谢知非不好明说晏三合吃饭素来就是这个样子,只能再踢踢裴笑。

裴笑笑道:"太太,你别管她,她吃饭素来是这个样子。"

"明亭哥,你怎么知道?"杜依云笑眯眯地问道,"你和晏姐姐一道吃过饭啊?是什么时候的事啊?"

你管得着吗?裴笑直接翻了个白眼:"吃饭吧,小姑奶奶,别好奇心太重。"

"明亭回京城的半路上正好遇到晏三合他们。"谢知非笑得很淡,"我们仨一道跟着大哥回来的。"

杜依云眉眼弯起来,含情脉脉地看了谢知非一眼:"还是三哥你对我好,不像明亭哥,问他什么,一脸的不耐烦。"

裴笑心中冷笑:我不耐烦?我是怕晏神婆嫌你烦!

谢知非心中也冷笑:不是解释给你听的,我是怕我娘对晏三合和裴明亭产生什么误会!

一时间,暖阁安静下来,除了碗筷的声音,再也听不见其他。

谢知非看着低头吃饭的晏三合,再看看神色微黯的母亲,突然有种自己夹在中间左右不是人的感觉:奇怪,我怎么会生出这样一种感觉?

这时,有丫鬟拎着食盒进来:"大奶奶听说太太这里留饭,特意交代厨房添了几道菜,命奴婢送来。"

吴氏笑眯眯道:"大奶奶有心了,都摆上来吧!"

三道热腾腾的菜刚摆完,老太太房里的丫鬟又拎着食盒进来,说老太太尝着今日的凉拌笋丝很清爽,请晏姑娘、杜姑娘、裴大爷尝尝。

吴氏觉得很有面子,立刻命人把几道冷菜撤下去,将老太太的菜摆上来。

主子们在里间用饭,丫鬟们则在外间守着。李不言不知道说了一句什么,逗得丫鬟们咯咯笑,笑声传到里间,吴氏微微蹙了下眉。

杜依云瞧见了,心下一动,故意装作漫不经心的样子:"晏姐姐,你为什么允许你的婢女穿一身男人的衣裳?这不大成体统啊!"

吃饭还堵不上你的嘴吗?晏三合抬了抬眼皮,真不想理这号人。

"晏姐姐,你从小地方来,有些规矩你不懂,咱们闺中女子,最最要紧的就是名声。"杜依云的样子既天真无邪,又情真意切,"在自个儿院子里穿一件男人的衣裳,谁也瞧不见,也不会有人说什么,只是到了外头,还得注意着些,别让人瞧了笑话。"

晏三合面无表情："笑话什么？"

"丫鬟的一言一行代表的是主子。丫鬟聪明伶俐，旁人不会夸丫鬟，只会夸她的主子；相反，丫鬟没规矩，旁人也不会说丫鬟，只会说她的主子没规矩。"杜依云叹了口气，"晏姐姐如今寄住在谢府，有时候多少得为谢府着想着想，不可坏了谢府诗礼之家的名声。"

"杜依云！"

"杜依云！"

谢知非和裴笑几乎是同时喊出来。

杜依云睁着两只水灵灵的大眼睛，惊恐万状道："怎么了，我说错了吗？"

谢知非："……"

裴笑："……"

"太太，我说错了吗？"杜依云眼里有惊恐，"我是为着她好啊，以后她可是要长住谢府的，那就是半个谢家的人。"

"没错，没错！"吴氏赶紧安抚道，"你是个好孩子，别哭，快别哭。"

杜依云是个好孩子，那么……坏孩子就是我咯？！吴氏的一句话把晏三合憋了半天的暗火都勾了起来。

原本汤圆都已经将饭菜摆好，就等着李不言练完，洗手净面后开饭。裴明亭送来的那只烤鸭确实香喷喷，她闻着还有些馋，打算尝一尝。谁知吴氏派人来叫她吃饭，还说杜姑娘、三爷、裴爷他们都在等着。

晏三合压根儿不会理会什么杜姑娘、三爷、裴爷，她不好意思出言拒绝的是吴氏的那句话"赔不是"。就这么着，李不言连衣裳都来不及换，就跟着她匆匆过来。

若安安分分吃个饭也就算了，偏这杜依云左一出戏右一出戏。按往日的性子，晏三合早就撂筷子走人了，但今儿个是吴氏做东，如果她撂筷子，那丢的是吴氏的脸。

吴氏昨儿个才丢了脸，今儿个又丢……我怎么就心软成这样？晏三合把筷子一放，站起来，冷冷道："我吃饱了，四位慢用。"

杜依云一把拽住她的胳膊，眼泪含在眼眶里，欲掉不掉，说不出地楚楚可怜："晏姐姐，是我说错了，你别生气，别生气嘛！"

装得不累吗？

晏三合手轻轻一甩，哪知杜依云就势往后一倒，然后"哎哟"一声，整个人跌坐在地上。

这一跌，所有人都呆住了。

谢知非赶紧用眼睛去看裴笑。裴笑摇头：不好意思，兄弟，这场子菩萨也救不回来。

吴氏终于忍不住呵斥道："晏姑娘，好端端的，你这是做什么？"

杜依云的丫鬟倪儿听到动静冲进来，飞扑过去："小姐，小姐，你怎么了？"

杜依云的眼泪哗哗哗地掉，偏偏咬着牙一个字都不肯说。

倪儿愤而抬头："晏姑娘，没你这么欺负人的。"

李不言跟进来，正要说话，晏三合冷冷地看她一眼，她乖乖地闭上了嘴巴。

晏三合走到杜依云面前，居高临下地看着她，轻轻地挑了下眉。就在所有人以为她要说什么的时候，她忽地轻轻一笑。这一笑，惊艳绝伦掩不住；这一笑，鄙视也掩不住。

她转身看着吴氏，吴氏被她眼中的寒光吓一跳。

"直如弦，死道边；曲如钩，反封侯。"晏三合一张脸平静得离奇，"聪是耳识，明是眼识，这两样东西，我希望你能有。"说罢，她转身离去，背影坦坦荡荡、从从容容。

吴氏根本听不懂："三儿，她……她说什么？"

她在说正直的人没有好下场，邪曲之徒却享尽荣华富贵；她在说你白长了耳朵和眼睛，只看到了表面的，却看不到内里的。谢知非没有回答吴氏的话，此刻，他的眼是热的，心是热的，大脑深处一种陌生而强烈的情绪欲破土而出。

他终于明白自己为什么要拦着母亲不让她去请晏三合。不是怕晏三合惹母亲不痛快，而是怕母亲像昨天那样惹晏三合不痛快。

奇怪，我怎么会怕晏三合不痛快呢？

第三十五章 站队

晏三合甩甩衣袖，不带一片云彩地走了。

李不言能依？能依，她就不叫李不言。

"好一朵'盛世白莲花'啊，最佳女主角都没她这么能演。真是莲花中的战斗花。"

这种气氛下，裴大人还有心思追问了一句："那个……'白莲花'是什么？"

"'白莲花'啊……"李不言莞尔一笑，"你们男人不会懂的，就我们女人懂。"

"……"裴笑一噎。

李不言："但说起规矩，尤其是世家高门的规矩，裴大人也未必会懂。"

"……"裴笑又一噎。

"男女七岁不同席，裴大人了解一下；女子大门不出，二门不迈，裴大人了解一下；"李不言目光一转，看向杜依云，"婚姻大事，父母之命，媒妁之言，裴大人再了解一下。"

裴大人表示：李不言，你指桑骂槐的本事是跟我三舅母学的吗？嗯，学得不错！

杜依云脸色唰地白成一张纸，简直要多难看就有多难看。

"人啊，别一张嘴吧啦吧啦总说别人，多想想自个儿是什么德行，自己的腰板没挺直，还管别人的闲事，啧，这么牛，咋不上天呢？"李不言目光一转，看向倪儿，"对了，若我家小姐真想欺负你家小姐，我向佛祖保证，你家小姐一定连哭都哭不出来。所以，大家都消停些，以和为贵啊！"

说完，她潇洒地一转身，在所有人惊恐、诧异的目光中，踱着方步，悠闲自在地走了出去。

三合性子冷，懒得跟你们逼逼叨，我李不言可不是。看在同为女人的分儿上，这次先动动嘴皮子，要是换个男人试试！姑奶奶能把他们家祖坟都给刨了。

"李不言，等我一下，我跟你一起走！"裴笑一边喊，一边丢了个眼神给谢知非：兄弟，对不住，这场面太难看了，我先溜。

谢知非闭了闭眼睛，把心里诸多情绪强硬地压下去："来人！"

外头的丫鬟战战兢兢地进来："三爷。"

"扶杜姑娘去净面，预备好马车，一会儿我亲自送杜姑娘回府。"

"三哥？"杜依云哽咽着，说不出话来。

谢知非声音很温柔："不早了，依云，家里父母都在等，先回去吧！"

"我听三哥的话。"杜依云委屈地吸吸鼻子，扶着倪儿的手进了净房。

谢知非冲着吴氏一笑："母亲，饭也吃了，架也吵了，就散了吧。"

"三儿！"吴氏神色有些忐忑。她既觉得杜依云教训得半点没有错，又担心晏三合会不会跑老太太那儿告状去。

谢知非在心里叹气，人分三六九等，这中间差了什么，只看她说话做事就知道。娘这样的性子，若不是老太太护着，他和大哥、大嫂暗中帮衬着，又岂能斗得过二房的那位？

"她不是那样的人！"说完这一句，谢知非头也不回地离开。

吴氏愣在当场，晏三合是哪样的人？三儿为什么会知道得那么清楚？

…………

青石小路。

李不言追上晏三合，低声道："你说得对，这大宅门里的弯弯绕太多，咱们等案子有点眉目就离开，这吴氏太蠢了。"

晏三合眼一抬："'白莲花'到底是什么？"

"别管是什么，反正杜依云就是。"李不言笑道，"以后离她远一些，以你的人品还的的确确是斗不过。不是你不行，是男人们都会心疼她那一号的。"

"不包括我啊，李不言。"裴笑追过来，低头看了眼晏三合的脸色，"我可从来不会心疼她。"

"裴大人竟然不被'白莲花'迷惑。"李不言用胳膊蹭蹭裴笑，"说来听听为什么呗。"

喊，谁说给你听啊？小爷我说给我家神婆听。

"杜依云和我们打小就认识，她打小就想做谢府三奶奶，我和她打小就不对付。"

晏三合不咸不淡地"噢"了一声，便没了下文。

"不好奇吗，晏三合？"裴笑笑得贱兮兮，"饭没吃饱，戏看了一大出，一会儿你请我吃饭，我把她做不成三奶奶的原因一五一十地告诉你，如何？"

做不成？晏三合心里大吃一惊，瞧吴氏对杜依云那个热络劲儿，妥妥是把她当成了儿媳妇啊。

"好！"她答得极为痛快。

…………

回到静思居，晏三合吩咐汤圆把饭菜热热再端上来。

别的菜能热，烤鸭这东西没法热，吃进嘴里根本不是原来那味，裴笑那个心疼啊。倒不是心疼银子，他心疼自己对晏三合的一片心都被这场闹剧给糟蹋了。

"汤圆，你去院里乘会儿凉。"

"是！"

门掩上，裴笑把茶盅一放，嘎嘣利落脆："杜依云的父亲杜建学也算一代大儒，如今官至礼部尚书，谢道之一踏入官场，就拜在他的门下。可以这么说，谢道之有今日的地位，除了他自个儿的本事外，杜尚书的提携也很重要。杜依云是杜建学最小的女儿，都说幺儿得宠，到了杜建学这里，就成了幺女得宠，晏三合，你知道为什么吗？"

"说！"

瞧，我的意中人是多么有个性啊，言简意赅！

"因为杜依云聪明啊，三岁识字，五岁进学，八岁就能作诗，是京城有名的才女，杜建学是把她当男儿来教养的。"

李不言心说：能做"白莲花"的，大都是才女。

"谢五十小时候长得那叫一个精致，再加上胎里不足，常常病着，哎哟，要怎么形容呢？反正就是个病美人。"裴笑说到这里，自个儿都忍不住笑了，"有一回谢府宴请，有个浑小子把病美人骗到没人的地方欺负，被杜依云瞧见了，小丫头直接拿起一块砖头砸过去。"

李不言："没想到'杜莲花'小时候还挺讨喜啊！"

"那是！"裴笑白她一眼，"小时候是病美人颠颠地跟在杜依云屁股后面玩，左一句云妹妹，右一句云妹妹。"

不知道为什么，晏三合听到这话有些不太舒服，冷冷地问道："后来呢？"

"后来，咱们三爷死里逃生——"

"死里逃生？"

"晏三合，我在官驿烤火时和你说过，就是他快病死了，后来又被我哭回来的那回。"

"我记得，你往下说。"

"那回以后他就开始发愤图强，整天锻炼身体，还请了这个师傅那个师傅的。后来身子骨也练结实了，个儿也长高了，劲儿也比我大了。"裴笑道，"再后来就变成了杜依云颠颠地跟在他屁股后面，左一句三哥哥，右一句三哥哥。"

李不言头一歪，做了个呕吐的表情。

晏三合问："青梅竹马，两小无猜，郎有情，妾有意，这婚事怎么就成不了了？"

"问得好！"裴笑决定给自己加点戏，"这不是因为我嘛。"

李不言好奇："你暗恋云妹妹，还是暗恋三哥哥？"

裴笑眼中的怒火噼里啪啦："李不言，你给我闭嘴！"

李不言好奇心被勾了上来："那你倒是快说啊！"

裴笑用手指蘸了点茶水，在桌上写了一个字：汉。

"杜建学这几年和这个人走得很近。"

话说得相当委婉和隐晦，晏三合却已经懂了。

裴笑和三爷是太子党，杜建学却是汉王党，真正地道不同不相为谋。杜建学对谢道之来说，曾经有恩；杜依云对三爷来说，一直有情，这份恩情摆在面前，使得谢知非和杜依云的婚事，进也不是，退也不是，就这么僵持着。

晏三合状似随意地一问："谢道之呢，他是什么意思？"

"谢伯他——"裴笑的声音拖得极长，就是不往下说。

晏三合目光向裴笑看过去，却不知裴笑的视线一直在她身上。目光一碰，她心中一动，感叹道：谢道之可真是只老狐狸啊。

裴笑看到她眼睛一亮，欣慰道：个性什么的都还是其次，关键是聪明啊，有利于我的子孙后代。

晏三合懂了，李不言却还糊涂着："谢道之他怎么了？"

晏三合不得不把话说得明一些："我们在玄奘寺的那天晚上，见到了几拨人？"

李不言："两拨啊，谢三十是一拨，太孙又是一拨。"

晏三合："我们是跟着太孙的马车走的，'真身'留在玄奘寺，跟着谢三十一道回京。"

李不言眼珠子定了片刻，明白了：妈呀，谢三十和他爹谢道之都是站在太孙这一边。站太孙，也就意味着站太子，谢家是妥妥的太子党。

"我还有个问题！"李不言虚心地向裴大人请教，"地上的，还是地下的？"

姑娘，有你这么问的吗？裴笑心说，幸好我也很聪明啊。

"是地下的！"

李不言皱眉："为什么是地下的呢，大大方方支持不好吗？反正名正言顺啊！"

"这……"裴笑心说：这我要怎么回答呢？

晏三合接话："那只能说明一个问题。"

李不言："什么？"

晏三合已经懒得打哑谜了，话说得极为直白："说明皇帝对太子很不满意，谢道之为了自保，索性就只能两边都不站，对儿子的一切，连同他的婚事在内，不支持，不反对，不表态。"

李不言摇头："听上去挺像个渣男的。"

不渣,他能爬得这么高,坐得这么稳?晏三合在心里冷笑一声。

李不言用胳膊碰碰裴笑:"那咱们三爷对杜依云是个什么态度?"

又碰我干什么?瓜田李下,我娘子还在边上瞧着呢。裴大人赶紧缩回胳膊,离李不言远远的:"三爷对杜依云是个什么态度,你得问三爷,我又不是他肚子里的蛔虫。"

"他这样吊着杜依云,比渣男还渣!"晏三合一锤定音。

裴大人:"……"奇怪,她这么骂谢五十,我心里觉得还挺爽的。

…………

车辘轳轧在青石路上,吱呀吱呀响。

马车里,杜依云双目含情,两腮含春地看着对面的男子。他垂着头,胳膊随意地搭在小几上,五官轮廓俊得要命,也勾人得要命。

这世上有两种男人:一种是小时候惊艳绝伦,但长着长着就残了,泯然众人矣;另一种是小时候不过尔尔,长大后经过岁月沉淀越发出众。她的三哥就属于后者。

谢知非察觉到杜依云在看他,稍稍在心里打了个腹稿后,抬起了头:"依云。"

"嗯?"

"这次发病其实很凶险,玄奘寺的住持亲口对我说了一个字:难。"

"三哥!"杜依云眼眶红了。

"找个好人家嫁吧,别把心思放在我身上。"谢知非声音很淡,"为我耽误不值得。"

"三哥,"杜依云脚底生出一股寒意,"我根本不在乎你能活多久,若真在乎也不会等这么多年。更何况,穷人家生个病,还能用老参吊个三五年,谢家和杜家又不差,五十总能活到的。"

谢知非摇摇头:"杜依云,我只把你当妹妹。这话我很早以前就跟你说过,不止一遍对吧?"

"那正好,我还多个人疼呢!"

"我这里不好!"

"是不是因为那个晏三合?"

"和她没有任何关系。"谢知非眼里暗潮汹涌,"你回去和伯父说一声,就说三爷对不住他,谢家对不住他!"

杜依云呼吸一窒,随即眼泪便哗哗地流下来:"三哥,我们这么多年的情分,你何必把话说得这么绝?"

"那是因为……"谢知非一字一句道,"再不说绝,就是害了你。停车。"

马车停住,他跳下车,又将头探进来:"记得把我的话说给你父亲听,有些事情问一问,想一想,就都明白了。"

"三哥!"杜依云变了脸色,也一字一句道,"我再问一遍,是因为晏三合吗?"

谢知非深深看着她:"我再说一遍,不是!"

帘子落下。帘里的人蓦地勾起唇,眼里哪还有什么眼泪,冷沉沉一片,黑得幽深,冷得骇人。

帘外的人神色坦然、松弛,接过朱青递来的缰绳,翻身上马,狠狠一抽马鞭,绝尘而去。

"驾——"朱青敏锐地察觉到爷的情绪不对,也一抽马鞭跟过去。

两匹马一前一后驶进四条巷,谢知非突然一勒缰绳,"吁"的一声,马前蹄高高扬起后,在原地打了几个转,停了下来。

谢知非从马背上爬起来,身子一跃,手臂一钩,人上了高墙。

"爷!"朱青脑子里轰隆一下炸了。

谢知非在墙头坐下来,目光落在围墙边的树上。

不知何时,春日里那一点冒出的嫩芽已变成叶子,绿绿的,泛着生机,往下看,却是触目惊心。整个树干都被烧得黑漆漆的,剥落的剥落,裂开的裂开,像一位濒死的老人,浑身上下就靠着那层皮支撑着。

从前,这棵树不是这样的,它高高壮壮,树叶茂密,风一吹沙沙地响,这里是他和妹妹心照不宣的秘密之境。

两人经常偷偷爬到树上,小小的身子隐在枝叶里,谁也找不着,然后,她坐着,他站着。她死死地抱住他的腿,他一手扶着树枝,仰着头往高墙外看。

"快说说,今儿个巷子里人多不多,有没有挑担的货郎?"

"没有!"

"那有什么?"

"有个好看的大娘子在走路。"

"怎么个好看法,比咱们娘还好看吗?"

"反正比你好看!"

"我要告诉爹和娘去,你偷看别的大娘子,除非……你说我好看。"

"是是是,你最好看!"

"说得一点也不诚心!"她晃着他的腿,"郑淮左,你下来,该换我了。"

没错,他曾经是郑淮左,死在黑衣人的刀下,那年他八岁,刚刚会耍一套郑家的刀法,他有个双胞胎妹妹叫郑淮右。

兄妹俩虽然是一个娘生的,性子却南辕北辙。

他喜闹,她喜静。他爱武,看到书就头疼,她爱文,看到刀枪棍棒就躲得远远的。他一年四季连个咳嗽都没有,她是个病秧子,三天两头不舒服。他一碗饭三口两口吃下去,她半碗饭,一小口一小口地细嚼慢咽,最后一口还总剩下。

剩下一口是郎中叮嘱的。她脾胃弱,只能吃六分饱,多一分胃都受不住,得难受好半天。也不能吃快,一口饭必须嚼满六六三十六下,才能咽下去。她还吃不得蘑菇,只要吃上一口,必定浑身起湿疹,奇痒难耐。

病秧子身体弱,饭吃得少,树却爬得快,他常常嘲笑她是猫精投的胎。

第一次见杜依云,是郑淮左的魂魄刚刚落在谢三爷身上不久,人还没认全,就这么稀里糊涂地被人拐进了园子里。

杜依云那一砖头砸过来的时候，他不觉得有什么，但接下来她说的那句话让他魂飞魄散。

"不行，我们得躲起来，躲哪里呢？快，树上！"

那一刻，他心跳骤然停止。

"哥，咱们躲树上去吧！"

"又躲？"

"我听院子外头的丫鬟说，今儿个街西头的牛二娶娘子，要从四条巷走过呢，他们说那牛二足足有二尺高，一顿能吃五碗饭，很壮哩。"

"你想看？"

"想啊，我长这么大，还没见过新郎官呢。"

"走，上树！"

"哥，你在后面扶着些！"

"你不是不怕摔吗？"

"不扶拉倒，回头我摔了，你就没有妹妹了，就再也没有人替你写文章，给你画画，你就哭去吧！"

"是是是，我哭去。"

"你看看你，又不诚心。"她转过身，一脸小大人的模样，"爹说了，待人要真诚，不能虚情假意。"

他一个白眼翻出天际，心说：老天爷，能不能把这丫头塞回娘肚子里，换一个弟弟给他啊，这丫头快把他烦死了！

谢知非摘下一片树叶，放进嘴里，慢慢地嚼起来，涩意在嘴里蔓延的同时，眼泪也缓缓地从眼角渗出来：老天爷，你能不能把我的魂收回去，换成她的，她其实一点也不烦，很乖的。

墙下，朱青仰头凝视着爷沉默的侧脸，内心说不出地忐忑。

爷每次走四条巷，每次经过这棵枯树，都会停下来望几眼，有时候几眼还不够，就这么呆呆地望着，跟着了魔似的。

一年、两年、三年……七年、八年、九年……一样东西，九年都没看够，朱青实在不明白这是为什么，但有一点他知道：爷心里有个秘密，和那棵枯树有关。

"爷，不早了，该回了。"

谢知非一激灵，瞬间回神："走，跟我爹赔罪去。"

"啊？"

"啊什么啊？！"谢知非从高墙上跃下，翻身上马，扭头冲朱青勾唇一笑，痞劲儿又上来了，瞧着没心没肺，"我把话都跟杜家说开了，万一人家找上门，不得由我爹出面罩着我啊！"

…………

谢道之今天酒喝得有点多，回府后直接去了木香院。

·463·

柳姨娘一边命人备水,一边命人去煮醒酒汤,自个儿则亲手帮老爷除了外袍。

都说灯下看美人,越看越美,谢道之借着酒劲儿,一把搂住柳姨娘的腰,刚要做些什么,就听贴身小厮在外头唤道:"老爷,三爷在书房等您。"

"有事明儿再说,让他早点歇着。"

"三爷说等不到您,他就没心思歇。"

"这小畜生,无法无天了。"谢道之骂归骂,身子却已经撑着坐起来,理了理微乱的衣裳,冲柳姨娘道,"我去去就来。"

"我帮老爷留着门。"柳姨娘声音甚是温柔。

…………

谢道之推开书房门,一惊,儿子端端正正地跪在地上。

"你这是做什么?地上凉,快起来!"

谢知非梗着脖子,一动不动。

谢道之看他片刻,叹气道:"起来说话,只要不是杀人放火,我都不打你。"

谢知非这才爬起来,把今日在吴氏暖阁发生的事情,既不添油,又不加醋,一五一十地道了个干净:"爹,姑娘家年纪宝贵,我送杜依云回去的路上已经和她说清楚了,也让她和杜伯父说一声,我们谢家对不住他。"

谢道之听到这里,登时心头一沉。

本来这桩婚事,他是举双手双脚赞成的,放眼整个京城,再也没有比杜依云更配老三的女子,他甚至都和老太太商量好了,等老三长到十八岁,等杜家姑娘及笄,就给两人操办起来。

谁知四五年前,杜建学竟然和汉王走得近了。若只是走得近也就罢了,杜建学隐隐还有拉拢他的意思,好几次话里话外都在试探。

一个太子,一个汉王,只要站错队,对谢家来说就是万劫不复。谢道之没有别的好办法,只能装傻充愣。

如今老三拒绝了杜依云,也就意味着他谢道之拒绝了杜建学的拉拢,日后……可就难相处了。

…………

杜府里。

杜建学一拳砸在书案上,欺人太甚啊!

"老爷啊,你可得为咱们女儿做主啊!"发妻林氏恨声道,"一个短命鬼,咱们家云儿看得上他是他的造化,他要是早点放屁,云儿不会白白耽误这几年。"

杜建学冷冷地看了发妻一眼:"你出去,我有话跟云儿说。"

"你和女儿有什么话不能当着我的面说?"林氏怒道,"当初要不是你纵容女儿,又说谢家是诗礼人家,谢知非是青年才俊,她能被欺负到这个地步?"

杜建学气得要吐血,妇道人家,头发长,见识短,她懂个屁!

"娘,你先出去吧!"杜依云泣声道,"爹这么疼我,肯定会帮我做主的。"

"你啊！"林氏一戳女儿的额头，"竹篮打水一场空，何苦呢？当初要是肯听娘的话，安安稳稳的——"

"娘，别说了，别再说了。"杜依云泪流得更凶。

"罢，罢，罢，也不知道娘这是为了谁！"林氏抹了一把泪，恨恨地推门离开，书房里就剩下父女二人。

杜建学咳嗽一声，缓缓道："你可知我为什么同意你和谢老三这个短命鬼处着？"

杜依云泣道："爹知道女儿的心在他身上。"

"这是其一，但不重要。重要的是，爹想用你来拉拢谢家。"

杜依云睁大了眼睛，不敢相信这话是从自家亲爹嘴里说出来的。

"云儿，你道爹这个礼部尚书的位子是如何来的？"杜建学道，"要是没有汉王在暗中周旋、出力，以你爹这个年纪，再干几年也差不多该退了，那汉王为什么要出手帮我一把呢？"

杜依云问："为什么？"

杜建学："那是因为爹的身后站着一个谢道之。"

谢道之刚刚踏入官场时，的确是跟着他杜建学，也的确是在他的扶持下一步一步往上爬的，但抵不住人家青出于蓝而胜于蓝。

十年前，谢道之入内阁那天起，他就只有眼红眼热的份儿了。内阁是什么地方？离天子最近的地方，更是整个大华国的权力中心。谢道之不仅进去了，而且还稳稳地坐住了。

如果只是他谢道之也就罢了，关键他还有个有出息的长子。谢而立科举出身，虽没有进到一榜前三，却因为谢道之的暗中帮衬，进了翰林院，做了一个十分不起眼的翰林院校对。

非进士不入翰林，非翰林不入内阁。谢道之的布局很深远，用意也很明显，就是想让儿子将来有一天能与他一样，坐稳内阁大臣的位子。

再看杜家呢。当世大儒的名声是好听，可顶什么用，半点实权也没有。也正是因为他没有实权，几个儿子的官位走得并不顺。

旁人看不明白，他杜建学心知肚明。也正因为心知肚明，汉王递来的橄榄枝，哪怕带着毒，他也不得不接住。

他接住了，就得回报主子。

主子的心思，世人皆知，就是想拉下太子，坐上世间最高的位子。可太子居长居嫡，一切名正言顺，主子能倚仗的无非就是皇上的偏宠和重臣的拥护。

谢道之，就是主子眼中的重臣之一。杜建学不认为拉拢谢道之会太难，一来他不是忘本的人；二来两家儿女相处得极好。只要做了儿女亲家，谢道之就是不想站汉王，也无形中成了汉王的人。

"我几次三番地暗示，谢道之都没有接这个茬儿，我就知道事情不太妙。"杜建学道，"所以爹在你和谢知非的事情上才会纵容你，才会睁只眼闭只眼。"

杜依云听呆了，眼泪也忘了流。她从来没有想过自己的婚事竟然还牵扯着朝争，她一直以为父亲就是因为单纯地宠她，疼她。

"云儿啊，你别怪爹，到了咱们这个身份地位的家族，没有一件事情是简单的，别说婚娶，就是平常送个年礼都大有讲究。"杜建学道，"这事你娘、你几个哥哥我都瞒着。你是聪明的，爹不瞒着你，你自己心里要有个数。"

"爹，你说的来龙去脉我听明白了。"杜依云咬牙，"但我就是咽不下这口气！"

"你当爹能咽下，谢道之当年要是没有我，他能有今天？"杜建学眼珠子微微一转，"你去歇着吧，别再多想，你娘说得对，为一个短命鬼不值得。"

是不值得，可一颗心是说收就能收得回来的吗？杜依云一边抹泪，一边退出书房。

杜建学等门掩上，提笔写信，等墨汁干透后，把信塞进信封里，唤道："来人！"

心腹推门而入："老爷！"

"这信务必亲手交到汉王手上。"

"是！"

门再次掩上，杜建学走到窗前，推开窗，目光幽远："谢道之啊谢道之，你不仁那就别怪我不义了！"

…………

白天的暑气，随着夜色的深沉越发淡了。

谢知非走进自个儿院里的时候，裴笑正跷着二郎腿在屋里乘凉。

"你怎么还不回去？"他皱眉。

"不回，我就睡这里了，咱们夜里说说话。"

"祖宗，我在衙门里累一天了，晚上来来回回的，也没消停过，你放过我，成吗？"

裴笑跟他走进屋："我就跟你说说晏神婆的事。"

"更不想听！"谢知非把他往边上一拨，自顾自走进净房，"朱青，备水，爷要沐浴，一身的汗。"

"什么叫不想听啊，你兄弟第一次春心荡漾，除了你，还能和谁说？"裴笑跟进来，搬过一张板凳，半点不臊地先在木桶边坐下，"谢五十，我刚才认认真真地想了想，我和她除了家世不配，别的都挺配的。"

是吗？没觉得！谢知非在心里冷哼。

裴笑坐着看谢知非脱衣服："我觉得吧，事情如果想成，还得把她真实的身份给挖出来。"

谢知非脱衣服的手一顿，眼底两道寒光很骇人："为什么这么说？"

"今天在饭桌上，她冲你娘说的那两句话，你还记得不？"

"每一个字都记得。"

"直如弦，死道边；曲如钩，反封侯。"裴笑嘿嘿一笑，"杜依云那样的出身，书读得那样多，能不能说出这样的话来？你就说……能不能？"

答案显而易见，杜依云不能。

"所以呢？"谢知非问。

"所以，这个晏神婆绝对不是一般人家的小姐。"裴笑抬眼斜睨着他，"挖出她的身份，找到她真正的亲人，然后我就能向他们提亲，然后我就有戏啦！"

小样，一点都不笨，还知道曲线救国？谢知非眼中是深不见底的旋涡："你的想法很好，那就赶紧的吧，别耽搁，把她的底细挖出来。"见这人屁股没动，他又补上一句，"你的婚事，裴叔早就和我爹提起过，让他多留个心眼，我爹这人办事——"

"我的佛祖哎。"裴笑从椅子上跳起来，嚷嚷道，"黄芪，黄芪，备马。"

"爷，回府吗？"

"回什么府啊？回衙门，我得写信让他们动作再快些。"裴笑一边往外走，一边摆摆手，道，"五十，夜里我就不陪你了，你自个儿一人孤枕难眠吧！"

没走几步，人被揪住。他扭头，一脸不解："你揪着我干吗？"

谢知非目光一压："裴明亭，我再提醒你一遍，郑家的案子你必须给我放在心上，这事是你亲口应承下来的。"

"放着呢，这不是季家的事情才结束三四天，我舅舅的屁股还淌着血呢，总得让我喘口气不是？"裴笑幽怨地瞪他一眼，"快放手，别耽误小爷我的终身大事。"

谢知非勾唇一笑，笑得露出一口森森白牙："两天后再不开始，小心我弄死你。"

"那不成，我家神婆会守寡的。"裴笑拍拍他的肩，"兄弟啊，我的命现在很珍贵，你不能随便下手。"

谢知非："……"能现在就弄死他吗？

…………

静思居，东厢房。

晏三合翻了个身。

"睡不着？"李不言头枕着胳膊，看着帐顶，"是因为杜依云，还是因为谢三爷？"

"都不是。"晏三合道，"在想怎么查我的事。"

她这么一说，李不言也没了睡意。朝夕相处三个月下来，谢知非和裴明亭都是聪明人，尤其是前者，看着是个风流纨绔，实际内里鬼着呢，没有一个很好的说辞，对晏三合来说就是引麻烦上身。

"实在不行，就把你的事按到我身上来。"她说。

"不妥，三爷几句话一问，你就会露馅儿。"

那是，他什么脑子，我什么脑子？李不言："实话实说呢？"

晏三合摇摇头："需要解释的事情太多，更不妥。"

"那就比较头疼了。"李不言叹了口气，刚要接着再说，突然警觉地望向窗外，然后轻巧地跳下床，跃到窗户边，猛地推开窗。

谢知非刚从墙头跳下来，稳稳地站住。四目相对，他厚颜无耻地扯出一丝桃花笑："嗯，找你家主子有点事。"

"我说三爷！"李不言气笑了，"大半夜的，你也不至于爬墙吧？做人不能恃靓行凶啊！"

恃靓行凶？谢三爷心说，这又是什么虎狼之词？

晏三合从李不言的身后走出来，眸中发冷："何事？说！"

谢知非盯着她看了片刻："天这会儿凉快，你要不要跟我去园子里走走？"

晏三合板着脸："我怕杜依云和你娘拿着大刀来追杀我。"

"不会，我向菩萨保证。还有……"谢知非嘴角略微绷了一下，"今天的事情，我替我娘跟你赔个不是，你别跟她计较，要计较冲我来，我随你怎么计较。"

晏三合想对他翻一个白眼：跟你计较，你这个渣男配吗？

见她面无表情，无动于衷，谢知非上前一步，话说得十分犯贱："晏三合，你想不想知道我对杜依云是什么态度？想就跟我来！"

晏三合咬牙："我对你是什么态度不感兴趣，你要是为了郑家案子来的，那么——"

"晏三合，想不想知道我为什么短命？"他笑得一脸坏，"想就跟我来！"

晏三合再咬牙。

还不行？谢知非上前一步，目光饱含深情地端详着她的脸："晏三合，我这么急地想查郑家案子，你知道原因吗？"

想。这是晏三合蹦出的第一个念头。

美男计。这是晏三合蹦出的第二个念头。

我忍不住了。这是晏三合蹦出的第三个念头。

三爷像看出了她的负隅顽抗，柔声诱惑道："夜风正好，反正你也睡不着，走走吧，嗯？"

晏三合猛地扭头去看李不言：他怎么知道我睡不着？

李不言没看晏三合，反而冲谢知非跷起了大拇指：三爷的美男计溜得飞起啊。

…………

谢府的后花园，亭台楼阁都有，花花草草都有，不奢侈，不阔气，贵在一个"雅"字。

晏三合眼里从没有这些景致，但走在这个男人身边，不看景就得看他。算了吧，还是看景更自在些。

"我对杜依云就是哥哥看妹妹。"谢知非厚着脸皮把她拉出来，不废话，直接进入正题，"她对我的心思我知道，但因为两家的关系，不能明着拒绝。这多少也和我的性子有关。"

相处几个月，晏三合很清楚他的性子：逢人就露三分笑；说话做事留三分余地；能和气生财，绝不恶语相向。

"嗯，就是你说的小甜嘴，胡辣心。"

晏三合啧啧两声："三爷很有自知之明。"

他弯着眼睛笑了:"都被你看透了。"

晏三合:"……"

"晏三合,"谢知非面上的笑容慢慢消失,仅是眨眼的工夫,就好像换了一个人似的,"身在谢府,有些事情不是你想就可以做的,为了顾全大局,总要舍掉一些什么。"

"顾全了吗?"

"顾不全。"谢知非道,"所以刚才送杜依云回去的路上,我对她说,三爷对不住她,谢家对不住她。"

晏三合呼吸一室,难以置信地看着他。

谢知非目光毫不掩饰地可怜兮兮:"回头爹要是打我,你好歹拦着些。"

晏三合看着这人,觉得叫他谢玲珑还差了一口气,谢玲珑只能说明他做人周到,还不足以形容他变脸之快。一个人能变出这么多张面孔,哼,他才是唱念做打俱佳,德艺双馨。

这时,谢知非把可怜兮兮的目光一收,又恢复成原来那副不大正经的样子:"关于杜依云的事,你还有什么要问的?"

"从来没好奇过,你也完全没必要说。"

"那哪行呢?"谢知非笑道,"我得把事情都说明白了,你才能看我顺眼,才能共事,否则我不真成你嘴里的渣男了?"

裴明亭,你个大嘴巴!晏三合心里怒骂。

不对啊!

"谁说我要和你共事?"

"这就进入下一个话题了。"谢知非伸手扯下一片树叶,放在鼻子下面闻闻,"你还记得关于我讲的华国和齐国交战的那段历史吗?"

"嗯,三爷娓娓道来。"

"你还记得,我死都不相信郑家的案子不是吴关月父子做的吗?"

"嗯,三爷反应强烈。"

"你还记得我从南宁府回来的那一路一直闷闷不乐吗?"

"嗯,听不言说,三爷连裴明亭也不搭理。"晏三合脑子里忽地闪过什么,转头看他,"难不成……"

"没错!"谢知非一点头,"我和郑家有一点渊源。"

这话惊到晏三合了。

"我们两家离得这么近,长辈都在官场走动,虽说一个文一个武,但终归是有场合能见上一见的。"静了片刻,他又道,"郑老将军最小的儿子有一对龙凤胎兄妹,哥哥叫郑淮左,妹妹叫郑淮右。淮左小我三岁,小时候我们有过几面之缘。如果他还活着,应该比明亭还要和我亲。"

原来如此。晏三合悄无声息地垂下了眸子。

"本来这桩事情我已经放下了,左右是他命不好,谁知……"谢知非的声音一下子哑了下去,"回京的路上,我只要一闭眼,就能梦到淮左浑身是血的模样,他才八岁。晏三合——"

晏三合看着他,声音中褪去了冷意:"你说。"

"我总要帮他做点什么,才能安心,不是吗?"

夜风吹得树叶沙沙响,男人看着远处的一点昏暗的灯光,眼神变得轻柔起来:"小甜嘴也不全是胡辣心,要全是胡辣心,你也不会站在这里听我说话。"

来硬的也好,来软的也罢,其实都没有把心剖开来、把血淋淋的伤口露出来更能打动人。故事是编的,但梦是真的,伤口是真的,彻骨的疼痛也是真的。

谢知非决定赌一回,赌的是晏三合的心软,赌她不是铁板一块,赌她对吴书年、对周也藏着一份同情。

谢知非赌对了。

晏三合沉默良久,回他一声:"嗯!"

这一声"嗯"让谢知非的眉梢眼角斜飞起来,笑容犹如五月明媚的阳光。他心里畅快极了,手比脑子动得快,揉上了晏三合的脑袋。

又揉?

"谢知非,我有条件。"

"只要不是杀人放火,都可以满足。"

"我要看永和八年大华国所有杀人案的案卷。"

"你说什么?"笑容僵在谢知非的脸上。

"记住,是整个华国的。"晏三合学着他的样子,笑得一脸坏,"不要问为什么,想让我查郑家的案子,就照着我的话去做,我最多给你三个月的时间。"

谢知非:"……"她疯了吗?三个月?整个华国?

晏三合踮起脚,伸长手臂,用力揉揉他的脑袋:"下一个心魔应该正在找来的路上,三爷,我很忙的,说不定很快就要离开京城,你认真考虑一下?"

"晏三合,为什么要——"

"我说过了,不要问为什么。"晏三合脸很冷,语气很傲,"神婆要做的事,不是你们这些凡夫俗子可以想明白的。"

谢三爷:"……"

"明天太阳升起来之前……"晏三合目光一寸寸逼近,"你给我一个答复。如果不行,这话只当我没说;如果行,明天就开始查案。"

谢三爷唇微微动了一下,还想再说句话,晏三合已经像只得胜的公鸡,高昂着头,转身离开。

走到拐角处,晏三合的脸瞬间塌下来:对不住了,谢知非,为了让你不起疑心,我只能让你查永和八年所有的命案。受累了!

第三十六章 郑家

三爷住的院子叫世安院，世安院左右两个厢房的灯还亮着。

丁一看着枯坐在太师椅上的三爷，感觉不太妙。

果然，三爷一开口就问了个难题："你知道咱们华国有多少个布政使司，布政使司下面有多少个府、州、县吗？"

丁一摇摇头。

"你知道一个县、一个州、一个府一年共有多少个命案吗？"

丁一再次摇摇头。

"你知道永和八年距离今年已经过去了多少年吗？"

这个问题丁一答得上来："回爷，整整九年。"

"很好，现在，爷要你去做一件事。"

"爷吩咐。"

"永和八年，整个大华国各府各州各县所有的杀人命案的案卷，你想办法给爷弄来。"

吧嗒！丁一腿一软，直接跪倒在地，哀号道："爷啊，小的……小的……"

"而且必须在三个月内。"

什么，我没有出现幻听吧？丁一感觉自己的耳朵和嘴巴像被什么堵住了，听不见，说不出。

"爷给你指条明路。"三爷道，"咱们的手够得着的，你拿着爷的腰牌直接去就行；手够不着的，你找裴明亭。"

丁一哭丧着脸："找裴爷有什么用？"

三爷冷笑一声："官老爷官太太们都信神佛，信神佛就是信和尚、道士，裴爷管着和尚、道士，你说有没有用？"

丁一："可裴爷他那么忙，未必有时间——"

三爷老神在在："你跟他说，这也是他意中人要他办的事情，让他自个儿掂量。"

对不住了，明亭兄弟，谁让你看中了晏三合呢？神婆不是那么容易娶回家的。

…………

静思居里。

李不言觉得不可思议地盯着晏三合，后者在她杀人一样的目光中，默默低下了头。

"算了！"李不言一副认命的语气，"不怪你心软，只怪姓谢的花招太多。"一会儿美男计，一会儿撒娇计，一会儿示弱计……

"但是，三合，"李不言语气那叫一个语重心长，"你真要想好了，郑家的案子不是小案子，连姓谢的都说过了，牵一发而动全身，弄不好是要掉脑袋的。"

·471·

"我想过！"晏三合抬起头，"他一个锦衣玉食的公子哥儿都不怕，我怕什么？"

李不言沉默了下，道："晏三合，你实话告诉我，你是不是对姓谢的有什么想法？"

晏三合悚然一惊："什么想法？"

这丫头还没开窍！李不言含蓄道："比如说见着三爷很开心，看不到他就有些想，再比如说他和裴大人站在一起，你只看他……"

"没有。"晏三合实在听不下去了，哪来那么多奇奇怪怪的想法，"就是觉得这人揉我的脑袋揉得我很舒服。"

李不言："？"

晏三合："还有，看到他吃瘪的样子，我浑身舒畅。"

李不言："？？"

"不聊他。"晏三合拉着李不言坐下，"帮我理一理郑家的案子。"

"这就要开始了？他还没给你答复呢！"

"他会同意的。"

"为什么这么笃定？整个华国一年的命案呢。"

"因为……"晏三合淡定地一笑，"他没有选择！"

…………

书房里安静下来，谢知非起身把窗户打开。月光透进房里，一地银辉，天地是这样安静，他的心却怦怦跳得很快。

晏三合这人从不说无用的话，更不会做无用的事，她要永和八年的命案，还要得这么急……不仅有蹊跷，而且蹊跷很大。如果他没有料错的话，这应该和晏三合的身世有关。

谢知非脑子里乱七八糟的念头一个个冒出来，最终化为一句话：这是一件好事。

就在这时，谢而立从月中踏步而来。

谢知非见是他，俊脸肉眼可见地塌下来："大哥，大晚上的，你怎么来了？"

谢而立走进书房，眼神一下子变得尖锐起来。

谢知非硬着头皮走过去："大哥这是怎么了？板着脸。"

"谢老三，给我跪下。"

谢知非二话不说，腿一弯，乖乖地跪了。长兄如父，对谢知非而言，这个兄长虽然是半路得来的，却比真正的严父还要对他负责。

母亲的蠢是老太太都默认的，为了避免儿女长于妇人之手，大哥五岁启蒙时，父亲就把他带在身边亲自教导，大姐则交给老太太。

轮到三爷的时候，教导他的重任就落在了谢而立头上。谢而立对这个病歪歪的兄弟可没有什么溺爱之心，该打打，该骂骂，宁可打完骂完自己一个人关起门来后悔，也绝不手软。

谢知非永远记得自己的魂刚落下来的第一个月。每个深夜，大哥总是偷偷摸摸地来，趴在他床前，一守就是一夜。

淮左已死，可三爷的人生还长，他想：我得替他活下去，哪怕是为床前趴着的这个人。

"谢知非，杜依云的事情，你有什么话要说？"

连名带姓地叫，就代表大哥是真怒了。谢知非收敛神色，认真道："大哥，甘蔗没有两头甜，总是要舍弃一头的，太子居长居嫡是正统，更是万民所归。"

"现在是舍弃的时机吗？"

"不是！"

"为什么不是？"

"季家的案子刚刚结束，汉王那头不会善罢甘休，必定会有所动作。这个时候舍弃是给谢家树敌。"

"老三，看来你没糊涂啊！"

"但是大哥，"谢知非抬起头，"杜依云再过几个月就满十七岁，十七岁的大姑娘正是谈婚论嫁最好的时光，既然两家不可能，又何必再拖着她？"

谢而立冷笑："你这是妇人之仁。"

"大哥，男人之间的厮杀，拿矛也好，拿盾也好，都是男人的事，别扯着人家姑娘家。"谢知非吸一口气，"我和她相交一场，这点底线我得给她。"

"那是她求之不得，心甘情愿的。"

"那就更不行了。"谢知非声音低下来，"糟蹋什么都可以，但人的真心不能糟蹋。"

"你……"谢而立气得七窍生烟，"你可知道父亲因为你的这一举动要多生出多少事？！"

谢知非垂下头，不说话。

"老三啊！"谢而立声音低沉，"谢家锦衣玉食地供着你，不是让你肆意妄为的，别忘了你身后还有一大家子人。"

谢知非张了张嘴，喉咙却像被什么堵住了似的，一个字都说不出来。

"跪一个时辰，好好反省自己错在何处！"谢而立扔下这句话，头也未回地甩袖而去。

书房里安静极了，一丝风也没有，谢知非的耳朵却感到风声鹤唳。

大哥，对不住了，晏三合的性子，同情女子，对男子严苛，若不和杜依云说清楚，我在她那头就是负心汉，她绝对不会出手相帮。弟弟我任何事情都能以谢家为重，唯有在郑家案子这件事上，没得商量。

他正想着，朱青匆匆走进来："爷！"

谢知非抬头："何事？"

朱青蹲下去："太孙请你和小裴爷过去。"

这么晚？

"可是病了？"

朱青点点头。

"在别院？"

朱青又点点头。

谢知非二话不说，撑着朱青的肩站起来："走。"

"万一被大爷知道，爷没有跪足一个时辰——"

"怕什么，爷回来补！"

…………

别院里，裴笑已经等在二门那边，见谢知非匆匆而来，苦笑着上前打招呼："嘿嘿，真巧，又见面了。"

谢知非不理会这人的不正经："请太医了吗？"

裴笑："我爹刚走。"

谢知非："好好的，怎么就病了？"

裴笑指了指自己的后背。

谢知非眉头一下子皱起来："又挨打了？"

裴笑点点头："真不知道那位是怎么想的，对着谁都是一张和善的脸，唯独对自个儿儿子鼻子不是鼻子，眉毛不是眉毛的。"

"别发牢骚，走，进去看看。"

两人走到厢房，一股浓郁的药味扑面而来。

赵亦时侧卧在榻上，裸着上半身，下半身搭着一条薄毯，正对着他们两人浅笑。

谢知非走过去，伸手在他额头上一探，竟烫得吓人："怎么烧起来了？"

赵亦时拨开他的手，指着对面新添的一张竹榻，答非所问："陪我说说话。"

"病了就好好歇着，说什么话？"他嘴上这么说，屁股却坐了下来，还把裴笑也拉着坐下来，"跟你说个事。"

赵亦时点头，示意他说。

"我今儿个和杜依云彻底说开了。"

"哟，舍得了？"

"什么舍得不舍得？我的心从没在她身上过。"

"她怎么说？"

"哭了。"谢知非道，"阿弥陀佛，都是我的罪过！"

裴笑冲赵亦时笑道："我也跟你说个事。"

赵亦时："我不记得你有姑娘喜欢啊？"

裴笑翻了个白眼："就不允许我喜欢人家姑娘啊？"

赵亦时看向谢知非："他动春心了？"

谢知非冷笑："不是春心，是一颗发浪的心。"

"浪个屁！"裴笑笑骂，"我觉得我和她还是很有戏的。"

赵亦时好奇："哪家的姑娘啊，能被我们小裴爷相中？"

裴笑害羞："你认识的。"
"谁？"
"就是那个晏神婆。"
赵亦时幽深的眼睛淡悠悠地瞄向谢知非。
谢知非剑眉一挑："怀仁，你就坦诚说吧，他有没有戏？"
赵亦时认真地想了想："小裴爷。"
"嗯？"
"改个名吧。"
"改成啥？"
"裴贱！"
谢知非再也忍不住，哈哈大笑。
"你还有脸笑？！"裴笑扑过去，掐住他的脖子。
谢知非艰难地伸出一只手，挣扎道："怀仁，救我！"
"救？"裴大人龇着牙，"那是不可能的了，说吧，今儿晚上从不从？"
谢知非手上稍稍一使劲儿，裴大人已经被压制住了，动弹不得："谢五十，你放开我！"
"小裴爷，没这个金刚钻，咱不揽这瓷器活儿，今儿晚上，爷侍候你啊！"
"滚！"
"滚哪里去，爷怀里吗？"
"我呸！"裴笑拼命伸出一只手，"怀仁，救我！"
赵怀仁笑得眼泪都出来了："都别争了，本殿下今儿晚上雨露均沾，你们都从了我吧。"
谢知非放开裴笑，表情有些嫌弃："勉为其难。"
裴笑理理衣裳："将就将就。"
赵怀仁先一噎，愣了片刻后，爆出一声大笑。
外间，沈冲朝太孙的贴身内侍严喜点点头，示意他趁太孙这会儿开心，赶紧把药捧进去。
严喜重重地叹了口气，放眼天下，殿下的心病也只有那两位爷能治。
…………
翌日。
晏三合正睡得迷迷糊糊，就听外头汤圆在喊："三爷怎么一早就来了？"
"你家小姐呢，起了没有？"
"还没起！"
"李不言呢？"
"练拳脚去了。"
"她倒是一天不歇。"谢知非走到窗边，用手敲敲，"晏三合，你开一下窗。"

晏三合挣扎几下才从床上爬起来，披了件衣裳后，把窗户打开，歪着头，神情恹恹的："说吧，什么答复？"

　　"案卷还有两三天就到。"谢知非看着她，低声道，"这事不能在府中进行，百药堂后头有个四方院子，以后就在那边商量事情。"

　　这便是成交了。晏三合乜斜着眼睛，才发现这人顶着两个黑青的眼圈，不知道夜里又做了什么贼："今天我先去郑府探探路。"

　　谢知非心头一热，她就是这样，只要应承下来，就不会浪费丁点时间。他身子往前一凑，错过头，唇附在晏三合耳边道："就在四条巷，别的门都上了锁，进不去，西北角那边有个小门，隐在一片蔷薇花下……"

　　他说话的时候热气吹到耳朵里，晏三合觉得痒，想避开些，又没办法避。

　　"午时一刻，我在那道门里等你们。"

　　晏三合诧异："为什么是午时？"

　　"你这会儿不用化念解魔，夜里进进出出，我爹和大哥会起疑心，白天反而不会。而且……"谢知非顿了下，"这会儿天热了，午时大部分的人都会歇上一歇，那条巷子本来人就少，那个点更不会有人。"

　　晏三合彻底醒了，抬头与他对视："三爷功夫下得很足啊。"

　　谢知非勾勾唇："人命关天，不敢大意。"

　　"我交代的事呢？"

　　"放心，丁一已经去办了。"

　　男人的唇就在晏三合鼻子上方，气息尽数呼在她的脸上，比落在耳朵那会儿还要痒。

　　这要换成其他任何女子，绝对会脸红心跳。晏三合没有，就这么直勾勾地打量着谢知非，倒是谢知非有些受不住她的目光，先脸红了。

　　就在这时，一道声音从他身后响起："三弟来这么早啊？！"

　　谢知非缓缓地转过身，眼皮也没眨："二哥来得也不晚。"

　　谢不惑把手里的食盒往上一提："听说昨儿晏姑娘晚饭没吃好，姨娘一早起来亲手做了些面片汤，命我给晏姑娘送来。"

　　晏姑娘昨儿在哪儿吃的饭？为什么没吃好？其中的种种原因，一夜之间，只怕谢府已尽人皆知。

　　谢知非心头越冷，脸上笑得越坏："二哥，要我怎么夸姨娘呢？啧啧啧，可太勤快了！"

　　"父亲也是这么夸她的。"谢不惑避开老三的目光，向晏三合看过去，"晏姑娘尝尝，味道是极好的。"

　　晏三合一颔首："多谢。"

　　谢不惑把食盒交到汤圆手上："趁热吃，凉了就糊了。"

　　"二爷放心，奴婢这就给姑娘盛出来。"

　　谢不惑慢慢走到窗前："姑娘白天无事，想不想出去走走逛逛？

晏三合正欲拒绝，忽地脑海中灵机一动："好！"

谢不惑眼里的惊讶掩不住，余光向谢老三那头一扫，声音带着笑："一个时辰后，我在角门口等着姑娘。"

"好。"

这两声"好"让谢知非心里泛上了酸，这种酸和裴明亭给他的酸还不太一样。裴明亭给他的酸对他来说，是无奈中又有些看好戏的酸，但这会儿泛起的酸……

他又笑起来："二哥好大的本事，我好话都说尽了，她都没答应。"

"可能是三弟邀请的方式不对。"

"回头我要向二哥好好学学。"

"随时恭候。"

晏三合看看这个，看看那个，啪的一声，把窗户关上。

…………

谢府有秘密，但秘密都沉在深水下。谢府又没有秘密，短短一刻钟时间，晏姑娘要跟着二爷去街上走走的消息尽人皆知。

潓恩堂里。

老太太正在用早饭，听到这个消息后，笑眯眯地让下人又添了小半碗粥。那孩子的性子，岂是随随便便就跟人走的？由此可见，老二入了她的眼。好事啊！

…………

木香院。

柳姨娘听到这个消息后，一只洁白如玉的手拍拍女儿谢婉姝的手："听姨娘的话，以后还要再和这个晏姑娘走近些。"

谢婉姝皱眉："二哥是相中她了吗？"

柳姨娘瞪她一眼："别乱说，婚姻大事，岂能私相授受？"

…………

东路，正院。

吴氏几乎要愉悦地笑出声来。只要不来祸害她的三儿，配府里的老二也好，配外头的哪个男子也罢，她都举双手赞成。只是老二配这样一个人，这辈子就休想超过她的两个儿子了。

…………

方洲院。

朱氏看了春桃一眼，春桃忙掏出两枚铜钱，递给了巴巴跑来报信的婆子。

等人一走，春桃低声道："大奶奶，难不成二爷他真的……"

"有句老话说得好啊，眼见为实，耳听为虚。"朱氏看了看铜镜里自己秀美的脸，"要我说啊，眼见都未必是实，咱们且往下看吧！"

…………

马车里。

谢道之、谢而立一人顶着两个黑眼圈，面面相觑，就因为老三晚上闹的那一出，父子二人一宿没闭眼。

良久，谢道之开口道："事情已经这样了，多说无益，只能走一步看一步。"

谢而立点点头。

"老太太和你母亲那边，我亲自去说。"谢道之叹了口气，"老太太是个明白的，你母亲……"

谢而立心头一凛：不好，怕是昨儿暖阁那顿饭已经传到了父亲耳朵里。

"老大啊，妻贤夫祸少，子孝父宽心啊。"谢道之一夜没睡，脸色发青，"其实老三拒了也好，杜家姑娘那样性子的娶进来，只怕家中无宁日。"

这话明着是在说杜家姑娘，暗里却是在说他的亲娘吴氏。他何等聪明："父亲放心，我和大奶奶有机会会劝一劝的。"

"是要劝一劝，你们夫妻的话，她还能听进去一二分。"谢道之话锋一转，"对了，还有一件事情，想听听你的看法。"

"父亲请说。"

"老太太想把三合那丫头留在府里。"

"不是已经留……"谢而立脸色一变，"老太太的意思是娶进门？谁娶？"

谢道之一点头："老二。"

谢而立的神色凝重起来，半晌才道："别的都不说，只怕门第上会委屈二弟。"

"我原来也是这么想的，但昨天那丫头对你母亲说的那两句话倒让我改了主意。"谢道之说，"你晏祖父的学问，没有人比我更清楚，那丫头深得他嫡传，肚子里的墨水不简单。"

谢而立心下一叹。墨水不墨水倒还是其次，关键是这丫头性子虽然冷，但明事理啊，这样的人配给老二……

"就是不知道柳姨娘瞧不瞧得上她。"谢而立试探道。

谢道之没有接话，慢慢合上了眼睛："先不急，这事容我再好好想一想。"

谢而立看着父亲眼下的青色，微微蹙起了眉。让老二娶那个丫头，的确是个两全其美的法子，但不知道为什么，他的心里隐隐有另一重担心。

晏三合并不知道她这两声"好"让谢府多少人心里百转千回，更不知道自己的婚嫁已经有人在替她操心了。

她和李不言如约走到角门口。

谢不惑抬眼，一愣。这主仆二人竟都是一身男子的打扮，英气十足。

晏三合也是一愣。眼前的谢二爷穿着一件半新不旧的长衫，周身连个玉佩都没有，一副清清爽爽的读书人样子，让人赏心悦目。

谢不惑："晏姑娘，上车吧。"

晏三合："无须走得太远，就在近处看看。"

谢不惑："那就带姑娘去近处谢府的几家铺子瞧瞧。"

马车缓缓而动，半个时辰后，在一家铺子门口停下。

晏三合走进一看，竟是卖文房四宝的。

谢不惑笑着说："京中卖文房四宝的铺子大多数都是谢家的，姑娘随便看看，看中什么，只管开口跟我说。"

晏三合没说话。她身后的李不言却开口道："二爷，我可以问几个问题吗？"

谢不惑发现李不言说话的时候，晏三合往边上挪了一步，把与他面对面的位置让给了李不言。他不动声色道："姑娘请问。"

李不言："府上一共有多少家卖文房四宝的店铺？"

谢不惑算了算："五十八家。"

李不言："这房子是租的，还是都是谢家的产业？"

谢不惑："一大半是租的，一小半是自家的。"

李不言放在身后的手指掐算了几下，冲晏三合伸出一根食指。

晏三合点点头。

她们在打什么哑谜？谢不惑这个身份背景出来的人，哪怕心里再多疑惑，也不会多问一句。

而李不言问完，便退到晏三合身后，不再说话。

谢不惑指着八宝阁："这个端砚很不错，就是不知道和姑娘有没有眼缘。"

晏三合拿在手上看了几眼："确实不错，不言。"

李不言掏银子。

谢不惑忙含笑道："我送姑娘了。"

晏三合微微皱眉。

"姑娘别忙着皱眉。"谢不惑浅笑道，"大姐和小妹我都送过。"言外之意，我也把你当亲人。

晏三合想到今天早上的面片汤："你送我端砚，我请你吃饭，如此可好？"

谢不惑笑得不咸不淡："甚好！"

几家铺子看完，就到了饭点，晏三合她们主仆对京城不熟悉，就由谢不惑领着进了一家酒楼。

包间在二楼，布置得极为雅致。

"这里没外人，李姑娘坐，乌行你也坐。"谢不惑朝倒茶的伙计看一眼，"老规矩。"

伙计忙道："是，二爷。"

李不言大大方方地坐下，乌行却只敢坐半个身位，样子很拘谨。

晏三合瞧见了，不由得意味深长地看了谢四十一眼。菜上齐，她拿起筷子："二爷，请。"

"晏姑娘，不客气了。"

一顿饭吃得寂然无声，除了乌行一举一动都极为不自在外，余下三人都吃得怡然自得。

吃完，李不言掏银子付钱，谢不惑则拎起茶壶给晏三合续水。

一盏茶喝完，晏三合道："二爷下午还有事忙，我们就在此地散了。"

谢不惑："我让乌行送姑娘回府。"

晏三合："天气太好，我和不言踱步回去，顺便消消食。"

谢不惑身子往椅背上一靠："听下人说李姑娘天天一大早起来练功夫，想来是能护着你的。"

"是，所以不必担心。"

"那我送姑娘到门口。"谢不惑浅笑着站起来。

…………

四人在酒楼门口就此道别。

李不言扭头朝身后看一眼："三合，你有没有觉得谢四十这人很有意思？"

晏三合："说来听听，怎么个有意思法？"

"不巴结，不讨好，不冷落，不怠慢，分寸感拿捏得恰到好处，让人从头到尾都处在一种很舒服的感觉中。"李不言忍住再回头的冲动，"能做到这一点很不容易的，时时刻刻得揣摩人心，我都有些替他觉得心酸了。"

"别太急着下定论。"晏三合垂眸，"大房和二房的水很深，除了吴氏和谢婉姝，我看整个谢府就没有不聪明的人。"

李不言想了想，又道："五十八家铺子，一年进账在一万两上下，可谢家的衣食住行远远不止这么些银子，别又是一个季府。"

"或许谢府还有别的营生。"晏三合一指前面的巷子，"四条巷到了，你留心着些。"

"放心，我一边说话，一边竖着耳朵呢！"

门在西北角，四条巷却在东面，晏三合为了避人耳目，故意从东南面绕了一大圈，才看到了一排郁郁葱葱的蔷薇。

"看！"李不言眼尖，一下就看到了隐在绿叶中的一扇灰色小门。

门不高，得弯着腰才能进去，李不言警觉地前后看看，气运丹田，跃上了墙头，居高临下，四面八方的动静就看得更清楚了。

她冲晏三合比画了一个动作，晏三合会意，一猫腰便钻进了蔷薇里，手迅速去推门。

她还没够着门沿，门便从里面拉开了，伸出一只大手，轻轻一拽，把她给拽了进去。

李不言却没有动。她蹲在墙头，又静静地守了好一会儿，确定一切安全后，才轻轻落到了墙里面。

一墙之隔，隔出了两片天地。墙外是郁郁葱葱的人间五月，墙内是被烧得黑漆漆的断壁残垣。虽然是午时，阳气最盛的时候，但所有人都感觉到脚底有一股阴寒之气冒上来。

裴明亭悄悄往晏三合那边挪挪，谢知非觉察，心说从前这小子只会往自个儿身边靠。

谢知非:"朱青，黄芪，李不言!"

被点了名的三人都不用三爷交代，散开后，各自跃上一面墙，盯着外头的动静。

晏三合环视一圈:"谢知非，郑家的地形你熟吗?"

"略知一二。"谢知非手一指，"五进五出的大宅子，宅子分三路，东路、中路、西路。"

晏三合:"总共有几个门?"

谢知非:"正门、后门，正门边上有两个角门，后门边上有两个便门，统共六个门。"

裴笑插话:"不是还有咱们刚刚钻进来的那个小门?"

谢知非:"那是狗洞。"

裴笑:"……"

"谢知非，"晏三合道，"我们从正门看起，东路、中路、西路都要走一圈。"

裴笑皱眉:"这么大的宅子，没有一个多时辰，根本走不完啊?"

晏三合:"裴大人尿急吗?"

裴大人:"……"

裴大人一夜没睡，这会儿很困，困得两只眼睛都睁不开:要不是为了和你多亲近亲近，让你发现我身上的优点，我不会颠颠地跑来。还有，你这丫头为什么一查起案来就六亲不认呢，就不能给未来的夫君留点脸面吗?

"他昨晚没睡好，估计这会儿是犯困了。"谢大人帮裴大人开脱，"明亭，你就找个地儿歇着吧，我陪晏三合走一圈。"

那哪成啊?裴明亭顶着两个乌黑的眼圈:"没关系，我还能撑一撑。"

谢知非拍拍他的肩，道:"那就一边走，我一边把郑家的情况和你们说一下。"

晏三合:"不用。我问，你说。"

这说话的语气……谢三爷还真是颇为怀念啊。

"郑家的家主是郑玉老将军，可对?"

"对!"

"郑玉有几个兄弟姐妹?"

"郑玉有兄弟四个，都是一个娘生的，他排行老三。"

晏三合眉头一皱:"排行第三却做了家主，这不合理。"

真是敏锐。谢知非:"郑家并非赫赫有名的武将世家，郑玉年轻的时候只是神机营一个小小的把总。"

晏三合:"神机营是做什么的?"

神机营是做什么的，那得从整个华国的朝廷说起。

皇帝是天子，天子管着一帮文臣武将，辅佐他治理整个华国。文死谏，武死战，武，是保家卫国的意思。

华国的武，由五军都督府、兵部、京卫、京营，以及太仆寺组成。

五军都督府闲时练兵，战时保家卫国。兵部负责调兵遣将，凭符征调，以及粮草运输。京卫和京营，一个护着皇城里面，一个守着皇城外围，内外相维。太仆寺更简单，就是专门养马的地方。

守着皇城外围的京营又分三大营：五军营、三千营和神机营。而神机营其下又分中军、左掖、右掖、左哨、右哨。其中光一个中军就设有四司……

总而言之就是一句话，郑玉年轻的时候就是神机营的一个兵头头，手底下管着几百来号的小兵，不是什么名门望族，更不是世家传承。

"这么说来，郑玉这人是凭自己的本事和战功才一步步有了后来的地位、声望，才有了郑家在京城的崛起？"

谢知非点头："所以，他虽然排行第三，但郑家上上下下没有人不服的。"

晏三合思忖道："那么郑家四房兄弟是分了家的，还是都住在这一个府里？"

谢知非："没有分家，都在一个府里住着。郑老将军这一支住东路和中路，老二、老四住西路。"

晏三合："老大呢？"

谢知非："郑老大十四岁的时候得了痴疾，没来得及治就走了。"

裴笑顶着一双充血的眼睛，幽幽地看向谢知非，这小子怎么对郑家的一切知道得这么清楚呢？

晏三合："谢知非，郑家三房的人你熟悉吗？"

熟得不能再熟。

"我在北城兵马司当差这几年，倒是听别人聊起过，案卷上也都记录着，所以略知一二。"

"你说给我听。"

"惨案发生时，二房夫妻都已经过世，留下两个儿子两个女儿。两个女儿一个嫁到金陵府，一个嫁到太原府，都不在京城。"谢知非道，"郑老二一辈子没做过什么大事，两个儿子一个帮郑家打理田产，一个帮郑家打理铺子，什么都听郑老将军这个三叔的。"

晏三合："四房呢？"

谢知非："郑老四的发妻死得早，续弦后生下一女，案发时女儿也早就嫁了人。"

晏三合："郑老四曾经是做什么的？"

谢知非："听说就在家养养花，遛遛鸟。"

晏三合："那就剩下郑玉这一支。"

谢知非："这一支也是郑府最鼎盛的一支，老将军娶妻刘氏，刘氏共生了五个儿子。"

晏三合倒吸一口凉气："五个儿子？"

裴笑感叹："可真能生啊！"

谢知非看了裴笑一眼："头一对是双胞胎，后面又接着生了三个。"

晏三合："这五个儿子分别做什么？"

谢知非："前四个都领着朝廷的俸禄，第五个不得宠，在家闲着。"

晏三合："那么也就是说，郑家一族，就郑老将军这一支的四个儿子有正经差事？"

谢知非："对！"

晏三合："郑家孙子辈最大的多大？"

谢知非："该有十七八岁吧！"

"好！"晏三合道，"下面我想知道的重点是郑老将军和他四个做官的儿子。"

裴笑不解地问："晏三合，为什么只问他们？"

晏三合："郑老将军这一辈，老将军最有出息。老二、老四都是富贵闲人，不太可能惹上要被灭族的麻烦。下一辈一共七个男子，四个在外头打拼，两个帮家里做事，一个闲着。后面三个也不太可能。再往下的孙子辈都还在读书识字，最大的未及弱冠，所见所识都有限。"

裴笑一拍掌："我明白了，你这是把不可能的先排除，然后再重点查那几个。"

晏三合看着他："裴大人聪明！"

郑家这么多人，一个个查得查到猴年马月。灭门案不是普普通通的打打杀杀，不可能是几个毛贼就能办到的，她只有先抓大放小。

裴笑得意地朝谢知非一挤眼睛：快听听，神婆她夸我了！

可惜，谢大人的眼神没和他勾搭上，而是定定地落在晏三合身上。季家如此，郑家也是如此，她总能在如一团乱麻的线头中用最快速度找出那几根最重要的线头，然后顺着那些线头往下理。

"郑玉将军和他的四个儿子，晏三合，你想先听哪一个？"

"从四个儿子听起。"

"大儿郑唤安，二儿郑唤康，寓意安康；三儿郑唤诚，四儿郑唤信，寓意诚信。"

晏三合："这取名有意思。"

谢知非补了一句："其实也省劲儿。"

晏三合斜睨他一眼：论省劲儿省得过你老爹谢道之吗？谢三十、谢四十、谢五十，多省哪。

谢知非明白那一眼的意思，笑了笑，并不点破："老大郑唤安在京卫武学做训导。"

"教士兵习武的？"

"是！"谢知非道，"郑家的刀法据说很厉害，否则郑玉也不可能从一个小小的把总，最后官至将军。郑唤安又是郑玉的大儿子，应该是深得郑玉的嫡传。"

"这算闲职吗？"

"算！"

"可有油水？"

"教士兵习武能有多少油水？咱们华国从军的男儿，多半是穷苦人家出身，为博个好前程，才把脑袋别在裤腰上。"

"这个差事得罪人吗？"

"这个差事虽无油水,但也不至于得罪人。"

"为什么这么说?"

"这些士兵将来可是要上战场的,练好了功夫,不光能杀敌,关键时候也能保命。没有人敢拿自己的小命开玩笑。"

"他婚配如何?"

"郑唤安娶妻肖氏,膝下二子一女。"

"可有妾室?"

"郑家人都不曾纳妾。"

"是家规?"

"据说是的,郑家男子四十无子方可纳妾。"

"嗯,门风很正。"晏三合忽然点评了一句。她点评的时候,意味深长地扫了谢大人一眼。

谢大人抬头看天,嗯,天很蓝,云很淡。

晏三合这一眼的确想到了谢家的妻妾之争、嫡庶之争,但还有更深一层的含义。门风正的人家,当家的人一定是行事周正、教子有方,这样的人家怎么会惹上灭门惨案?

晏三合又问道:"肖氏是什么出身?"

谢知非:"同僚的女儿,家里也是行伍出身,据说肖氏还会几下拳脚功夫。"

晏三合:"说说老二郑唤康。"

"郑唤康在兵部武库司任职,负责勾军。勾军是勾捕逃军的意思。"

"咱们大华的逃军很多吗?"

"怎么说呢?"谢知非顿了顿,"打个比方,我三爷按规矩是要从军的,但我身子弱,爹娘不同意,于是就找了个人顶替,这就得查一查。再打个比方,我三爷已经上了战场,却因为胆小怕死,趁着别人不注意逃了,怎么也找不着,武库司的人就会去他家,看看家里有没有成年的兄弟。"

"如果有,就把兄弟抓去当兵?"

"是。"

"如果没有呢?"

"就把幼小的男儿记录在册,等孩子长大了,成年了,再行勾捕。"

晏三合稍作思忖:"这里头的油水应该多吧?"

"兵部是最费钱的地方,几乎是举整个华国之力在养他们。"谢知非道,"像如今天下太平时,家家都恨不得把儿子塞进去,逃兵这些只出现在战时,也是少数。"

晏三合瞬间明白了:"那这也算个闲差。"

谢知非:"闲得不能再闲的差事。"

晏三合:"他婚配如何?"

谢知非:"娶妻许氏,膝下二子二女。"

晏三合:"许氏是何出身?"

谢知非："江南太仓人，家中做丝绸买卖，十分有钱。据说许氏为人十分泼辣、能干，把郑唤康吃得死死的。"

"老三呢？"

"郑唤诚虽然也在兵部，却是个文官，在职方司任职，负责舆图。"

"舆图？"

"舆图就是军事地图，需要三年造报一次，郑唤诚负责实地勘察，长年累月不在家中，没有油水，是个苦差事。"谢知非道，"不仅苦，还得担责任，这打起仗来万一行军地图出了问题，那可是抄家灭族的大罪。"

晏三合："郑家老三可出过岔子？"

谢知非摇头："郑老将军就是行军打仗的，他要是出岔子，坑的就是自己的亲爹，案卷上没有记录。"

晏三合："他婚配如何？"

谢知非："娶妻沈氏，膝下三个儿子。沈氏娘家也在京中，是前礼部沈侍郎最小的嫡女。"

晏三合："前礼部沈侍郎？"

谢知非："一个女儿、三个外孙死于非命，沈侍郎得知噩耗后心灰意冷，辞官回老家做富贵闲人去了。"

晏三合黯然半晌，才道："郑家老四呢？"

谢知非："郑老四任职羽林左卫。"

晏三合："这是个什么职位？"

谢知非："是皇帝的亲军卫，只听从皇帝的差遣，负责皇帝的安危、皇城的安危。"

晏三合忽然嗅到一点不一样的东西："这个职位很重要？"

"非常重要。能进亲军卫的人都是皇上最信任的人。"谢知非道，"皇上信任你，也意味着信任你这个家族，京城多少世贵世勋的子孙后代削尖了脑袋想进去。"

晏三合："这个职位油水多不多？"

"油水不多，平时瞧着不显山不露水，但……"谢知非感叹道，"谁见着了，包括我父亲在内，都要客气三分。"

"郑老四的职位如此特殊，看来婚娶也不一般。"

"猜对了，他娶的是清远侯林不弃的庶女林氏。"

"嫡子配庶女？"

"这个庶女和嫡女也没什么差别，清远侯的妻妾是一对亲姐妹，同侍一夫，林氏从小就养在嫡母身边，被当作嫡女教养。"

"可有儿女？"

"林氏膝下只有一女。"

"清远侯府如今怎样？"

"林不弃儿女成群，死一个也无所谓，该怎么样还是怎么样，但林氏的生母在郑家惨案后第三天就上吊自尽了。"

"她就林氏这一个女儿？"

"是。"

独女死于非命，做母亲的还有什么活头，一死了之也算解脱。晏三合叹了口气："说说郑玉老将军吧！"

说到祖父，谢知非漆黑的眼睛里有着不一样的光，像一团小小的火苗，只是一燃即灭："郑玉老将军生平有三件大事值得说道。"

"哪三件？"

"头一件是在先帝年间辅佐赵王出兵瓦拉。噢，对了，赵王就是当今圣上。"谢知非说罢，立刻去看晏三合的脸，让他意外的是，晏三合脸上没有一丝多余的表情，"你怎么不好奇，赵王怎么会登高位？"

晏三合用脚拨开地上的一根枯枝："我祖父生前曾说过，赵王上位是因为前太子对先帝用了巫术，东窗事发后被废，这才传位于赵王。"

"很对！"谢知非道，"也正是因为那一仗，君臣二人结下深厚的情谊，赵王继位后，郑家的门第就跟着水涨船高。"

晏三合："第二件事呢？"

"这事你知道，就是永和三年华国与大齐的交战，郑玉是主帅。"谢知非道，"此仗历经两年，困难重重，最后取胜归来。皇帝大喜，赏了郑玉一盏金杯，最后君臣二人同醉。"

"看来……郑家的皇宠都是郑玉在战场上用命搏来的。"

"武将想封妻荫子，只有靠军功，只有把脑袋别在裤腰带上。"谢知非低头看了眼晏三合，"正所谓乱世出英雄，所有行军打仗的人都不喜欢打仗，但真正打起仗来，都会以命相搏，因为只有这样才有机会立下赫赫功勋。逃兵真的是少数。"

"那么第三件事呢？"

"第三件……"谢知非脚步不由得慢下来，痛意在他脸上稍纵即逝，"……就要讲到老将军如何身死了。"

第三十七章 虚惊

郑玉战死沙场，这事晏三合是知道的，但其中的来龙去脉，她没有听任何人说起过。

"永和五年夏，鞑靼杀害了咱们华国的使节，皇上大怒，派大将军宋知聿出征。永和六年冬，宋知聿兵败，十万大军只剩下两万残兵，消息传到京城，举国震惊，汉王请求出战。"

"等一下,"晏三合实在忍不住,"汉王,可是与你们是死对头的那一个?"

"哎呀,我的小祖宗!"裴笑跺脚道,"这事只可意会,不可言传,可千万别在外头的人面前提起。"

我有那么蠢吗?只是这个王那个王的太多,想确认一下。晏三合瞪他一眼。

她瞪我了!她瞪我了!我的心怦怦怦直跳啊!裴笑赶紧背过身,捂着心口大口大口地喘气。

这人是什么毛病?晏三合皱眉:"谢知非,你接着往下说。"

"于是永和七年春,皇上派汉王为主帅、郑玉老将军为副帅,再次出征鞑靼。"谢知非咬了咬牙关,将翻涌的气血压下去,"可惜这一次,老将军再也没能回来,永和八年十一月战死沙场。"

"再等一下!"晏三合面容冷然,语气严肃,"永和七年出征,郑家的案子是永和八年七月中发生的,老将军是十一月战死,老将军知不知道自己家里人都已经不在了?"

谢知非:"不应该知道。"

晏三合眉一压:"为什么?"

"和鞑靼决战在即,皇上、兵部一定会瞒下此事,以防扰乱军心。所有一切都会等老将军打了胜仗回来再说。"谢知非又补了一句,"这是行军打仗的规矩。"

如果是平时,晏三合多半会骂一声:这是什么狗屁规定,一点都没有人情味。但此刻,她忽然觉得这规矩挺好的,至少郑老将军死前没有遭受万箭穿心之痛。

"这仗最后打胜了吗?"

"胜了。"汉王凯旋,将军魂归故里。

谢知非冷冷一笑:"我在想,这应该是冥冥之中一切自有天意吧。"

气氛一下子沉下来,再配着四周比人还高的杂草树木,裴笑只想赶紧离开这个鬼地方。

"晏三合,你还有什么要问的吗?"

"有。谢知非……"晏三合扭头,后面半句话突然卡在喉咙里。身侧的男人一向挺直的脊背微微弯着,脸是苍白的,额头上是密密一层汗,像是虚脱了。

"你不舒服?"她问。

"有点喘不过气来。"谢知非转过身,用力拍了几下胸口。

九年了,他第一次站在郑家这片废墟上,第一次和人说起郑家人的点点滴滴,那种渗入骨血的痛如滚烫的岩浆喷涌出来。

郑老大、郑老二、郑老三……肖氏、许氏、林氏……对他来说,都不是冰冷的名字,都是一个个曾经活生生地在他生活中出现的人。死了的一死了之;活着的生不如死!

"谢五十,你不会是被鬼上身了吧?!"裴笑忙从怀里掏出一串五帝钱,塞到谢知

·487·

非手里,"你赶紧拿着,避邪!"

谢知非一脸嫌弃:"不是没开过光吗?"

"开了,开了,今天早上才开的。"裴笑一抬下巴,"五十遍《金刚经》,我看着那秃驴一个字一个字念的。"

晏三合声音淡淡的:"五帝钱只对一般的鬼魂有用,对冤死的厉鬼这类没啥用。"

"你你……你说什么?"

"这宅子这么多人死于非命……"晏三合四下看看,然后目光定在裴笑身上。

裴笑被她看得两条腿直打哆嗦,声音也哆哆嗦嗦的:"你你……你干吗这么看着我?"

"你后面好像站着一个人!"

"啊——"

一声惨叫后,晏三合只觉得眼前的人一晃便不见了,扭头再看,这人已经跳到了谢知非背上,死死抱住。

晏三合冲谢知非挤挤眼睛:谢大人,你的兄弟好像很不经吓啊!

谢知非抿唇笑:别吓他,他胆子比老鼠还小。

"裴明亭,你下来。"

"干……干什么?"

晏三合一把把他拽下来,不等他站稳,手指突然点上他的眉尖:"神婆帮你开开光。"

裴笑只觉得一股冰冷从眉心一直往下走。他生生打了个激灵后,忽然感觉腿也软了,身体也不打哆嗦了,眼前哪儿哪儿都是光亮。

晏三合收起手指,看着谢知非似笑非笑:"要不要我也帮你开一下?"

谢知非一怔,问:"你开光后,神鬼不怕吗?"

"我开光后不仅神鬼不怕,还能身体舒畅、心情愉悦。"

他瞬间明白过来,什么开光,这丫头是在拿裴笑逗他开心!

冷面无情的人偶尔露出一丝暖意,比大冬天喝一盅滚烫的酒还让人舒畅。谢知非感觉自己又活过来了。

…………

城中别院,谢不惑从榻上坐起来,眼还惺忪着。

这座别院是父亲给姨娘的私产,二进的小宅子,姨娘很少过来。他有午睡的习惯,每天都来这里眯小半个时辰。

"二爷。"乌行掀帘进来。

"怎么样,晏姑娘到家了?"

"门房的人说……晏姑娘还没回去。"

"怎么还没回去,不应该早就到了吗?"

"二爷别担心,怕是又去哪里转了转,所以才耽搁了。"

"怎么能不担心？她是跟着我出来的，万一……"谢不惑站起来，"你立刻派人去附近几条巷子找找，看看……"

"爷，看看什么？"

谢不惑已经听不见乌行的声音，脑子里涌上的是今日陪晏三合逛铺子的点点滴滴。

每个月的月中，他都会陪姨娘和婉妹逛一次街。婉妹就不说了，只说姨娘这样喜怒不形于色的人，难得出门一趟，脸上都透着喜色，这个摸摸，那个瞧瞧，什么都想买一些回去。

晏三合全程一副淡淡的表情，哪怕再稀奇的玩意儿，她最多也只是扫几眼，脸上没有任何变化。吃完饭，她拒绝坐谢府的马车，和李不言两个人步行回家，理由是消食。

可一个多时辰过去，她竟然还没有回家，这就很明显了，她出门不是走走逛逛，而是有事要做，而且得避开他。避开他做什么事呢？

乌行见自家爷一副魂不在身上的样子，担心道："爷，二爷……"

"乌行！"谢不惑突然转身看着他，"立刻去僧录司打听打听，裴大人这会儿在哪里。"

"二爷打听他做——"

"快去！"他脸色又一变，"回来，再打听打听老三这会儿在哪里。"

乌行虽不明白二爷为什么要打听这两人，却干脆地应了一声："是！"

其实哪有什么"为什么"，这是谢不惑的直觉，这份直觉来自早上他踏进静思居看到的那一幕。晏三合和谢老三两人，一个在窗里，一个在窗外，头颈相交，显然是在低声交谈着什么。

谈什么呢，需要凑得那么近？谢不惑看向窗外，目光虚空地看着那片刺目的阳光，陷入深思。

也不知道过了多久，乌行浑身是汗地跑回来："爷，裴大人和三爷都不在衙门里。"

"都去了哪里？"

"不知道啊，都没交代就不见了人影。"

"黄芪和朱青呢？"

"也都不在衙门。"

谢不惑神色又有些恍惚起来。

乌行特别错愕地盯着他，实在弄不明白自家主子为什么是这副神情，难不成和晏姑娘有关？

"乌行。"

"爷！"

"你说……"谢不惑脸上浮现出一丝意味深长的笑，"老太太真要是把晏三合指给我，会如何？"

"……"乌行只觉得心惊肉跳。

……………
郑府旧宅。

朱青从远处狂奔而来,脸色不大好看:"爷。"

谢知非:"何事?"

朱青:"杜家大爷、二爷等在衙门里。"

谢知非皱眉:"他们来做什么?"

"这还用想吗?"裴笑冷笑,"帮他们家妹子打抱不平来了。"

谢五十看了晏三合一眼。晏三合脸上没什么表情:"故事听得差不多了,你随意。"

"去吧,去吧,我陪着三合就行。"裴笑忙不迭地赶人。他心里美着呢,巴不得谢五十赶紧滚蛋,虽说这鬼地方不适合花前月下,但机会难得啊。

晏三合见谢知非脚步没动,淡淡道:"今天就到这里,故事太多,我要先回去理一理,顺一顺。"

谢知非暗暗松了口气:"好!"

裴笑:我的美梦就这么破灭了?

四人来到狗洞前,谢知非第一个钻出去。

裴笑不甘心,眼巴巴地看着晏三合,欲言又止。

晏三合觉得奇怪:"你不走吗?"

裴笑冲她眨了眨眼睛。

什么意思?晏三合一头雾水:"你看着我干什么?"

木头!木头!木头!我这叫看吗?我这叫含情脉脉。裴笑咬牙。

"你不走,我先走了。记着,我走远了,你再出去。"

"哎——"

晏三合身子一弯,人已经钻了出去。

巷子前后已经空无一人,她抬头冲墙上的李不言一点头,两人一个高一个低,同时往前迈步。

走到巷子尽头,往左一拐,李不言从墙上跳下来,等不及地问:"郑家的案子怎么样?"

"难。"

"难就对了。"李不言笑道,"简单的事情又何必找你?"

晏三合有气无力:"这鬼天热得我头晕。"

"墙边阴凉。"李不言和她换了个位置,"应该问三爷要匹马的。对了,三爷怎么匆匆就走了?"

"有事。"晏三合接着又慢吞吞道,"下一个心魔已经在来的路上,我刚刚感应到了。"

"怎么这么快?"李不言有点不敢相信,"距离季老太太棺材板合上才几天啊!"

晏三合也觉得有些匪夷所思,但刚刚从狗洞里钻出来的瞬间,那种感应非常强烈。

"那郑家的案子怎么办?"

"我只能尽力而为。"

两人边说边走，走到拐角处，忽然听到几声微弱的喊声。

晏三合一惊："什么声音？"

李不言耳朵极为灵敏："好像有人在喊救命。"

晏三合："哪个方向？"

李不言："东北面。"

晏三合："男子，还是女子？"

李不言："好像是女子。"

晏三合："你先去看看，我马上跟过去。"

"好。"李不言抽出身上的软剑，脚下狂奔起来。她的速度极快，几乎连气都不换，一口气奔出百丈远，却没见着任何人。

难道还在前面？李不言又往前追了一会儿，什么都没有，而那救命声也没有再出现。她在四周的几个角落来来回回找了几圈，依旧不见人。

奇怪，难道我听错了？不可能啊！李不言只能懊恼地往回走，走了一会儿，不见晏三合迎上来，她的心一下子慌了起来："晏三合，晏三合……"

李不言脚下如疾风，拼了命地往回跑，跑到拐角处，哪里还有晏三合的人影？

…………

北城兵马司。

谢三爷一脸歉意道："两位大哥，婚姻大事，父母之命，媒妁之言，不是我能做得了主的。"

"放屁！"杜大爷一拍桌子，"谁不知道你谢老三在谢家要风得风，要雨得雨，你要真想娶什么人，谁会拦？"

"杜大哥，话不能这么说！"

"那话要怎么说？"杜二爷冷笑一声，"你和我妹子亲昵这么些年，今天却说父母之命，媒妁之言？谢老三，你这是寒碜谁呢？"

"杜二哥！"谢三爷眼神尖锐起来，"我和杜依云素来守规矩，别说亲昵，就是单独在一起相处的次数都很少，她来谢府，回回都是我大嫂作陪。"

杜大爷噌地站起来："谢老三，你这话的意思是在说我妹子没脸没皮，上赶着要嫁到你们谢家来？"

"欺人太甚！"杜二爷怒不可遏，冲上去一把揪住谢知非，"我今儿个非得替我妹子——"

砰——门被一脚踹开，李不言整个人像被从水里捞上来的，胸口剧烈地起伏："三爷，小姐不见了。"

"什么？"谢知非声音都劈了，伴随着这一声"什么"，他本能地把杜二爷往边上一掀，冲到李不言面前，"怎么就不见了，你干什么吃的？"

"我——"

·491·

"你还好意思我我我。朱青！"

"爷！"

"晏三合不见了，赶紧让兄弟们找人。"

朱青一怔："爷，四九城这么大，总得先说说晏姑娘是在哪里不见的。"

谢知非长臂一伸，揪住李不言的前襟："在哪里不见的？说！"

"就在四条巷往谢府去的那个路口。"李不言看看胸前的手，狠狠地压下一口怒气。

四条巷？谢知非脸色发白地看着李不言，他们刚刚开始查郑家的案子，这会儿晏三合就不见了，难道说……

"我们走到那个路口，听到有人喊救命，小姐让我去看看，我就先去了。"

"她让你去死你去吗？"谢知非愤怒地咆哮，脖子上的青筋一根根暴出，"你是谁的丫鬟？管别人的死活做什么？"

李不言："……"

朱青："……"

"这是典型的调虎离山之计。"谢知非心慌得突突跳，"徐晟，一定是这个王八蛋，除了他，不会有别人。一个个的还愣着做什么？走，去徐家要人！"

"三爷！"朱青死死地挡在前面，"无凭无据跑徐家去要人，万一不是他，事情就没法收场了。"

谢知非蓦地一怔。

"爷素来冷静，上回晏姑娘出事……"朱青见堂屋里还有别人，生生把话压了下去。

谢知非见杜家两兄弟还在，不耐烦道："两位兄长，请回吧！"

杜府大爷磨着后槽牙："谢老三，晏三合是谁？"

"杜大哥，我这会儿没工夫和你解释，也解释不清楚。"

砰！杜二爷的拳头劈头盖脸地照着谢知非的脸砸下来，直中他右腮："解释不清楚？你他娘的就是因为她才负了我家小妹，当我们一个个都是傻瓜？亏小妹等你这么些年。"

杜二爷说完，又是一拳。

谢知非身子一偏，躲开，手握住杜二爷的胳膊："这一拳我看在杜依云的面上让你。来人，送客。"

想送客，门都没有。杜二爷也是火暴脾气，胳膊被人握住了，脚还在，一脚照着谢知非的膝盖踢过去。

谢知非本来心里就火急火燎，话说到这个份儿上，这杜二爷还没完没了，他一拳揍出去，狠狠地砸在对方的鼻梁上。

血飙了出来，杜二爷整个人都被打蒙了，捂着鼻子难以置信地看着面前的谢知非。

谢知非也不相信，这一拳竟是自己打出去的。

"谢知非，你的良心被狗吃了。"杜大爷咬牙切齿，"老二，我们走。"

"大哥！"

杜大爷用力一拽，怒吼："走！"

两人拂袖而去，谢知非一屁股跌坐在椅子上，脸色出奇地惨白。朱青说得对，上回晏三合出事，自己不慌不乱，谋定而后动，这一次……这次能一样吗？我和她一起淋过雨，吃过苦，历过险，是过命的交情。

"朱青，你让人到那条巷子实地查探一下，然后找那些小叫花子，把消息散出去。"谢知非阴沉着脸，道，"第一个找到她的人，三爷赏银五百两。"

"是！"朱青见自家爷冷静下来，立刻转身去办事。

"李不言。"

"说吧，我做什么？"

"晏三合最有可能是被徐晟掳走了。"谢知非看着李不言，"徐晟有座别院，在城西的梨花巷，你功夫好，想办法去探一探。如果人不在，立刻回来报信。"

"如果人在呢？"谢知非扫了眼李不言的腰间，"如果晏三合没事，你留他一条狗命，如果晏三合有事……"他眼中寒光四起，"三爷给你撑腰，那就取了他的狗命。"

"等的就是你这句话！"李不言一咬牙，转身就走。

谢知非也跟着站起来，这样布局还不够，还得跑一趟锦衣卫，动用他们的暗线，帮着找一找。

一只脚刚跨过门槛时，心口突然狂跳起来，谢知非赶紧一把扶住门框，在门槛上坐下来。

兵马司一个负责端茶递水的小侍卫瞧见了，忙跑过来，问道："老大，你怎么了？脸色怎么这么难看？"

谢知非捂着心口，有气无力道："去把我抽屉里的瓷瓶拿来。"

小侍卫撒腿就跑，片刻后，又跑了回来："老大！"

谢知非接过瓷瓶，从里面倒出一颗黑色的药丸，也懒得用水送服了，直接吞咽下去。

就在这时，朱青去而复返，正要开口，目光扫见三爷手上的瓷瓶，顿时大惊失色："爷，你——"

"闭嘴！"谢知非撑着门框站起来，"人有消息了？"

"还没有！"

"没有你回来做什么？"

"我回来和爷说一声，锦衣卫那头我也已经派人去了。"朱青深深地看了眼谢知非，"爷就在这里等消息，哪儿都不许去，大爷要是知道了——"

"行了，朱爷，办事去吧，别让我急。"

朱青磨磨牙："爷心里也有点数，别让我们这些侍候的人难做。"

谢知非："……"

时间一点点过去，谢知非越来越坐不住。

那条巷子本来人就不多，午后人更少，要把晏三合一个大活人悄无声息地弄走，不是件容易的事。我不能就这么等着。他扶着门边站起来："来人，备马！"

"老大，朱青哥交代了，不让你离开。"

"我是你老大，还是他是你老大？"谢知非眼一横，"少废话，去牵马来。"

"是！"

谢知非大步走出衙门，刚要翻身上马，远远就见自己的侍卫疾驰而来。他握紧了缰绳，大喊道："怎么样，找着了吗？"

"老大！"侍卫翻身下马，急道，"朱青哥刚刚命人传消息来，有人在半个时辰前看到有一辆马车从青莲巷疾驰出去。"

青莲巷？那是与四条巷相邻的另一条巷子。

"可看清是辆什么样的马车？"

"看清了，那马车上挂了条白幡。"

谢知非神色一厉："通知余下四个兵马司，全城搜捕这辆马车。"

"是！"

…………

"老大，有人看到马车往永定河边去了！"

"老大，马车停在永定河西岸的红福枣庄门口，车头确实挂着白幡。"

"老大，有人看到一个清秀的男子被拽了进去。"

"老大，拽进去后，枣庄的门关上了。"

一个又一个消息传过来的同时，谢知非马不停蹄地往红福枣庄赶过去。

到了巷子口，朱青已经在等着，见自家爷翻身下马，他忙上前扶住了："爷，你怎么样？"

"好得很。"谢知非推开他的手，"你这头现在是什么情况？"

"人在里面，没动静。"

谢知非斩钉截铁道："闯进去。"

朱青："是！"

片刻后，几十个侍卫将这幢二层的房子团团围住。谢知非与朱青对视一眼，两人同时飞起脚。

砰——砰——两声巨大的声响后，谢知非率先冲进去，接着侍卫们也一个个冲进去。

"啊啊啊啊——"

"啊啊啊啊——"

女人尖锐而刺耳的尖叫声中，晏三合从椅子上站起来，觉得不可思议地看着面前的男人："谢知非，你干什么？"

谢知非看看她，再看看一旁的宁氏，还有宁氏边上的秀丽妇人，最后目光落在三个茶盅上……所以，她不是被人劫持了，而是自己悄没声地跟人跑了？

想着这一个时辰的担惊受怕、惶惶不安，谢知非怒火噌噌噌地往头顶蹿。他大步往前一迈，伸手就把那张小茶几给掀了："晏三合，我还想问你干什么呢，你一声不吭地走掉，好玩吗？"

晏三合："……"

谢知非："你知道不知道我为了找你就差把四九城都给掀了？"

晏三合："……"

谢知非："你能不能让人省点心，能不能顾着些自己？"

晏三合："有两个蒙面人要抓我。"

"……啊？"谢知非一怔。

晏三合指了指一旁的宁氏："要不是她们，你这会儿见不着我。"

谢知非瞳孔骤然紧缩，一点一点僵硬地扭过头。

"哎哟，我的三爷啊，事情是这样的。"宁氏见三爷向她看过来，忙把怀里吓得瑟瑟发抖的妇人一推，嘎嘣利落脆，"今天我正好有事要去找晏姑娘，哪想到走到巷口时，车夫老李头说前面有人在打架。我掀帘一看，心就怦怦直跳啊，什么打架啊，分明是一个人在前面跑，两个蒙面人在后面追。我再定睛一看，哎哟，我的老天爷啊，那个在前面跑的人不就是晏姑娘吗？"

宁氏一边拍着胸口，一边心有余悸道："于是我就大喊一声晏姑娘，晏姑娘也看到我了，她……她就很机灵地跳到了我的马车上。我们就拼命地逃啊，逃啊，然后就到了这里！"

谢知非心跳又开始加快了，目光上上下下打量一圈后，有些虚弱地问道："伤着了没有？"

晏三合摇摇头："没有。"

谢知非一屁股跌坐在椅子上，垂着脑袋，大口大口地喘气，各种复杂的滋味从心里涌上来。还好，没事；幸好，没事。

晏三合看着他，眼底有动容，如潮水般迅速涨起，缓缓落下。她从一地的狼藉中捡起一支金簪子，簪子尾部的血渍已经被风干："多亏了它，我把其中一人的胳膊划伤了，划了很长的一条口子。"

谢知非抬头，有些眼热地看着这支簪子："看清对方的长相了吗？"

"一个三角眼、一个单眼皮。两人个子都不高，中等身材，手脚功夫很利索。"晏三合语气十分冷静，"他们不要我的命，想把我装进麻袋，这才让我有机会逃脱。还有，其中一人捂着我嘴的时候，我闻到他手上有脂粉味，掌心有厚厚一层老茧，这手长年握刀。"

听到这里，谢知非脑子里第一个反应是：就是徐晟那孙子！

"如果我没有记错，那人身边就有一群带刀的人。"晏三合道，"这偌大的四九城，只有他与我结过仇，也只有他敢如此大胆行事，并且不把谢家放在眼里。"

好丫头，和我想一块儿去了。谢知非的眼睛更热了："李不言已经到兵马司报过案了，事情交给我。"

"不必，我自己——"

"晏三合。"谢知非眼珠子往门口的侍卫那边一扫。

晏三合当即明白过来，十分配合道："行，就交给你们兵马司。"

"哎哟，我说三爷啊。"宁氏扯扯谢知非的衣裳，"这门……"

"我赔。"谢知非看也没看宁氏一眼，目光依旧在晏三合身上。

晏三合对上他黑沉的眼睛："你脸色怎么这么差，要不要给你倒杯水？"

"不用，我缓一缓就好。"谢知非心跳是慢下来了，但思绪有点乱，各种念头在脑子里撞来撞去。

"李不言呢？"

谢知非不好当着这么多手下的面说李不言去了哪里："我送你回府，路上说。"

"我还不能回去！"

谢知非胸腔里怦的一声："晏三合，你能不能听我一句？我——"

"三爷哟，是我有事找晏姑娘。"宁氏眼睛可太亮了，见谢知非额头的青筋又暴出来，忙指着边上的秀丽妇人道，"这人你认识哎。"

谢知非这才把目光转过去："你是……"眼前的妇人年纪很轻，身形消瘦，浑身上下没有半点饰品，一身素净。

"知非，我是季府六姐季蕙啊，小时候你常常跟着明亭来家里玩，你怎么忘了？"

"六姐。"谢知非一拍额头，艰难地露出招牌式的笑，"你怎么瘦成这样了？难怪我没认出来。"

季蕙眼眶一红，家里发生了这么多事，她能不瘦吗？

这时，谢知非朝身后的朱青看一眼。

朱青立刻从怀里掏出一个钱袋："人找到了，老大请兄弟们晚上喝酒，先散了吧。"

"老大，那两个蒙面人要不要兄弟们——"

"暂时不用。"三爷我要亲自来解决！

"是！"侍卫们纷纷退出去。

宁氏一看大门开着，说话不方便："走，我们到后面去说话。"

"等一下，"谢知非道，"这铺子是三太太你的？"

"是我的陪嫁。"

"那马车呢，为什么挂条白幡？"

"我们家九姑娘不是在牢里没了吗？那时候丧事办得简单，这会儿季家没事了，总得替她……"宁氏背过身抹了把泪，拉起晏三合的手，"算了，不说这些了，走。"

"三太太，你别拽着她！"谢知非把晏三合的手扯回来，护崽似的，"晏三合，你小心脚下。"

宁氏一怔，转过头，意味深长地笑了笑。

笑什么笑，失而复得，懂不懂？嗡的一声，谢知非微张着嘴，脸上的表情有些恍惚。

不对劲儿啊，我怎么会想到"失而复得"这个词？谢知非怔怔地看着身旁的晏三合，心一下子又沸腾起来。

怦，怦，怦！那心好像变成了一头野兽，这些年来都在安安静静地打着盹儿，今天这一场虚惊惊醒了它。它张开血盆大口，咆哮着要出来觅食吃。

"晏三合。"他下意识地喊了一声，想提醒她要小心啊，那野兽想吃的人好像……就是她！

晏三合听到谢知非唤了她一声，就等着他的下文。她等半天，不仅没等来下文，倒等来了一个木头人。这人就这么站在过道上，一双眼睛黑白分明，眼带血丝，怔怔地看着她，就是一言不发。

魔怔了？晏三合抬起手指，点在他的眉心。

谢知非只觉得一股冰冷从头顶倾下，他打了个激灵，猛地回过神来。

晏三合推了一下他："走啊，都等着呢！"

谢知非一抬眼，才发现宁氏和季六姐四只眼睛都盯在他身上。喀喀喀……他心虚了一下，掩饰道："我刚刚在想这个案子。"

"我的好三爷！"宁氏也顾不得什么了，一把拽住谢知非的胳膊用力往前拉，"这会儿有比案子更重要的事情。"

谢知非像根木头一样被她牵着走，注意力却都还在身后的晏三合身上。

宁氏把人领到后院的一间屋里，亲自掌了灯，重新沏了热茶上来，便迫不及待地开口："晏姑娘，刚刚话没问完，盗我们家老太太墓的盗墓贼抓到了吗？"

晏三合淡淡地扫了谢知非一眼："你先说，有什么事？"

宁氏忙不迭地朝季蕙使眼色，示意她赶紧开口。

季蕙也想开口，可话到嘴边又不知道怎么说，憋急了，她慌里慌张地拭了把泪，又端起茶盅喝了一口茶……

宁氏瞧她这个样子，急得汗都冒了出来，一咬银牙："晏姑娘，我们府上的四太太，就是我弟妹，她要出家去做尼姑了。"

"为什么？"晏三合皱眉，"是因为九姑娘吗？"

宁氏叹了口气："其实九姑娘是因为四太太的一句话才寻了短见。"

晏三合震惊："什么话？"

宁氏一提到这个，心里的火便噌噌噌蹿上来："怪不得都说女人啊，头发长，见识短。平日里我们这四房就有是非口舌，到了那种地方，晏姑娘你想想……"

大房埋怨二房。二房迁怒三房、四房。三房、四房骂大房毁了季府一家。大房反过来骂三房、四房平日里忘恩负义……

"晏姑娘，你是没瞧见啊，平日里一个个温柔贤惠的人，骂起人来比谁都尖酸刻薄，那刀子直往你心窝上戳。"宁氏想着那三个月的牢狱生活，也红了眼眶，"四太太遭了气，就把气撒到九丫头身上，戳着九丫头的脑袋骂了一句：平日里叽叽喳喳，就

·497·

数你最会说，这会儿倒成哑巴了，也不知道替你娘说句话，我辛辛苦苦生你下来，有什么用，一个个的讨债鬼，不如死了算了。"

"我娘平常也不是那样的人。"季蕙突然哽咽着开口，"九妹最小，娘也最疼她，也是被逼急了。"

"往下说。"晏三合眼皮都没眨一下。

季蕙一愣，心道：这姑娘怎么这么冷漠？一点同情心都没有。

"六姐，往下说。"谢知非看了晏三合一眼，"我和晏三合还有别的事，没时间耽误。"

"噢，噢。"季蕙忙道，"我娘因为九妹的事，受的打击太大，在狱里就不吃不喝，出狱后在家里待了两天，就说要去尼姑庵出家，谁劝也不听。"

晏三合："然后呢？"

"我们看她是铁了心，就想着让她去尼姑庵里清净几个月，过些日子等她自个儿想通了，再接回来。"季蕙又开始哽咽，"京郊的尼姑庵有好几座，我们把她安置在西郊的水月庵，可水月庵的庵主说我母亲六根不净，不肯收她。"

晏三合："那就换一个。"

"换不了啊，晏姑娘！"宁氏忙插话道，"别的尼姑庵不是在寺里，就是在寺庙边上，和尚和尼姑混在一起，不干净的。只有这个水月庵独门独院，最是清静不过。"

晏三合："说下去。"

季蕙："我娘——"

"六丫头，后面的我来说，你年纪轻，别碰这些邪门的。"宁氏急急地打断她，"庵主不肯收，我们就厚着脸皮搬出了明亭的身份，原本想着明亭管着僧录司，那庵主怎么样也得买他一个薄面，哪知那庵主油盐不进。后来我们找小尼姑一打听，才知道我们去的隔天夜里，庵里发生了一件蹊跷的事。"

晏三合："什么事？"

"水月庵一个叫静尘尼姑的墓被盗了，庵主忙着这个事，所以才没心思收徒。"宁氏有些心虚地看着晏三合，"我就想起我们家老太太的墓也是被人盗过的，这不就找你晏姑娘来了吗？六姑娘，快，替你娘求求晏姑娘。"

季蕙起身跪到晏三合面前："晏姑娘，我娘现在还跪在水月庵的庵门前，我做女儿的实在不忍心，求求你帮水月庵破了这个案子，好让庵主答应让我娘带发修行吧。"

晏三合看也没看季蕙一眼，便走到宁氏面前。

宁氏到现在都忘不了这姑娘是如何审她的，下意识也跟着站起来："晏姑娘，你行行好，帮个忙。"

"你们现在找我没用。"晏三合道，"我指一条明路给你们，去僧录司找裴明亭。"

宁氏急道："晏姑娘啊，人家不买明亭的账啊！"

"照我的话去做就行！"晏三合头一扭，"谢知非，我可以跟你走了。"

谢知非正出神地低头想事，听到晏三合喊，心一悸："事情都完了？"

·498·

晏三合皱眉："都完了。"

"那行，我们走。"他头一扭，看到季蕙跪在地上，一脸诧异，"六姐，好好的，你跪什么？"

"我说我的好三爷，你到底听没听啊？！"宁氏气得鼻子都歪了。

我听了前面半段，后半段……谢知非余光瞄了晏三合一眼："就照晏姑娘说的去做，错不了。"

"知非，找明亭真的有用啊？"季蕙眼神热切。

谢知非有些糊涂了，问晏三合："你让她们去找明亭？"

魂呢，三爷？晏三合深深看他一眼，随即看向宁氏："老太太的盗墓案我已经破了，你照着我的话去做就行，别的，不必多问。"

宁氏虽然还是一脑门子糊涂，但晏三合说的，她每一个字都信。

"还有，谢谢你们今天救了我。"晏三合声音放柔了一些，"以后有难事可以来找我，六小姐也算在里面。"

宁氏："……"她怎么有些糊涂了，明明晏姑娘说有难事可以找晏姑娘，为什么破案子还得先去找裴明亭？

"晏姑娘不必客气，应该的。"季蕙只当晏三合说的是客套话，"三伯母，咱们这就去吧，别耽误了。"

"去，这就去！"

宁氏连招呼都忘了打，拽着季蕙匆匆忙忙地走了。

走出铺子，暮色已经暗沉，晏三合等谢知非跟上来，道："是要我跟你回兵马司，还是……"

"先不说这个。"谢知非已经在朱青那里把后半段给补齐了，"你先告诉我，尼姑庵那个事是不是跟心魔……"

"是！"

"怎么这么快？"谢知非表情裂开了，"那郑家的案子……"

竟和李不言下午的话一模一样。晏三合回答得也一模一样："我尽力而为。"

这点，谢知非毫不怀疑："但一个人的精力是有限的，你总不能——"

"谢知非！"晏三合打断他，"与其担心这个，担心那个，不如先把案卷拿来给我看。"

谢知非动了动唇，没有说话。

"还有，这个案子过去九年了，查起来不是那么简单的，会非常非常难。"晏三合看着他，半点不藏道，"但我既然答应了你，就会一查到底，无论要用多少年。"

谢知非眼眶热了，他忽然在这一刻想明白了喜欢这丫头的其中一个原因：一诺千金！

是的，他喜欢她。从见第一面时隐隐的熟悉感、想一探究竟的好奇感，到此刻的心悸心动，如同水到渠成一般，自然而然地发生了。

真正的谢知非在娘胎里就患有严重的心悸病，受不得任何刺激。而郑家是武将出身，郑淮左的身体别说有病，活了八年的时间连个咳嗽都没有。

魂一换，身体也跟着慢慢变好，再加上这些年他习武健身，裴叔的精心调养，心悸的病再也没有犯过。谁知今日……

那走了神的后半段，他把这几个月来和她相处的点点滴滴都回忆了一遍，得出一个结论：他心动了。心动在点完香，化完念，她昏倒在他怀里的刹那；心动在她披头散发，浑身是血走出刑部衙门的刹那；心动在他喝醉了酒，去抢她茶盅的刹那。

谢知非看着她："先跟我回兵马司，我需要你对今天下午那桩事情的详细描述，然后签字画押，李不言也会到兵马司找我。"

说到李不言，晏三合想起来了："她去哪儿了？"

"我让她去徐晟的别院探一探。"

"有没有危险？"

"她的身手我清楚，不会。"谢知非道，"等她和我们会合了，我们去春风楼一边吃饭，一边等明亭。四太太她们找去了，不出两个时辰，明亭就一定会找来。"

安排很不错，晏三合合了下眼睛。

谢知非回头看一眼朱青："派人回去和老太太说一声，就说晏姑娘遇到了我，我陪晏姑娘吃点好吃的，看看京城的夜景。"

朱青正要点头，却听晏三合道："下午的事情，不要跟任何人说起，包括你们家老爷，还有大爷。"

…………

懿恩堂里。

老太太听完谢总管的话，笑眯眯道："要说贴心，还是咱们家老三最贴心。"

"可不是吗！"谢总管赔着笑，道，"有三爷陪着，晏姑娘一定会玩得开心。"

老太太："就是不知道老三身上的银子称不称手，这孩子一年到头在兵马司也挣不着几个银子。"

谢总管揣摩着老太太的心思："老奴回头偷偷地给三爷送几百两去？"

老太太眉开眼笑："好好好！"

话刚落，谢道之穿着官袍走进来。

"怎么衣裳都没换？"老太太担心地看着儿子，"可是出了什么事？"

"没事，过来陪老太太用饭。"谢道之看一眼谢总管，"命人摆饭吧，再让人去和太太、大奶奶说一声，都不用过来侍候了。"

"是，老爷！"

母子二人的饭就摆在里间。

谢道之吃了几口，便放下筷子，道："母亲，杜家的那个姑娘和老三成不了。"

儿子一进门，老太太瞅一眼他的脸色，就知道有事，却不承想是这个事："怎么就成不了呢？"

"这事说简单也简单，说复杂也复杂。"谢道之叹了口气，"杜家和咱们谢家不是一条心，走岔了。"

老太太虽不明白这条心和那条心，但对"走岔了"三个字还是清楚的："是咱们岔了，还是他们岔了？"

"他们岔了。"

老太太半点不含糊："那就不可惜了。"

谢道之松了口气，拿公筷帮老母亲夹一筷子菜："就没见过比母亲还通透的人。"

"儿子，娘这不是通透，是知趣。"老太太感叹，"娘大门不出，二门不迈，外头的天地是什么样的，哪个弄得清楚？你做着官，当着家，娘不听你的听谁的？"

"听儿子的就对了。"谢道之起身，"母亲慢慢用饭，儿子去太太房里吃。"

"去吧，去吧！"老太太不放心，又叮嘱了一句，"和太太好好说话，她这人虽不聪明，但心是好的，这些年也不容易。"

"是！"

…………

什么？吴氏结结实实激灵了一下，三儿请晏三合吃饭？

为什么要请？不是昨儿才在一起用过饭？吴氏眉头紧皱，心说这要是让杜依云知道了，可怎么是好！

"老爷来了。"

吴氏赶紧迎出去，赔笑道："老爷可用过饭了？"

谢道之："还没有，刚给老太太请完安。"

"老太太用过了？"

"正用着。"

吴氏忙让下人摆饭，又亲自取来湿毛巾给男人净手。

一通忙活后，夫妻二人面对面坐着，吴氏帮谢道之布菜，又将那道清蒸鱼的刺一根根挑出来："老爷多吃一些，瞧着脸上有些清减。"

"别忙，你也吃。"谢道之喝了几盅酒，见吴氏吃得差不多，才开口道，"杜家那姑娘以后不会再来府里了。"

吴氏手中的筷子吧嗒掉到桌上："老爷这话是什么意思？"

谢道之把筷子捡起来，塞到吴氏手中："以后，咱们再给三儿相看更好的。"

"哪里还有更好的？"吴氏心头发酸，"杜家要门第有门第，杜姑娘要相貌有相貌，要人品有人品，放眼京城，还有谁比得上她？"

谢道之哑然。

吴氏看着男人："老爷，咱们夫妻多年，你给我一句实话，到底是为什么？"

谢道之本不想多说，但看着吴氏鬓角处的几根白发，忍不住说了实话："不关两个孩子的事，是我和杜老爷走岔了，两个人不是一条心。"

"老爷自打入官场，就跟着杜家老爷，这几十年从来没变过。杜老爷乃当世大儒，德高望重，老爷，你不应该啊！"吴氏苦口婆心，"就算杜老爷有做得不对的地方，老爷看在过往的情分上，也该忍一忍，让一让。"

啪！谢道之把筷子一放："我做人做事，需要你一个妇道人家来教我？"

吴氏吓得脸都白了。

谢道之冷冷道："事情我已经定下了，你心里有个数，回头三儿的婚事我会放在心上。"

"老爷，"吴氏用力嘶喊一声，"说句诛心的话，你背师弃友可是会被世人戳脊梁骨的啊。"

这话生生戳到谢道之的痛处，他再也忍不住，噌地站起来，看都不看吴氏一眼，甩袖离去。

无知蠢妇！

第三十八章 神婆

方洲院里。

"大奶奶，大奶奶。"

朱氏忙放下账本，抬头看着几乎是冲进来的春桃，道："你这是做什么，呼天抢地的？"

春桃伸出两根手指头，气喘吁吁道："大奶奶，两件事。"

"快说。"

"头一件，刚刚三爷让小厮来传信，说请晏姑娘在外头吃晚饭，顺便带她看看京城的夜景。"

朱氏愣了片刻，笑了："老三他这是在和二房对着干呢！"

"可不是吗！"春桃，"上午晏姑娘才被二爷请出去，晚上三爷也请人吃饭，这不是生生在打二爷的脸吗？"

朱氏眉心蹙了蹙："奇怪，老三的性子很少这么直接的。"

"这就得说这第二件事了。"春桃压着声道，"老太太房里刚刚传出来的消息，杜姑娘和三爷的婚事不成了。"

"什么？"朱氏对上春桃的眼睛，主仆二人大眼瞪小眼半晌，朱氏扑哧一声笑道，"要死了，竟被我说中了。"

"可不是被奶奶说中了。"春桃也笑，"奶奶以后再也不用对着杜依云左一声哄右一声哄，跟哄祖宗似的，奴婢在边上瞧着都累。"

朱氏听她这么一说，笑意淡下来："这事不对，杜家和谢家——"

"大爷来了！"

帘子一掀，谢而立走进来，斜睨春桃一眼："我和大奶奶有话说，你到外头去守着。"

"是！"

谢而立在炕沿坐下，连句寒暄的话都没有："刚刚我一回府，就听说父亲气冲冲地从母亲房里出来。"

朱氏惊一跳："为着什么事？"

"多半是为了老三和杜依云的事。"谢而立拎起茶壶给自己倒了盅温茶，呷一口，"这桩婚事成不了，和两个小的没有关系。"

朱氏有些讶异。

和两个小的没有关系，那就是和谢、杜两家的老爷有关系；和两个老的有关系，那就是和朝廷有关系。

朱氏心思转了几下，便没有再问下去，而是另起话头道："以后杜家的节礼、年礼是个什么章程？"

"按老规矩办就行。"谢而立说完，又添一句，"送不送是我们的事，收不收是他们的事，对得起自个儿良心就可以了。"

这话一出口，朱氏心里哪还有不明白的道理？老爷和杜老爷暗底下是闹僵了，但面上的样子，该做的还得做，免得旁人说老爷忘恩负义。

"大爷放心，这事我心里有分寸了。"

谢而立看妻子的眼神极为赞赏，心说母亲要是有她一半的聪明，也不至于被柳姨娘生生压一头："母亲那头，我们俩瞅着机会在一旁劝劝。"

"母亲对杜姑娘是很满意的，一门心思想促成两人，一时半会儿怕是难。"

"你满意杜家姑娘吗？"

"我？"朱氏确定两家的婚事成不了，才敢露出一点自己的心思，"杜家姑娘的性子，还是太骄纵了些。"

"我也是这么想的，所以没什么可惜的。"谢而立想着父亲早上的话，又问道，"晏三合，你觉着她怎么样？"

朱氏摸不透男人问这一句话的真正用意："好好的，大爷问起她来做什么？"

谢而立看着朱氏："先不管别的，你只与我说说，她这人如何？"

"说实话吗？"

"说实话！"

朱氏思忖片刻，道："她与杜依云是截然不同的性子，一个是外冷内热，一个是外热内冷。"

"除此之外呢？"

朱氏对上男人的眼睛："我还挺喜欢这丫头的。"

·503·

谢而立微惊。

他和朱氏成婚这么些年，太清楚她的个性，话不会说全，心思只露一半，任何事情都留有三五分余地。她这么直白地表露出自己的喜好，还是头一次。

"父亲早上问我，如果把她和老二配在一起……"谢而立话锋一转，"你觉得如何？"

朱氏半晌才道："不妥。"

谢而立诧异："为何不妥？"

"我瞧着晏姑娘是个有主见的，别说老二，就是配老三，只怕也得她点头同意才行，咱们这头做不了主。"

谢而立点点头："说得很是。"

"还有一点。"朱氏声音放轻了，"如果她真去了二房，那我这个当家奶奶会比较惨。"

"惨在哪里？"

"那头已经有一个聪明人，再添一个……"朱氏轻轻叹气，"我只有一个脑子、一张嘴，算计不过，也斗不过。"

谢而立心里咯噔一下。

…………

北城兵马司最里面的一座院子，灯火通明。

谢知非和晏三合面对面，一个记，一个说。

谢知非把几张纸递给晏三合："你看看，有没有问题？"

晏三合扫了几眼："没什么问题。"

谢知非把纸一收，看着她："当时怕吗？"

晏三合点点头。

"以后真不能心软了，晏三合。"谢知非脸上前所未有地凝重，"四九城不比云南府，水深得很，凡事都要多留个心眼。"

晏三合又点点头。

"为什么要瞒着我爹和我大哥？"

"不喜欢被人嘘寒问暖。"

她说这话的时候，脸上依旧没什么表情，语调也很平淡，谢知非的心却像被什么轻轻挠了一下，有些疼，有些酸，还有些涨。

就在这时，李不言一头冲进来，朱青跟在她身后。

晏三合刚站起来，人已经落在李不言的怀里。

"晏三合，你真的……"李不言鼻子发酸，话开了个头就再也说不下去，眼泪一颗一颗地往下掉。

谢知非和朱青面面相觑，这么强悍的女子竟然还会哭？稀罕！

"没事，没事！"晏三合拍着她的后背，柔声哄着，"一点伤都没有，不信你看，都好着呢！"

"晏三合！"李不言语气中夹着深深的后悔，"以后我再也不会把你一个人扔下。三爷说得对，管别人死活干吗，谁也没有你重要。"

"都是我的错。"晏三合声音中带着些撒娇的意味，"以后咱们谁也不救，只顾着自个儿。"

李不言："绝不心软？"

晏三合："绝不心软！"

"喀喀……李不言，"谢知非心里着急想知道那两个蒙面人是谁，出声打断道，"你那边是什么情况？"

李不言推开晏三合，吸了吸鼻子："徐晟那孙子就在别院里，身旁一帮侍卫，刚开始他还很悠闲地喝着小酒，后来等得不耐烦，就命人去门口看看。"

谢知非："然后呢？"

"然后他就急了，就在他急的时候，有两个人跑回来，说把人弄丢了。"

晏三合："其中一人的右手是不是伤了？"

李不言："对，右手伤了，衣袖上有一摊血渍。"

晏三合和谢知非对视一眼：果然，被他们料中了，是徐晟那个龟孙子。

一旁的朱青问道："后来呢，李姑娘，你有没有动手？"

"不急，听我说完！"李不言双手慢慢握成拳头，"我一听人弄丢了，不确定是不是晏三合，就在屋顶继续趴着。"

谢知非追问："然后呢？"

"然后那孙子把茶盅也砸了，桌子也掀了，发了一通火后，进屋折腾女人去了。"李不言冷笑一声，"我听得不耐烦，正打算先放一把火再说，哪知那孙子突然大喊一声：晏三合，老子早晚有一天要把你压身下，你给我等着！"

她学得惟妙惟肖，晏三合还没怎么着，一旁的谢知非却怒到极致："你没把他的另一条腿也给打断？"

晏三合心中一动，难不成徐晟的一条腿是谢知非动的手？

"断腿有什么意思，姑奶奶直接把他第三条腿连根削断了，让他这辈子只能做太监。"

朱青只觉得裆下一凉，心说这丫头也忒下得去手了。

晏三合嘴角微微颤抖："你没被发现吧？"

"我做事，你还不放心？再说了，发现又怎么样？"李不言眉一挑，"三爷说了，出了事，他兜着。"

晏三合难以置信地看着谢知非，谢知非特别认真地点点头："没错，我兜着。"还没完，他还特别认真地夸了一句，"李不言，干得好！"

李不言得意极了，语气特自信："这会儿，全京城的太医都往那孙子的别院赶呢。没用，东西我喂狗了，狗都不肯吃，嫌恶心。"

·505·

"谢知非,姓徐的一条腿是你弄断的?"晏三合突然问。

三爷一怔,这才意识到自己说漏嘴了,随即嘴角一勾:"小甜嘴,胡辣心,三爷的人可不是那么好欺负的。"

晏三合只当"三爷的人"是谢府二小姐,便不再吱声。再说了,她不觉得李不言下手重,那命根不断,以后祸害的姑娘更多。

"晏三合,你和李不言先去外头等我,一会儿咱们去春风楼吃点东西。"谢知非绷着的神经松下来,只觉得累极了,"这一天过得可真够折腾的。"

晏三合正好有话要对李不言说,拉着她就往外走。

谢知非朝朱青看一眼,朱青忙上前:"爷,什么事?"

"徐晟的事,派人给太孙送个信。"

"是!"

"让他别动手,心里有个数就行,这一回三爷亲自来。"

朱青一惊:"三爷,还没完吗?"

"完什么完?"谢知非笑得一脸坏,"爷不弄死他,爷就跟他姓!"

朱青看着自家爷的脸色:"爷最近身子不好,要不……"

"好着呢!"谢知非拍拍朱青的肩,目光向门外看过去,"放心,爷前所未有地好。"

…………

杜府,内宅。

杜依云眼泪哗哗地流。

一旁的倪儿愤愤道:"什么父母之命,媒妁之言,都是假的,根本就是三爷对小姐变了心。"

"依云啊,四九城也不是只有他谢老三一个长得好看的男子。"事到如今,杜大爷只能劝,"凭咱们家的门第,什么样的高门世家寻不着?"

"就是。"杜二爷在边上帮衬着,"他一个短命鬼,还配不上你呢。"

"哥,"杜依云泣声道,"不是做妹妹的非要犯贱贴上去,实在是我和他这么多年的情分……"

"小妹啊,"杜大爷叹了口气,"男人要是变心,十头牛也拉不回来,你也别哭,这事咱爹总会为你做主的,不会白白让你受欺负。"

杜二爷一拍桌子:"下回别让我见到他,见一次,我打一次。"

杜依云用帕子拭泪:"谢谢大哥、二哥为小妹做主,那姑娘后来怎么样了,找着了吗?"

"你管她死活呢。"杜大爷恨铁不成钢,"听哥一句话,做人不要太心善,人善被人欺。"

杜二爷也帮着数落:"记着大哥的话,心要狠一点、硬一点。"

杜依云含泪点点头。

亲妹子梨花带雨的样子让杜家两位爷觉得心酸,不忍再看,叮嘱了几句后便愤愤地离开。

人一走,杜依云脸上哪还有半分柔弱之色:"倪儿,去打听打听徐家别院的事。"

"是!"

半盏茶工夫后,倪儿匆匆回来:"小姐,徐晟出事了。"

杜依云一惊:"什么事?"

倪儿红着脸道:"他的命根子被人削断了。"

"是谁弄断的?"杜依云脸色一白,"晏三合吗?"

"具体的不知道,但外头已经传得沸沸扬扬,全京城的太医都往别院去了。"

"晏三合呢,她死了没有?"

倪儿喘了口气:"奴婢得到信,便匆匆来回小姐,还没顾得上打听。"

"立刻去打听。"

"是!"

"慢着!"

"再去打听打听谢知非在哪里。"

"是!"

屋里再度静下来,杜依云手里紧紧地攥着丝帕,忽地笑了:"晏三合,你最好是臭了、烂了、残了、死了,否则我还要想办法再对付你。"

是的,这一次又是她。

徐晟那个下三烂,越是得不到的女人,心里越会惦记,只要派人偷偷告诉他一声,当初他惦记的那个女人回来了,他保证不择手段要把人弄到手。

晏三合,别怪我心狠手辣,除了谢知非外,你还有一桩事得罪了我。

我杜依云跪天跪地跪父跪母,还没跪过别的人。那一跪,众目睽睽之下,你把我杜依云的脸踩在了脚底下,把我杜家的脸踩在了脚底下,这份耻辱,我定要加倍还给你。至于你谢知非……

杜依云眼睛一眯。

你原本就是我身后跟着的一条狗,只有主人不要狗,没有狗反过来挑主人的道理!

…………

第二次上春风楼,谢知非特意要了一个大的包房。

他们刚坐下,茶还没喝一口,门便被一脚踹开。

裴笑冲进来:"晏三合,晏三合,你有没有事?"

晏三合看着他满头满脸的汗,心中一暖,语气也软了几分:"没有。"

"哎哟,吓死我了。"快被吓死的裴大人目光一偏,伸手,咬牙切齿地冲李不言点点,"护不住主子的下人,就该剁碎了喂狗。"

李不言:"……"

裴笑:"谁干的,谢五十,你查到了吗?"

"徐晟那孙子。"

"徐晟？"裴笑一怔，"我在来的路上，听说那龟孙子被——"

谢知非赶紧装咳嗽，喀喀喀喀……

裴笑一挑眉："你干吗——"

谢知非目光向李不言瞄过去，不够，再瞄一眼。

"你看她干什么……"忽然一道电光闪过，眼睛瞪起的同时，裴笑赶紧用手捂住嘴巴，免得自己惊叫起来。

李不言莞尔一笑："裴大人还打算把我剁碎了喂狗吗？"

裴笑一脸"姑奶奶，我哪敢"的神情，冲她翘翘大拇指："李大侠，干得漂亮。"

"明亭……明亭……裴明亭！"

"喊什么？"裴笑探出头，"在这儿呢！"

宁氏气喘吁吁地跑进来："你这孩子，跑那么快做什么，我追都追不上……啊，晏姑娘、三爷都在呢，这么巧，又见面了。"

巧什么？谢知非："三太太，晏姑娘特意在这里等你。"

"等我做什么？"宁氏纳闷了。

就在这时，六姑娘季蕙满头香汗地跟进来，一看包房里的人，也纳闷了，用眼睛询问裴笑：你怎么又把我们领回来了？

不把你们领回来，你们怎么求人办事？裴笑招呼："三舅母，六姐，你们都别站着，坐下说话。"

宁氏和季蕙不明就里地坐了。

裴笑顺手把门一关，神色十分凝重："两位，接下来我要说的话，你们每一个字都要听清楚了，水月庵静尘尼姑的墓不是被盗。"

季蕙："那是什么？"

宁氏脸一白："闹鬼了？"

季蕙一把抱住宁氏的胳膊："尼姑庵怎么也闹鬼啊？佛门清净之地啊。"

宁氏赶紧碎碎念："阿弥陀佛，阿弥陀佛！"

裴笑气得跺脚："你们一个个的，能不能不要打断我的话？！"

"我来说吧！"谢知非帮两人把茶倒上，"三太太，六姐，静尘尼姑的墓不是被盗，也不是闹鬼，而是她生前有念，时间一久，念就成了魔，需要请人来化念解魔。"

宁氏两排牙齿直打战："完了，完了，完了，这比鬼还厉害，直接扯上魔了。"

不对啊！她眼睛一瞪："谢哥儿，这世上哪有魔啊？"

季蕙："对啊，神神鬼鬼的事倒是听说过。"

宁氏灵机一动："是色魔吗？"

季蕙整个人都不好了："妈呀，色魔专挑死了的尼姑下手？"

宁氏赶紧碎碎念："阿弥陀佛，阿弥陀佛！"

谢哥儿：得，他也说不下去了。

"三太太！"李不言忽地抽出软剑，往桌子上一放。

季蕙吓得一边尖叫，一边往宁氏怀里钻。

"回去告诉水月庵的庵主，想要让静尘的棺材板合上，就到谢府找我家小姐。"

宁氏："然……然……然后呢？"

"让她来求我家小姐，我家小姐自然就会帮她化念解魔，否则的话，你们一个个都要倒霉的。"

裴笑和谢知非扭头看着李不言：她们倒霉？

李不言老神在在：先吓唬吓唬。

宁氏一听要倒霉，顿时三魂丢了两魂："你……你……你家小姐不……不……不是破案的？"

"不是！"李不言正色道，"我家小姐擅长和棺材合不上的死人说话，嗯，就是你们嘴里的神婆。"

棺材？死人？说话？

咚的一声，宁氏和季蕙的脑袋撞在一起，两人已经直挺挺地晕了过去。

"三舅母，二舅母！"

"六姐，六姐！"

"哎，真不经吓……"

…………

太孙别院已经掌灯，赵亦时穿一件白色单衣，盘坐在榻上。

他身后，裴寓正在帮他清理背上的两处杖伤："明日开始就不用再擦药膏了，伤口千万别沾着水，痒的时候忍一忍，别挠。"

赵亦时笑道："裴叔还把我当孩子看呢。"

"不是孩子是什么？"太孙打小就在他手上看病，有什么病啊痛的，都经他的手医治，在他心里，太孙和三爷都是他的孩子。

严喜把药端进来："殿下，喝药了。"

赵亦时皱眉："裴叔，这药要喝到几时？苦。"

"还说不是孩子，喝药都和小时候一模一样。"裴寓笑，"明儿就停吧。"

赵亦时这才拿起药碗，一口气灌下。

严喜接过空碗："裴太医，府上总管等在外头，说有急事。"

"什么急事要找到这儿来？"裴寓忙收拾东西，朝赵亦时行礼道，"殿下好好养伤，我明儿再来。"

"严喜，替我送送。"

"是！"

二人离开，等在一旁的沈冲立刻上前，附在赵亦时耳边一通低语。

赵亦时火速变脸："当真？"

"千真万确，案子已经由西城兵马司移交给了锦衣卫，徐来这会儿正在汉王府上哭诉呢！"

"怪不得裴家的总管竟找到这里来，敢情徐家是要断后啊！"赵亦时沉默了一下，道，"锦衣卫那边可寻着什么线索？"

"回殿下，李姑娘做男装打扮，下手十分利索，徐晟一口咬定行凶的是个男子。"

"你留心着些，有什么对李姑娘不利的线索暗中抹掉。"

"是！"

赵亦时从榻上站起来，在房里踱了几步，忽地笑了，笑声不轻也不重，像夜风般让人舒畅："这个李姑娘，倒有些意思。"

沈冲也弯起嘴角："爷，胆子太大了，下手忒狠了。"

是大。从玄奘寺赶回京城那一夜，五人挤在一辆马车里，那姑娘的眼睛瞪得比铜铃还大，一眨不眨地盯着他看。放眼天下，敢这样盯着他看的女子寥寥无几。

赵亦时回味着那双眼睛，笑容更深了些。

"爷，还有一件事，刚刚南边有消息进京，南宁府知府周也自焚身亡。"

"自焚？"笑容僵在赵亦时嘴角，"为什么？"

"患了重病，无药可治。"

"什么时候的事？"

"一个半月前。"

"一个多月前的事情，为什么现在才送到京里？"

"说是要查清火灾的原因。"

赵亦时忖片刻，道："南宁府山高路远，又是个穷地方，这个职位空下来，没有人瞧得上，正好方便安插我们的人。"

"爷在那么远的地方安插人，可是为了季府老爷？"

"我的心思都被你摸透了。"赵亦时深深地看他一眼，"季陵川什么时候动身？"

"三天后。"

"你安排一下，我们三个去送送他。"

"是！"

…………

杜府，内宅。

"小姐，小姐，打听到了。"倪儿走上前，"那贱人什么事情都没有，这会儿正和谢三爷在春风楼用饭呢！"

杜依云拿起茶碗就往地上砸。

倪儿怕她伤了自个儿，忙把她扶进里屋，又冲外头的丫鬟大吼道："有气没有，还不赶紧弄干净？！"

门一关，倪儿压着声道："依着奴婢说，一定是三爷把她救出来的，否则她不可能那么好命。"

"一定是他。"杜依云胸膛一鼓一鼓的，"他在五城兵马司，消息最为灵通。"

"那……徐公子的命根子会不会也是他派人……"

杜依云心头一跳，转过头看着倪儿。

"小姐，你想啊，如果不是三爷，谁还会有这么大的胆子，敢动刑部侍郎的独子？"

杜依云示意她不要说话，自己在椅子上坐下来。

本来她以为徐晟的命根子是晏三合弄断的，既然晏三合没事，那她身边就一定有帮手。

晏三合的底细，她仔仔细细打听过，就是云南府一个父母双亡、无亲无戚的野丫头，仗着和老太太沾亲带故，来京城投奔。偌大的京城能帮她的只有一个谢老三，由此可见，倪儿的话是对的。

"想要引出谢老三，就要把徐晟偷偷暗算晏三合的事情让他老子知道。"杜依云脑子转得飞快，"晏三合的婢女到北城兵马司报了案，这事白纸黑字抹不掉，你把这个消息传到刑部。"

倪儿："然后呢？"

"然后……"杜依云冷冷一笑，"徐来就会想我儿子前脚要掳人，后脚就被割了命根子，这么巧的吗？"

…………

这兵荒马乱的一天格外漫长，漫长到似乎时间都停止了。

静思居里，晏三合沐浴过后，在院子里慢慢踱着步。

"怎么还不睡？"李不言扒着窗，困得两只眼睛睁不开。

晏三合走过去，揉揉她的脑袋："你先睡，我想点事。"

李不言打了个哈欠："别想太晚。"

"放心。"

晏三合帮她把窗户掩上，在院子里走了几步后，拉开院门，直奔世安院。

世安院里，裴笑和谢知非正在庭院乘凉。刚刚收到太孙那边的消息，三天后去送一送季陵川，他们送没问题，就怕太孙那头又惹太子不高兴。

有脚步声传来，两人抬头，都愣住了。这么晚，他怎么会来？

谢不惑走近，目光扫过小几上两个酒盅，静默片刻，道："怎么也不让厨房弄些下酒菜？"

谢知非笑了，用一种比纨绔还纨绔的语气道："二哥这么晚了不睡觉，跑这儿关心小弟来了？"

"怎么，三弟不欢迎？"

"怎么会呢？"谢知非一抬下巴，"来人，给二爷拿把竹椅，添个酒盅。"

"不必了。"谢不惑的目光淡淡地看向裴笑，"只是听说明亭在这里住下来，好久不见，过来打个招呼。"

"哎哟，我的天。"裴笑嬉皮笑脸道，"劳二哥亲自跑一趟，罪过罪过，二哥最近忙些啥，哪天有空一道听个小曲去？"

谢不惑温和道:"明儿就有空。"

"那不巧了,我明儿没空。"裴笑一耸肩,"只能改天再聚了!"

这语气,谁听了都觉得十分欠揍,根本没有半点诚心。谢不惑却依旧温和道:"行啊,那就改天。"

裴笑附和着笑了两声,身子一转,背过去翻了个白眼:谁跟你改天啊。

"不早了,我先走。"谢不惑冲谢知非一颔首,"三弟早些睡,明亭你也早点睡。"

谢知非懒得连屁股都没抬:"二哥,慢走。"

裴笑这时才又转过身,用眼睛问三爷:他干吗来了?

谢知非勾唇:我哪知道?!

裴笑:瞧着有些不怀好意。

谢知非:把"瞧着"二字去掉。

"晏姑娘,这么晚了,你这是……"

眼神正勾勾搭搭的两个人同时跳起来,一个理了理微乱的衣裳,一个把微乱的衣裳理了理。

晏三合看着面前的男子:"我找谢知非有些事。"

谢不惑往边上让了让:"快进去吧,三弟和明亭在院子乘凉呢。"

"嗯!"晏三合一点头,侧身从他面前走过去。

片刻后,院子的门砰的一声关上,接着有落闩的声音。

谢不惑走到拐角处,转过身看着那院子昏黄的灯光,眼神变得十分古怪,像愤怒,又像不甘,还有深深的隐忍。

…………

院子里。

晏三合看着谢知非:"徐晟不是别人,是刑部侍郎的独子,你确定能撑腰?"

谢知非吃不准她是什么意思:"你在担心什么?"

晏三合:"前脚我出事,后脚徐晟出事,我一介孤女无足轻重,但我背后的谢家……"

裴笑抢话道:"你是怕事情惹到谢家头上?"

"我只是提个醒。"晏三合道,"也许三爷和谢家是不怕的。"

她声音不咸不淡,直直地传入谢知非的胸腔,谢知非感觉自己的心像泡进了热水里,暖极了,也舒服极了。

"别担心!"裴笑下巴一横,"横竖有我呢!"

晏三合看裴笑一眼,没理会:"谢知非,李不言到你们北城兵马司报过案,我在你那边画过押,他徐晟的案子是案子,我的案子也是案子,我身后谢家的案子更是案子。"

谢知非眼前一亮:"你的意思是……"

"三爷有没有听过一句话?"晏三合转过身,走到院门边,拉开门闩的同时,轻声道,"恶人先告状!"

谢知非的呼吸瞬间急促起来,原本疲倦的身体像打了鸡血一样,劲儿都上来了。

这世道,好人怕坏人,坏人怕恶人,他徐晟要是认准是谢家动的手,就得先承认他动谢家的人。两个案子一前一后,谁也没确凿证据,就看谁的腰板硬、后台硬。

"明亭。"

裴笑一脸得意:"我知道你要说什么,别藏着掖着,使劲儿夸。"

谢知非扭头看他:"你怎么知道我要夸她?"

"你一撅屁股,我就知道你要拉什么屎。哎哟喂,我小裴爷看娘子的眼光简直逆天。"

谢知非不理会这人的德行,一把拽住他的手:"走,陪我找我爹去。"

裴笑笑得一脸狡诈:"谢五十,到了你爹那里,咱们怎么办?"

"委屈的,咱们有。"谢知非黑眸一眯,坏笑,"割小兄弟的,咱们没有!"

…………

五月的京城发生了两件不大不小的事。

一件事是刑部侍郎徐来的独子被一个蒙面人割了小兄弟,做了真太监。

此案原本由西城兵马司接手,不知何故闹到了锦衣卫那里。锦衣卫根据徐晟的描述,全城搜捕一个身形偏瘦、个子小巧的年轻男子。

另一件事,内阁大臣谢道之新收的养女光天化日之下差点被坏人劫持。

此案由北城兵马司接手,北城兵马司的老大是谢家人,为了避嫌,他主动把案子交到了锦衣卫手上。锦衣卫根据苦主的描述,全城搜捕两个蒙面人,其中一个右手带着伤。

锦衣卫指挥使冯长秀被这两个案子闹得是一个头两个大。

为啥?因为刚做了太监的徐晟,一口咬定是谢府的三爷把他的小兄弟给割了,但没有真凭实据。还因为谢府三爷指证是新太监徐晟指使扈从劫持谢家养女,但也没有真凭实据。

徐家的身后是汉王。

谢三爷身后是裴大人,裴大人身后是皇太孙,是太子。

冯长秀感觉自己痔疮都要犯了,索性把两个案子都往抽屉里一压,来了一个拖。

谢府的养女反正被人救下,拖拖倒也无所谓。徐晟的小兄弟被割了,再也装不回去,徐来岂能甘心?连着三天的早朝,徐来都像条疯狗一样,事事咬着谢道之不放。

谢道之是什么涵养,任由徐来上蹿下跳,就是一声不吭。

文武百官冷眼看了三天的好戏,心里没有半点对徐家绝后的同情,反倒隐隐生出些担心,联想起前些日子季家被抄……看来汉王一脉已经按捺不住,开始蠢蠢欲动。唉,四九城又要没有太平日子过了。

三天后,天刚蒙蒙亮。

一辆马车悄无声息地从季府门口出发,穿过南城门,直奔官道而去。

马车行出十几里，忽然被人拦下来。季陵川掀帘一看，眼眶瞬间发热。

"哎哟，我的舅舅哎，可别，那头还有两位呢。"裴笑指指一旁，"你见着他们俩再哭也不迟。"

"滚蛋。"

季陵川艰难地跳下马车，整了整衣衫后，一瘸一拐地走到亭子里，正要下跪，被赵亦时一把拦住："这里没有外人，不必多礼。"

"殿下，就让我再跪一跪吧！"季陵川推开赵亦时的手，伏在地上，认认真真地磕了三个头。

他磕完，又艰难地爬起来，转过身冲一旁的谢知非深深行了一礼，吓得谢知非赶紧扶住："季伯这是做什么？"

"一是谢谢你千里迢迢为季家走这一趟。二是替我谢谢晏姑娘，她……"季陵川张了张口，想说些什么，却什么也说不出来，只是紧紧地握着谢知非的手不放。

谢知非见他短短数日整个人已瘦得不成人形，头上一根黑发都没有，诸多话也是哽在喉咙里。

"陵川不必难过。"赵亦时，"过些日子南宁府有新知府上任，到时候我会叮嘱他暗下照顾你。"

谢知非一听这话，装作无意地瞄了裴笑一眼。

裴笑站在赵亦时身后，目光也向他看来。

四目相对，两人心里确认了一件事：周也的死讯已经传到京中。

季陵川松开谢知非的手，转身道："陵川谢过殿下。"

"京中你也安心。"赵亦时拍拍他的肩，"先蛰伏几年，总有扬眉吐气的那一天。"

季陵川听到这话，苦涩一笑："殿下不必对季家太过上心，做个闲人未必不是他们的福分。"

"生死线上走一遭，陵川倒是什么都想开了。"

季陵川看着远处的天际，像在与赵亦时说话，又像在自言自语："从前我汲汲营营，一心只想着出人头地、封妻荫子、光宗耀祖，后来才明白，人活一辈子，到头来只有自个儿。从前不懂什么叫难过，以为哭得撕心裂肺就是难过，后来才知道，真正的难过是说不出来、叫不出来、哭不出来。"

赵亦时一时竟不知道如何回应。

"长江之水载舟亦覆舟，黄河之浪渡人也渡鬼。"季陵川声音低沉如钟，"殿下，陵川说句僭越的话，庙堂之高也好，江湖之远也罢，势不可使尽，福不可享尽，事不可做尽。"

赵亦时一听这话，心底暗暗惊骇。

"三位，各自保重吧！"季陵川嘴角牵出一丝笑，双手抱抱拳，又一瘸一拐地走回马车上，再没回头。

尘灰中，马车渐渐远去。

良久，赵亦时叹了一声："他可是悟了？"

裴笑："应该是悟了。"

"不仅悟了，而且是悟透了，是好事。"谢知非收回目光看向赵亦时，"怀仁，南宁府的知府我们见过，叫周也，他调去了哪里？"

"他自焚了。"

"自焚？"谢知非和裴笑几乎异口同声，满脸的惊色，心里却长长地松了口气。自焚好啊，什么都化作一片灰烬，想查也没处查，落得个干净。

"听说是患了重病，接任的人选我已安排好。"赵亦时话到这里，忽然拐了个弯，"那两桩官司怎么样了？"

谢知非嘴角上扬："能怎么样，拖呗。"

裴笑呵的一声："回头见着那孙子，得叫一声徐公公了！"

赵亦时笑了下，一瞬即收："五十。"

"嗯？"

"你动徐晟的时候，顺便把徐来一并解决吧！"

谢知非心一惊，下意识地去看赵亦时的眼睛。

"一条疯狗，我已经忍他太久，也是时候拔了他的狗牙、打断他的狗腿了。"赵亦时一双黑沉沉的眸子里没有半点情绪。

太子的端木宫在城东，汉王的重华宫则在城南。一东，一南，地位的高低一目了然。

重华宫前，汉王赵彦晋的辂车停下，忽然有侍卫探头进来："王爷，徐大人已经等候多时了。"

赵彦晋脸色微微一沉："把人先领去偏厅，把伯仁叫到书房来。"

"是。"

下马车，换轿子，轿子一直抬到书房的门口。内侍忙迎上来："王爷，先生已经等在书房了。"

赵彦晋大步走进去。

窗前一个白发中年男子转过身，朝赵彦晋行礼，正是汉王最信任的幕僚、军师董肖，字伯仁。

"伯仁不必多礼。"赵彦晋虚扶一把，"徐来又来了，你说这事怎么办？"

董伯仁冷笑："王爷可还记得三年前我评价徐来的话？"

能不记得吗？三年前他想把徐来安在刑部侍郎的位子上，董伯仁并没有出声反对，只淡淡地说了一句："此人溺子太过，不是好事。"

这些年，徐来作为他汉王的狗，的确是尽心尽职，无可挑剔，但徐来的儿子徐晟实在不是个省心的主儿啊。

谢道之是什么人？是他赵彦晋一门心思想拉拢的人。这个徐晟倒好，满京城这么多的女人看不上，竟然看上谢道之新收的养女。看上了还不算，竟然还青天白日地明抢……骂他一声畜生，都觉得是在侮辱"畜生"两个字。

"伯仁，过去的事情不谈，看看这事如何应对。"赵彦晋用茶盖拨了拨茶叶。

"断子绝孙这事，搁谁身上都是灭顶之灾。"董伯仁沉默良久，"如何应对，还看王爷的意思。"

"怎么说？"

"事情牵扯徐、谢两家，徐晟掳人是板上钉钉的事，徐来自个儿也向王爷承认，但谢老三行凶，无凭无据，不过是徐来父子的推断。"董伯仁道，"王爷若还想拉拢谢道之，那就不能让徐来乱来，命他忍下这口气，若王爷对谢道之不抱希望……"

"谢道之，"赵彦晋冷哼一声，"本王的手伸过去足足三年有余，这只是装聋作哑，可见与本王不是一条心啊。"

"既然不是一条心，那就让徐来放手去做，哪怕最后不能收场，徐晟那根命根子挡在前面，怎么样也扯不到王爷头上。"董伯仁道，"若徐来能把谢道之拉下马，内阁一席空缺，咱们顺势可以把杜建学安插进去。如此一来，局势对王爷就大为有利了。"

"妙啊。"赵彦晋一拍掌，眼睛倏地亮起来，"来人，把徐来请进来。"

…………

徐来从重华宫出来，直奔家中。

他回到徐家，连官服都来不及脱下，便匆匆去了儿子的院中，还没进院，远远就听到一片闹声。

"都他娘的给老子滚！"

叭——当——

徐来一激灵，加快了脚步。

"老爷。"下人们看到徐来，像看到了救星，忙纷纷行礼。

徐来不耐烦地挥挥手，示意他们都滚远点。

"儿子，儿子……"他进到里屋，上前一把抱住像条死狗一样的徐晟，"王爷点头了，他点头了，爹可以为你报仇了。"

"爹！"徐晟面目狰狞，"把他给我杀了，碎尸万段、五马分尸……不行，留他一条命，老子也要把他的老二剁了喂狗，我让他也做太监，做一辈子太监……爹……"

徐晟身子往后一仰，双手发狠般敲着床板，哀号连天："儿子不活了……让我死吧……我活不下去了……我没有脸活了……"

"儿子！"徐来老泪纵横，道，"你别死，爹给你报仇，爹让那些欺负你的人一个个都不得好死。"

"那贱人不许弄死。"徐晟一用力，上半身撑起来，咬牙切齿道，"我要让她生不如死。"吼出最后一个字，他又像条死狗一样躺了下去，两只眼睛空洞地看着帐帘。

徐来看得心如刀割，抹了把泪后，转身就走。

到了门口，见十几个丫鬟、婢女战战兢兢地候着，他脸一沉，阴狠道："好好侍候少爷，要是少一根汗毛，扒了你们的皮。"

"是！"

他回到书房，师爷迎上来："老爷。"

徐来摆摆手，转身把门关上，才开口道："我要两个人，一个是谢老三，一个是那小贱人，你帮我想想办法，怎么样做得神不知鬼不觉。"

…………

城中别院，谢不惑刚刚巡完铺子回来，一抬头就看到树下的乌行。

乌行迎上去，低声道："爷，都打听清楚了。"

"说！"

"那天晏姑娘与我们分开后，走到四条巷往咱们府里拐弯的那个路口时……"

谢不惑越听越心惊。

乌行看着自家爷的脸色："现在外头都在传，徐晟那玩意儿是咱们家三爷下的手。"

谢不惑几乎是瞬间道："不可能，老三没有那么冲动。"谢老三想整人，那绝对是温水煮青蛙，一点一点把人折磨死，这么刚烈的手段，不是他！

乌行傻眼了："那会是谁？"

谢不惑动了动嘴角，将心中的怀疑慢慢压下去，然后摇摇头。

不是老三，那就更不可能是裴明亭，这人明面上看着满嘴脏话，不可一世，实际上厌得很。

如果真是他们这头的人做的，那就只有一个可能性：晏三合身边的那个婢女。她女扮男装，身材偏瘦、偏小，和徐晟嘴里的黑衣人相符。但这人刚来京不久，如何能找到徐晟在城西的别院？

"你说是李不言去五城兵马司报的案？"

"是。"

那就对了，老三和李不言一个在暗，一个在明，两人悄无声息地把人给解决了。谢不惑嘴角浮起冷笑："走吧，先用饭。"

刚走几步，他突然扭头看着乌行："上回徐晟的背后是杜依云，那么这一回呢，杜依云有没有伸黑手？"

乌行被他问得一愣："应该是有的。"

谢不惑说话的语气十分肯定："上回杜依云在晏三合那边吃瘪，没几天晏三合就倒了霉。这回她和老三的婚事不成了，晏三合又倒霉，而且又和徐晟有关……"

"真要是杜姑娘，那就太歹毒了，这是借刀杀人啊。"乌行惊得心怦怦直跳，"爷，咱们要不要暗中通知一下三爷，让他小心——"

"不用！"谢不惑眼睛里寒光一闪，冷笑，"谢府大房的事什么时候轮得到我们二房出手！"

第三十九章
锣声

此刻的三爷和裴笑正坐在马车里，面面相觑。想对付徐晟很容易，但要拔了他老子徐来的狗牙不是一件容易的事。

"谢五十，"裴笑道，"就凭徐来那个性子，刑部的冤假错案一定少不了，要不要从那头入手？"

"不好。"谢知非摇头，"我们的手伸不进刑部去。"

"要不把徐晟糟蹋过的女子一个个找出来——"

"时间太长，动静太大，更何况那些姑娘多半收钱了事，钱一收就说不清楚了。"

"这个也不行，那个也不行，你个王八蛋倒是说个行的法子给我听听！"

"把我当饵，你觉得怎么样？"

裴笑眼皮一跳："你……你说什么？"

谢知非抬起眼皮："徐晟一口咬定是我派人割了他那玩意儿，他恨不恨我？徐来恨不恨我？"

裴笑："恨不得把你抽筋剥皮。"

谢知非："既然这么恨，你猜他们会不会动手？"

裴笑："徐来不好说，徐晟那孙子肯定忍不住，说不定现在也想割了你那玩意儿。"

"我是谁？"

"谢府三爷，内阁大臣最宠的儿子。"

"徐晟那孙子的玩意儿是不是我割的？"

裴笑翻了个白眼："必须不是！"

"既然不是，那我就是被冤枉的。"谢知非突然把声音压下来，"他们动了一个被冤枉的谢府三爷，这罪名够不够把徐来拉下马？"

裴笑深思道："最好还要来个真凶现身，这样三爷你才能博得京中大姑娘小媳妇的同情。"

"还不够！"谢知非道，"那个时候，你再让那些被他糟蹋的姑娘去顺天府击鼓喊冤，你说会是个什么景象？"

裴笑眼珠一定，沉默良久，道："我想顺天府一定很热闹。"

"那些被糟蹋的姑娘你负责去找，真凶我来安排。"

"哎呀，你个龟孙子，凭什么我——"

"凭你身后有一帮和尚。"谢知非冲裴笑眨了眨眼睛，"和尚的话，你说谁敢不听，谁敢不信？"

裴笑一拳打过去："你个死鬼，从小到大就数你鬼主意多，真凶可不能是李不言，她是我未来娘子的陪嫁婢女，我得像祖宗一样供着她。"

陪嫁婢女是真的，未来娘子不是真的，谢三爷抚着微痛的胸口，不怀好意地想。

……………

马车驶到南城门，谢知非从车里跳下来，一抬头就看到朱青等在城门口。

谢知非走过去，朱青把缰绳递上，两人翻身上马，直奔衙门。

回到兵马司，朱青把门一关，脚在椅子上一点，人跃到了房梁上，掏出个包袱。

谢知非微微一惊："可是案卷到手了？"

"爷，都在这里。"朱青稳稳地落下，把包袱放在桌上，"要不要我这就给晏姑娘送过去？"

谢知非思忖片刻，道："水月庵的事情已经过去三天，我估摸着今日三太太她们也该登门了，这事就先搁一搁吧。"

朱青纳闷："前几天爷还催得很急，怎么东西到手，反而不紧不慢起来？"

"她也就一个脑袋、两只手，没长三头六臂，忙不过来的。"谢知非拍拍包袱，"找个最稳妥的地方，先放起来。"

"是！"

"朱青，你坐。"谢知非连个停顿都没有，"在道上寻个可以帮李不言背锅的。"

"爷是打算……"

谢知非一点头："只要对方条件不过分，只管应下，这事要快，徐家没几天就会动手。"

"我这就去办。"朱青把包袱往身上一系，利落地推门离开。

谢知非身子往后一仰，双腿架到书案上，眼神中全是疏离、冷漠。

怀仁把他和裴笑一个安在兵马司，一个安在僧录司，其实是煞费苦心。兵马司接触的全是些三教九流的人，这些人里面人也有，鬼也有，善也有，恶也有，全看你如何利用。

至于裴明亭，谢知非冷冷一笑，他的用处可不只在观音禅寺耍耍威风那么简单，用处大了去了。

……………

用处大了去的裴大人还没走到僧录司，就被人给拦住了。拦他的人，除了宁氏和季蕙外，还多了一个灰袍老尼姑。

裴大人没有半句废话，命黄芪把马车掉头，直奔谢府。

谢总管一看裴爷领着个尼姑来找晏三合，两条腿便不听使唤地开始发软。娘咧，心魔又上门了。

只是，尼姑不是应该六根清净吗，怎么也有心魔？谢总管怀揣着浓浓的好奇心："四位请跟我来。"

一行人直奔静思居，到了静思居院门口，谢总管正想喊一声"晏姑娘"，一抬头，晏姑娘背手站在屋檐下，两只黑眸幽幽地泛着冷光。而她的身旁，李不言懒洋洋地倚着门，脸上似笑非笑。

谢总管赔着满脸的笑："晏姑娘，她们……"

"料到你们今日会来，请吧。"晏三合眼风都没向谢总管扫过去，便转身走进里屋。

裴笑跟上去，到了门口下意识地看着李不言。他死都不会忘记，上一回他被这人拦在门外，连门槛都没跨进去。但这一回，李不言没有伸手拦，反而笑出一口白牙，笑得他心里有些发毛。

宁氏跟在裴笑身后，一只脚刚要跨进去时，李不言的胳膊却伸过来："三太太留步，季六姑娘请留步。"李不言目光看着那老尼姑，"你可以进去。"

"阿弥陀佛！"老尼姑双手合十，抬脚跨进了门槛。

李不言等她进屋后，转身把门带上，然后倚在门边似笑非笑地看着谢总管。

谢总管觉得这丫鬟的笑里透着一句话：死胖子，这里没你的事，哪儿凉快哪儿待着去。

…………

堂屋里，四个角落都摆着冰盆。裴笑坐定后，只觉得一股寒气从脚心蹿起来，冷得他生生打了个寒战。

晏三合坐在上首，一条胳膊搭着桌子，冷冷地打量着下首的老尼姑。

她六十不到的样子，长相普普通通，身量比一般女子要高一些，皮肤偏黑，法令纹延伸到嘴角，脸上没有喜，也没有怒。出家人不是慈眉善目吗，为什么这个老尼姑的面相如此凌厉？

晏三合在打量老尼姑的同时，老尼姑也在打量她，目光同样很冷。

出家之人只信神佛，不信鬼魅，要不是季府三太太生拉硬拽，这一趟，她根本不会来。这姑娘长得这么年轻，莫不是季家找来的骗子？

空气有些凝滞。裴笑干咳一声："我来帮二位引荐一下，这位是晏三合，这位是慧如师太。"

慧如偏过身："阿弥陀佛！"

晏三合微微一颔首。

空气再次凝滞。

嘿，裴笑瞅一眼老尼姑，心说：我家娘子那是高冷，你是怎么回事？

"师太，说话啊。"

老尼姑像没有听见，打量完晏三合，就开始眼观鼻，鼻观心，做老尼姑入定状。

裴笑朝晏三合抱歉一笑：娘子，这种油盐不进的人，咱们不要和她一般见识，等她倒霉了，有她哭的时候。

"娘子"显然没有领悟这一笑的深意。她站起来，走到老尼姑面前，什么话也没有说，只伸出一根手指，点在了老尼姑的眉心。

慧如老尼姑只觉得眉心一凉，眼前倏地一片黑暗。

唰——一束光落下来，落在女子身上，那女子光着脚在沙漠里行走，一步一步走得很慢。

她头顶是炙热的太阳，有泪从她的眼眶中不断涌出，却根本落不到腮边，涌出眼眶的瞬间，那泪就已经蒸发了。双脚因为沙子的热度而烫伤，血肉模糊，每走一步都像行走在刀尖上。可她毫无知觉，仿佛要在这沙漠中走到天荒地老一般。

慧如只觉得心口有什么东西狠狠地扎进来，痛意呼啸而来。眉心的凉意骤然消失，她回神的同时，手里的佛珠叭地掉落在地，豆大的冷汗从她额头上冒出来。

裴笑看傻眼了，怎么我家娘子的一根手指头就能让这老尼姑像变了个人似的？

"她停灵三天，水月庵所有的尼姑为她念了三天三夜的《往生经》，她的棺材是在落葬后裂开的。"晏三合的声音不带一点喜怒，"棺材裂开，墓随之而倒，立着的墓碑随之而裂，裂成两半，左边宽三寸，右边窄三寸。"

慧如眼中露出深深的惊骇："你……你……你是如何知道的？"

对啊，娘子，你是如何知道的？裴笑浑身的汗毛孔都张开了。

晏三合的话还在继续："她临死前脱下了尼袍，对着镜子描眉梳鬓，涂上胭脂，还戴上了自己最漂亮的首饰，而你……"晏三合声音陡然变冷，"在她咽气后，又帮她换上了尼袍，褪去了首饰，擦去了胭脂。本来她心里的念想还不足以成魔，是你的这一举动使得她死后不得安生。"

罪魁祸首竟然是我！慧如腿一屈，直直跪倒在晏三合面前，呢喃了一句："是我害了她？"

裴笑一颗心已经跳出了嗓子眼："晏三合，你的意思是，没有按照死者的意愿操办后事，就能将死者的心魔给勾出来？"

刚刚我没有把话说清楚？晏三合看裴笑的眼神像在看一个二傻子："死者为大，裴大人没听过吗？"

裴笑："……"

晏三合蹲下去，冷冷地看着慧如的眼睛："我不平白无故地帮人化念解魔，好好想一想，你愿意付出什么样的代价，想好了，你再来找我。"

"晏姑娘，"慧如因为叫得大声，满脸通红紫涨，"贫尼只问你一句话。"

"你说。"

"是不是她的棺材合不上，她……她就一直会这么走下去？"

"是！"

"那就不用想了。"慧如老尼姑眼底迸出决然，"水月庵清贫，没有那些黄白之物，老尼唯有这条薄命。"

这回，轮到晏三合大吃一惊："你为了她，连命都可以舍？"

慧如毫不犹豫地一点头："可以！"

晏三合清冷的黑眸里冒着一点星火："为什么？"

"镜花水月苦留恋。"慧如语气说不出地沧桑，"佛语云：我不入地狱，谁入地狱？"

晏三合："你与她是什么关系？"

慧如："并无关系，同为出家人，同是苦命人。"

晏三合看着她,静了片刻后捡起地上那串佛珠:"这串佛珠可否给我?"

慧如不知道她是什么用意,茫然地点点头。

晏三合缓缓地站起来:"这个心魔我答应解了,天黑后,水月庵门口见。"

"这这……这就解了?"裴笑道,"她还没给钱呢。"

晏三合晃了晃手中的佛珠:"这便是。"

裴笑:"……"得,这一趟怕又是个赔本买卖,娘子也不知道给自己多挣些嫁妆钱。

晏三合哪里知道裴大人心里这些弯弯绕,她看着慧如:"若方便,就让四太太在水月庵清修吧。佛度有缘人,有没有这个缘分,就看她自己的造化,但佛门总应该是敞开的。"

慧如从地上爬起来,冲晏三合双手合十:"阿弥陀佛,是贫尼着相了,四太太今日就可入水月庵。"

"去吧!"

"我在庵门口静等晏姑娘。"慧如说完,冲晏三合行了一礼,转身去开门。

裴笑眼尖,发现这老尼姑的眼角有泪珠点点,六根清净之人竟然哭了,这也太稀罕了。他大感好奇,走到晏三合面前,压着声问:"你刚刚伸一根手指,把她怎么了?"

"你话太多了。"

"我好奇啊,不问个明白,今天晚上一定睡不着觉,你舍得吗?"

舍得啊。晏三合:"退下吧,裴大人。"

这种冷冰冰的调调,我裴大人好喜欢啊,裴笑眼里蹦出的火星差一点就压不住:"晏姑娘,晏姑娘!"

这时,季蕙冲进来,二话不说便往晏三合面前一跪,正要开口道谢,冷不丁晏三合一双冷眸看过来:"六姑娘,别动不动就跪,人跪多了,骨头就软了。"

"我……"

"不言,送客!"

"是!"

"谢总管,你进来。"

"我……"被点了名的谢总管简直比被雷劈中还要惊诧,颠颠地冲了进去,"晏姑娘,有什么吩咐?"

晏三合手指勾了勾,示意他走近些。

谢总管不知道为什么两条腿软得跟棉花似的。走到近前,他还没想好要怎么开口,一只胳膊便落在了他的肩上。

谢总管吓得生生打了个激灵:"晏……晏……"

"我是做什么的,你是知道的。"

"……"谢总管忙不迭地点头。

·522·

"我接下来要做什么，你应该也知道。"

"……"谢总管继续点头。

"三件事，你听好了。"晏三合脸上的表情特严肃、特深沉，"一是给我和李不言准备两匹快马；二是老太太那边你去吱一声；三是以后几个月我会频繁地进出谢府，你不必管，仍旧当我是死人。"

能不说"死人"两个字吗？瘆得慌。

"晏……晏姑娘还有什么吩咐吗？"

晏三合松开手："没了，去吧。"

谢总管跑得比兔子还快：娘咧，我要是再对她起好奇之心，我就大嘴巴抽我自个儿，太吓人了！

…………

水月庵坐落在西山脚下，西山是太行山的山脉，一眼望去，连绵不断。

晏三合为了避开裴笑，日头没有落山，就和李不言悄没声地出发了。

最近这位裴大人也不知道是怎么回事，天天往静思居跑，今儿送个蜜饯，明儿送个瓜果，热络得像这天气。他还嫌恶心不够晏三合似的，一见着面就"三合啊，三合啊"地喊。谁允许他喊三合的？

两人一口气奔到水月庵门口，天刚刚暗沉下来，慧如已经等在门口。

晏三合翻身下马，余光见大树底下的石凳上一左一右坐着两个人，瞬间变了脸色。

"哟！"李不言乐了，捂着嘴，却用所有人都能听见的声音说，"这还阴魂不散了。"

裴笑踢踢谢知非：说你还是说我？

谢知非：你！

裴笑：凭什么是我？

谢知非：就凭我长得好看。

裴笑：滚。

谢知非站起来，走到晏三合跟前，脸上浮起痞痞的笑："你们这一探必是要到深更半夜的，西城门三更就关，我怕你们回不去，所以兵马司的事情一完，就匆匆赶来了。"

见晏三合脸上没什么表情，他叹了口气："我忙了一天，连午饭都没吃，都快饿死了呢！"

晏三合看向裴笑："他喝酒了吗？"

"没有啊。"

"没喝酒，怎么还撒上娇了呢？"晏三合摇摇头，"谢大人，注意形象啊。"

谢大人笑得两个酒窝若隐若现。

笑什么笑？晏三合磨牙。

…………

众人走到庵门口，慧如老尼姑已经等候多时："诸位贵客，斋饭早已经备下，只是比不上京中的好菜好饭，都是些寻常吃食。"

"不讲究这些。"晏三合打断她，"水月庵是什么时候建成的，前身是什么？"

慧如没料到她会突然问这些，忙道："水月庵前朝时就有了，建的时候就是个庵堂，风风雨雨几百年，就没变过。"

晏三合环视一圈墙壁砖瓦："似乎是重新修缮过？"

慧如："不瞒姑娘，确实翻新过，实在是太旧了，天上下雨，屋里也下雨，没法住人。"

晏三合："这里住着多少尼姑？"

慧如："水月庵的尼姑不多，不到四十个。"

晏三合诧异："这么少？"

"姑娘有所不知，京城的尼姑庵有好几个，都建在寺庙边上，香火都比我们庵里好，很多人都愿意去那里出家。"

"为什么？"

"其实，像四太太这样的我见得太多，受了些刺激就想着出家当尼姑，说是清修，其实也就是找个地方避避世，心还在红尘中，静不下来的。"

晏三合想到季家非要把四太太送到这里来，心里多少明白了一些。这世上，有真和尚，就有假和尚；有真尼姑，就有假尼姑。假尼姑吃不得苦，耐不得贫，自然都奔着香火旺盛的地方去了。

"所以，能在水月庵待下来的都是真正看破红尘的人？"

"是。"

"那为什么静尘离世前还要打扮自己？"晏三合突然问，"看破红尘的人，不应该如此吧！"

慧如一噎，脸色微微泛青。

晏三合冷眼看着她，语气却很温和："不急，你后面再慢慢告诉我答案。"

慧如沉默了会儿，点点头。

前面两人不再说话，后面跟着的两人却用眼神勾搭上了。

裴笑：谢五十，你有没有发现，晏神婆对男人和对女人完全不一样？

谢知非：嗯。

裴笑：当初她对我大舅舅可没好脸色。

谢知非：噢。

裴笑：你说，她会不会不喜欢男人，喜欢女人？

谢知非：啊？

裴笑：啊什么？严肃点，这关系到我一辈子的事呢！

谢知非的忍耐已近极限，他一把钩住裴笑的脖颈，压着声音："裴明亭，我很严肃地对你说，我放着一堆事跑到水月庵，不是来听你胡说八道的，给我好好看着人。"

人是指晏三合，徐晟那孙子几次三番要动晏三合，就是惦记上了。男人的心思男人懂，越是得不到的，越记挂在心上。更何况那孙子是因为晏三合而做了太监，这份惦记只怕早已经变质，成了刻骨铭心的恨。

裴笑对他翻个白眼。废话！他要不是为了自家娘子的安危，能跑这鬼地方遭罪？他裴大人这辈子最恨吃的就是斋饭。

…………

斋饭的确很简单，四个素菜、一碗薄粥，一人两个馒头。

吃完，慧如跟身边的小尼姑交代了几句，提着一只白灯笼，引着诸人从水月庵的后门离开。

"墓地在半山腰，水月庵死了的尼姑都埋在那边，清明上坟，中元烧纸也方便。"

晏三合："他们的家人会来上坟吗？"

慧如又一噎，她发现这个晏姑娘问的问题都在意料之外，却又在情理之中："不会。"

"为什么不会？"

"有的孑然一身，有的与家里断绝来往，有的是被家人抛弃……"慧如叹气，"晏姑娘，贫尼的那句都是苦命之人不是假话，没遇到些痛不欲生的事，又怎么能大彻大悟，遁入空门？"

由此可见，静尘的心魔应该在红尘中——晏三合根据她几句话在心里做出判断。

小半个时辰后，水月庵的坟茔便出现在众人面前。

这回，不仅裴笑觉得头皮发麻，连素来胆大的谢知非都起了一身鸡皮疙瘩——整整半片山坡都是一座又一座尼姑坟。

阿弥陀佛！裴笑死死地拽着谢知非的胳膊，幸好我今天五帝钱、《金刚经》、驱鬼符通通带了，否则，就我这纯阳的身子，根本压不住邪。

在诸多旧坟中间，一座新坟显得十分突兀。晏三合手一指："可是那座？"

慧如："是的。"

晏三合与李不言交换一个眼神，李不言把手里的灯笼一吹，灯笼一灭，然后往谢知非那边一扔："三爷，接着。"

谢知非接过灯笼的同时，某位纯阳的大人已经跳到了他身上。

就这屄样，还想配晏三合？谢知非嘴角勾起一抹坏笑，心说：兄弟，我不和你抢，你自个儿知难而退吧。

"小姐，我先下。"李不言纵身跳下去，手上一使劲儿，把原本就没合上的棺材板索性打开来。

静尘的尸体袒露在淡淡的月色下，一身灰色的尼袍在惨淡的月色下泛着幽幽的冷光。她的脸上蒙着黑雾，生前的模样一点都看不出来。

我的观世音菩萨啊！我的如来佛祖啊！我的菩提大仙啊！裴笑已经不敢再看，只在心里呼唤着各位神仙。

谢知非眼珠子却一动不动地盯着那团黑雾。并非他胆大，两次跟着晏三合化念解魔，他忽然觉得，有时候鬼比人善良，至少不会害人。

"小姐。"李不言伸出手。

晏三合握住了，借着她手上的劲儿，轻轻一跳。落稳了，她挽起衣袖，将手探进棺材里。

冰冷的血直冲上谢知非的脑顶，上一回他和裴明亭躲得远，只看到了一个大概。

"静尘，别怕，是我来了。"晏三合的声音温柔如水，仿佛是情人间的呢喃，"来，告诉我，你还有什么放不下？！"她把手覆盖在静尘的双眼上，缓缓地闭上了眼。

所有人硬生生地憋着一口气，不敢呼出去，目光死死地盯着晏三合。

一息，两息，三息，晏三合原本舒展的眉头越蹙越紧，蹙眉的同时，她的脸上露出十分古怪的表情。

谢知非感觉自己心悸病又要犯了，赶紧抬眼去看一旁的李不言，想从她的神情中探得一点东西。哪知李不言半张着嘴，整张脸上一片茫然。

时间仿佛静止了，天地间什么声音都没有，安静得让人发慌、发颤、发狂。

就在这时，晏三合蓦地睁开眼睛，大口大口呼吸的同时，目光飞快地寻到了李不言。

四目相对，李不言从她眼睛里看到了惊诧。

能让晏三合惊诧的事情非同一般，李不言忙道："三合，你看到了什么？"

晏三合一张脸白得跟鬼似的，身体有些摇摇欲坠，忽地，眼前出现了一只大手。

"拉着我的手，快上来！"谢知非蹲在墓边，眼中是藏不住的担心。

晏三合吸了口气，把手伸过去。

谢知非轻轻一拽，将她稳稳地拽到身边。离得近了，他才发现晏三合的冷汗已经浸透了衣背："没事吧？"

"没事。"晏三合轻轻抽出手。

这时，李不言一跃而起，拍了拍手上的灰尘，迫不及待地问："她的心魔是什么？"

"当，当，当，当，当！"晏三合有些虚弱地发出一连串声音。

裴笑："……"

谢知非："……"

慧如："……"

"当，当，当，当，当……这是什么意思？"李不言问。

"她的心魔……"晏三合深吸一口气，"就是这样一段当当当的锣声。"

一段锣声？所有人你看看我，我看看你，目瞪口呆。

李不言："……"可真是稀罕！

裴笑："……"比我外祖母的黑狗还稀罕！

谢知非："……"稀罕得没边了！

"晏姑娘，"慧如老尼姑的脸色十分难看，"她的心魔怎么会……"

"先回去再说，我这会儿——"

谢知非眼明手快，迅速在她面前蹲下去："快趴上来，我背你回去！"

李不言一怔：这人怎么又抢了我的活儿？

"不用。"

"三爷第二次背姑娘。"谢知非语气十分不正经，"晏三合，你给点面子啊。"

晏三合："……"

谢知非："第一次也是你。这么不利索，不是你的个性。"他冷哼一声，"我反正坦坦荡荡的。"

我不坦荡？晏三合轻哼一声，身体往他后背一趴，眼睛一闭，已脱力地昏睡过去。

意识消失的刹那，有两个念头倏地涌上来：这人的背的确比不言的背要舒服一些；静尘的这个心魔不简单。

这时，谢知非突然喊："李不言。"

"啊？"

"不是非要抢你的活儿，你把软剑拿在手上，防着些。"

"这地方，防人还是防鬼啊？"李不言一边嘀咕，一边拔出软剑，四下看看，鬼影都没有一个，谢三爷谨慎过分了吧。

回程的路，除了虫鸣，再无一人说话，每个人的脸上都十分沉重。怎么会有人的心魔是一段锣声？她从哪里听到的这段锣声？锣声和尼姑不搭啊？

最沉重的要数裴明亭。他看一眼谢五十背上的那个人，再看一眼自个儿不算强壮的身板，心有些堵，有些酸，还有些说不上来的滋味：早知道晏三合是干这个活儿，我就跟着谢五十锻炼锻炼身体，强健强健筋骨，那现在背着娘子的人就是我，还有他谢五十什么事！

谢五十这会儿也在胡思乱想。每次感知死者的心魔，这丫头就像被吸光了全身的阳气，也难怪她的身体冷冰冰的。冷冰冰倒也算了，分量还很轻，吃得也不少，都长哪里去了？

一行人回到水月庵，意外地，庵门口多了一辆马车，马车前站着朱青和黄芪。

谢知非看着李不言："你们两个坐马车，马给我和明亭骑。"

李不言惊得眼睛眯成一条缝："三爷，你可以啊！"

"不是三爷可以，是裴大人可以！"没看出来这是裴家的马车吗？眼瞎！

裴大人掀开车帘："把人放进来。"

谢知非和李不言合力把人放进车里。李不言拍拍裴大人的肩："裴大人挺怜香惜玉的，我替我家小姐谢了。"

裴大人脸一红，这丫头看人还真准。

"师太，"谢知非冲慧如抱了抱拳，"明日晏姑娘会再来庵里，就此告辞。"

慧如双手合十："阿弥陀佛！"

马车在官道上疾驰，整整一个时辰后，便到了西城门。城门已经落锁，朱青去敲了守卫的门，又塞了点银子，一行人顺利进到城里。

一入城，黄芪就发现身后有几个影子鬼鬼祟祟。

他冲三爷咳嗽一声，三爷余光环视一圈，轻轻一颔首："明亭，跟我回谢家住。"

裴明亭破天荒地没有撑人，只应了一声："好！"

…………

晏三合一觉醒来已是翌日早上，李不言不在，十年如一日地练功去了。

想着静尘的心魔，她有些坐不住，爬起来洗漱更衣，刚忙完，便有人敲窗。

这个时候来敲窗的只有谢知非。她推窗一看，果然是他，他穿着一身官服，眼窝有些深，眼底有些发青，眸中的光泛着一点无辜。

晏三合心想，就是这一点无辜感，让大姑娘小媳妇心软得一塌糊涂。

无辜的谢三爷痞痞地开口："今日衙门里有事，就不陪你去水月庵了，你自个儿小心。"

晏三合点点头，表示自己听进去了。

"那个……"

"痛快点。"

谢知非从牙缝里挤出一句话："以后吃多点，太轻了。"

晏三合脸有些黑，也从牙缝里挤出一句话："昨儿个多谢三爷。"

"那个……"

"三爷还有什么要交代？"

谢知非再次从牙缝里挤出一句话："也别吃太多，重！"

晏三合彻底黑脸。

谢知非看着她吃瘪的样子，心情大好，扬长而去。他走出几十丈远，停下来。

很奇怪，自己明明是喜欢她的，却根本不想像裴明亭那样，今儿送这个，明儿送那个，来讨她欢心。他就想着逗逗她，气气她，闹闹她，好让那张面无表情的脸上多点生动。那人要是生起气来，不知道是什么模样。

"爷，"朱青迎上来，"裴爷他们已经离开了。"

谢知非敛了玩笑的神色："挑个身手好的人，远远跟着晏三合，就从今天开始，小心别让李不言发现了。"

"是！"

晏三合因着早上谢知非闹的这一出，去水月庵的路上，一直没说话。

到了庵门口，静尘身边的小尼姑巴巴地等着，见人来，小尼姑双手合十："庵主这会儿正在做功课，命我在这里等两位贵客，贵客请跟我来。"

晏三合见她虽然一脸老成，但身体还没有长开，声音里透着稚气，问道："你叫什么名字，多大了？"

小尼姑："我叫兰川，今年十三岁。"

十三岁就看破红尘？晏三合："怎么想起来做尼姑的？"

兰川:"爹娘不要了,把我放在庵门口,庵主瞧着可怜,就收留了做尼姑。"

晏三合:"当时你多大?"

兰川:"刚生下来一两天。"

晏三合:"兰川是你的法号吗?"

兰川摇头:"这是我的俗家名,庵主还没给我起法号,说等我长大了再说。"

晏三合仔细品了品这话的意思:"长大以后是打算还俗吗?"

"我也不知道。"兰川眼里露出迷茫,"以后的事以后再说吧,说不定就做了真尼姑。"

晏三合还要再问,忽地听身后的李不言低声道:"小姐,你看。"

她没说往哪里看,但晏三合还是一眼就看到了人。

那人一头灰白发盘成一个髻,身上穿着宽大的尼袍,手里拨弄着一串长长的佛珠,整个人又苍老,又没有精气神,正是有过一面之缘的季府四太太。

四太太冲二人低头行礼,再抬头,眼眶里已经蓄满了泪水。

晏三合轻轻颔首,便收回目光,她只解死人的心魔,活人的心魔得靠自己。

又走片刻,兰川小手一指:"庵主就在里面,贵客请。"

晏三合顺着她手指的方向看过去,是个小小的院子,院前有一棵石榴树,上头已经结了小果子。

进了屋,屋里的光线一下子暗下来,一座巨大的观音像前,慧如师太盘腿坐在蒲团上,嘴里正念念有词。

"庵主,贵客来了。"

慧如从蒲团上爬起来:"晏姑娘,请跟我来!"

晏三合朝李不言看一眼,后者笑眯眯道:"师太,我去庵前庵后转转,你没什么意见吧?"

慧如道了声:"施主请便。"

佛堂很静,空气里都是佛香的味道,晏三合燥热的心一瞬间沉了下来。

慧如把茶沏好:"晏姑娘想问什么就问吧,贫尼绝不相瞒。"

晏三合直奔主题:"静尘今年多大?"

"今年四十五岁,与我同龄。"

同龄?晏三合惊讶于两件事。头一件是慧如的实际年龄竟然才四十五岁,可面相竟然如此显老。第二件事……

"静尘四十五岁就走了,怎么这么年轻?"

"阎王要你三更死,不会等到五更天。"慧如叹息,"晏姑娘,这都是命。"

"她是什么原因过世的?"

"没什么原因,她自己帮她自己算过,四十五岁阳寿尽。"

晏三合又一惊:"她会算命?"

"不会!"慧如道,"世上有很多人怕死,拼了命地想多活几年,就这个药那个丹

·529·

地吃。我们出家人，生死无惧，对自己的寿命其实心里都有数的。"

晏三合："她是什么时候来到水月庵的？"

慧如："十八年前。"

晏三合在心里算了下："二十七岁她便做了尼姑？"

慧如："是！"

晏三合："她做尼姑的原因是什么？"

慧如拨动了几下佛珠："晏姑娘，不如我先说说第一次见她的场景吧。"

"请说。"

"十八年前，我们的老庵主还在世，我也才来庵里三年。那年冬至，大家伙凑在一起吃完饺子，准备做晚课，忽然庵门就被敲响了。"

"是她？"

"对。"慧如道，"她穿着一身也不知道从哪里弄来的尼袍，头发已经剃光了，跪在庵门前，身上背着一个小小的包袱，一边磕头，一边请求庵主收留她。"

晏三合："然后呢？"

慧如："然后庵主就同意了。"

晏三合："这么简单？"

"其实一个人是不是真想出家，从她的脸上、眼神里都能看出来，更何况她把头发都剃了，就没打算给自己留后路。"慧如渐渐陷入回忆，"我们老庵主在水月庵几十年，什么样的人没见过？有些人跪死了，她也不会收进庵门；有些人不用跪，扫一眼，她就能把人领进来。我这点看人的本事，只和我们老庵主学了不到三成。"

听到这里，晏三合才觉得自己把四太太引进水月庵怕是有些强人所难了。

不对。晏三合蓦地皱眉："你说老庵主扫一眼就能把人领进来，那么也就是说，她不会问那人的过往？"

"姑娘有没有听过这样一句话，放下屠刀，立地成佛？"

"听过。"

"一道庵门，隔着尘世与佛门。"慧如对晏三合缓缓一笑，"跨过那道庵门，你在尘世间是高高在上的王侯将相，还是十恶不赦的偷盗匪霸，都与佛门无关。不问从前，不究过往，你只是佛祖脚下的一名弟子，不可回头，无可回头。"

晏三合："所以，静尘在尘世间的过往，你们没有人知道？"

慧如："她不说，我们便不问。"

晏三合："那她说了没有？"

慧如摇摇头："我与她相伴十八年，还曾经在一个屋里睡过觉，到她死，她对她的过往只字不提。"

晏三合："连她曾经姓什么叫什么，都不知道吗？"

"不怕姑娘笑话，昨儿从坟茔回来，贫尼一宿没睡，一直在想静尘的事。"慧如苦笑，"想半天，只知道她来我们庵里的那一年，自报年龄二十七岁。我们庵主问她叫什么，她说是人世间一孤魂野鬼。"

真是怕什么来什么。化念解魔化的是过往，解的也是过往，静尘的过往连慧如都不知道，那就麻烦大了。她必须先找出这个静尘是谁，曾经叫什么？有什么样的家世？有什么样的父母和童年经历？

晏三合很快冷静下来："慧如，你看到她的第一眼是什么感觉？"

"第一眼？"

"对，第一眼。"

慧如沉默了片刻，淡淡道："第一眼，我觉得她很安静。"

晏三合又很诧异。人看人的第一眼，几乎都是长相，美还是丑，高还是矮，胖还是瘦……这些都是最直观的东西。而静尘给人的感觉竟然是安静，安静是一种气质，这种气质必须极其出众，才能让人忽略她身上别的东西。

晏三合追问："你为什么会有这种感觉？"

"不知道。"慧如有些怅然地望着屋外，"就是觉得她很安分，不是那种嘴碎、话多的人，和一般的妇人不一样。"

晏三合："事实证明呢？"

慧如："事实证明她的确话不多，也从不生事，见谁都客客气气，这十八年来，我没见她和谁红过脸。"

晏三合："一次都没有？"

慧如："晏姑娘，我们这样的人无欲无求、无争无抢，还能和谁红脸？"

沉默、安静、脾气好。晏三合在心里捋了捋，又问："她长相如何？普通、标致、出众，还是惊艳？"

慧如："标致、很白净。"

晏三合追问："白净是指什么？"

慧如："就是脸上干干净净的，半颗痣都没有。"

晏三合："昨天我在棺材里看到了她的手，手形很好看。"

慧如点点头："她年轻的时候，手长得比她的脸还要好看，一根一根，跟青葱一样，我常常觉得，她那双手不应该是做尼姑的手，应该是享福的手。"

晏三合："这话你和她说过吗？"

慧如："出家人不打诳语，这话我只在心里想过。"

晏三合："她识字？"

慧如："识的，但她说识得不多。"

晏三合："会写字吗？"

慧如："会。"

晏三合："写得怎么样？"

慧如拿过手边一沓佛经："这是她写的，晏姑娘你看看。"

晏三合接过来翻了几页，眼神黯了下来：这字是真的很一般，不太像读书人家出来的。

晏三合:"她活儿干得怎么样,洗衣、做饭、清扫、针线这些?"

慧如:"除了做饭不大好吃,别的样样拿得出手。"

晏三合:"她来你们水月庵时是冬至,那双手长得怎么样?"

慧如不用细想就作答:"细皮嫩肉,像个千金大小姐的手,保养得极好。"

千金大小姐十指不沾阳春水,洗衣、做饭这些活计是不会做的,偏偏静尘又都会。一个做惯了粗活儿的人,不可能养出那样一双手,偏偏静尘有那样一双手。很矛盾啊!

晏三合:"你说她像千金大小姐,那么她刚来水月庵的样子瞧着不像妇人?"

慧如:"是妇人,做过那男女之事。"

晏三合:"这么肯定?"

"晏姑娘,少女的眉眼和妇人的眉眼不一样。"慧如看着她,"像姑娘这样,眉毛青涩,瞳孔清澈透明,一看就是处子之身,未经男女之事。"

晏三合被她说得脸一红。

"静尘的眉峰有些乱,眼白不清,是浊的,那便是妇人之相。再者说,咱们大华国二十七岁还没嫁人的女子极少。"

"既然是妇人之相,那么……"晏三合道,"你能不能判断出她有没有生过孩子?"

"没有!"慧如老尼姑的语气十分肯定。

"为什么?"

"看一个女子有没有生过孩子,只看她的腰,静尘的腰纤细如柳,绝对没有生育过。"

有过男人,没有生过孩子;长相标致、白净;有一双千金大小姐般的纤纤玉手;读过一点书,识得一点字,不常做饭。晏三合迅速在脑子里提炼出一些关键信息:"这十八年,你们朝夕相处,应该是比家人还亲,可对?"

"对。"

"那么她这十八年的经历,你应该都知道吧?"

"姑娘问得没错,她进庵后的事情,我都知道。"

"你挑三件最重要的你记得最深的事情,讲给我听听。"

"容我想一想。"慧如拨动佛珠的速度一下子快起来,只是刚拨几下,她的手就突然顿住,"晏姑娘,她从不过生辰。"

"哦?"晏三合心脏像被什么东西轻轻戳了一下。

"我们出家人其实是没有生辰这一说的,母亲生你时九死一生,这是个难日。到生辰这一日,我们只做两件事,一是放生,二是诵经。"慧如道,"放生要在早上放;诵经则要诵一整天。有一些虔诚的弟子,还会在生辰前半个月就开始抄《心经》,在那一天化给自己的母亲。"

晏三合:"她呢?"

慧如摇摇头:"这些年,我从没见过她放生。"

晏三合："你知道她的生辰是什么时候吗？"

"就是不知道，所以才好奇。"慧如道，"老庵主在的时候还问过她的生辰，她说尘世间的事情，她早就忘了。"

晏三合皱眉："是真的忘了，还是不想过？"

"谁又知道呢？"慧如道，"出家人不问因果，只问修行，所以那次过后，老庵主就再也没问过。"

我却是真忘了！晏三合端起茶盅，掩住眼里的黯然："还有吗？"

慧如："她有一个养女，晏姑娘，这算不算重要的事？"

"养女？"晏三合眼前一亮，"哪来的？"

第四十章 诱饵

慧如："庵门口捡来的，就和兰川一样。"

这世道抛妻弃女的事情太多，水月庵每隔一两年就会在庵门口捡到女婴。时间一长就有了条不成文的规矩，哪个尼姑愿意抱起那个女婴，那个女婴就由她负责养大。

"静尘的养女叫明月，静尘养了她八年，后来有对夫妻相中了明月，就把人领了回去，做了女儿。"

晏三合觉得这话没头没尾，想到兰川的身世，于是问道："像明月、兰川这样的小尼姑，庵里为她们安排了几条后路？"

"一条就是像明月那样的，被夫妻领走，还了俗；一条便是留在水月庵做一辈子尼姑，也就这两条路了。"

"前一条路走的人多，还是后一条路？"

"姑娘说这话，可见还是年轻，没经历过真正的尘世。"慧如微微一笑，"水月庵这么多年来，能走前面那条路的人不超过一个巴掌。这年头，谁会跑尼姑庵领个来路不明的女孩子？"

晏三合是没经历过太多，但她聪明，脑筋转几个弯，一下子就明白了其中的原因。

领得起孩子的夫妻，家里总有一点家产。有家产的男人，就算正头娘子不会生，左右也能再纳个小妾回去，生个一男半女。

要是男孩也就算了，领回去养熟，娶了媳妇，生了儿子，还能传宗接代。女孩领回去，不仅传不了宗，接不了代，到了年岁，还得陪上一副嫁妆，这亏本的买卖没有人会做。

晏三合："那么明月她们呢，怎么就被领养了？"

"有男子没那本事的，纳十七八房小妾回去，照样结不出瓜。"慧如拨动佛珠，缓缓道，"这样的人家，他们会在宗族里挑一个出色的男孩，过继到名下。有了传宗接代的人，家里银子又花不完，嫌膝下冷清的，这才会领养一两个女孩，打发打发寂寞的时光。我们水月庵里被领走的女孩大部分都是这种情况。这种事情除了天时地利外，还得讲一个眼缘。"

晏三合："那个叫明月的姑娘被什么样的夫妻领走了，现在怎么样？她知道不知道静尘去世的事？"

"领走明月的夫妻姓唐，是河间府的乡绅，唐老爷是早年中举的士子，三代单传，到了他这一代，宗族里已经没有什么人了。"慧如道，"唐太太也是独女，还是唐老爷的表妹，唐老爷没有纳妾，两人感情很好，那年来京城游玩，到了我们水月庵，一眼就相中了明月。"

晏三合："明月在那边过得怎么样？"

"老尼姑我活了这么一把年纪，再没见过比明月还好的人。"慧如第一次发自肺腑地笑了，"唐老爷、唐太太没有从宗族里过继男孩，就把她当掌上明珠一样养着，去年还给她招了个上门女婿。"

招上门女婿，就是舍不得女儿嫁去婆家受苦，确实命好。

"静尘知道吗？"

"知道，唐老爷特意遣人来送了信。静尘嘴上不说，但我瞧得出来，她心里是高兴的。"慧如叹了口气，道，"静尘临终前叮嘱我不必送信给明月，所以明月到现在都不知道她过世了。"

"为什么不报丧？"晏三合问。

慧如："进庵门，前尘往事不管；出庵门，佛门之事不问。静尘说，让那孩子好好过日子，比到她坟头磕多少个头、烧多少纸都强。"

"明月过得这么好……"晏三合沉吟片刻，"那就意味着静尘的心魔不是她。"

"的确不可能是她。"慧如感叹道，"那孩子打小就乖，命又好，养到八岁，没让静尘操过半点心。"

晏三合："那第三件事呢？"

慧如敛了眼里的光，认真地回忆起来。

半盏茶工夫过去了，一盏茶工夫过去了，就在晏三合给自己倒第二盏茶的时候，慧如拧着眉，一脸为难道："晏姑娘，我竟一时想不出还有什么特别的。"

"你与她在一个屋檐下十八年，抬头不见低头见。"

"她就是本本分分、老老实实的一个人，话不多，不生事，每天念经、睡觉、睡觉、念经，没什么特别的。"

"那她为什么死前要描眉画眼？"既然说不出，晏三合不得不旧事重提，"你又为什么要把她的衣裳脱下来，把胭脂擦掉？"

慧如脸一白，陷入了长久的静默。

晏三合一点也不急，慢悠悠地喝着茶。

水月庵就这么大，就这么些人，每天一起吃饭、念经、做功课，整整十八年朝夕相处，竟然没有几件事可说？这不合常理！就冲静尘死后慧如的那些举动……两人之间就一定有些什么。

"静尘在水月庵待了十八年，水月庵就是她的家，你们就是她的家人。"晏三合冷冷道，"她的棺材合不上，时间一长，倒霉的是水月庵，还有水月庵里所有的人。"

慧如老尼姑心里咯噔一下，连忙开口："晏姑娘，出家人有出家人落葬的规矩，事死如事生，她生前皈依佛门，死后怎可描眉画眼、穿衣打扮？这不合规矩。"

晏三合扫一眼她的表情："这个规矩是谁定的？"

"没有人定，是约定俗成。"

"你在撒谎。"晏三合目光陡然一厉，"佛家不问因果，只论修行，修行的目的是什么？"

慧如被她问得一噎。

"修下辈子还做个整天吃斋念佛的尼姑吗？没有这样的道理吧？"晏三合终于忍不住拔高了音量，"就算修下辈子还当尼姑，可也总要先入红尘，再入佛门吧？"

慧如的脸难看得像香炉里的香灰，泛着一点白，泛着一点灰，还泛着一点青。

"更何况佛门讲的是来去自由，出家的，可以还俗，还了俗的，还能再次遁入空门。"晏三合看着她，冷笑，"怎么到静尘这里，连死后穿什么都没自由了呢？"

慧如的脸一下子涨得通红，她张了张嘴，喊了一声"晏姑娘"，还是什么都不说。

晏三合看着她，心里充满了疑惑。

谢道之、季陵川在官场上那样游刃有余的人，一听说会倒霉，通通都把话说出来。她一个出家人，理应是慈悲心肠，普度众生，怎么话到这个份儿上，她竟然还不开口，是有什么难言之隐吗？

"慧如，既然你不想回答，那我换个问题。"晏三合声音一下子变得轻柔起来，"你为什么会出家做尼姑？"

慧如没有想到晏三合会突然问起她的事情来，没有掩饰住，脸上的神情一下子变得很防备。

晏三合看得十分清楚："你比她早入佛门三年，那就是二十四岁遁入空门。二十四岁，已经嫁作人妇，运气好的话，应该能做孩子的母亲。"

"晏姑娘，"慧如蓦然怒喝一声，"你不要瞎猜。"

"你说你是苦命人，可见你拥有的一切都灰飞烟灭了。"晏三合继续往下猜，"你的家人、你的男人、你的孩子通通没有了，怎么没有的？"

慧如的身体剧烈地颤抖起来，眼底一下子蓄满了泪。

"你说一道庵门，隔着尘世与佛门，你却还因为我提起你在尘世间的事情激动、愤怒、流泪……"晏三合声调陡然一转，"你修行二十一年修的是什么？"

慧如剧烈地喘着气，目光死死地盯着晏三合，嘴唇颤抖着，隐忍得双目通红。

而晏三合的目光从她的脸上慢慢落到她的手上。

这是怎样的一双手？哪怕如今做了庵主，身旁有小尼姑照料，这依旧是一双粗糙的指关节异常宽大的手。有这样一双手的人，只怕从小就过得很苦。

晏三合逼着自己狠狠心，说出了一句绝杀的话："慧如，菩萨在看着你呢！"

这话将慧如最后一点挣扎击得粉碎，她垂下了眼，哑着声道："其实，我是嫉妒她。"

饶是晏三合再聪明，也没有料到会是这个原因。

出家人五戒是指：贪、嗔、痴、慢、疑。嫉妒属于嗔的一种，并不难戒，而慧如身为水月庵的庵主，这么多年的修行，竟然戒不掉一个"嗔"字……

"你嫉妒她什么？"晏三合目光一下子柔和下来，"没关系，这里只有我和你，还有菩萨，菩萨肚大能容天下，她一定不会怪罪你的。"

慧如抬头，默默地看着晏三合，心中恍然。她做梦都没有想到，憋在心里十八年的恶最后竟然要对一个年轻的姑娘袒露。

"菩萨其实知道我的心事。"她哽咽道，"这十八年来，没有哪个晚上，我不在菩萨面前忏悔我心里的恶。没有用，我还是嫉妒她，一直嫉妒着。"

"你嫉妒她什么呢？"

"晏姑娘，你相信缘吗？"

"信！"

慧如看着面前的少女，她脸上有着与年龄不符的沉稳与坚定，让人莫名地信任。

"缘有善缘，有孽缘，我和静尘就属于后者。"

那年她随老庵主打开庵门，从看到静尘的第一眼起，心里就隐隐不舒服。

那人长得很好看，可不仅仅是"标致"两个字能够形容的。脸是白的，脖颈是白的，露在外面的手也是白的，那种白还不是普通的白，是莹白，白得发亮光。

她当时就想，这样的一身雪肌配着一头青丝，穿上最好看的衣裳，该是怎样的好颜色。

老庵主问："你叫什么？"

那人答："人世间一孤魂野鬼。"

老庵主又问："为什么想来水月庵出家？"

那人又答："人间路已走绝。"

老庵主再问："绝处逢生可曾听过？"

那人再答："生者，必有尽。"

老庵主脸色微微一变，盯着她看了半晌，道："罢了，你从红尘中来，就唤你静尘吧。"

一旁所有人都惊呆了，短短几句话，不仅让人进了庵门，还赐了法名，这是水月庵从来没有过的事。

而她，为了能入月水庵，足足在庵门口不吃不喝跪了五天五夜，直到饿晕过去，老庵主才命人把她抬进来。饶是这样，老庵主还是暗中观察了她整整三个月，才赐下法名。

"晏姑娘，"慧如眼神黯淡无光，"你知道这世上最不公平的是什么吗？"

晏三合淡淡一笑，没有回答，她知道慧如心里有答案。

"这世上最不公平的，是你无论怎么努力，拼了命地努力，也总比不过那个人。"慧如道，"长相比不过，聪明比不过，讨人喜欢比不过，最可怕的是……连运气都比不过。"

静尘来了水月庵后，老庵主很明显十分喜欢她，说她有悟性、有佛性。

老庵主亲自传授她佛法，三个月后，她就能和老庵主坐而论佛，从《金刚经》谈到《大悲咒》，从《大悲咒》谈到无常，从无常谈到因果，再到轮回……

她就坐在边上，竖着两只耳朵听。每一个字都听得明白，每一句话都听得明白，但连起来是什么意思，她不懂。她得回去反反复复琢磨个十来天，才悟透其中几句话的意思。

后来，静尘就代替老庵主给尼姑们讲课，讲得比老庵主还要好，再深奥的佛经从她嘴里说出来，一听就懂。

庵里的姑子们都喜欢她，都围着她转，谁有悟不透的地方都去问她。

"你问过吗？"

"我常常问，她常常答，没有一点架子。"慧如深深吸一口气，"我对她说，我太笨了，笨得连佛祖都嫌弃；她说，佛祖不会嫌弃笨人，佛祖只会额外心疼她们。"

晏三合眼皮一跳，能说出这种话的人不简单："她知道你嫉妒她吗？"

慧如摇摇头。

晏三合："所以，你们表面上一直很好？"

"是！"慧如面露惭愧，"她刚进庵的那三个月，老庵主安排她和我同睡一屋，也正是因为那三个月，她和我的情分比和庵里任何一个姑子都要深。"

难怪静尘会把身后的事情托付给她。

慧如苦笑："老庵主其实一心想把水月庵交给她，是她不肯接，才落到了我的头上。"

她永远记得老庵主咽气之前死死拉着静尘的手，舍不得闭眼。而她也守在边上，守了一天一夜，可老庵主的目光甚至没有向她移过一丁点。

"她为什么不接？"晏三合皱眉，"总会有个原因。"

慧如合上了眼睛："她说，'慧如为人踏实、努力、上进，而我，终究是福薄之人。'"

晏三合的心猛地一跳，她说她是福薄之人，为什么？

"晏姑娘，"慧如道，"你知道'嗟来之食'这四个字吗？"

晏三合两条眉蹙在一起："你觉得你从老庵主手里接过水月庵是受了她的嗟来之食？"

慧如睁开眼睛,看着晏三合不答反问:"你知道我最嫉妒她的是什么吗?"

晏三合摇摇头。

慧如:"我嫉妒她就是捡个女孩也捡得比我好。"

晏三合:"这么说明月比兰川出色?"

"那丫头不是顶出色,就是招人喜欢,嘴甜,说话做事都笑眯眯的,一点脾气都没有。"慧如忽地笑起来,"你跟她急,她不急,还哄着你,做错了事,就眼泪汪汪地看着你,一言不发,任你骂,任你打。"

晏三合微微皱眉,这个性子和谢三爷倒有点像。

"晏姑娘,你知道吗?"慧如顿了顿,"其实那天唐老爷、唐太太原本看中的是兰川,是兰川啊。"慧如此刻的脸上露出些俗人才有的不甘和怨怼,"当时兰川才四岁,长得粉粉嫩嫩的,十分讨人喜欢,而且四岁的孩子好养熟。可明月一走出来,夫妻两人立刻就改了主意,把明月领走了。"

"这就是你说的眼缘!"

"不是。"慧如咬了咬牙,"除了眼缘外,还因为明月身后站着静尘。"

她记得特别清楚。

那天,静尘穿了一件新做的尼袍,垂手站在阳光下,嘴角含着一点笑,莹白的皮肤上像笼着一层光。见唐太太的目光看过来,她微微一颔首,低眉敛目间,显得既端庄,又优雅。

唐太太一下子就被她吸引住,然后,才将目光往下移,看到了静尘面前站立的明月,唐太太的眼睛骤然亮了起来。她伸手拽了拽唐老爷的袖子,明月的命运就此改变。

事后,唐太太向她走过来,一脸遗憾道:"抱歉,慧如师太,我们相中了明月那孩子,那孩子看着讨喜。"

"唐太太的话说得可真漂亮啊!"慧如抬头叹了口气,"其实说白了,明月讨喜,就是静尘讨喜;兰川不讨喜,就是我慧如不讨喜。"

晏三合觉得不可思议地看着她。

"当时,我便悟出了一个真相:穷极一生,我都比不过她,不仅我比不过,我的徒儿也比不过她的徒儿。"

"正因为她活着的时候你比不过,所以你才要在她死后做手脚?"

慧如用力咬了一下自己的舌尖,强作镇定地继续往下说:"她托付了两件事。第一件事,便是她不想穿尼袍,我问她为什么,她说十八年的青灯古佛,够了。"

够了?晏三合沉吟,这两个字透露出的信息不少。

"第二件事是不留尸体,一把火烧了了事。"

火葬?晏三合心头大震,脱口而出:"这又是为什么?"

慧如:"她说魂已散,留着皮囊做什么,不如一把火烧了。"

"所以……"晏三合有些不太敢相信自己的耳朵,"她交代的后事,你当着她的面都应下了,却一件都没帮她办?"

慧如点点头："是。"

晏三合："就因为她比你聪明，比你有悟性，老庵主喜欢她，她的明月比你的兰川前程更好？"

慧如："是。"

晏三合再也忍不住："慧如，你哪里还是个六根清净的出家人，你根本就是红尘中见不得别人好的小人。"

"是是是……"慧如身子躬下去，慢慢把脸埋进掌心，泪水顺着她的指缝流出来，不断地流出来。

泪水里有悔恨吗？应该是有的。否则，她不会为了静尘这个心魔愿意付出自己的性命。可"悔恨"是晏三合最不喜欢的一个词，为时已晚。

晏三合冷冷地开口："慧如，我现在要去看看静尘的斋房，还留着吗？"

慧如艰难地直起身，用袖子拭泪，道："留着的，我让兰川带你去，你稍等片刻，我去净个面。"

净完面的慧如老尼姑已看不出刚刚哭过的痕迹，只是瞧着面如死灰，眼睛里一点活气也没有。

片刻后，兰川进到屋里，一看慧如的脸色不好，忙问道："庵主，你哪里不舒服？"

"没有。"慧如勉强牵出一丝笑，"你带晏姑娘去静尘的房间瞧瞧。"

兰川没有转身就走，而是把慧如面前的冷茶倒掉，又沏了热的来："庵主，小心烫嘴，一会儿再喝。"

"好孩子，去吧！"

兰川抬头，冲晏三合笑道："贵客请跟我来。"

"你到外头等我，我还有一句话想和庵主说。"

"好！"

兰川离开，慧如抬头看着晏三合的黑眸，手心无端地渗出一层冷汗。

"你说你事事比不上静尘，所以嫉妒她。可在我看来，有一件事情静尘绝对比不上你。"晏三合一字一句道，"静尘一定没听过明月对她说'师傅，小心烫嘴，一会儿再喝'。"

像一把寒光闪烁的匕首直刺入慧如的心口，痛得她全身都颤抖起来。

"人啊，多看看自己有的，少看看自己没的，能看到这一点，无须修行，便已入佛道。"说罢，晏三合收回在慧如脸上的目光，转身离开。

此刻，她也终于明白，为什么慧如只有四十五六岁的年纪，那张脸却已经沧桑无比，足足老了十多岁都不止。因为嫉妒，因为相由心生，因为命运从来不会原谅谁，也不会袒护谁，只会惩罚谁。

…………

"贵客小心脚下。"

"叫我晏姑娘就行。"

"晏姑娘刚刚和我们庵主说了什么，我瞧我们庵主的脸色不太好看。"

"没说什么，她只是想到了静尘在世时的一些事，不用担心。"晏三合揉揉兰川的脑袋，"你和静尘熟吗？"

兰川笑眯眯道："熟啊，我叫她师姑，师姑人很好的，讲的佛经也好，我们都喜欢她。"

"和庵主比起来呢？"晏三合眉眼不自觉地柔和下来，"你更喜欢哪一个？"

兰川脱口而出："还是庵主。"

"为什么？"

"我是庵主养大的，我生了病庵主会急，师姑也会急，可没有庵主急得厉害。"兰川咬了一下唇，"我们庵主人也很好的，晏姑娘，你和她处久了就知道了。"

"好孩子。"晏三合见兰川这孩子心性单纯，不由得生出几分怜爱，又想伸手去揉她的脑袋。

忽地，她不自在了，这动作是谢纨绔喜欢对她做的，难不成他揉的时候心里也充满了怜爱？

"晏姑娘，晏姑娘。"

晏三合忙回了神："到了？"

"嗯，师姑就住这里。"兰川一边往里走，一边絮叨道，"师姑圆寂前，把她自己的好多东西都烧了。"

晏三合脚步一顿："你说什么，都烧了？"

兰川撇撇嘴："其实也没什么东西，就是些抄的佛经啊书信什么的。"

"她没有家人，和谁通书信？"

"明月啊。"兰川，"明月有时候会写信来，她爹娘也会。明月的命很好的，我们都羡慕她。"

晏三合已经没心思去听兰川的话了，大步走进屋里。目光一扫，她的心直往下沉。

静尘的房间不大，一床、一柜、一桌、一椅。床上的被褥叠得整整齐齐；两件旧尼袍挂在门后；两双旧的布鞋放在床下；厚厚一沓佛经放在桌上。除此之外，再没有任何一点东西。

晏三合走到桌前，拉开抽屉，抽屉里是一面铜镜、一把梳子、两支没有雕任何花纹的木簪子。

"静尘的东西都在这儿了？"

"还有她吃饭常用的碗筷，洗脸、烫脚用的木盆，挂的蚊帐，出殡那天都烧了。"

"她临死前穿在身上的那套衣裳呢？首饰呢？她擦的那些胭脂呢？"

"扔了啊！"

"为什么要扔？"

"庵主说这是俗物，庵里留不得。"

只有俗物才能探到一点静尘的身世啊。晏三合语气严厉:"东西是怎么扔的?谁扔的?扔哪里了?"

"我……我扔的。"兰川不明白好好的,为什么贵客说话的语气就变了,顿时有些战战兢兢,"我就把东西都收拾到一个包袱里,然后扔河里了。"

晏三合飞快地走到屋外,大喊一声:"李不言。"

李不言几乎是飞奔而来:"出了什么事?"

"静尘临终前穿的衣裳、戴的首饰都被扔河里了,我们准备下河捞东西。"

"我来,我水性好。"李不言道,"小尼姑,你带路。"

"我……我得跟庵主说一声——"

"说什么说?"李不言一把揪住她,笑眯眯道,"我替你们庵主答应了。"

…………

兰川所说的河其实就是林间的一片小湖,离水月庵不远,走路半刻钟就到了。水很清澈,蓝天白云倒映其中,还挺美。

晏三合拍拍兰川的肩:"你扔哪里了?指给我看一下。"

兰川走到河边,指指脚下的大石:"我就是站在这里往河里扔的。"然后,她手一抬,又指着河中的一点,"好像就掉那里了。"

李不言脱去外衫、鞋袜,正要下水时,被晏三合一把抓住:"你先下去探探水深水浅,要是水深的话,你就上来,咱们再想别的办法。"

"我浮水的本事是我娘亲自教的,绝对是浪里一条小白龙。"李不言冲她抛了个媚眼,慢慢从河边走进水里。

五月底的天,虽然外头阳光刺眼,但水还是凉的。

"我下去了。"李不言身子一翻,人已沉下去。

"小心啊。"晏三合不知为什么,总觉得心里有些不踏实。

好在仅仅过了一会儿,李不言就从水里探出脑袋:"我看到那包袱了,灰颜色的对不对?"

"对对对。"兰川忙不迭地点头,"就是灰色的。"

晏三合松一口气:"水深不深?"

"不深,约两个人那么高,没问题的,我的小姐,瞧好吧。"李不言深吸一口气,再次沉入水底。

水的确不深,她一潜到底,将沉在河底的包袱抓在手上。包袱浸了水,还挺沉,她在水里使不出功夫,只能慢慢浮上来。

破水而出,她换了口气,冲岸边兴奋地大喊:"三合,我拿到了。"

没有人回答。

人呢?她目光一扫,不仅晏三合不见了,兰川这个小尼姑也不见了踪影。

李不言狠狠地激灵了一下,奋力游到岸边。人还没从水里走出来,却见石头的后面兰川直挺挺地躺着。

不好！她心里刚涌出这念头，突然余光扫见有人正向她飞奔而来。

李不言把包袱一扔，纵身跃到岸上，抄起地上的软剑，疯了一样冲过去。她冲得又急又猛，手上的软剑一翻，第一招便是绝杀招。

那人赶紧身子往后一翻，大声喊道："李姑娘，我是三爷的人，快住手啊。"

谢知非？李不言赶紧收回剑："晏三合呢，你们把她接走了？"

"没有接走。"那人语速飞快，"是被人敲晕带走了，有两个人，身手都十分敏捷。"

李不言魂飞魄散，怒吼道："那你怎么不救呢？"

侍卫急得一脸无奈："三爷怕惊着你们，让我远远地跟着就行。我听到动静，拼了命地冲过来，可还是迟了。"

"那还啰唆什么？"李不言一把揪住那侍卫，拼命压抑着心底喷涌的怒火，"他们往哪里去了？追啊！"

…………

城中兵马司。

嘭的一声，老大白燕临把一沓案卷重重地砸在桌上，底下几个衙役缩了缩脑袋，屁都不敢放一个。

徐晟被割小兄弟一案，锦衣卫命他们帮着调查，查来查去，那贼人就像从天而降，又像从天而走似的，根本查不到影。

刑部天天派人来催，老大顶不住，就拿底下的人出气。

"白老大，白老大，"朱青冲进来，"我家三爷不见了。"

"什么？"白燕临怀疑自己听错了，"谁不见了？"

"我家三爷，下午巡街，突然冒出来几个小贼，东跑西跑把兄弟们引开了。"

"然后呢？"

朱青把刀往他面前一横："然后就在地上捡到了这个，我家三爷的佩刀。"

"人呢？"

"人不见了。"朱青咬牙，"有几个小叫花子看到有人把三爷敲晕，装进麻袋扛走了。"

"你是说……"白燕临惊疑不定地看着朱青，"……谢老三被人掳走了？"

这怎么可能？哪个不要命的神经病竟然敢对谢老三下手？这些人下手之前怎么也不打听打听他谢老三……白燕临硬生生地打了个寒噤："你觉得是谁干的？"

"这还用觉得吗？"朱青鼻腔里呼出两道冷气，"我家三爷最近得罪了谁，这事就是谁干的。"

徐家？徐晟？白燕临差一点就脱口而出。

"白老大，你最好赶紧派人去找。"朱青素来面无表情的脸上露出凶狠，"我家三爷要是有个三长两短，就等着我家老爷明日早朝告御状吧。"还没完，他又咬着牙补了一句，"谁的乌纱帽都别想保住！"

白燕临："……"

咣当——白燕临一拳砸在桌案上，颤着嘴唇道："一个个的还愣着干什么？去找啊。"

"是。"几个衙役脚下走得飞快。

开玩笑，乌纱帽保不保得住先不说，三爷是谁啊？一个衙门里的好兄弟啊。仅仅一刻钟的时间，东、南、西、北、中五城的兵马司都知道了三爷被人敲晕掳走的事，纷纷上街找人。

白燕临心说不够："来人！"

"老大。"

"立刻把三爷的事情上报到锦衣卫、巡城御史那边。"

"是！"

…………

翰林院里，谢而立噌地从太师椅上站起来："你说什么？"

"大爷，三爷被人敲晕掳走了，现在整个五城兵马司都在找人。"

谢而立眼前一黑，赶紧用双手撑住桌角："老爷呢，老爷知道不知道？"

"老爷还没有下朝，已经派人等在宫门口了。"

谢而立喉结滑动几下，强迫自己迅速冷静下来："家里那头先瞒住。"

"大爷，这么大的事……"

"老太太受不了刺激，能瞒一时是一时。备车，我亲自去一趟锦衣卫。"

"大爷，咱们要不要派人也去找找？"

"不用，我信得过老三平常的为人处世，他出事，兵马司那帮兄弟肯定会尽心尽责。"谢而立说罢，便往外走。

天子脚下，青天白日，敢动谢府老三的人不会有别人。谢而立毫不掩饰眼中的怒意，一个个还真当谢府是软柿子，可以随便揉随便捏呢？

…………

端木宫，赵亦时刚走到太子妃张氏住的院子门口。

"殿下。"

赵亦时脚步一顿，转过身："何事？"

沈冲走上前，附在他耳边一通低语。

赵亦时听完，偏过脸看着沈冲，眼中的焦距却是虚的。

"爷，"沈冲道，"三爷动手了，咱们是静观其变，还是火上添把油？"

半晌，赵亦时才回过神来："他布的局，咱们只管放心地在一旁瞧着，什么都不用添。"

"是。"

"对了，太子这会儿在什么地方？下朝了没有？"

"回爷，太子殿下还在宫里议事。"

"太子在宫里，那就意味着谢道之也在宫里，外头由谁主持大局？"

"是裴爷。"

"有他坐镇,我就更不担心了。"赵亦时释然一笑,"我去陪母亲用饭,你派人好生盯着,有什么节外生枝的事情再来回我。"

"是！"

…………

裴爷此刻正坐在开柜坊的二楼,一边喝茶,一边拧着眉盘算着接下来的动作。

梅娘在一旁盘账,纤纤十指把算盘拨得噼里啪啦地响。

楼梯上传来脚步声。一听这脚步声,就知道来的人是黄芪。

裴笑刚抬头,正好黄芪推门进来,满头满脸的汗:"爷,刚刚朱青传来消息,五城兵马司那头、锦衣卫那头、谢家大爷那头都妥当了。"

"很好。"裴笑用力一击掌,他等的就是这个消息。

徐家在城外的庄子一共有三个,最隐蔽的一个就在西北角的太行山下,徐来十有八九会把谢五十弄到那里去。

从徐家出发去庄上,如果快马加鞭,只需一两个时辰。但徐晟那处伤口,牵一发而痛全身,车马跑不快,最少需要三个时辰,傍晚时分才能赶到庄上。

而五城兵马司、锦衣卫最磨蹭最磨蹭,子时过后必定能找过去。这也就意味着谢知非只要挨过几个时辰,就可以把徐家那对疯狗父子干掉。

"三爷身上的东西可都备全了？"

"回爷,薄刀片、蒙汗药、毒药、巴豆……都藏在三爷身上了,是朱青哥亲自备下的。"

"那我就放心了。"裴笑拿过一个干净的茶盏,帮他倒了半盏茶,"你坐下吧,喝口凉茶解解暑气,后面咱们按部就班就行。"

这边,梅娘账也盘好了,把算盘一收:"裴爷,这个月进账——"

"姑奶奶,快别和我说了,这几天没日没夜的,听了脑仁疼。"裴笑指指太阳穴,"我还得想想有没有遗漏的。"

话音刚落,门便哐地被一脚踢开。

还不等裴笑反应过来,朱青已经冲过来:"裴爷,出事了,晏姑娘被人掳走了。"

"什么？"裴笑下意识地问,"那个上天也能、入地也能的李大侠呢？"

朱青:"李姑娘当时在水里捞东西。"

"怎么就这么巧？！"裴笑道,"那谢五十派去盯着的人呢？"

朱青:"对方手脚太快,他离得远,没追上。"

哎哟喂,我娘子最近一定是没烧香,运气忒差了。裴笑的脸彻底阴沉下来:"事情明摆着就是徐晟那孙子干的,先别慌,不能自乱阵脚,得好好算计一下。"

朱青:"裴爷,水月庵在西边,十有八九晏姑娘也是被带到了那个庄上。"

"你说得很对。"裴笑目光缓缓地看向朱青,"但关键问题是,我们明知道她在哪里,却不能去救。"一救她,他们这头的计划就全部落空,再想设这么一个顺势而为的局,便难了。

"那可怎么办？爷啊，晏姑娘不能出事！"黄芪急得声音都抖了，南宁府一去一回，他对晏三合佩服得五体投地。

"我当然知道她不能出事。"那是我未来的娘子。裴笑垂下眼，睫毛整齐地落下一排阴影，遮住他眼里的着急。

好一会儿，他才抬起头，一个字一个字从牙齿里咬出来："我既要让计划成功，又必须保住晏三合。"

"怎么保？"朱青问。

"还没有想好。"裴笑道，"但你们先要去做两件事。朱青！"

朱青："裴爷吩咐！"

裴笑："李不言现在在哪里？"

朱青一怔："应该还在水月庵附近找人。"

裴笑冷静地分析："晏三合被掳走，她肯定会急疯的，就冲她那暴脾气，说不定拎把软剑就会去杀徐家一个片甲不留。"

朱青头皮发麻："她做得出来。"

裴笑："你去拦住她，不管用什么方法，最好是把人敲晕，不能让她坏事，赶紧去。"

朱青："是。"

裴笑看着黄芪："徐晟那孙子这会儿一定在路上，想办法拖延他的时间，只要那孙子不到庄上，下头那些王八蛋就不会对晏三合如何。"

黄芪："是。"

两人离开，裴笑一屁股跌坐在椅子上，心口郁积着怒意。

"裴爷，"梅娘低声道，"这位晏姑娘——"

裴笑噌地站起来，神色前所未有地凝重："这事太大，我得和怀仁商量商量。"

梅娘忙道："我这就去给客人送信。"

裴笑："快去。"

梅娘噔噔噔地跑下去，心里百转千回：这晏三合到底是谁啊，怎么裴爷他们几个看起来都那么紧张？前所未见的事。

…………

往西去的官道上，一辆马车快速奔跑着。

车里，两个男人咬牙切齿，不时扫一眼边上的麻袋，嘴角露出讥讽。谢三爷果然像传说中的那样，就是绣花枕头一包草，不费他们兄弟吹灰之力，还是个武官呢，真他娘的丢人！

"咱们爷会怎么弄他？"

"十有八九会割了他那玩意儿。"

"谢家三个儿子，割了一个，还有两个。咱们这头不行啊，绝了后。"

"就看咱们家老爷能不能调养调养，再生一个。"

我看是做梦，麻袋里的谢知非在心里回了一句。

一个多时辰后，马车拐入小道，又走了片刻，进到一个庄子。庄子门口，几个侍卫已经等在这里。

车上的两人跳下来，其中一人道："刘哥，这人关柴房？"

那个叫刘哥的掀了掀车帘："柴房里有人了。"

"那娘们儿到手了？"

"可不到手了嘛，把这姓谢的关马厩。"

"刘哥，咱家爷不行了，你说那娘们儿是不是就便宜咱们了？"

叫刘哥的嘿嘿淫笑几声："不是便宜咱们，是所有兄弟见者有份儿，想怎么玩都成。"

"哈哈哈……"

"瞧你们一个个猴急的样啊，都给我憋着，爷发话之前，那娘们儿一根汗毛都不许少，听到没有？"

"听到了，刘哥，你放一百个心吧。"

几个人一边说，一边把马车拉进庄里。两个身强力壮的爬上马车，把麻袋弄下来，然后往马厩里狠狠一扔。

谢知非脑袋着地，重重一磕，痛得头皮发麻，眼前直冒金星。缓了缓后，他手轻轻一挣，绳子便断了，他又拿刀片在麻袋上用力一划。

亮光透进来，谢知非第一时间吸了口新鲜的空气，一呼一吸之间，他脑子转得飞快。

他们说的肯定是晏三合。他也是服气了，李不言那丫头是摆设吗？回回看不住人。还有，他派去的人呢，死了吗？他气得眼睛充血。

…………

晏三合幽幽地醒来，睁开眼睛的同时，记忆倏地钻进脑海里。

她站在河边，正定定地看着河面，忽地听到身后有动静，不及转身，脖颈便挨了重重一击。

谁？只有徐晟那个贼人。

晏三合动动四肢，才发现自己的手和脚都被绑在了身后，连坐起来都很困难。

但越是这个时候，晏三合越冷静。

李不言水性不差，这些贼人能在短短时间内把她掳走，可见身手是好的。她站在水边的时候，是午时不到，这会儿太阳从西边斜一点过来，大约过了一两个时辰，这一两个时辰足够李不言赶回京城报信。那么也就是说，谢知非此刻已经得到她被掳走的消息，正在四处找她。

凭谢知非那个脑袋，不用想都知道是谁下的手。一两个时辰找到她绝对不够，三四个时辰估计差不多，那么也就是说……

柴房的门突然打开，探进一张熟悉的脸。晏三合心脏骤然一停，这人，他是飞过来的吗？

四目相对，谢知非冲晏三合做了个噤声的动作。

晏三合眨了眨眼睛，示意他完全可以放心，也示意他赶紧先帮她把绳子解了。这个四肢被绑在身后，脸着地的姿势，实在屈辱得让她想杀人。

谢知非完全没有领会晏三合眨眼的意思，把两个被他敲晕的侍卫拖进来后，才走到晏三合面前，帮她解绳子。

解的时候，一看到她手腕上的瘀青，三爷肚子里的火便噌噌噌往上冒，也想杀人。所以在绑那两个侍卫的时候，谢知非用了死劲儿不说，还一脚狠狠地踹上了其中一人的脑袋。

晏三合揉着发疼的手腕，看着谢知非脸上的怒气，压着声问："这里是哪里？你怎么这么快就找到了？李不言他们呢？"

谢知非没时间解释，也答不上来："乖，咱们先想办法找个地方藏起来。"

乖？这个时候说这个字合适吗？藏起来？为什么要藏起来？难道李不言他们没跟过来？晏三合虽然满肚子话要问，但一个字都没问出口，只冷冷道："藏哪里？"

"反正不能待在这里，先出去再说。"谢知非从身上一掏，也不知道从哪个地方掏出一把匕首，"拿着防身。"

"我有！"晏三合从腰后掏出匕首来。谢天谢地，这些贼人还没来得及搜她的身。

两人猫着腰走出柴房，贴着墙壁往庄子的角落走。

绕过一片连着的矮房子，晏三合才发现这是郊外的庄子，庄子后头是连绵的山峦。她眼睛一亮："藏树上。"

"藏树上。"谢知非低沉的声音几乎与她的声音同时响起。

两人一对视，都从对方眼中看到了不可思议。

谢知非："你能爬树？"

"瞧不起谁呢，三爷？"晏三合丢下这一句，随即飞奔起来。

谢知非眼中闪过一抹笑意，也跟着飞奔起来。

两条人影在午后的阳光下飞奔，不多时便跑到了围墙边。

谢知非往下一蹲："踩着我的肩膀爬上去。"

晏三合完全没有犹豫，一脚踩着谢知非的肩，一手钩住围墙，用力一提，人就到了围墙上。气都来不及喘一口，她便转过身，伸出手："上来。"

谢知非也没有犹豫，抓住晏三合的手，脚在墙上蹬了几下，人就上去了。

就在这时，远处传来了呼喊声。

不好，有人发现他们逃了。谢知非神色一变，从墙头跳下去："快，跳下来，我接着你！"

"闪开。"晏三合哪用得着他接，一咬牙便纵身跳下去。

她的脚刚着地，男人的手便稳稳地扶住了她。

·547·

晏三合下巴一抬:"上树。"

谢知非点头:"找棵最大的。"

太行山下都是参天的大树。晏三合找了棵枝叶最茂盛的树,先抬头观察了一下树的走向,随即低头朝掌心吐了两口唾沫,搓搓手:"我先上!"

她像只猫一样,噌噌噌就往上爬,爬得又快又轻盈。

阳光透过树林照下来,晃着谢知非的眼睛,他有一瞬间的恍惚,好像又回到了九年前的某个午后。

"还愣着干什么?上来。"晏三合扭头见谢知非还傻愣着,眼睛一瞪,眼珠子都快蹦出眼眶,"快啊。"

谢知非感觉自己的心像被什么轻轻拨弄了一下。

第四十一章 完蛋

宫里,七位内阁大臣纷纷移步偏殿。今日朝事议到很晚,皇帝赐下午饭,说要君臣同食,这是很久不曾有过的好事了。

谢道之走在最后,心里琢磨着皇帝刚刚那几句话的深意。

"谢大人。"

谢道之循声看去,只见有个小内侍躲在墙角,探出半个脑袋,冲他拼命使眼色。

谢道之看看前面的人,然后快速转身走过去:"何事?"

小内侍踮起脚捂着嘴在谢道之耳边一通低语,话还没有说完,谢道之的脸已铁青:"消息当真?"

"千真万确。"

"多谢了,小公公。"他掏出袖中的银子,一股脑儿都塞到小内侍手里,自己又匆匆折回几位内阁大臣身后,朗声道,"大人们先行一步,下官去如厕。"

"谢大人啊,你年岁也不大,怎么最近尿频得厉害?"

"肾虚。"谢道之没心思和他们玩笑,两个字把所有人的嘴都堵上后,便匆匆离去。

等到无人处,他的脚步才慢下来。老三离奇失踪?这简直匪夷所思。

先不说老三在五城兵马司的那些手下,只说一个朱青,就不可能屁事都不干,就任由老三被人掳走。别人不知道朱青的身份,但他心里一清二楚。谢道之捋着下巴上的胡须,目视远方,良久才拿定了主意。

偏殿里,君臣已经落座。

永和帝目光扫一眼下首处的空位:"谢大人呢?"

·548·

内侍恭敬地回话:"陛下,谢大人出恭去了。"

永和帝笑笑,人有三急,便是贵为天子的他,也免不了这些腌臜事。

就在这时,谢道之匆匆进殿。

众人目光都聚在他身上,却意外地发现这人脸色惨白。

谢道之径直走到皇帝跟前,腿一弯,跪地道:"陛下,臣家里突发变故,求陛下允许臣出宫去。"

永和帝微微皱眉:"什么变故?"

谢道之皱着眉,一副不愿意多说的样子。

"说!"

"陛下,臣家里的三儿在当差的时候不见了。"

永和帝只觉得稀罕,谢家老三他有所耳闻,一个小小的北城兵马司指挥使,品阶低得可怜。当差的时候不见了?

永和帝脸色不由得一沉:"朕的天下已经不太平到这种程度了吗?"

这话一出,内阁大臣们哪个还敢再坐着?

…………

别院,凉亭。

赵亦时背手而立,沉吟不语。

裴笑等不及:"怀仁,得赶紧拿个主意,徐晟那孙子拖不了太久,久了,他会起疑心。"

赵亦时转过身:"你说怎么办?"

"我……"裴笑一噎。

"直说,说心里话。"赵亦时直视着他的眼睛,"我们之间没必要藏着掖着。"

裴笑掏出帕子擦了擦额头的汗:"晏三合是我相中的娘子,她有事,我得救。但你是我的好兄弟,徐来的事也重要,老子现在为难死了,这就是我的心里话。"

"沈冲。"

"爷。"

赵亦时:"带六个身手最好的鹰卫,赶在所有人之前把晏三合救出来。"

"等一下!"裴笑抢在沈冲前面说,"会不会影响大局?"

赵亦时笑了笑,笑得温文尔雅:"影响了又怎样?在我这里,没有什么比你和三爷更重要。"

裴笑嘴唇颤动,声音也在发抖,半晌,从牙缝里咬出一句话:"赵怀仁,你是不是想把我感动死了,然后好继承我的百药堂?"

赵怀仁摇摇头,冲一旁的沈冲道:"去办吧。"

沈冲:"是。"

"怀仁,怀仁!"裴笑像贴狗皮膏药似的黏过去,"赶明儿我和我娘子大婚了,生下的第一个儿子喊你义父。"

"等她真成了你的娘子再说。"

"我小裴爷出马，还有成不了的事？"

牛皮正吹着，严喜便提着衣角匆匆进来："殿下，宫里有动静。"

赵怀仁神色一肃："说。"

"内阁谢大人告御状了。"

"告得好！"裴笑不等赵亦时说话，又问道，"皇上怎么说？"

严喜："皇上只说了一句话：朕的天下已经不太平到这种程度了吗？"

裴笑："然后呢？"

严喜："然后便离席了。"

裴笑冲赵亦时直皱眉头。按理说不应该啊，以谢道之的身份地位，皇帝怎么样也得派人帮着找找。

赵亦时知道他在想什么，淡淡地回他四个字："君心难测。"

"裴爷，朱青回来了。"

裴笑忙道："让他过来。"

人是来了，只是肩上还扛着一个。

裴笑惊了："你还真把她给敲晕了？"

朱青一脸的无奈："裴爷，她死犟，什么话都听不进去，我……"

"把人家姑娘放下来再说话。"

朱青一听太孙发话，忙把肩上的李不言放到竹榻上，正要开口，却见太孙冲他做了个手势。

赵亦时拿过一旁的薄毯，轻轻盖到李不言身上："走，到别处说话。"

…………

西山，庄子。

"刘哥，快看，这里有脚印。"

"他们翻墙往山上跑了。"

"刘哥，怎么办？"

"还能怎么办？追啊！"

一帮扈从赶紧翻过墙，提着刀往山上走。

晏三合心头狂跳，浑身的血都涌进了那双黑沉的眸子里。

这处藏身的地方虽然树叶茂盛，但真要一棵树一棵树地搜过来，铁定是会被找到的，躲不了多久。想到这里，她偏过脸去看谢知非，不承想谢知非的目光就落在她身上。而且，这人的脸近在咫尺。

一种微妙的感觉来不及细品，晏三合又把脸偏了回去。

谢知非勾唇一笑，酒窝深深的。

"晏三合，"他把头低下一点，唇落在她的耳边，几乎是用气声道，"万一我们被发现了，你别动，千万记住。"

这话是什么意思？晏三合眼睛瞪大了，一寸寸扬起僵硬的脖子去看他。

"逗你的，我是那么好心的人吗？"三爷缓缓地笑起来，"有福同享，有难同当，我倒霉，你也跑不掉。"

你个人渣，晏三合眼里的鄙视藏不住。

三爷扑哧笑出声。

晏三合眼睛瞪得更大，眼里都是怒斥：你是疯了吗，也不怕把人给招来？

是疯了。三爷心想，我怎么在这个时候都想逗她笑呢！

"兄弟们，眼睛放亮一点，一寸地方都不要放过。"叫刘哥的扈从大声喊话，"要是让他们跑了，可不光咱们哥儿几个倒霉，徐家也要倒大霉，都听见了吗？"

"是！"

"每棵树上都给我看一眼。"

"是！"

这一下，连谢知非都大气不敢出，一颗心直接吊到了喉咙口。

也不知道是老天爷帮忙，还是走了什么狗屎运，忽地远处传来几声鸟扑棱翅膀的声音。

"刘哥，那边有动静。"

"追！"

扈从们一股脑儿地跑过去。

谢知非重重地吐出口气，一低头，发现自己浑身的衣裳都被冷汗打湿了。再一看，晏三合也没比他好到哪里去，一头的黑发都湿透，汗出得比他还多。

此刻，两人的姿势就像两只紧紧贴在树干上的知了。

晏三合站在一根树枝上，双手死死地抱着树干。谢知非则站在另一根树枝上，双手高举，像吊死鬼一样钩着头顶的树枝。

"其实……"谢知非决定把一些事情交代一下，"这庄子上就我们两个。"

早就猜到了，否则你谢三爷也不会这么憋屈地做个吊死鬼。晏三合："他们呢？"

谢知非："我也是被掳来的。"

"啊？"晏三合牙齿一打滑，差点没咬到自己的舌头，这徐晟太监到底花钱请了几个绝世高手啊？

"你呢，怎么就被弄来了？牛烘烘的李大侠呢？"

晏三合实话实说："当时我在地上，她在水下。"

这回，轮到谢知非被惊到了："她在水下干什么？"

"捞东西。"

"什么东西？"

"静尘临死前穿的一身行头。"

可够巧的。谢知非看着晏三合的脸，慢声说："心魔破得怎么样？有进展吗？"

晏三合面无表情地看着他：现在是说这个的时候吗？想着逃命啊，三爷。

三爷沉默了会儿，轻轻说了三个字："关心你。"

晏三合点了个头，瓮声答了一个"嗯"字，但耳根连带露在外面的半边脸都红透了。

该死的谢纨绔，一天到晚除了勾栏听曲，就是调戏良家妇女，就不能干点正事？

谢纨绔半点没有想干正事的念头，反而厚着脸皮问了一句："一起爬树，一起逃难，晏三合，这算不算我们的缘分啊？"

晏三合跟这人没法正经说话。

谢纨绔："那个——"

晏三合怒了，压着声低吼："没完了？"

没完。谢纨绔笑道："什么时候学的爬树？爬得挺好的，比我还厉害。"

晏三合拧眉不语。

"你信不信？"谢纨绔，"我从前认识一个女孩，干啥啥不行，就爬树特别厉害。"

晏三合忍不住想刺他一下："三爷认识的女孩不少啊。"

三爷一本正经地点点头："嗯，放在心上的不多。"

晏三合："……"

她哼哼："祸害的不少。"

三爷："祸害成的不多。"

晏三合："……"

三爷露出一丝别有深意的笑："还有吗？继续。"

晏三合："有病治病，三爷。"

三爷嘴角弯起来，低头看着她，慢吞吞地回了一句："相思病，谁能治？"

晏三合："……"情况有些不太对，几个月之前，是我把他撑得还不了嘴，怎么现在我接不了招了呢？

谢知非得意得眼角眉梢都要飞起来：男人脸皮厚点，果然是无敌的。

好了，不逗你了。

"虽然我是一个人，但谢府三爷失踪，急的人一定很多。"谢知非忽地摆正了脸色，"他们这会儿肯定在赶来的路上，一会儿你绕着庄子往南走，说不定就能碰到他们。"

晏三合觉得他这话说得莫名其妙："你呢？"

"我当然不能跟你一起走。"谢知非幽幽道，"孤男寡女的，到时候说不清，三爷做人做事是有底线的。"

晏三合磨磨后槽牙："什么底线？"

谢知非抿着嘴轻笑："绝不祸害会爬树的女孩。"

我能把这孙子踢下去吗？晏三合一脸垂死挣扎。

就在这时，只听庄子前头传来喊声："爷回来了。"

谢知非刚刚还带笑的眼睛一冷，右手突然松开。

晏三合一激灵："你干吗？"

"给你拿样好东西。"

你可真会挑时间。

"别乱动,小心掉下去。"

"放心!"谢知非把手一点点伸进怀里,从里面掏出个小纸包,然后往晏三合的脖颈后一塞,"这是毒药粉,遇到危险,捂住口鼻,冲坏人撒一把就行。"

晏三合瞬间僵住:"你怎么不早拿出来,刚刚他们翻墙的时候,撒上一把,我们还用挤在这里?"

"我这不是……没想起来吗?"

如果眼神能杀人,谢知非这会儿不知道都死了多少次了,但他还就是有脸笑出来。这一笑,震得脚下的树枝咔嚓一声。

"不好,这树枝要断。"他脸色一变,"晏三合,我得再找棵树猫着,你别动,千万别动。"

"你赶紧的。"晏三合又想用眼神杀死他。

谢知非手一松,身体滑着就往下去。他滑的速度太快,落地的时候不知道什么原因没有站稳,身子一仰,便倒了下去。

背后的一截枯枝咔嚓而断,声音巨响无比,凉意从晏三合的脚蹿到头,夯起浑身的汗毛,这谢知非怎么这么不小心?

"那边有动静!"

"刘哥,是个人。"

"快追!"

谢知非迅速爬起来,朝树上深深地看一眼后,撒腿就跑。

"他跑了。"

"追啊……"

"快,快,包抄,包抄……"

变故来得猝不及防,晏三合微张着嘴,吃惊地看着树下飞奔的几条人影,刚要顺着树干爬下去救人,忽地脑子里闪过那人的话:"万一我们被发现了,你别动,千万记住。"

我们被发现了,你别动?周身的血都被冻住了,一个念头像闪电般劈进晏三合的脑子里——所以,他是为了救她,才故意引开那些扈从的?

他为什么要这么做?晏三合用力咬住唇,头一回茫然而不知所措。

而就在这时,远处又传来打斗声,接着有人大喊一声:"抓住了,快去和咱们爷说。"

"那妞呢?"

"肯定还在树林里!"

"这孙子手上有刀,快,快按住他。"

"他娘的,又跑了……"

·553·

"前面堵住，快，快……"

他在给她争取时间！这是晏三合脑子里浮现出的又一个念头。念头一起，手和脚就有了反应，她哧溜从树上滑下来，手够到脖颈后，把那包毒药拿在手心，撒腿就往庄子的另一边狂奔起来。

晏三合所有的功夫都是李不言教的，李不言教了她两招：一招踢人膝盖，让人下跪，争取逃跑时间；另一招就是跑。

谢知非说过，往南跑就能遇到来救他的人。快点，再快点！晏三合这会儿真恨不得自己长了翅膀，能飞起来才好。

又是一声咔，她的脚踩在一根掉落的树枝上，人整个哧溜往下滑。情急之下，见前面有棵大树，她左脚用力一蹬，剧险险止住了自己往下滑的身体。

身体是止住了，可左脚脚腕处一阵剧痛袭来。晏三合哪里还顾得上疼，手撑着地，赶紧爬起来，继续往南跑。

穿过小径，上了官道，晏三合的速度明显慢了下来。官道上鬼影子都没有一个，晏三合回头看看离她越来越远的庄子，一咬牙，又加起速来。

…………

而此刻的庄上，刘哥一记窝心脚直踹在谢知非的心口。

王八蛋，踢得还真狠。谢知非在心里咒骂了一声，挣扎着站起来，往地上吐了一口带着灰尘的唾沫："徐晟，我再说一遍，你的事不是我干的，你别乱来。"

徐晟坐在太师椅上，目光阴森森地看着面前的谢老三，不得不说，这张脸有棱有角，还真好看。他冷冷一笑："我的事不是你干的，那臭婊子是你放走的吧，坏小爷我的好事，你说你该死不该死？！"

"徐晟！"谢知非大吼一声，"我劝你动手之前想想清楚，我姓谢，动了我之后，是什么后果，你徐家扛不扛得住？"

"谢老三，"徐晟眼皮都没眨一下，"老子这会儿还管什么谢家、徐家？老子既然敢动你，今天就是要你死。给我打，往死里打！"

扈从们立刻围上去。

谢知非没有想到徐晟这孙子上来就是要他死。

我死，不如你去死。他活动了几下筋骨，深吸一口气，又尽数吐出："孙子们，有种就一起上，别一个个来，浪费三爷的力气。"

扈从们听得都一愣。

刘哥笑道："爷，这位谢三爷什么都是软的，就嘴是硬的。"

徐晟的兴致一下子被挑起来："那小爷我就看看他的嘴到底有多硬，给爷一个个上。"立马弄死了多没意思啊，一点一点把人折磨死，才解心头之恨。

刘哥挥挥手，示意其他人退下。

哪知这手还没放下去，谢知非就像头猎豹一样冲过去，挥手就是一拳。

这一拳又狠又急，直打得刘哥连连踉跄数步，还没站稳，谢知非的拳头又砸过来。

"刘哥，你行不行啊？！"

"刘哥，别让啊！"

"上啊，打死他！"

众目睽睽之下被连打两拳，刘哥眼睛里射出逼人的寒光，杀心已起。

…………

官道上静得可怕，什么声音也没有。这让晏三合的脚步声显得动静格外大。她喉咙里早已经冒烟，血腥味涌上来，又被她用力咽下去。

人呢，怎么还不来？再不来，谢知非就危险了。她正着急着，只见远处有几匹马飞奔而来，她心头一喜，身子一下子瘫倒下来，跌坐在地上，饶是这样，她还拼命挥动着双手。

沈冲远远就看到了晏三合，双腿用力一夹，马跑得更快了。跑到跟前，他翻身下来："晏姑娘，你怎么样？"

"快，快……"晏三合喘着粗气，指指喉咙，又转身指指远处的庄子，表情痛苦万分。

"三爷在庄子上？"

晏三合用力点头："嗯……嗯。"

"徐晟呢，也已经在了？"

"嗯嗯。"

"晏姑娘，你先上马。"

"我……我……起不来！"

沈冲一把扶起晏三合，晏三合脚刚着地，剧烈的疼痛便让她忍不住"啊"的一声。

沈冲蹲下去一看，惊住了，她左脚的脚踝处红肿得跟个发酵的馒头似的："晏姑娘，你的脚——"

"别管我的脚，赶紧救人，快……"

沈冲站起来，手起掌落。

晏三合的眼睛陡然瞪大，眼里的难以置信一闪而过，随即身子一软，倒了下去。

沈冲拦腰抱住她，冷冷道："从小路绕回去，撤！"

"是！"

…………

庄子上，搏杀还在继续，只不过躺下去的是牛烘烘的刘哥。

谢知非吐出一口血，咧嘴笑："徐晟，记住了，三爷我的嘴硬，但拳头更硬。"

"好好好，三爷真是好样的。"徐晟兴奋得眼睛都红了，一种陌生而强烈的爽感在血液里奔涌，几乎要破皮而出。

他舔着唇，笑盈盈道："下一个，谁上？"

"爷，我去！"一个高大强壮的男子冲出来，学谢知非的先下手为强，拳头照着谢知非的脑袋直接砸下去。

徐晟激动得大叫起来："砸死他！"

谢知非头一偏，手一抖，掌中落下一把薄薄的刀片。

寒光一闪而过。刀片贴着壮汉的脖颈划过，血喷涌出来，溅得谢知非满脸满身都是。

壮汉眼珠子突兀地暴出，嘴里咕噜咕噜几声，庞大的身躯轰然倒地。

所有人都惊骇地瞪大了双眼，传闻谢府老三打小身子就烂，三百六十五天，三百天泡在药罐子里，是京城有名的短命鬼。他的差事是他老子花银子捐来的，就为装装谢家的门面，怎么身手会这么好？

徐晟惊得大喊："通通给我上。"

谢知非抹了一把血，突然脚下一个拐弯，向徐晟冲过去。

徐晟吓得哇哇大叫："快，拦住他，给我拦住他。"

扈从们一拥而上。

十几只拳头落下来，一片混乱中，谢知非终于被拳头打倒在地，抱住头，任由他们拳打脚踢：锦衣卫那帮畜生到哪儿了？再不来，三爷我真要交待了。

徐晟见谢知非被围着打，又开始兴奋地手舞足蹈："不要打死，留着一口气。"

东家发话，扈从们又拳打脚踢了几十下，见谢知非蜷缩着身子一动不动，这才收了手。

"扶我起来！"

左右两个扈从扶着徐晟走到谢知非跟前，徐晟抬起脚，狠狠地踩在谢知非的脸上。

"孙子！"徐晟得意地哈哈大笑，"在徐爷爷面前，你就是条狗，给爷叫一声，来啊，叫啊！"

地上的谢知非一动不动。

"死了。"徐晟弯腰低头。

谢知非突然睁开眼睛，死死地盯住了他，喉咙里发出轰隆隆的低吼。

徐晟被吓得身子一颤，差点摔下去："再给我打。"

拳脚再次袭来。

忽然，远处传来几声马的嘶鸣声。

徐晟循声望去，先看到一片高高扬起的尘土，接着看到了几十匹马，马上的人身着铠甲，手拿长刀，竟然是锦衣卫。奇怪，锦衣卫怎么会来？

此刻，徐晟如果能低下头，看一眼谢知非，定能看到他流血的嘴角缓缓地勾出一抹笑。

徐家，完蛋了！

…………

"殿下。"

侍卫走进凉亭，从怀里掏出一个竹筒，赵亦时接过竹筒，从里面倒出一张字条，展开一看，半响没说话。

裴笑哪是忍得住的性子："到底是什么情况？"

"自己看。"

裴笑拿过密信一看，恨不得仰天长笑：娘子保住了，事情也成了，谢五十啊，你干得漂亮。

"怀仁，你告诉沈冲，我娘子不必送这里来，直接送去谢府，我这就去谢府候着。朱青，我们走。"

朱青冲赵亦时行了个礼，忙跟上去："小裴爷，我们家爷不知伤成什么样了，裴太医那头……"

裴笑："还得你们谢府自个儿去请，不能让人瞧出破绽来。"

朱青："是。"

裴笑："还不能只请我爹一个，若是伤得重，得多请几个，也好让别的太医知道知道三爷的惨……"

声音渐渐远去，赵亦时在凉亭里又站了会儿，才回了书房。

一进书房，他便愣住，这竹榻上还躺着一个，身上还系着个湿包袱。

严喜忙道："小的这就把人叫——"

"不必。"赵亦时看着李不言身上的湿衣，"帮她把身上的包袱解开，然后去准备一套女子穿的干净衣裳。"

"是！"严喜走上前，轻手轻脚地解开李不言身上的包袱，放到一旁的小儿上，然后躬身退出去。

赵亦时在书案前坐下，将事情前前后后又想了一遍，不得不说，谢承宇这一招，很绝。徐来的官十有八九是做不成了，刑部侍郎空缺一位，自己这头要不要想办法伸只手进去？

"哎哟……"

思绪被打乱，赵亦时转头看过去。

少女抚着后颈坐起来，先看了看自己身上的衣服，再看看四肢，似乎有些搞不清现下的处境。头一偏，目光忽地对上赵亦时，少女狠狠一怔。

赵亦时正要开口解释，忽地见她身子往榻上一倒："我这是归天了吗？否则，怎么会有一个长得比神仙都要好看的男人含情脉脉地盯着我？"

赵亦时："李姑娘。"

"别吵。"李不言狠命地掐了自己一下，"嗞——疼——谢天谢地，我还活着！"

李不言努力集中精神，三合不见了，她急得要死，然后……

"李姑娘。"

"闭嘴！"李不言噌地坐起来，"别以为你长得像神仙，就能拦着我不去救三合。"

话音刚落，帘子一掀，严喜手里抱着衣裳、鞋袜颠颠地进来："姑娘醒了，这衣裳赶紧换上吧。"

"你是谁啊？"

· 557 ·

"我……"严喜看看主子的脸,"我叫严喜,太孙殿下——"

"太孙殿下?"李不言慢慢地偏过脸,"你是赵亦时。"

"大胆!"严喜怒喝,"殿下的名讳也是姑娘乱叫的?"

赵亦时冷冷地看了严喜一眼,声音温和道:"谢天谢地,你还记得我。"

"长得这么好看的人,我哪能忘了,这不是脑子……"李不言双手拍拍脑袋,缓了口气,"殿下,我怎么会在这里?"

赵亦时目光静静地落在她身上:"姑娘先去屏风后把湿衣换了——"

"不用。"李不言撑着竹榻站起来,"我得去找我家小姐。"

"她已经没事了,很快就会回到谢府,姑娘还是先去换套衣服吧。"

李不言有些蒙地看着面前的神仙男人,一抱拳:"衣服不用换,我皮实。殿下,青山不改,绿水长流,告辞。"她说完,转身,一只脚跨出书房的同时,头又伸回来,"殿下,下次看我,别对我含情脉脉,我这人什么都好,就一个毛病不好。"

"什么毛病?"

"抵不住美色的诱惑。"

帘子一动,人已不见了踪影。

我呸!严喜在心里骂一声,从未见过如此厚颜无耻之人。

"殿……"严喜一抬头,所有的话都卡在喉咙里。

男子眼中是浅浅碎碎的光,嘴角微微弯起,勾出一道含笑的弧度。

…………

当血肉模糊的谢知非被抬进府时,整个谢府一下子就炸锅了。

谢总管却表现得十分沉稳:"来人,拿老爷的帖子去请太医,多请几个。"

"是。"

"立刻派人通知老爷、大爷。"

"是。"

"老太太、太太那头,劳烦大奶奶亲自去告知。"

"是。"

一件件事情安排完,谢总管转过身:"小裴爷,你看还有什么遗漏的?"

裴笑想了想,道:"没有了,我去静思居看看。"

谢总管一怔:"晏姑娘还没回府呢。"

"谢胖子,你一定眼瞎了,她早就回来了。"裴笑懒得和他废话,扭头就走。

谢总管抓抓头发:早就回来了吗,我怎么没得着信?

…………

静思居里,沈冲打横抱着晏三合,从墙头轻轻落下。

这时的李不言已经换好了衣裳,就等在院子里,见到人,心一惊:"她怎么了?"

沈冲:"……"

李不言:"快说啊。"

说啥，被我敲晕了？沈冲把怀里的人交到李不言手上，留下一句"她的脚伤了"，便又跃上墙头。

李不言低头一看，眼里的火差点没喷出来："汤圆，汤圆！"

"李姑娘。"

"裴太医现在在哪里？你赶紧去打听一下。"

汤圆虽然被自家小姐回府的方式惊着了，却半点没犹豫地狂奔离开。

不消片刻她又狂奔回来，没带回来裴太医，倒带回来一个小裴爷。

裴笑一看晏三合的脚，心里的血一下子沸腾起来：天杀的，我娘子受伤了！

"找我爹没用，他不擅长治这个。"

李不言："谁擅长治？"

裴笑走到外头："黄芪，拿我的帖子，去太医院找沈巍太医，让他赶紧过来，就说我这里出人命了。"

黄芪："是。"

裴笑低头细看晏三合的脚："李不言，你千万别动她，她八成伤着筋骨了。"

李不言本来还想先把晏三合脚上的鞋子脱下来，听他这么一说，吓得赶紧缩回手："你怎么知道？"

"蠢啊。"裴笑鼻子都气歪了，"我没吃过猪肉，还没见过猪跑吗？"

…………

重华宫，苍鹰在空中盘旋了几圈，一个俯冲落在侍卫的肩上。

侍卫从鹰脚上拿下竹筒，交给身后的同伴。同伴一刻没耽误，直奔书房而去。

书房里，赵彦晋看过秘信，递给一旁的幕僚董肖。

董肖思忖片刻，道："王爷，徐来已是死棋，当务之急，一是安排好接手的人；二是想办法让徐来闭嘴。"

"徐来的嘴，本王是不怕的，本王现在想的是，谢三爷这人到底是个什么样的角色？"赵彦晋满脸阴郁，"到底是短命鬼、软脚虾呢，还是扮猪吃老虎？"

"王爷若不放心，最好暗中派人查一查。"

"谢道之的儿子，是要好好查一查，但不是现在，等这事风头过去了再说。"赵彦晋揉着膝盖，心里有些浮躁，原指望这徐来父子能掀起点风浪来，谁知竟是如此不中用。

董肖看着汉王眉心一点郁色，提议道："王爷，天越来越热，不如去庄上避一避吧！"

"你是怕徐来来求本王？"

"也是适当避一避，免得皇上迁怒下来，毕竟那人是谢道之的儿子。"

"你说得很有道理。来人。"

"王爷。"

"告诉王妃，天气炎热，让她随本王去庄上住几日。"

"是！"

内侍离开，赵彦晋在太师椅上坐下，把茶盖掀起，又放下："谢道之此人，伯仁可有研究？"

"回王爷，我还真研究过。"

"怎么说？"

"这人从小由寡母养大，入朝时，在朝中一无根基，二无帮手，能爬上现在的高位，除了杜大人的提携外，心机、手段、谋算一样不少。"

赵彦晋冷笑一声："那就更应该好好查一查了。"

董肖："查什么，王爷，是贪还是色？"

赵彦晋："都查查。"

…………

就在汉王说出要查谢道之的同时，锦衣卫指挥使冯长秀一脚踏进御书房。

御书房里已经站着一人，此人正是顺天府尹张连刚。

冯长秀斜睨他一眼，走到龙案前："回陛下，谢知非已经找到，是在徐家西郊的庄子上找到的，人已经被打得半死不活。"

永和帝冷冷地抬眸。

冯长秀："徐晟哭诉说，他的命根子是谢知非动手削的，所以才出此下策。"

永和帝冷哼一声："除此之外，他还有什么别的理由？"

"回陛下，徐家只有一子，命根子被割就等于绝后，徐晟再无别的理由。"冯长秀话锋一转，"但谢知非拒不承认是他动的手。"

永和帝语气森然："你们锦衣卫怎么说？"

"经查实，谢知非的确没有动手。"冯长秀咽了口口水，"陛下，整件事情还得从四月前的一天说起，那天谢道之的二女儿和义女上街……"冯长秀一字不添一字不少地将锦衣卫查到的事情一一说来。

这种张家长李家短的屁事，按理根本不归锦衣卫管，但事情已经闹到皇上跟前，冯长秀还是花了点心思去查的。

不查不知道，一查连冯长秀都惊了。

官家子弟飞扬跋扈是有的，但行事不会这么放肆，什么人能动，什么人不能动，谁心里都有一本账。这徐晟倒好，胆子肥到动谢府的女眷，只这一项罪，他那胯下的玩意儿被人割了就不冤。

最后一个字落下，永和帝两条剑眉登时皱起，显然已是怒到极致："张大人，你把刚刚向朕说的话再跟冯大人说一遍吧！"

张连刚忙对冯长秀道："冯大人，今日京城内发生了两桩案子。"

头一桩是北郊的王员外来顺天府击鼓喊冤，称女儿被刑部侍郎之子奸淫一案。

既然敢击鼓喊冤，王员外显然是有备而来，整整三张血书，把徐晟如何仗势行凶，事后又是如何威逼利诱，写得详详细细。

第二桩是工部河北郎中之子命根子被割一案。

此子平生没有别的爱好，就爱一个女色。他倒不用强，就喜欢把人迷晕了拖到胡同里、树林里……然后逃之夭夭。

　　据说，行凶的人是个身材单薄、个子矮小的剑客，下手稳、准、狠，命根子齐根断。

　　冯长秀听完，噤若寒蝉。

　　"两位爱卿，凡事过犹不及，朕此刻就是想睁只眼闭只眼，谢大人那头怕也不会答应！"

　　听话听音，身为皇帝的心腹，冯长秀何等聪明："陛下英明。"

　　这时，太监严如贤匆匆进来："陛下，刑部侍郎徐大人跪在宫门外，说想求见陛下一面。"

　　皇帝眼皮都没抬，起身扬长而去。

　　冯长秀与张连刚一对视，心里都明白一点：徐家，大势已去。

　　…………

　　一个时辰后，徐晟被押着进了锦衣卫。当他走进那间充斥着血腥的刑讯室时，一股浓浓的尿臊味从他的裤裆里散出去："爹，爹，救我，快救我出去啊！"

　　就这尿样，竟然还有胆子动三爷？锦衣卫一帮与三爷要好的侍卫相互之间眼神一递。

　　得嘞，小子，今儿个我们就替三爷好好回敬你一下，让你尝尝什么才是真正的狠！

　　把人打得鲜血淋漓、面目全非，那都是地痞流氓的招数；真正的狠，是让你从头到脚看不出一点皮肉伤，内里却疼得死去活来，连哭爹喊娘的劲儿都没有。

　　要从哪儿先下手呢？

　　…………

　　城中兵马司，一拨又一拨的衙役拥进来，东城的、南城的、西城的、北城的都齐全了。

　　三爷是什么人？他们的好兄弟啊，好兄弟被人揍得连他娘都不认识，太欺负人了。这口气谁能忍？当真觉得他们五城兵马司一个个都是吃素的。

　　"白老大，这可是在砸咱们兵马司的场子，这口气一定要出，不出，兄弟们不答应。"

　　"白老大，您要是不发话，兄弟们可就自个儿干了。"

　　"干成啥样，到时候您可别跳脚。"

　　白燕临沉默了好一会儿，然后慢腾腾地开口："我只说一句话。"

　　"说。"

　　"快说啊。"

　　"白老大，你倒是快说啊。"

　　白燕临清了清嗓子："都悠着点，别把人弄死，留口气，好向上头交差。"

　　…………

世安院里，一盆一盆的血水端出来，看得所有人心惊胆战。

谢而立见老太太的脸色比纸还白，怕她急出个好歹来，赶紧进到东厢房在裴寓耳边低语几句。

裴寓走到外间："都别等在这儿，三爷不会那么早醒的，老太太、太太都回吧，皮外伤，没大事。"

谢而立赶紧附和："来人，扶老太太、太太回房。"

朱氏机灵地上前扶起老太太："祖母放心，我就守在这儿，哪里也不去，一会儿三弟醒了，头一个我就告诉您。"

"好。"

"我不走。"吴氏抹着泪，道，"我得在这里等三儿醒过来。"

老太太转头，看了吴氏一眼。吴氏不敢再说，又抹了抹泪，冲裴寓道："三儿这孩子最怕疼，裴太医啊，你们手脚要放轻些，别弄疼他。"

这说的是什么话？谢而立一脸歉意地看着裴寓，暗暗替自个儿母亲赔不是。

裴寓知道吴氏的为人，并不往心里去："一定，一定。"

话音刚落，谢婉妹便扶着柳姨娘匆匆进院。

柳姨娘一看老太太要走，忙推开女儿的手，上前道："太太心里一定放不下三爷，我扶老太太回去吧。"

你倒是会见机献殷勤。吴氏面色冷冷的："不必了，柳姨娘，老太太走路走得慢，你没这个耐心的。"

柳姨娘也不多说，退到一旁，低头应一声："是。"

老太太伸手，在柳姨娘的胳膊上拍了拍："有心了。"

柳姨娘忙抬头："老太太，应当应分的。"

老太太点点头，慢悠悠地走出世安院，走到无人的地方，停下来，目光深深地看着吴氏。

"老太太！"吴氏吓一跳。

"我和你说过多少回？你是妻，她是妾，哪怕你心里对她再恨，也不能当着这么多人的面去刺她，让她没脸。"

"我——"

"咱们女人嘴要甜，心要狠，你怎么就记不住？一院子的人都眼巴巴地看着，传到老爷耳中，又是你的不是。"

老太太把拐杖往地上重重一戳，恨铁不成钢啊。

吴氏泣声道："老太太，我往常也不是不能容人的人，只是心里惦记着三儿，所以才……"

老太太一听这话，心里更是不舒服，往常能容人，关键时候不能容，这不就等于白做了功夫？

"罢了。"她幽幽地叹道，"老爷你也甭指望了，多指望指望两个儿子吧，有他们哥儿在，就算我闭眼，也没有人敢动你分毫。"

吴氏不敢回嘴，又只能低头抹泪。

…………

静思居里，李不言见晏三合半天不醒，时不时地伸手探一探她的鼻息，心里着急。

"来了，来了，太医来了！"汤圆的声音在外头响起。

裴笑一喜，忙迎出去："沈伯，您终于来了。"

"你小子，催魂呢。"沈巍老太医伸手点点他，"人呢？"

"屋里呢，您快去吧。"裴笑心里惦记着谢五十，沈巍一来，他便放心了，"沈伯，我去前头看看，一会儿就来。"

"等一下，"李不言走出来，"我跟你一块儿去。"

裴笑瞪眼："你去凑什么热闹？老老实实待在这里看好晏三合。"

"汤圆，你帮我看着小姐。"李不言咬牙切齿，"我去找朱青那王八蛋算账，趁人不备，跟我玩阴的。"

"哎哟，我的姑奶奶，你可别。"裴笑道，"算了，这事一时半会儿说不清，等你家小姐醒来你问问她就行。"

李不言："问她做什么？"

"你别管，总之问她就对了。"裴笑一脸鄙视地看着她，头直摇，"你家小姐这么聪明，丫头怎么就这么不开窍呢？"

我不开窍？那是你们这些人肚子里的弯弯绕太多，都九曲十八弯了。李不言在心里破口大骂！

第四十二章 坦诚

晏三合猛地睁开眼睛，李不言的脸出现在头顶上方，一脸担心："疼不疼？"

"什么疼不疼？"晏三合刚问完，就发现自己的脚正被人用手捏着，正要一脚踹出去……

"快按住她，别让她动。"

李不言双手按住她："三合，别动，你的脚伤得很重。"

晏三合脸上和脑子同时空白了一瞬。

"扭着筋骨了。"沈巍老太医起身，接过医童递来的帕子，擦擦手，"半个月之内，不许下床，一个月之内，不许走路。"

一个月？晏三合头皮一麻。

"好好养着吧。"沈老太医,"这脚上是我给你敷的药膏,七日一换,四次换完,你便可健步如飞。"

李不言:"沈太医,你开药方吧。"

"没药方,静养。"沈老太医狠狠地瞪了晏三合一眼,"以后别爬高踩低,我就没见过哪个姑娘家的脚能伤成这样,现在知道老实了?"

晏三合不是老实,她是一个字都没听进去,脑子里只有一个念头:一个月,那静尘的事怎么办?

刚送走沈老太医,朱氏便带着春桃进了静思居。

"好好的,怎么脚扭了?"朱氏一阵风似的走到床边,对着晏三合的脚左看一眼,右看一眼,"沈太医怎么说?"

汤圆:"回大奶奶,伤着筋骨了。"

朱氏都不用细想,就知道这脚伤得不轻,立刻对身后的春桃叮嘱:"交代小厨房,从今儿个开始,晏姑娘的一日三餐另外做,每餐必须有一碗熬得浓浓的骨头汤。"

"是。"

"汤圆。"

"大奶奶。"

"以后侍候小姐更添几分心,缺什么只管来问我要。"

"大奶奶放心。"

一通叮嘱,朱氏才又看向晏三合:"怎么伤着的?"

晏三合含混道:"是我自己不小心。"

朱氏一听这话,立刻用眼睛瞅着李不言:"李姑娘啊,按理这话也不该我说你,你也是老人了,小姐不小心,你在边上得小心着。"

李不言被她这么一说,心里一阵难过,她和三合在一起好些年,从来都平安无事,偏偏就最近接二连三地出事,都邪门了。

"她照顾得很好。"晏三合知道朱氏是好心,但就是听不得别人数落李不言,"劳大奶奶操心了,我养养就好。"

"姑娘这话说的……"朱氏余光瞄向李不言,这丫头命可真好,有个这么护她的主子。

这一瞄,朱氏才发现李不言的动人之处。这丫头一张脸素净,眸色是浅浅的灰褐色,配粉嫩的薄唇,暖若晚春。

"三爷也出事了,到现在还没醒。大爷他们都在那头守着,要不是小裴爷说起,我们都不知道姑娘的脚崴了。"朱氏敛了心神,"姑娘该派人过来报个信的。"

这话听着是埋怨,实则是自责,晏三合就没长一张伶俐的嘴,僵硬地回了一个字:"噢。"

"老爷忙着外头的事,到现在还没回府,我先过来打个前战,回头他们都会来瞧姑娘的,姑娘放宽心。"

同样是受伤,一个院子里挤满了人,一个孤零零地躺在床上。朱氏说这话是怕晏三合心里不痛快。

她哪里知道晏三合在这方面天生少一根筋:"都不必来,我真没事。"

朱氏一听,心里更伤感,到底是没爹没娘的孩子,可太懂事了。

"大奶奶。"春桃在院里喊。

朱氏知道是有事来了,不得不起身:"我先去忙,得空了再来陪姑娘说话。"

晏三合虽冷,但谁是真心,谁不是真心拎得清清楚楚:"好。"

朱氏又叮嘱了李不言几句,才掀帘离开。

春桃见她出来,忙上前扶住,一边走,一边把事说给她听。

朱氏听完,一一布置下去,突然,她话一顿:"不对啊。"

"哪里不对,大奶奶?"

朱氏两条秀眉挤在一处,自言自语:"她怎么一个字都没提到三爷,都不好奇三爷是怎么伤着的吗?"

…………

晏三合当然不好奇。她醒来发现自己躺在静思居,想到沈冲那记掌劈,就把事情想通了七七八八。

她想通了,但一旁的李不言还糊涂着,絮絮叨叨地说着自己被朱青劈晕,说着在太孙别院里醒来……

"三合,我到现在都还没弄明白是怎么回事,朱青和我不是一伙的吗,干吗把我敲晕?"

一伙?晏三合忍着脚上的剧痛:"我问你,朱青身手怎么样?"

李不言:"和我不相上下。"

晏三合:"我们去南宁这一路,你见他什么时候擅自离开过三爷的身边?"

李不言:"他就是算盘珠子,三爷一拨,他才一动。"

晏三合:"三爷被人掳走,他在干吗?"

李不言哑然。

晏三合:"这么跟你说吧,我出事是意外,三爷出事不是。"

啥玩意儿?李不言眼珠子都差点瞪出来。

晏三合:"他是故意让徐晟掳走,故意被打得人不人,鬼不鬼,目的是把徐家拉下马。"

李不言眼睛又瞪大一圈。

晏三合:"我出事打乱了他们的计划,朱青把你敲晕,是怕你去徐家闹事。"

李不言惊呆了:"我还正有这打算呢。"

晏三合:"沈冲把我敲晕,是因为他们不能出手救,救人的锦衣卫随后就到,他没有时间和我解释。"

李不言眼睛再瞪大一圈。

晏三合："如果不出意外，徐家完了，这一招在三十六计中叫请君入瓮。"

"还三十六计？"李不言揉揉发酸的眼睛，感叹，"看不出来啊，三爷这脑瓜子，灵得很。"

"不仅脑子灵，也敢豁出去。"置之死地而后生这种事情，谁都会说，但没几个人能做到。这人不应该叫谢纨绔，也不应该叫谢玲珑、谢周到，应该叫他谢狠人。

晏三合："太子这头才损失了一个季家，汉王那头就损失一个徐来，这四九城的官场斗得厉害。"

李不言心有余悸："我这脑子被他们卖了，还得笑眯眯地帮他们数钱，夸一声卖得好，也难怪裴大人骂我笨。"

"你不笨，是他们太会算计。"晏三合疲倦地闭上眼睛，"一会儿，你去看看谢知非到底伤得怎么样，顺便打听打听徐来父子的下场。"

李不言："是该去看看，好歹他算计别人的时候，不仅在你身边放了人，还救了你。"

晏三合想着自己的伤脚，暗暗咬牙。

…………

世安院灯火通明。

裴寓再次从东厢房走出来。

谢而立迎上去："怎么样，裴叔？"

裴寓瞄了眼自家儿子："看着血淋淋的，唬人，但其实都是皮外伤，十天之内，保证活蹦乱跳。"

十天就能活蹦乱跳？裴笑不知道是该鄙视徐晟下手太轻，还是该赞叹一声谢五十太能扛揍。

朱氏欣喜若狂，朝天空拜了三拜："阿弥陀佛，谢天谢地，我这就去给老太太、太太报信。"

太医院还有一堆事，裴寓拍拍谢而立的肩："交代下人仔细着些，伤口别碰水，饮食要清淡，明儿我再来。"

"爹，你先别走。"裴笑压着声音道，"皮外伤也是伤，就谢五十那短命的身子，没几个月好不了，你说是不是？"

裴太医和谢而立同时心头一怔，四道目光直直地盯着裴笑。

裴笑被他们看得心里发怵，硬着头皮道："爹，咱们家不是还有一株百年的老参吗？谢五十元气大伤，你不给他补补吗？"

裴太医瞧着自己生出来的小崽子，心头那个气啊：本太医给人看病，谎报病情不说，还得贴上一株百年老参，这是三九天里开桃花，出乎意料啊。

"明亭，"谢而立突然开口，"你进去看看老三。"

裴明亭一看老爹的脸色，溜得比兔子还快。虽然他的话说得似是而非，但谢家老大是个聪明的，话到这个份儿上，谢而立多多少少应该明白一点。

果然，谢而立咳嗽一声："裴叔，我送送你。"

送，就是有话说，裴寓心里门儿清。

儿子帮谁做事，他和谢道之一样，都睁只眼闭只眼，小崽子看着二五不着调，但有些话从来不会乱说，尤其是这个节骨眼上。谢、裴两家不说别的，就冲着这两个小的，也是一荣俱荣，一损俱损的命。

"小崽子说得对，皮外伤也是伤，回头我让人把那株老参送来，让你家老三好好调养调养。"

谢而立心中动容，真心实意地道了一句："多谢裴叔。"

"谢什么？你们家老三是我看着长大的，我当半个儿子看。"裴寓摆摆手，"别送了，回吧！"

"裴叔慢走。"

谢而立目送裴寓离开，转身看着世安院，暗暗磨了磨后槽牙，冷笑。那小子白长了一个聪明脑子，有拿自己金贵的身体做饵的吗？

"谢总管。"

"在。"

"这里你亲自守着，我去一趟静思居。"

"大爷放心。"

…………

裴笑进到东厢房，谢知非睁着两只眼睛在等他。视线对上，两人都有一种劫后余生的感觉。

裴笑在床边坐下，指指谢知非，再指指自己的心口：兄弟，魂都要被你吓出来了。

谢知非两条眉毛挤在一起：兄弟，我这会儿都快疼死了。

裴笑朝外头努努嘴巴：放心，都安排好了，不让三爷你白疼。

谢知非长睫一合，发出一个气声："晏？"

裴笑："人没事，脚受了点伤。"

谢知非压住怒火：怎么伤的？

裴笑一拍额头，哎呀，一忙竟忘记问了。

谢知非眼里的刀子甩过去：信不信等爷好了，把你按地上揍一顿？

裴笑气啊，开口说话："小爷我放着自个儿的娘子不守，巴巴地守在这里，你还想揍我，良心呢？被狗吃了吗？知不知道为着你们两个，我的腿都跑细了好几圈。"

这时，朱青端着药盅进来："这是裴太医开的一剂麻沸散，给三爷止疼的。"

谢知非身上正疼得火烧火燎，虚弱道："快。"

一剂汤药喝下去，困意袭来，他强撑着眼皮："明亭，你再去静思居看看，就说是我说的，别让那院里短了什么。"

"这还用得着你交代？短了谁也不能短我家娘子的。"

"裴爷。"朱青嘴朝床上的人努努。

·567·

裴笑低头一看，心疼得要死，眨眼的工夫这人竟又睡着了。

…………

这一夜，谢府几个院里的灯亮了整整一夜；这一夜，晏三合昏昏沉沉地睡去，又被活生生疼醒；这一夜，谢三爷做了一夜的梦，梦里都是他和晏三合在爬树；这一夜，锦衣卫的刑讯室里传来阵阵惨叫声，听得人头皮发麻；这一夜，徐来跪在重华宫的门外，整整半宿。

翌日，早朝。

老御史陆时穿着一身绯衣，迈着坚定的脚步，一脸凝重地走进朝堂。

文武百官心里咯噔一下：大事不好了，御史穿绯，有人要倒霉了。上一回是季陵川，这一回倒霉的会是谁？

百官们麻溜地让出一条道。

老御史稳稳当当地站定，冲御座上的皇帝行礼，然后中气十足道："陛下，老臣今日要弹劾的是……"

一个时辰后，大殿里传来天子沉沉的声音："刑部侍郎徐来，纵子行凶，草菅人命，革去官职，永不录用。"

徐侍郎一屁股跌坐在地上，脸色比死人还难看。

…………

谢知非再次睁开眼睛，一片刺目的白色中，几张人脸慢慢清晰，有一脸焦急的老太太、偷偷抹泪的母亲，还有，安安静静坐在床边的大姐。

谢知非握住大姐谢文姝的手，挤出一个笑："你怎么也来了？"

谢文姝："左右无事，过来瞧瞧。"

老太太心疼地摸上孙子的脸："老三，疼不疼？"

"疼死了。"

"哎哟，这可怎么是好啊？！"老太太转身看着窗边的朱氏，"要不……再去把裴太医找来，老三疼死了，看看有没有什么药能止疼啊！"

朱氏赔笑："老太太，裴叔刚走。"

吴氏瞪眼："再去叫回来啊，三儿可是他看着长大的，他舍得吗？"

朱氏："……"

谢文姝眼睛虽然瞎，却能察觉到大嫂的无奈，赶紧拿指尖挠挠老三的手。

"老祖宗，娘，"谢知非疼得直哼哼，"都回吧，一个个黑眼圈比我的还重，我得心疼死。"

老太太年岁大了，一夜没睡踏实，也确实撑不住："那你好好歇着，老祖宗明儿再来看你。"

"早点来，我眼巴巴地等着呢！"

我的心肝肉肉哎，老太太的心都软成了一摊水，心说，这天底下还有比老三更招人疼的孩子吗？

两位老人一离开，谢知非便咳嗽一声："大姐，你也回去吧，路上小心别磕着。"

"你好好养伤。"谢文姝拍拍老三的手，"大嫂，你扶我一下。"

朱氏忙扶起谢文姝，两人走到外间，谢文姝轻轻一扯朱氏的袖子，轻声道："大嫂，我娘那个人你多担待。"

谢文姝眼仁漆黑，因为看不见，说话的时候眼睛睁得特别大，也显得很亮。

世人都说姑嫂是天敌，眼前这一位却让朱氏有着说不出的心疼，长得也好，性子也好，从不生事，待谁都和和气气的，偏偏老天不开眼，二十四岁的老姑娘，待嫁闺中，连个上门提亲的都没有。

"妹妹多心了，走，我送你回去。"

"不用，你忙你的，我有丫鬟。"

"那我送你出院。"

谢文姝不由得笑起来："老天虽然没给我一双好眼睛，却给了我一个顶顶好的大嫂。"

"跟老三一样，嘴上抹蜜了？"朱氏一抬头，脸上的笑没收住，"太太？"

吴氏看着儿媳妇脸上的笑，一瞬间觉得有些刺眼："在府里挑两个本分的会侍候人的丫鬟，放到老三院里来。丁一派出去了，跟前得用的就一个朱青，忙不过来。"

朱氏犹豫："太太，三弟不喜欢院里有丫鬟，这事怕是得和他说一声。"

"就说是我说的。"吴氏，"男人侍候起来，哪有女人细心？往日他忙里忙外的，倒也算了，这会儿连床都没法下，遭大罪了。"

朱氏见吴氏态度坚决，应道："是，太太！"

吴氏走到女儿跟前，牵住她另外一只手："走，母亲送你回院。"

谢文姝不动声色地捏了一下朱氏的手指："大嫂，那我回去了。"

"去吧！"朱氏目送母女二人离去，转身看着春桃苦笑。

春桃知道大奶奶为什么苦笑，再本分的丫鬟见着三爷那样的，都免不了动些小心思，人是大奶奶挑的，将来万一有个什么，到头来都是大奶奶的错。

"要不还是从老太太院里挑吧。"春桃小声提议。

"倒和我想一处去了。"朱氏拿出帕子，擦擦额头的汗，"走吧，咱们去老太太院里。"

"大奶奶！"

一道声音从边上传过来，朱氏转身一看，原来是谢而立身边的贴身小厮卫临。

卫临上前："大奶奶，宫里有消息传出来，徐来被罢官了，永不录用。"

朱氏眼睛一亮，冷笑："这叫善恶到头终有报。"

"老爷从宫里传信给大爷，谢府这半个月闭门谢客，对外只称三爷病重，也请大奶奶约束着府里上上下下凡事谨言慎行。"卫临道，"大爷说他这段时间不在外头应酬，都在家里用饭，免得生事。"

朱氏神情一凛，立刻明白老爷这么安排是何用意。前几日谢家才与杜家分道扬镳，

·569·

这会儿徐来又因为谢家丢了官，谢家处在风口浪尖，凡事只有低调，也只能低调。

"去和大爷说，我知道该怎么办。"朱氏等卫临离开，面色冰冷道，"春桃，去把谢总管叫来。"

…………

静思居，晏三合躺在床上，两只眼睛瞪着帐帘。

帘子一掀，李不言走进来："三合，还真被你料准了，徐家完了。"

一盏茶的时间，王员外的血书，工部河北郎中之子怎么成的太监，徐来怎么被罢的官，徐晟怎么进的锦衣卫……李不言讲得绘声绘色，跟亲眼看见了似的。

"外面的酒肆、茶坊都传开了，都在议论这事呢。"她低低一笑，"三合，难为他还花银子给我找了个替身，想得太周到了。"

不周到，龙椅上的那位也不能信啊。晏三合懒得想这些不相干的事："对了，静尘的那个包袱呢？"

李不言脸上的表情空白一瞬："我系在身上的，朱青把我敲晕后……在太孙书房里，我着急你的事，竟忘了拿。"她噌地站起来，"你等着，我这就去要回来。"

话音刚落，人已经不见。

汤圆拎着食盒进来："姑娘，这骨头汤厨房熬了两个时辰，又香又浓。"

"拿来。"晏三合一口气喝下，又想了一会儿静尘的事情，不知不觉便睡着了。

她一觉醒来，还没睁眼，便闻到一股浓浓的药味，还有……一道粗重的喘息声。她猛地睁开眼睛，看清楚面前坐着的人，半响说不出话来。

他被打得确很惨，脸上根本看不出往日的样子，整个右脸都是肿的，右眼充血厉害，眼珠几乎要暴出来。往下，两只手被纱布裹得各露出一截大拇指，一身素雅的单衣上血迹斑斑，很是刺目。

"你怎么来了？"

"救了姑娘，来向晏姑娘讨个赏。"

"想要什么？"

"姑娘看着给。"

晏三合指指自己的脚，给了他三个字："扯平了。"

谢知非："姑娘的脚伤和我有关吗？"

没有，本姑娘活该。晏三合回敬他："那三爷的伤和我有关吗？"

也没有，三爷我自找的。谢知非眯缝着眼睛，重重地叹了口气："挨打的时候，你知道我心里在想什么吗？"

"什么？"

"我心里在想，怎么都成，只要你能逃出去。"

一听就是瞎话，你这顿打就算没有我，也挨定了。晏三合挑了下眉："沈冲一掌劈下来的时候，你知道我心里在想什么吗？"

"什么？"

"这一掌劈徐晟多好,劈我做什么?"

谢知非:"现在知道为什么了?"

"不知道啊,要不……"晏三合迎着他的目光,"三爷帮我解个惑?"

"好啊。"谢知非神色特坦然,答应得特爽快,"你坐起来,我凑近点,咱们两个伤残人士要相互帮助呢。"

"这是解惑啊,还是说悄悄话?"

"说悄悄话。"谢知非眨了下眼睛,"谁也不能听见的那种,天知、地知、你知、我知。"

晏三合的脸一下子红了,红到耳后根。

谢知非低低地笑起来:"脸红什么?别想入非非,我说的是正事。"

晏三合:"……"徐晟怎么没有打死他?!

她心里骂归骂,到底还是一点一点撑着坐起来,身子再一点一点往前凑。

谢知非也把脸凑过去:"那孙子对你下手,我忍不了。"

晏三合心头一震,猛地偏过脸,正正好对上三爷幽深的眼睛。

第一次离得这么近,她才发现谢三爷的这双眼很诱人,眼尾稍稍一下垂,就带出一种浓郁的无辜感,令人心软得一塌糊涂。

"最主要还是怀仁想动了,这条狗上蹿下跳,瞧着碍眼得很。"谢知非看着少女披散在耳边的黑发,"晏三合,看在我们一起出生入死的情分上,不瞒你。"

晏三合:"……"

"晏姑娘,"他心情很好,语气往上扬着,"看在我这么坦诚的分儿上,你真应该赏点什么。"

赏你一记毛栗子,你要吗?晏三合在心里哼哼。

"我这伤看着重,但其实都是外伤。"谢姓伤残人士清了清嗓子,"等我再养几天,等这张俊脸不会把大姑娘小媳妇吓跑,静尘的心魔,我帮你去跑。"

他这么一说,大大出乎晏三合的意料。她审视着谢知非的神情:"你是认真的?"

"晏姑娘,"三爷身子往椅背上轻轻一靠,看着仪态好生闲散,实则只有他心里清楚,他有些撑不住了,"我什么时候和你说过玩笑话?我和你说的都是真心话。"

晏三合生平第一次感觉到自己的嘴就是个拖累。她说不过他,但气势还得摆起来:"好心提醒三爷一句,这可是笔亏本买卖,费时费力,而且半点好处也没有。"

谢知非抿着唇笑:"所以,我才厚着脸皮来向姑娘讨赏啊!"

这绕来绕去的,又绕回去了。晏三合一锤定音:"说吧,要什么?"

"简单。"谢知非喉结滚了两滚,"说一声谢谢就行。"

就这?就这??晏三合语气无比真诚:"谢知非,庄上的事情,还有那个护着我的侍卫,以及静尘的事情,一并谢谢。"

"不必客气,都是我应该做的。"谢知非眨了眨眼睛,"也做得心甘情愿。"

晏三合:"……"现在的情况似乎更不对了,她不仅接不了招,还毫无还手之力,

·571·

为什么？

…………

太孙别院，赵亦时放下手中的笔，待纸上的墨迹晾干后，道："严喜，拿起来，我看看。"

严喜小心翼翼地捏着纸上面两个角："殿下，好字啊。"

赵亦时抱着臂，弯唇道："这是最近几个月来我写得最好的一幅字。"

严喜见他笑着，想来心情极好，马屁立刻跟上去："殿下这是人逢喜事精神爽。"

解决了一条疯狗，逼得汉王去庄子上避暑，确实是喜事。

"殿下，"沈冲走进书房，表情有些一言难尽，"刚刚抓到个翻墙贼。"

赵亦时脸色一沉。

严喜惯会察言观色，忙呵斥道："我说沈侍卫，这种小事也要和殿下说吗？杀了不就得了。"

"是李姑娘。"

"谁？"严喜以为自己听错了。

"李姑娘李不言。"

严喜飞快地看了眼主子的脸色，忽又改口道："原来是李姑娘啊，那就杀不得了。殿下的意思呢？"

赵亦时话里听不出任何喜怒，眼睛却弯出一点弧度："请进来吧！"

李不言第二次走进这个书房，心里是震惊的。

书房的布置不富，不奢，不贵，里里外外透着一个字：雅。墙壁上挂的是字画，好几幅，一看就是大家的手笔。多宝槅上的摆件一件比一件精致、耐看。

"我的天。"李不言捂着胸口，发自肺腑地说，"太孙殿下，这不是杀人诛心，这是鞭尸，反复鞭尸。"

"姑娘，何出此言？"李不言眼睛一弯，"我这人其实还有一个毛病。"

赵亦时："什么？"

"贪财。"

赵亦时："……"

李不言手指一件一件指过去："好东西，好东西，又是好东西，一屋子的好东西……太孙殿下，你这是想馋死我。"

严喜垂着脸，翻个白眼：这世上的女子都一个德行，都想从男人这里捞点好处。

赵亦时心里也隐隐生出一丝怒意，却依旧面不改色道："姑娘看中什么，可向我讨一样。"

"殿下，万万不可。"严喜赶紧出声阻拦，"这些东西都是宫里头赏下来的。"

这李姑娘不过是个侍候人的丫鬟，别说讨，让她看一眼都是抬举她。

李不言似乎没有听见严喜的话，眼仁亮亮的："殿下，我可以凑近了看看吗？"

赵亦时声音淡下来："姑娘请便！"

请什么便啊！严喜赶紧跟过去，一脸警惕地看着李不言的一举一动：这些可都是价值连城的东西，万一磕着碰着，你个丫鬟死多少次也赔不起。

李不言在多宝槅前慢悠悠地转了一圈，又转了一圈，转到第三圈的时候，严喜再也忍不住："姑娘，适可而止吧。"

"嗯，是该适可而止。"李不言收回视线，冲赵亦时一抱拳，"殿下，我来拿那天落下的包袱。"

赵亦时微微一蹙眉："严喜。"

严喜忙不迭地从小几上拎起包袱，往李不言怀里一塞，尖着嗓子，没好气道："李姑娘还有事吗？"

"没有了。"李不言一抬下巴，"殿下，青山不改，绿水长流，告辞。"

这一下，不仅严喜傻眼，连赵亦时都微微一愣："慢着，姑娘真的不向本殿下讨一件吗？"

"不用，我已经解馋了。"

赵亦时看着她扬笑的脸："看看就解馋了？"

"匹夫无罪，怀璧其罪。"李不言把包袱往身上一系，轻轻一笑，转身走了。

赵亦时脸色一如既往地平静无波，心里却有一阵春风拂过来。

贪财的女子很多，但知道怀璧有罪的女子不多。好色的女子很多，但色而不淫的女子不多。装腔作势的女子很多，大方坦荡、无所求的女子不多。

严喜转头看看自家主子的脸色，忙"哎"的一声，机灵地追了出去："李姑娘。"

李不言转身："还有事？"

"殿下，"严喜不动声色地加重了语气，"……您可还有事啊？"

赵亦时回过神来，走到门边站定："姑娘刚刚那话——"

"人贵在有自知之明，我的身份只能看看，殿下真要是赏了我，我福薄，怕压不住。"

这话粗听没什么，细细一琢磨却又很耐人寻味。赵亦时笑着把话岔开："姑娘这包袱里装的是什么？"

"是死人穿过的衣裳。"

一股寒气从严喜脚心直往上蹿，他赶紧又用眼睛去看自家主子。

主子不仅没生气，反而温和道："下回姑娘来府上，不用爬墙，可光明正大地从门进来。"

李不言笑得眼睛弯弯："登徒子好色，非爬墙不可窥也。"说罢，脚下一蹬，丹田运气，跃上墙头，在墙头略站片刻，她忽地转过身，双眸迸出亮光，"殿下，我姓李，名不言，取自桃李不言，下自成蹊一诗，你可记住了？"

最后一句话落下，人早已不见了踪影。

你就是一个丫鬟，还敢让殿下记着你？严喜心说，简直没王法了："殿下，回吧，外面日头毒着呢！"

"她这名字取错了。"

"呃？"赵亦时笑着摇摇头，"李大胆才适合她。"

严喜赔着笑："殿下说得是。"

"殿下——"小内侍匆匆进院，"殿下，太子从宫里回来，请您立刻过去一趟。"

笑在赵亦时的脸上僵住。

…………

就在太子请太孙过去的时候，谢道之也回了谢府，连朝服都没有换，就直奔老三院里。

谢知非刚刚喝完药，满嘴的苦味，见父亲来，忙让朱青扶着坐起来："父亲，这是下朝了？"

谢道之摆摆手，示意朱青去门口守着。

屋里就剩下父子二人，谢知非心虚着呢，没敢先开口。父亲在官场上风风雨雨，什么样的场面没见过，几句话一问，就能摸清他的盘算。

谁知谢道之什么事情也不提，而是说："兵马司那头你大哥帮你请了假。"

谢知非诧异："请了多久？"

"一个半月。"谢道之说，"这一个半月你该吃吃，该喝喝，该玩玩，就是别做什么正经事。"

谢知非没想到父亲会这么说，微微一愣。

"这天底下既然有太蠢，掉进陷阱里的，那也有太聪明，而掉进陷阱里的。"谢道之语重心长，"老三啊，谢家有你大哥，就不指望你出人头地，你平平安安的就好。"

谢知非抿了抿唇。

父亲这话看着直白，内里的深意可不少。他这次用自己做饵，好处是把徐家拉下了马，坏处是把自己暴露在了世人眼里。

正如父亲所说，这世上有蠢人，也有聪明人。聪明人往深里想一想，再想一想，就能琢磨出些不一样的滋味来。这滋味一出来，他三爷身上披着的那一层风流纨绔的皮就算是被撕下来了。

谢家官场上的三个男人，老的官至内阁，已经走到了权力的中心。大的在翰林院，一点一点磨炼资历。如果他再事事显眼，谢家就会成为别人眼里的出头鸟。

谢家的根基并不深，仅仅是父亲这一代，和四九城那些积累了数代的权贵相比，不过是个运气好点的新贵而已。出头鸟的下场是什么，谁都知道。

"父亲，我知道了。"

"知道就好。"谢道之站起来，看着儿子，"老三啊，天子脚下，满地锦绣成堆，活得久的都是缩着脑袋夹着尾巴过日子的。"

谢知非一时怔住，再回神时，屋里早就没了父亲的身影，反倒是朱青站在床前。

"三爷，柳姨娘来了，见不见？"

"见！"

二房三个人来了两个。

谢婉姝冲到床边，眨着两只水汪汪的大眼睛："三哥，你怎么样了？疼不疼？"

"没事。"谢知非目光越过她，向她身后的柳姨娘看过去，"姨娘坐。"

再怎么心里有龃龉，面子上的事情还是要过得去的。更何况父亲前脚刚走，柳姨娘后脚就来，她做戏给父亲看，自己倒也不得不陪着演一场。

柳姨娘在床边的小凳子上坐定，眼眶一下子就红了："怎么就伤成这样？"

谢知非勉强笑笑："命不好。"

谢婉姝哪里能依："胡说，我三哥的命顶顶好。"

柳姨娘淡淡地扫了女儿一眼，把手中的一个纸包递过去，脸上带着几分歉意："姨娘那头没什么好东西，这是二两冬虫夏草，最能养生补气，三爷可别嫌弃。"

"姨娘费心了。朱青，替我收下来。"

往常这些迎来送往的活儿都是丁一在忙，朱青接过纸包，笨拙地张了张嘴："多谢。"

柳姨娘："一家人不说两家话，你二哥出门做买卖去了，不然也要来的。"

朱青不知道怎么接话，余光赶紧看了三爷一眼，偏三爷也没有想要接话的意思。屋里一下子冷了下来，气氛也莫名地微妙。

谢知非见时间差不多了，倦色难掩地打了个哈欠。

柳姨娘像得了赦令，赶紧站起来："三爷好好养着，回头我再来看你。"

谢知非："姨娘好走。朱青，替我送送。"

"是！"

"三哥，我走了，你要是嫌没趣，就打发人来叫我一声，我陪三哥说说话。"谢婉姝一步三回头。

"嗯，去吧。"谢知非很淡地应了一句，随即便合上了眼睛。

既然是做戏，那脸上的笑是假的，含在眼睛里的泪是假的，关心的话是假的，只有那二两冬虫夏草是真的。

谢知非无端地想起晏三合来。喜欢就是喜欢，厌恶就是厌恶，一切都随自己的本心，从来不会在意旁人怎么看，真自在。

"朱青。"他喊。

"爷。"

"让谢总管去店里挑根好的拐杖来。"

"爷用不着拐杖，再有几天……"朱青忽然想到了什么，忙改口道，"是！"

谢知非见他明白，又叮嘱道："别买七老八十岁的人用的，要小巧一点、精致一点。"

朱青想着裴爷嘴里左一声娘子，右一声娘子，小声道："爷也不怕让裴爷吃味。"

"这有什么可吃味的？"晏三合对他怎么样，他心里没点数吗？也差不多该知难而退了。

谢知非："走，扶我去静思居透口气。"

"爷，"朱青不得不扮演丁一的角色，苦口婆心地劝一下，"一早才去过，还没过两个时辰，你又去，就算晏姑娘不养病，爷的身子也得养啊。早上那一趟，两处伤口裂开来，又淌血了。"

"朱青，'秀色可餐'四个字听过吗？"

"听过。"

"那'秀色可医'呢？"

朱青："……"

…………

"太太，"朱氏指着两个丫鬟，"红衣的叫小红，绿衣的叫绿绮，都是从老太太院里挑的，请太太过目。"

吴氏见这两个丫鬟都是本本分分的面相，心下很是满意："你和她们说说老三房里的规矩。"

"是！"

三爷院里的规矩其实很简单，少说话，多做事，别削尖了脑袋要爬床，这是一；书房重地不能进，这是二。朱氏把规矩当着吴氏的面说清楚，小红、绿绮一一应下，朱氏便带着她们去了三爷院里。

她前脚刚走，后脚吴氏的陪房李正家的就进屋来："太太，刚刚三哥儿又往静思居去了。"李正家的伸出两根指头，"天还没黑就跑了两趟，老奴可真心疼哥儿的身子，这痂还没结上呢！"

吴氏语气立刻尖酸起来："我要不要帮他们合一合生辰八字，好测测姻缘？"

这话，李正家的不敢往下接。

正在这个时候，丫鬟的声音在外头响起："太太，陆家管事在二门外候着，说要见您一面。"

陆家？见我？吴氏忙理了理衣裳："快请进来。"

管事四十出头，长了一张面善的脸，他一见面先行礼，再把手里的一个纸包递过去："听说三爷伤了，我家小姐命我送些补药来。"

"这……"吴氏一脸愧疚，"这哪好意思啊？"

"太太只管收下，小姐说了，不看僧面看佛面，太太这些年是怎么待她的，小姐都记在心里。"管事的嘴皮子十分利索，"小姐还说，三爷是摆在太太心尖上的人，若是往常必是要登门探望的，只是今时不同往日。"

吴氏一听这话，心头又是舒坦，又是难受。

大家族里出来的姑娘，教养就是不一样，瞧瞧，多懂礼数啊。哪像那些穷乡僻壤来的，待人不冷不热，语气不阴不阳，眼睛都长在了头顶。只是可惜啊，这么好的姑娘，这么高的门第，偏偏老爷和老三都看不上。

…………

吴氏哪里能知道,她心里的好姑娘此刻正坐在水榭里,与父亲杜建学品茶。

杜建学刚刚下朝,将朝中的动向半点没隐瞒地说给女儿听:"徐家,这一下算是倒了。"

杜依云笑道:"父亲不必感叹,只要有徐晟在,徐来这官位哪怕坐得再高,也能被人拉下来。"人太蠢了点,欠下的人命官司多了点。

"父亲觉得谢府二爷如何?"

"谢老二?"杜建学摇摇头,"没什么印象。"

"女儿从前在谢家,倒是听过他不少的传闻。"杜依云帮杜建学续了一点茶,"听说二爷从前读书是顶顶聪明的,可惜入不了谢老爷的眼,生生被大爷压了一头。"

杜建学皱眉:"你的意思是……"

"父亲,这谢家也不是铁板一块,虽说只有两房人,但各有各的心思,各有各的算盘。"杜依云,"想要让谢家不得安生,我觉得有两个人可以用一用。"

"谢老二算一个,还有一个呢?"

"吴氏,谢道之的正室。"杜依云一边冷笑,一边摇头,"父亲一定不知道,吴氏这人的命有多好,就有多蠢。"

吴氏的事,杜建学早有耳闻。谢道之在家中宴请,从来不把吴氏请出来,只让柳姨娘在一旁作陪。杜建学不禁失笑道:"你想做什么只管去做,横竖父亲是站在你背后的。"

"多谢父亲。"杜依云声音很轻,"女儿已经在下饵了。"

…………

谢知非被朱青背到静思居的时候,里头的人正忙成一团。

汤圆在院里晾衣裳,李不言正把晏三合从厢房里抱出来。

晏三合一抬头,这人怎么又来了?

这人说谎不用打腹稿:"得了二两冬虫夏草,给你送来,但最主要的还是来听听水月庵的事。"

我看你是闲的。晏三合见他脸色很白,顿时心软几分,下巴朝树下一抬:"朱青,把你家那好管闲事的爷放那里。"

谢知非眉一挑:"不得了了,这是贵客的待遇,爷何德何能?"

"三爷想多了,这是伤残座。"李不言笑。

"三爷占一个伤,坐着理直气壮。"谢知非拍拍朱青,"放我下来。"

"我去给姑娘再搬张竹榻来。"

汤圆搬出竹榻,把两位伤残人士安顿好,又赶紧去沏茶,端出几盘瓜果点心。她又见二人都是一额头的汗,于是拿过一把扇子,站在二人身后,左边扇两下,右边扇两下。

这时,李不言把一只胭脂盒递到晏三合手里。

晏三合看一眼朱青:"朱青,把门掩上。"

"是。"

谢知非偏过头，好奇地问："哪来的？"

晏三合没作声，只是将胭脂盒放在手里，颠过来倒过去地看。

李不言拿回来的包袱里一共就装着三样东西。一套衣裳、一双绣花鞋，还有就是她手里的这只胭脂盒，里面的胭脂遇水而化，现在就剩下一个空壳子。

她和李不言从来不用这种东西，能知道一二的……她把东西递过去："三爷看看这胭脂盒，是最近几年的款式，还是从前的？"

"三合，我是正经人。"谢知非身上疼得越厉害，笑得越邪气，"正经人谁研究这东西？"

晏三合："正经人也不勾栏听曲。"

"晏三合，这事你得听我好好解释。"谢知非一脸委屈，"虽然我去勾栏是去勾栏了，听曲也是听曲了，但是——"

"别但是。"晏三合脸色一肃，"这东西很重要，你快帮我看看！"

"哪来的？"谢知非收起了不正经，又问了一遍。

"静尘死前用过的，和那套衣裳一道被扔进了河里，不言下河捞的就是它们。"

身后的扇子突然停住了，两人同时回头，只见汤圆脸色惨白，眼珠子定定的，三魂好像去了两魂。

谢知非咳嗽一声：她还什么都不知道吗？

晏三合眨了下眼睛：嗯。

谢知非又咳嗽一声：这丫鬟已经是你的人，多少也该让她知道一点。

晏三合：自己悟。

谢知非把盒子拿过来，低下头看了好一会儿："这样式不太像现在的款式。"

晏三合："现在是什么款式？"

"我是正经男人，不太懂这些。"三爷又澄清了一下自己后，道，"回头我帮你找个懂行的人问问。"

"确定懂？"

"不仅懂，而且很懂。"

"那便谢了。"晏三合指着竹竿上的那套衣裳，"三爷再看看它，怎么是一块一块拼接出来的？"

三爷一进院子就细看过了："这是一套水田衣，又名百衲衣。"

"水田衣？"

"是用各色零碎布料拼接而成的，因整件衣服布料色彩相互交错，形如水田而得名。"谢知非接着道，"太祖夺天下后，口袋里没银子，咱们先皇后也是个节约的，就将这些杂色布头缝成衣裳，给公主、宫妃穿。后来就在京城的大姑娘小媳妇中流行起来。"

"这衣服常见吗？"

"从前不常见，现在倒是常见。"

· 578 ·

"这话怎么说？"

"宫里流出来的东西，一开始都是流向高门大族、达官贵人，慢慢地，才会传到百姓那里。"

"这水田衣是什么时候在百姓中传开来的？"

这他哪知道？谢知非眉头紧皱，想了想，朝朱青看过去。

朱青知道爷这一眼的深意，忙道："我这就去把人请来。"

谢知非想着父亲的叮嘱，忙道："从前门光明正大地走，不用避讳。"

"是！"朱青刚走几步，想想不对，又折回来，"爷，我走了，你怎么办？"

"什么怎么办？"谢知非瞪眼，"晏姑娘、李姑娘会不照顾我吗？"

朱青走到晏三合面前："劳姑娘帮我照顾一下三爷，我去去就来。"

晏三合："……"让她一个脚伤的照顾一个浑身是伤的？

朱青拉开门，门里门外的人同时一怔。

第四十三章 人心

朱青："大奶奶？"

朱氏笑道："三爷呢？"

朱青让出路，朱氏走到院中，看着两张并排的竹榻，真想打心眼里喊这两人一声"祖宗"。

整个谢府都为这两人的伤忙上忙下，他们倒好，一个太医叮嘱半个月不能下床的，这会儿已经挪到了院子，另一个连自己的院子都待不住。

"大嫂，"谢知非皱皱眉，"你怎么来了？"

朱氏手指着两个丫鬟："老太太房里的人，给三弟使唤，你瞧瞧人，要是中意就留下来，要是不中意，我回了太太，再去挑。"

回了太太？谢知非一听这话，就知道这是自家娘亲的主意，倒不好拒绝："那就先留着吧，大嫂替我安置一下。"

两个丫鬟一听三爷要了她们，忙磕头谢恩。

这时，朱氏走到晏三合身旁，拎着衣角蹲下："脚怎么样，还疼吗？"

晏三合冲她合了下眼睛："已经不大疼了，你别蹲着，快起来。"

"好生养着，我去忙了。"朱氏拍拍晏三合的胳膊，便带着两个丫鬟离开了。

院门再次合上，朱氏顿步转身，目光落在朱门上，两条秀眉渐渐蹙起来。

老三这人看着二五不着调，但在女色这方面极有分寸，他这会儿自个儿都伤得起

·579·

不了床，偏还一个劲儿地往静思居跑，是两人有重要的事，还是老三心里放不下这院里的人？

"小红，绿绮！"朱氏突然冷冷地开口。

"大奶奶。"

"在三爷院里当差还有一件重要的事，"朱氏脸一沉，"看到什么，听到什么，什么事情该说，什么事情不该说，心里要有分寸，要有盘算。"

"是！"

朱氏："你们的东西都已经安置好，不用跟我走，就在这静思居的门外守着吧！"

"是！"

两个丫鬟低垂着头，赶紧跑到静思居门外，一左一右地站立着。

春桃上前扶住朱氏，仅用两人能听到的声音道："大奶奶怎么这会儿就把人留下了？"

"留给太太看的。"朱氏声音幽幽的，"老三一个大男人逗留在晏姑娘院里，太太心里肯定不是滋味，自个儿儿子她舍不得说，晏姑娘就遭了恨。"

…………

"太太啊，"李正家的撇撇嘴，道，"大白天的关起了门，一红一绿两个丫鬟在外头守着，奴婢等半天，那门还是关得死死的，也不知道在里头做些什么。"

啪！吴氏一巴掌拍在案几上，平淡的五官扭出一副狠相。

"太太，奴婢多句嘴，说句不该说的话，前头的要相貌有相貌，要家世有家世，那静思居的主儿有什么？"

这话简直说到了吴氏的心坎上。

有什么呢？嫁妆嫁妆没有，家世家世没有，就是一张脸瞧着也不是个有福气的。

"奴婢还听说，那晏姑娘没事就往外跑，深更半夜才回来，清清白白的姑娘哪会像她这样？"李正家的连连叹气，"再看她身边的那个丫鬟，简直比主子还猖狂，好好的姑娘家做男人装扮，像什么样子？太太啊，您还是多留个心眼吧。"

"怎么留心眼？"吴氏拧着帕子，皱眉道，"老太太的娘家人，老太太、老爷都帮衬着，我的话不顶用的。"

"再不顶用也得说。"李正家的低声道，"万一将来真做成了婚事，太太只怕又要被柳姨娘压一头了。"

这话再一次说到了吴氏的心坎上。

吴氏这辈子最恨的人非柳姨娘莫属，恨成什么样，杀了她的心都有。

她是正室不错，她有儿有女傍身也不错，可女儿是个嫁不出去的瞎子，儿子是个尽人皆知的短命鬼，就一个老大还算成器些，可偏偏娶的媳妇和她不是一条心。

柳姨娘呢？儿子聪明能干，女儿娇俏可爱，将来一个娶，一个嫁，门第再怎么样也不会差到哪里去。

老太太还能活几年，还能护她几年，万一老太太两腿一蹬……

吴氏想着自个儿的处境，再也坐不住："听说晏姑娘受伤了，我瞧瞧她去。"
…………

静思居里，谢知非合着眼睛，像睡着了，但两条俊眉微微蹙着，似乎很不舒服。

刚开始，晏三合还没瞧出他不舒服在哪里，直到李不言指了指他身下。他身下隐隐有血渍渗出来。

晏三合一惊："谢知非，我让李不言先背你回去，一会儿你请的人来了，我去你院里，你看如何？"

谢知非生生熬到现在，就为等她这一句话。

他是没几天就能活蹦乱跳，但皮外伤头三天，一忌动，二忌热。自己这两趟动来动去，伤口又裂开了。裂开他也挺高兴，一抬眼人就在面前，心里特踏实。

"那等朱青回来，我让他来叫你。"

李不言走到谢知非面前蹲下："三爷，上来。"

谢知非一个大男人，哪好意思让女人背："我院里有人。汤圆，你去叫。"

"谢知非，这个时候别矫情；汤圆，你赶紧去喊裴太医。"

晏三合语气很冲，听在谢知非的耳朵里却是暖的："我这不是怕自己身子沉，把你家不言压坏吗？"

"三爷可别这么说，两个你，我都背得动，压不坏。"

"那我就不客气了。"

"你也不是客气的人啊。"

三爷一噎，瞪晏三合一眼："管管你的人，我没被人打死，倒要被她活活气死了。"

他这一瞪，一双桃花眼尤为雪亮，晏三合只觉得心怦的一下，跳得快了半分。

怎么会呢？她摸着心口，微蹙着眉想，那张脸被打得面目全非，根本瞧不出哪里好看，我为什么会心跳加速？

晏三合缓缓地躺下去，用扇子挡住了脸，这会儿脸上也有些发烫。

也不知道过了多久，有脚步走近，她懒洋洋道："不言，他人怎么样了？"

院门口，吴氏看着两张并排的竹榻，只觉得透不过气来，冷笑道："晏姑娘自己还伤着，怎么还在惦记别人呢？"

晏三合一惊，拿开扇子，见是吴氏："是太太啊，请坐。"

吴氏朝身后看一眼，李正家的忙把手里的纸包拿过去："晏姑娘，这是太太给的二两人参，给晏姑娘养伤用。"

晏三合撑着竹榻艰难地坐起来："多谢，放小几上吧。"

小几上，谢知非带来的二两虫草还在，李正家的把纸包放下去，朝吴氏努努嘴。

吴氏眼不瞎，瞧得清清楚楚。

听说柳姨娘看三儿时，咬牙拿出了二两虫草，这会儿却出现在静思居里，哼，这妖女瞧着清清淡淡，背地里的小动作可不少。

吴氏在另一张竹榻上坐下："脚怎么伤着了？"

· 581 ·

晏三合："自己不小心。"

吴氏一脸的语重心长："姑娘家，走路要走得稳重，别风风火火的，容易伤着。"

晏三合看了眼吴氏，不说话。

"走路稳重，也就是做事稳重，不浮躁，不轻佻，才是正经女子该有的样子。"吴氏笑笑，"晏姑娘，你说是不是这个道理？"

晏三合又看她一眼，依旧不说话。

吴氏得不到回应，不甘心，又道："姑娘是老太太的娘家人，老太太这人最重规矩，姑娘不为着别人，只为着老太太，以后……"话到这里一卡，吴氏吸了口气，才接下去道，"以后走路也要小心些，别莽撞了。"

"太太原本想说的，是以后行事要收敛收敛吧。"

吴氏一惊，她怎么知道？

"太太看我不顺眼，就直截了当地说，但要许愿，那得去庙里，千年古刹，那是有求必应。"

吴氏的脸色唰地沉下来，她噌地站起来："晏姑娘，我好心关心你的伤，你竟然不知好歹——"

"哟，这是祖坟都没哭过来，就跑来哭乱坟岗了？"不知何时，李不言走进院里，身后还跟着一个脸色苍白的汤圆。

汤圆胆战心惊地扯了扯李不言的衣袖，示意她别再说了。

李不言能忍住，那就不是李不言："噢，我明白了，原来太太您不用理家，是闲的。"

吴氏被戳中了心头之痛，骂道："一个服侍人的丫鬟也敢这么对主子说话，反了天了。"

你是我哪门子主子？李不言莞尔一笑："太太啊，你得注意点啊，老太太都没说我家小姐什么，你就不要越过她老人家来教训人了，这样显得……"她眼中射出寒光的同时，轻轻吐出四个字，"特别忤逆！"

…………

谢知非回到世安院，裴太医就匆匆而来，跟在他身后的是消失了一天的裴明亭。

裴太医一看谢知非的伤，气得要拿砒霜毒死他。这小子太不把自己的身体当回事了，有他这样的吗？

谢知非那嘴立刻就跟抹了蜂蜜一样，三言两语一说，裴太医不仅不气，下手换药的时候还特别轻。

换好药，裴太医嫌弃地看了眼自个儿儿子："我去静思居看看晏姑娘。"

"爹，我跟你一块儿去。"

"不用。"裴太医伸手点点儿子，"你好好陪着承宇，别玷污了人家姑娘的闺名。"

裴明亭："……"那完了，我不仅想玷污人家姑娘的闺名，还想玷污她的人。

"那你给晏姑娘带句话，我晚点去瞧她。"

裴太医没理会儿子，甩袖离去。

裴明亭便往床边一坐："谢五十啊，今儿这一天，那叫一个跌宕起伏。"

从小一起玩到大的好兄弟，根本不用谢知非开口，裴笑就知道他心里在惦记什么。

"上午，陆时穿绯衣把徐来弹劾了，下午顺天府就来了好几拨击鼓鸣冤的人，都是控诉徐晟的。"裴笑道，"汉王带着人去了庄上避暑，现在徐来就是条丧家之犬，到处求爹爹告奶奶呢！"

"徐晟呢？"

"你的那些好兄弟都替你招呼着呢，听说吐出来不少条人命官司，弄不好，这小子得判个秋后问斩，就看汉王愿不愿意出手救了。"说到这里，裴笑忽然一顿，"谢五十，锦衣卫的人你熟，再逼一逼，动动刑，说不定能让徐晟吐一点他老子的事情出来……"

"不必。"谢知非道，"不要痛打落水狗，会跳墙。"

裴笑："你是怕汉王……"

"是！"谢知非想着父亲的话，"这段时间我不去兵马司，你每天太僧录司点个卯后，就过来陪我。"

"陪你干吗？"

"陪我吃喝玩乐、眠花宿柳、打马赌钱……对了，等我伤好一些，顺便做做神公。"

"神公是个什么玩意儿？"

"既然有神婆，那就有神公。她那个性子，一天两天还能坐得住，十天半个月只怕能急死，我们一道帮她。"

帮自个儿娘子，裴笑心里一万个乐意啊："得，就陪你。"

谢知非："好兄弟。"

裴笑不像往日般和他玩笑，又道："今日陆老御史除了弹劾徐来外，还弹劾了一个人。"

"谁？"

"大太监严如贤。"

"什么？"谢知非惊得坐起来，牵动了刚刚包扎好的伤口，又"哎哟"一声，疼得冷汗都下来了。

裴明亭对他的失控一点都不意外。

严如贤是谁？皇上身边第一得意之人，十二岁净身跟在皇上身边，那时候的皇上连个王爷都还没封上呢。

他从端茶递水的小太监开始，跟着皇上南征北战，从未生过二心。

主仆二人漫长的岁月相伴后，一个封王称帝，一个成了宫里当之无愧的大太监。

以严如贤如今的身份，按理早就可以颐养天年，可皇上还让他在跟前侍候着，足见对他的依赖和信任。

谢知非心思一定："陆时弹劾严如贤什么？"

"弄权、贪腐，还有……"裴明亭突然把声音一压，"淫乱宫闱。"

谢知非惊得半天都没咬出一个字来。

太监都是些无根的人，最常见的是找几个水灵的宫女对食，做做野鸳鸯，若真有那动了情的，等宫女年岁一大放出宫后，便养在府里。淫乱宫闱，便是染指了皇帝的女人，这怎么可能？！

"那皇上怎么说？"

"皇上骂了句'陆时，你放肆'，便沉着脸直接喊了退朝。"

谢知非简直好奇得不得了。

当朝第一大太监，离皇帝最近的人，弄权是必然的，这事不足为奇，求他办事的人太多，他府上就算是个挑粪的小厮，也好处多多，贪腐也不足为奇。淫乱宫闱，谁能信？谁敢信？

"禁宫里的事，陆时一个外臣是怎么知道的？"

裴笑一耸肩："你问我，我也正好奇着呢，想了半天，也想不明白。"

"严如贤今年多大？"

"该五十多岁了吧。"

"五十多岁还能……"谢知非眼角轻轻抽搐，"老御史莫非昏头了？不应该啊。"

"应不应该也不是我们操心的。"裴笑一挑眉，"你瞧着吧，不出三个月，陆时肯定告老还乡，和严如贤斗，他有几个胆能斗得过？"

话音刚落，外间便有人喊："三爷，晚饭来了，摆哪里？"

裴笑脸色一变："你这院里怎么有婢女？"

谢知非苦笑："我娘硬塞的，以后说话小心着些。"

"呀，谢总管怎么来了？"

"食盒给我，你们都退下。"

"是！"

片刻后，谢总管拎着食盒进来，脸上的五官挤在一处，看着愁眉苦脸。

谢知非扫他一眼："出了什么事？"

谢总管忙放下食盒，把静思居里刚刚发生的事情一五一十地说了出来。

谢知非的脸色极为难看："这事，是谁告诉你的？"

"是汤圆偷偷跑来说的，老奴寻思着，还得跟三爷知会一声。"

"知会得好。"谢知非看着谢总管，"这事，你心里是什么想法？"

"回三爷，老奴还没想好，也想请三爷帮着拿个主意。"谢总管态度越发恭敬。

一个太太，一个晏姑娘，这两个都是他得罪不起的，他只是个下人，下人只听主子的吩咐。

谢知非也是头大，抬眼去看裴明亭。

裴明亭早就气得跟什么似的，黑着一张脸，道："不是我说，你那个娘一不会说话，二不会做事，三还喜欢自以为是，真真是人蠢而不自知。"

他说得一个字都没有错。

静默了一会儿,谢知非当下便有了主意:"你把这事说给我爹听,一个字都不要漏。"

谢总管没想到三爷会把事情直接捅到老爷那里,想了想,还是劝了一句:"三爷,老爷知道了,怕是不会给太太好脸色,您看……"

"太太这人,只有老爷能治住她。"谢知非疲倦地合上了眼睛,"若不敲打敲打,只怕还有下次。你去吧。"

谢总管朝小裴爷递了个"劝劝三爷"的眼色,便退了出去。

裴笑才不劝呢,没火上浇油就不错了:"要我说,还是你们哥儿俩把她护得太好,这人啊,是脑子越不动越蠢。"

"这位壮士……"谢知非有气无力地抬了抬眼皮,"给条活路成不成?"

"壮士"翻个白眼,回了他四个字:"忠言逆耳!"

…………

晏三合没想到裴太医还会来瞧她,乖乖地伸出手去。

几次诊脉,裴寓如今对晏三合的脉相已经谙熟于心,三指扣上去,就知道没什么大碍。

"你这脚千万不能下床,尤其是前半个月,正是长筋骨的时候,一错位,后面就千难万难了。"

晏三合有些心虚地点点头。

"那个……"裴太医清了清嗓子,"内子让我来跟姑娘道个谢,季家的事情多亏了姑娘……"

"不必谢。"晏三合没让他把话说下去,"这是钱货两清的事,多谢无益。汤圆,替我送裴太医。"

"是。"

两人离开,晏三合看着闷坐在角落里的李不言,轻轻叹了口气,这丫头十有八九把吴氏的话都听去了。

"你若在谢府住着不舒服,等我的脚能走路了,咱们就搬去客栈住。"

"正该如此。"李不言鼻子哼出两道冷气,"什么不浮躁、不轻佻,合着全天下就她是正经女子?"

这吴氏如果骂的是李不言,李不言还能忍,骂晏三合,没动手就已经是给她最大的脸。

"老爷来了。"

晏三合与李不言面面相觑:他怎么会来?

帘子一动,谢道之走进来,二话不说先冲晏三合行了一个书生之礼。

晏三合一看这个举动,就知道他是为了吴氏而来,脚伤不能起身,于是侧了侧身,受了他半个礼。

谢道之在她身边坐下,开口前先叹了口气:"内人愚笨,我替她向姑娘赔个不是。"

晏三合皱眉："谢老爷不必如此。"

"如此还不够。"谢道之一脸诚恳，"以后我会约束着她，不让她在姑娘面前丢人现眼，还请姑娘看在我和老太太的分儿上，别往心里去。"

他姿态低到这个程度，晏三合倒不好再说什么，只是轻轻点了下头。

谢道之这才露了点笑："多谢姑娘买我这张老脸，其实我自己心里都臊得慌。"

"不用如此的。"晏三合淡淡地开口，"大奶奶她们待我都很好，我只记得好的，不记得坏的。"

听听，这才是气量。

"既如此，姑娘便好生养着。"谢道之没有再多说什么，又匆匆地掀帘离开，仿佛有什么急事似的。

晏三合与李不言一对眼，心里同时想到了一个人：汤圆。

然而不等她们叫，汤圆已冲进来，跪在了晏三合面前："姑娘，是奴婢跟谢总管报的信。"

晏三合皱眉："为什么这么做？"

"姑娘的为人，奴婢这些日子也瞧出来一些，便是受了委屈，也不会为自己辩一声的。"

"所以，你是想为我辩一声？"

"这府里的下人，惯会迎高踩低，姑娘吃一次亏不吱声，他们就敢怠慢一次，姑娘吃两次亏不吱声，他们就敢怠慢两次，时间久了，姑娘会寒心的。"

"我寒什么心？"晏三合冲李不言递了个眼色。

李不言一边伸手扶，一边笑道："这些人根本入不了咱们小姐的心。再说了，真的寒心，咱们就将包袱一背，麻利地滚蛋。"

汤圆嘀咕："我就猜到你们想走。"

李不言逗她："怎么，你还舍不得我们？"

汤圆红着一张脸，不说话。

"放心吧，真要走，我们也得把你一道拐走。"李不言拍拍她的肩，轻轻一眨眼睛。

汤圆："……"怎么听上去像是要私奔啊？

…………

谢道之何止是急，他是心里冒着一团火。火大，脚下就走得急，他很快就到了吴氏院里。

吴氏刚刚从老太太院里回来，还没喘上一口气，就听外头人喊老爷来了，忙匆匆迎出去。

谢道之与她一道进了里间，屏退众人，开口第一句便让吴氏变了脸色。

"以后，静思居你不许再去。"

"老爷，这是为何？"

"你还有脸问我为何？"谢道之一拍小几，"不让你去是给你留了脸面，若不是看在孩子的分儿上，就该禁你的足。"

吴氏吓出泪来："老爷，我做错了什么，你要禁我的足？我不过是见晏姑娘伤了脚，提醒她走路稳当些。"

谢道之："你这是提醒？你这是拐弯抹角地说她不安分。"

"我……"吴氏泣声道，"我这是为着她好啊，谢府没有哪个姑娘天天往外跑，一刻都不着家。"

"她不是一般的姑娘，她的事情老太太都不管，你掺和什么？"

"正是因为老太太纵着，我才要管一管。"吴氏的道理摆得十足，"否则，将来惹出祸事，坏了谢家的名声，可怎么是好？"

"你……"谢道之看着吴氏那张义正词严的脸，突然心里什么火都灭了，只剩说不出来的无奈和疲惫。

他和吴氏其实也有几年恩爱的日子。那时候他读书，她侍候母亲，料理家事，日子虽难，却是和睦。

后来他中举，做官，家业一点点撑起来，两人的话便越来越少。不是外头的天地五光十色，让他迷了眼，实在是你说东，她说西，你说南，她说北，说不到一块儿去。

"太太，"谢道之叹了口气，"老三的婚事我自有主张，静思居那头你不必多管，你只要安安分分地侍候老太太，做好我谢道之的太太就行。"

吴氏没听出谢道之话里的无奈，反倒听出了另一层意思："听老爷的话，我要是再管静思居那头的事，老爷就要休了我？"

鸡同鸭讲啊。谢道之气得一拍桌子，索性没好气道："对，你再管静思居的闲事，就别怪我不念这么多年的夫妻情分。"

吴氏呆住了，眼泪滚滚落下："老爷为了一个外人，竟然要休了我？这些年我上侍候老的，下侍候小的，没有功劳，也有苦劳……老爷进京赶考，一走就是三年，那三年我和老太太……"

"太太，太太，老爷早走了。"

"走了？"吴氏"哎哟"一声，哭道，"我的苦还没有诉完呢……"

每回吵架，每回诉苦，别说老爷不耐烦听，我也听不下去了。李正家的在心里顶了一句，想着杜姑娘给的那几张银票，又开始不遗余力地挑拨："太太，您瞧瞧我说得没错吧，那丫头厉害啊，老爷为了她，连您都要休了，可怎么得了哟！"

…………

万籁俱寂的时候，朱青才敲响了静思居的门。

晏三合本来已经歪在床上昏昏欲睡了，一听是请她过去，黑眸里顿时射出亮光。

李不言把包袱往身后一系，小心翼翼地扶起她。

汤圆蹲下去帮晏三合把一只鞋子穿上，另一只脚裹着厚厚的纱布，也不用穿。

"汤圆，你先睡，不用等我们。"

"我等姑娘回来。"汤圆指指针线箩，"正好得空给姑娘做几条宽松一点的夏裤，这样脚伸进伸出也方便。"

"别省油灯,仔细眼睛。"李不言叮嘱了一句,抱起晏三合便走。

走出院子,她压着声道:"越看越觉得这丫头贴心,还知道替你辩一声。"

晏三合点点头。

汤圆这人话不多,但衣食住行安排得妥妥当当,不用她和李不言操半点心。

她还耐得住闲,哪怕空了,也不往外头跑,不和谢府其他的丫鬟们嗑瓜子,嚼舌根,张家长李家短的,宁肯待在房里做针线活儿。

最难能可贵的是,她明明心里一肚子疑惑,愣是一声不问,只做好一个下人的本分。

"以后,咱们行事不用避着她。"

李不言轻笑一声:"不避也好,有些事情她早晚要知道。"

两人一路说着闲话,很快便到了世安院,朱青提着灯笼早早地等在院门口。

进到书房,晏三合和李不言同时愣住。

书房里有张罗汉床,床的中间摆着一张小几,一头歪着谢知非,另一头坐着一个穿着紫色罗裙的美艳妇人,柳叶眉,水蛇腰,胸脯沉甸甸的,想让人忍着不往那边瞄一眼都难。

那妇人正剥着荔枝,十根葱一样的手指,每一根指尖都涂得红艳艳的,比那沉甸甸的胸还要夺人眼球。

妇人剥出一块果肉,眼珠滴溜一转后,凑过身子,送到谢知非的嘴边:"三爷,啊,张嘴……"

谢知非用眼神示意她:给爷安分点。

"这一位是晏三合,她找你来有点事。晏三合,这一位叫梅娘,有什么,你直接问她。"

晏姑娘?晏三合?终于见着真人了。梅娘把果肉往盘子里一扔,起身冲晏三合娇滴滴地道了个万福:"晏姑娘安好。"

"梅娘不必客气。"

"晏三合,你坐这里。"裴笑指了指竹榻,"帮你试过了,舒服得很。"

李不言小心翼翼地把她放下,裴笑拿过一张小方矮凳:"伤脚架上来,这样好得快。"

"多谢!"晏三合一点一点搬动着伤脚。

裴笑嘿嘿笑:自家夫妻,谢啥?

晏三合坐舒服了便开口:"梅娘,不介意我一上来就谈正事吧?"

"姑娘说的这叫什么话?"梅娘娇媚地看了谢知非一眼,"要不是姑娘找我,我这种身份的人,这辈子也甭想踏进谢府的门。"

倘若梅娘不说这话,晏三合也不会往那方面深想。她这么一说,再配着她这一身装扮,还有行事做派,晏三合眼中顿时露出几分同情。这世上有几个女子是自甘堕落的,都是不得已才倚门卖笑。

再看谢知非，晏三合不知道为什么突然有些眼睛不是眼睛，鼻子不是鼻子。能把人请到家里来，可见两人是熟悉的，能和倚门卖笑的人熟悉，可见这三爷没少往那勾栏里跑。

谢知非一看晏三合露出这样的眼神，就知道这丫头怕是想歪了。他也不多解释："朱青，你去外头守着院门，不要让任何人进来。"

"是，爷。"

门掩起来，李不言把包袱里的东西一件一件摆在梅娘面前。

"梅娘！"晏三合道，"今儿劳你跑这一趟，是想请你帮忙看看这几样东西是什么时候的样式。"

梅娘茫然地向三爷看过去，三爷没说话，小裴爷发话了："好好看，看出些名堂来，裴爷重重有赏。"

梅娘拿起胭脂盒，放在手里翻来覆去地看，越看眉头皱得越紧。

晏三合："怎么，有问题？"

梅娘笑吟吟道："晏姑娘，这胭脂盒不是时下流行的款式，这个样式、这个做工，已经很有些年头，现在市面上早就买不到了。"

晏三合："你能看出来大概有多少年了吗？"

梅娘伸出手指拨算了几下："最少有二十几年，反正自打我用胭脂以来，就没见过这种样式的。"

那么久远的一盒胭脂，静尘为什么还要藏着呢？

晏三合与谢知非对视一眼，又问："梅娘，你从这胭脂的盒子能不能看出这东西是好的，还是差的？"

梅娘用手掂掂重量："晏姑娘，挺沉的，越是沉的胭脂盒，价格越贵。"

晏三合："那么也就是说，这样的东西，不是普通人家用的？"

"必须是高门大户。"梅娘嫣然一笑，"当然，勾栏里的当红姑娘也用得起。"

话落，小裴爷一双眼睛恶狠狠地瞪过去。

梅娘挑眉：小裴爷，这是咋了？

裴笑瞪眼：别勾栏勾栏的，污人家姑娘的耳朵。

梅娘一看裴爷这副样子，再想想他见着晏姑娘时那副殷勤的样子，哟，这晏姑娘原来是小裴爷的心上人啊。

晏三合对两人的眉眼官司浑然不觉："梅娘，你再看看这件水田衣。"

梅娘一寸一寸看过去，用手摸了又摸："这件水田衣也是有些年头了，而且料子极好，晏姑娘，你看这袖口。"她指着袖口上的牡丹花，"因为水田衣是从宫里传出来的，最初是在高门大户里时兴，所以袖口都绣牡丹、梅、兰、竹、菊这些富贵花。"

"如今呢？"

"如今平头百姓也穿，衣袖上就不时兴绣花了。"

"为什么？"

"姑娘看这衣裳，一块一块不同颜色的布料拼接而成，已经足够艳丽、明亮，哪还需要再用花做点缀？"

晏三合抬头，再次与谢知非的视线碰上，两人都从彼此的眼睛里看到诧异。

胭脂是二十多年前的，衣裳也是二十多年前的，不用想这绣花鞋多半也是，静尘用这样一套衣裳做寿衣，显然是有用意的。

那么，用意是什么呢？

梅娘见没有人说话，指着绣花鞋问："晏姑娘，这鞋还用看吗？"

"劳烦也看一看。"

梅娘拿起鞋子，翻来覆去地看。

"做功不用说，只看这密密的针脚就知道了，最要紧的是，这鞋虽然有些年头，但穿的次数最多不超过一个巴掌。"她指着鞋底，"晏姑娘看这鞋底，一丁点磨损的地方都没有，几乎是新的。"

晏三合点点头。

"这绣花……"梅娘刚舒展开的眉又拧在了一起。

"这绣花怎么了？"

"绣得真好看，瞧着真喜庆。"梅娘是个爱美的女人，忍不住站起来，拿着衣裳在自个儿身上比画，"可惜啊，我如今胖了，穿不进去，要是年轻个十几岁，这衣裳往我身上一穿，啧啧啧……"

她这么一说，晏三合突然想到一个问题："静尘四十出头的人，临终前能穿进这身衣裳，可见身材保养得极好，如同少女一般。"

"这不太容易做到，虽然尼姑庵吃的是素食，但整天打坐念经，久坐不动，下身是会变大的。"李不言很认真地回忆了一下，"我观察过，整个水月庵近五十位尼姑，只有几个二十岁以下的小尼姑下身纤细如旧。余下的，都是上身细，下肢略粗。"

晏三合眼神带着钩子："你说静尘是天生消瘦，还是刻意保持住了身材？"

李不言手一摊："这谁能知道？"

"等……等……等一下！"梅娘不仅牙齿在抖，甚至浑身都在抖，"晏姑娘，这这……这……套衣裳，你……你……你们……是从哪……哪……哪里弄来的？"

李不言："死人身上啊！"

"啊——"梅娘吓得把衣服一丢，直接扑进小裴爷的怀里，死死抱住了他的腰。

滚开，我娘子还在呢。但他哪里推得动。

小裴爷吓得赶紧举手起来，把自己戳成一根棍子："三合，我没碰她。"

你碰不碰她，为什么和我说？晏三合见梅娘脸色煞白，整个人抖得像筛子，便安抚道："她和你开玩笑的，这衣裳只是有些年头了，并不是从死人身上扒下来的。"

李不言："……"说谎？

裴笑："……"神婆也说谎？

谢知非："……"神婆为什么不能说谎？

"吓死我了。"梅娘松开了小裴爷，拍着胸口，一脸心有余悸地瞪着李不言，"姑娘看着挺面善的一个人，怎么心肠这么歹毒？人吓人，可是会吓死人的。"

李不言："……"我歹毒？

晏三合心虚地咳嗽一声："梅娘，出了这个门，我们刚刚说的话，你左耳进，右耳出，就当没听见，可好？"

哟，这晏姑娘怕是不知道我和裴爷、三爷真正的关系吧！梅娘我要是敢吐半个字出去，赶明儿我就得给小裴爷、三爷磕头认罪。

"晏姑娘放一百个心，我这人别的本事没有，就嘴最牢。"

话刚落，朱青突然推门而入："爷，太太在外头，非要看爷一眼才肯走。"

谢知非原本扬起的嘴角缓缓沉下来。

…………

院门打开，裴笑摇着扇子，晃晃悠悠地走出来："太太怎么来了？"

吴氏一看是他，勉强笑道："来看看三儿。"

"太太，承宇已经睡下了，太太明儿再来吧！"

吴氏心头不悦，刚刚朱青拦，这会儿裴哥儿拦，怎么着，她一个做娘的看看自个儿儿子伤好得怎么样，也不成了吗？

"我听说，三儿院里来了人？"

"也不瞒着太太，是外头叫来的。"

"什么外头叫来的？"

"就是……哎呀，太太别问了，反正承宇也不会当真，就是叫过来玩玩的。"

吴氏一张老脸臊得通红，把裴笑往边上一拨，径直冲过去。这孩子，什么时候玩不成，把自个儿的身子玩坏了可怎么是好？

"哟。"梅娘倚着门，"就算是高门大院，也没有深更半夜自个儿亲娘还往爷们院里跑的，这要是传出去，可不大好听啊，太太。"

吴氏一看梅娘这副浪样，便气不打一处来，想着儿子的名声，她一口银牙几乎咬碎："老三，你……你身子要紧，别没日没夜的。"说罢，自己先臊得不行，转头便走了。

屋里，谢知非半倚半躺，一头黑发用缨带系着，整个人看上去放浪形骸，像极了风月场里的老手。

晏三合见他这副样子，虽然心中不耻，但还是觉得他对自家亲娘用这样下流的借口有些匪夷所思。孩子做坏事，不都是瞒着长辈吗，哪会像他这样不管不顾，恨不得把自家亲娘气死才好？

不对。晏三合目光倏地沉下来。

谢知非这时才懒洋洋地开口："梅娘是开赌场的，是开柜坊的掌柜。"

赌场？晏三合有些难以置信地扭过头，去看一旁的李不言。

李不言的表情比她更加震惊。赌场的掌柜是个女的，还是个美艳妇人？

不等她们嘘出一口气，谢知非指尖便在罗汉床的扶手上敲了两下："梅娘是我的人，开柜坊是我开的，她替我打理里里外外的事。"

饶是晏三合再冷清的一个人，这会儿也惊得目瞪口呆，定定地看着谢知非，眼珠子一动不动。

谢知非很享受晏三合此刻专注地看他的目光："还以为这世上没什么能让晏姑娘吃惊的事了。"

晏姑娘自嘲一般笑了："谢三爷，你究竟有多少张面孔？"

"差不多都被你看到了。"

鬼信。

他这么坦诚，晏三合索性问开了："你开赌坊是为了……"

"为他。"

"那你故意让梅娘光明正大地进谢府，故意让你母亲产生误会，是为了……"

"风流纨绔就得有个风流纨绔的样，明儿就有人知道谢家三爷就是被人打得半死，也是个寻花问柳、喜欢豪赌的人。"谢知非抬起下巴，"否则，三爷就成众矢之的了。"

"三爷还没那么大的能耐，是谢家吧？"晏三合冷笑。谢知非这一动把谢家一下子推到了风口浪尖上，谢家还不得夹着尾巴做人。

三爷抬起眼，目光落在她身上，忽然就淡淡地笑了："三爷是谢家的三爷，谢家是三爷的谢家，有什么区别吗？"

"有啊。"晏三合低声道，"三爷挡在谢家前面，谢家站在三爷后面，站位相当聪明。"

"还聪明呢，不都让你瞧出来了吗？"

委屈的语气，配着那双无辜的大眼睛，再加上嘴角浅浅一点酒窝……晏三合忽然觉得自个儿的眼睛有些无处安放。

"晏三合，"谢知非的声音压得很低很低，"下午的事情，我替太太赔个不是，你看在我的面上，别和她计较。"

晏三合："……"他怎么也知道了？

谢知非胸膛缓缓起伏："以后，三爷也挡在你前面，如何？"

有一种难以言状的情绪，像潮水一样，猛烈地冲撞着晏三合。

"不言，不言，抱我回去。"她声音里有自己都没有察觉到的急促，好像是吃了败仗的士兵，只剩下一条路：落荒而逃！

李不言把包袱往身上一系，双手抄到晏三合身下将她抱起，余光瞥向罗汉床上的男子。男子一张脸肿得跟什么似的，偏嘴角噙着一抹笑意。

你个情场老狐狸！李不言在心里替晏三合骂了一句。

…………

"我家三合怎么这么快就走了？"主仆二人走得不见踪影了，裴笑还仰着头看，"我还没和她说上几句话呢！"

谢知非不言语，朝朱青递了个眼色。

朱青会意，走到亮灯的耳房前："小红，你去趟小厨房，爷要吃消夜；绿绮，你去趟老太太那里,替爷去给老太太请个安。"

"是。"两个婢女一前一后离开世安院。

朱青把书房的门带上,亲自守在门口。

书房里,梅娘规规矩矩地坐在圆凳上,压着声音,把最近十几天打探到的一些重要的消息一一向三爷汇报。

开柜坊除了帮三爷赚银子外,还有另一个作用:打探消息。

这世上有两种买卖最能隐晦地知道一个家族的兴盛:一个是古董商,另一个就是赌坊。

世家的败落从不会显现在明面上,而是变卖祖宗留下的宝贝,拆东墙,补西墙。兴盛的人家则暗戳戳地买进宝贝。谁家进,谁家出,古董商心里一清二楚。

而赌坊呢?

撇开那些卖儿卖女的赌鬼不说,比如城东的刘公子上个月来了八趟,这个月只来了五趟,这少了的三趟,就意味着刘公子手里的银子不称手,也意味着刘家在走下坡路。如果刘公子这个月来了十趟,那多出来的两趟,说明他最近有了横财。

谢知非利用赌坊,利用北城兵马司,帮太孙一点一点监控着四九城里权贵们的动向。

梅娘一一说完,谢知非便让她离开。

人一走,他冲裴笑说了句"明亭,我撑不住了",便让朱青抱他回了房间。

这个身子他锻炼了好些年,到底是底子太弱,刚刚口出狂言把晏三合吓跑,是不想让她看到他已经疲倦得说不出话了。

朱青把他放在床上,拿湿帕子帮爷一点一点擦着脸上的冷汗:"爷是故意让人把梅娘来的消息透露给太太的吧。"

"到底是你懂我。"

"是为晏姑娘吗?"

"嗯。"三爷眼皮睁开一条缝,望向床边人,"我就是想让她瞧瞧,人家姑娘是正经姑娘,她儿子才不是什么正经的好人。"

第四十四章 提亲

静思居里,晏三合平躺在床上,脑子还在想着静尘的事。

当务之急是先找出静尘这人在尘世间的身份,但仅凭包袱里这几样东西,怕是难。

"不言,你明天再去一趟水月庵,帮我——"

"我的好小姐,你让我打架可以,让我问话……"李不言怕碰着晏三合的伤脚,睡在窗下的竹榻上,"我什么时候有这个脑子了?找三爷呗。"

晏三合现在听不得这个人的名字。

这世上有很多人生得一副好皮囊,但内里都是空壳子,三爷不是。三爷生得一副好皮囊,内里剥开一层,露出一层不为人知的皮,再剥开,再露一层……到底有多少层,除了他自己,没有人知道。

更要命的是,这人时不时地向她轻轻招手,诱惑着她去探究那内里到底是宝藏,还是危险。

"找他做什么?"她声音里没好气。

"审犯人这种事情,他做惯了的,肯定比我灵光。"

"哪里灵光?我没瞧出来,我还是自己——"

"晏三合,裴太医的话,你最好听进去,伤筋动骨不比别的,得养,还得静养。"李不言知道她的心思,"别不好意思,他不是自己说要挡在你前面的吗?"

"谁要他挡?"晏三合一听这话就恼,"他当他自己是把伞呢?"

李不言难得看到晏三合耍小性子,笑作一团:"伞有什么不好,能遮风,能挡雨,太阳出来,还能挡挡太阳。"

晏三合撑起一点身子,仰着头看李不言:"你从前可不是这么和我说的,你说女子靠什么都靠不住,得靠自己。"

"没错啊,你这不是现在脚伤了吗?"李不言从榻上爬起来,把枕头下的一方帕子塞到晏三合手里,又把她轻轻按下去,"静尘的心魔几乎是一落葬,庵里就发现了不对。三爷那伤我瞧着六七天就差不多了,事情不急在这一时,你踏踏实实地养脚。"

李不言温柔地看着她:"他要是言出必行,咱们就请他帮忙,该怎么谢就怎么谢;他要是只是随口一说,以后咱们也不必信他。"

晏三合:"……"好像有点道理。

"好了,别想了,睡吧,你这伤最忌思虑。"

"我伤的是脚,不是脑子。"

"都一样,睡觉!"

晏三合攥紧了帕子,合上眼睛。不知是真累了,还是因为李不言在身边,渐渐地,她呼吸慢了下来。

"非得手里攥个帕子才能睡着,也不知道从前是谁惯得你这个毛病。"李不言回到竹榻上,头枕着胳膊,自己反倒一点睡意也没了。

她不肯去水月庵,除了脑子不够用,真正的原因是她现在不敢离开晏三合半步。

吴氏今儿个嘴上刺几句,明儿个万一想动手怎么办?这丫头伤着一只脚,只有任人打骂的份儿。什么水月庵,什么静尘……通通都没有她重要。

…………

万籁俱寂,一道黑影落在世安院。

朱青猛地睁开眼睛,一手摸上了枕边的剑。

"朱青哥,是我!"

朱青放下剑,跳下床,轻轻推开窗户:"大半夜的,你这是干什么?"

"我家爷呢?"黄芪走到窗户前,"僧录司有点急事,得赶紧把他叫起来。"

朱青有些奇怪,就僧录司那个清水衙门,能有什么急事?

深夜被人叫醒,如果换作平时,小裴爷不发作一通,绝对不会起床,但今儿个黄芪在他耳边低语几句,他二话不说,穿了衣裳就走,朱青都看傻眼了。

马车等在谢府门口,一路直奔僧录司。

僧录司的门房见是裴大人,忙提过一只灯笼给黄芪。

主仆二人一路向里,还没走到左善世的院门前,远远就看见两个和尚,一人手里提着一只灯笼在等他们。

很快,正堂里的灯亮起来,其中一个和尚也不多废话,直接从怀里掏出两幅人像:"大人,华国能打听的寺庙都打听过了,都不知道这姑娘从何而来。"

裴笑彻底惊住。这一路他想了无数遍,觉得四个月的时间,怎么样也能打听出一些消息来,谁知竟是一无所获。

他刚想追问一句"怎么可能呢",目光一抬,看到两人都是满面风尘的样子,话只能咽下去。

裴笑朝黄芪看一眼,黄芪摸了摸怀里早就预备下的银票,上前左拥一个,右拥一个:"走,今儿就在衙门里歇下,我让小厨房弄点素斋,咱哥仨喝点小酒,算是替你们接风洗尘。"

三人勾肩搭背地离开,留裴笑一人站在灯下愁眉苦脸。

原本打算找到她家人,不论高低贵贱,总还有上门提亲的可能,如今……裴大人摸着下巴,自言自语:"难不成那主仆二人是从石头缝里蹦出来的?"

…………

这世上有些秘密查不出,但有些秘密一定瞒不住。

几乎是一夜之间,王侯将相、文武百官都知道了陆时弹劾当朝第一太监严如贤,眼球都被弹劾奏章中的"淫乱宫闱"四个字吸引住。

翌日,早朝。

正当百官们兴致勃勃地想看一场好戏时,老御史陆时称病没来上早朝。而原本与皇帝寸步不离的严如贤也换成了司礼监随堂太监秦起。

朝堂上,皇帝只字未提昨日弹劾的事,百官们也都乐得打哈哈。

但事情往往就是如此,越不提,好奇的人反而越多。渐渐地,连市井中的百姓都开始议论起这桩事情来。

人们很快就把前几日徐来倒台、谢府三爷受伤的风波忘得一干二净,个个削尖了脑袋在打听严如贤这个老太监的事。

也就是从这天开始,谢府的四周多了些鬼鬼祟祟、探头探脑的人。谢总管得了大奶奶的提点后,也不慌张,对手下人一通敲打后,便关起门来过平常日子。

谢府的日子也不太平。

太太不知为何忽然喊心口疼，朱氏既要管着一府的人，又要在婆婆跟前侍疾，没几天脸就瘦了一圈。奇怪的是，这一回太太得病，老爷、大爷都没有去她院里瞧，就是老太太也只打发了个婆子，去问了一声安。

外头的风风雨雨与晏三合毫无关系，她拒绝了所有人的探望，在静思居养伤。她让李不言把静尘那一身行头挂在衣架上，日日夜夜地看着，若不是脚不好，她真想试穿一下，仔细体会衣服上身的感觉。

但同样是养伤，谢三爷就没闲着，也闲不住。

不说外头那些来探病的，只说谢府里头今天这个来，明儿那个来，世安院里热闹得不成样。

唯有小裴爷，这几日也不知道在忙些什么，破天荒地竟没往谢府跑。

三天一过，三爷也跟着晏三合有样学样，拒绝一切探访。

他原本就是皮外伤，只要一结痂，就能好得七七八八，再加上小厨房汤水不断，裴太医一天两趟地来……

谢知非的伤肉眼可见地一日比一日好，到第七天，已经能健步如飞。

健步如飞后第一件事情，他又来了静思居。

一进静思居，三爷便笑了。

树荫下，竹榻上，少女百无聊赖地躺着，伤脚架在高凳上，右手握着一颗也不知道从哪里捡来的青枣。

她往上一抛，接住，再往上一抛，再接住。听到有脚步声，她头一歪，手一抖，枣子掉落在地上。

谢知非走过去，捡起来，笑眯眯地看着她。

看什么看？晏三合瞄一眼这人已经完全消肿的俊脸，依旧眼睛不是眼睛，鼻子不是鼻子。

这几天那句"三爷也挡在你前面"的话，时不时会跑出来刺她一下，刺得她夜里睡觉都不香了。

男人的目光从晏三合的脸上看到那只伤脚上，一圈下来，才喊道："汤圆，给爷搬把竹椅来。"

竹椅搬来，他放在离竹榻最近的地方，然后坐下，一摊掌心："这青枣就算赏我的。说吧，我去水月庵要问些什么？"

他还真去？晏三合迎了迎他的目光，为自己的小人之心红了一下脸。

"到了水月庵，把人分成两拨。"她瓮声道。

"哪两拨？"

"和静尘熟悉的一拨，和静尘不熟悉的一拨。"

"熟悉的怎么弄？不熟悉的怎么弄？"

"熟悉的，你把她们带到静尘房里，你亲自问；不熟悉的，你让她们讲一件关于静尘的往事，让朱青负责记下来。"

"我问些什么？"

"想问什么就问什么。"

谢知非淡淡地笑起来，一天天的汤汤水水补下去，这丫头的脸上竟有了一点血色，像擦了胭脂一样，明亮动人，他真想捏一捏。

"我想问……"他目光落在她发红的腮边，"晏姑娘可有什么想吃的，可有什么想玩的？"

"我想吃乳鸽、烧鸭、云片糕、糖葫芦……"不知何时，李不言抱着臂站在屋檐下，似笑非笑，"一会儿三爷给买吗？"

一会儿？看来这根"搅屎棍"是要陪他去水月庵。多半是晏三合的主意。

谢知非起身，目光一垂，冲着晏三合道："晏姑娘说，三爷给买吗？"

爱买不买！晏三合在心里嘀咕一声，不知为何耳朵也红了。

谢知非笑道："一切尽在不言中，晏三合，我知道了。"

你知道什么了你知道？晏三合忍不住抬头，狠狠地瞪他一眼。

这一眼落在谢知非的眼里，简直活色生香。他哈哈一笑，像个得胜的将军一样，转身走出静思居。

晏三合心头那个憋屈啊，甭提了。七天，她养的是脚，他养的却是脑子，越来越难对付了。

…………

虽然健步如飞，但身上还有些伤没好透，谢知非懒得骑马，命朱青驾车。

李不言真不想跟这个显眼的男人同处一车，但又不得不硬着头皮上车。她这趟跟着来，是要把到目前为止打听到的静尘的事一五一十地说给这位爷听，好让他心里有个数。

马车正要行进的时候，谢知非突然掀开车帘："这几日，明亭在做什么？怎么没看到人？"

朱青摇摇头表示不知道："爷，要派人去僧录司问问吗？"

"去问问。"谢知非有些不放心。

朱青跳下马车，对身后的小厮叮嘱了几句，才又驾车离开。

谁能料到，三爷前脚刚走，后脚被他惦记的小裴爷就来了谢府。小裴爷并不是一个人来的，除了黄芪外，他身后还跟着一个穿着喜庆的妇人。

谢总管一看这两人，便愣住了："小裴爷，您这是要——"

"别问。"小裴爷，"你们家老太太呢？我要见她。"

"这个点，老太太在自个儿院里，老奴带您去她——"

"不去她院里，去你们家谢府的正堂。"小裴爷挺了挺胸，"把大奶奶和太太也一并请来，我有要事。"

谢总管"诺"了一声，一边派人去把正堂的门打开，一边亲自去请人。

老太太一听是小裴爷登门，忙让丫鬟帮她换了身见客的衣裳。

不看僧面看佛面，就冲裴太医对谢家上上下下的照料，老太太也不舍得怠慢裴家小辈。更何况，这孩子打小就和老三要好，老太太早就把他当成了半个亲孙子。

正堂里，四个角落里摆着冰盆，凉意侵人。裴笑坐得笔直，一边慢悠悠地喝茶，一边时不时地跟边上的妇人交代几句。

不多时，外头有脚步声传来，裴笑放下茶盅，理了理官袍，起身迎出去。

院外，大房婆媳二人扶着老太太走进来。裴笑上前扶过老太太，轻言软语地哄骗着，直把老太太哄得心花怒放。

朱氏看着前头一老一少，不由得朝谢总管看了一眼。

谢总管知道大奶奶这一眼的深意，小裴爷这人和三爷不一样，不是会哄人的主儿，入他眼的，应付一两句，入不了他眼的，眼风都懒得向你扫过来，更别说是哄人了。这会儿小裴爷放低姿态，像三爷一样哄着老太太……事出反常必有妖！

谢总管走到大奶奶身边，捂着嘴巴道："大奶奶，且往下看看再说。"

朱氏点点头。

等老太太在上首坐定，众人也一一落了座。

这时，谢府的女人们才发现屋里还坐着一人，那人笑得一脸和气，举手投足间落落大方。

老太太喝了口温茶，笑眯眯道："这位是……"

那妇人起身向老太太道了个万福："老太太，我是小裴爷请来的媒人，姓王，老太太称呼我一声王媒婆就行。"

王媒婆？"病愈"的吴氏脸色微微一变。

这些年因为女儿的婚事，她对四九城媒婆的行情多少知道一些。这个王媒婆是专门为高门大户牵线搭桥的，她手里促成的姻缘不知道有多少。

小裴爷把她请来，十有八九是要向谢府的姑娘提亲。谢府就两位姑娘，自己的女儿绝无可能，那就只剩下二房的那位。庶女嫁嫡子，还是裴家那样的门第……吴氏咬紧了后槽牙，心说真是怕什么来什么。

老太太的脸色也微微一变。小裴爷莫非看中了二丫头？若真是如此，谢家与裴家亲上加亲，倒是喜事一桩。只是裴家这样的门第，嫁妆上马虎不得，还得添上三成才像样啊。

谢府两个女人，算盘都拨开了。

唯有朱氏，心里咯噔一下。大房和二房素来不和，小裴爷为着老三，也绝无可能相中二姑娘的道理，大姑娘就更不可能了。

放眼望去，整个谢府也就剩下静思居的那一位。若真相中了，倒是件大喜事，可偏偏是小裴爷亲自登门，这不合规矩。裴老爷、裴太太呢，他们是知道这事，还是压根儿就被蒙在鼓里？

老太太笑眯眯道："王媒婆，你这是上我家做媒来了？"

"老太太猜对了。"王媒婆笑得见牙不见眼,"都说一家有女百家求,贵府乃诗礼人家,最最清贵不过,教养出来的姑娘也是知书达理、温顺贤良。老婆子我这不就替小裴爷求上门了吗?"

这一通马屁拍得老太太心花怒放。

老太太看一眼小裴爷,一身崭新的官服,相貌堂堂,气质不凡,真是越看越喜欢。

"好好好!"老太太眼都要笑没了,"裴、谢两家渊源颇深,两家老爷自不必说,都是几十年的交情了,小辈们也打小要好,这真是再好不过的事了。来人,去把柳姨娘叫来,让她也听听。"

"叫她做什么?"裴笑忙拦着道,"老太太,不必叫她,您做主就成。"

"你这孩子。"老太太嗔笑着瞪一眼,"柳姨娘到底是那丫头的生母,再怎么样,这婚姻大事也得——"

"老太太,您弄错了。"裴笑赶紧朝王媒婆递了个眼神。

王媒婆忙上前一步,笑道:"老太太,怪我没把话说清楚,小裴爷要求娶的是谢老爷的干女儿晏三合姑娘。"

晏——三——合!三个字像惊雷一样,劈在了老太太和吴氏的脑门上。

老太太连眼珠子都不会转了,怎么会是她?

吴氏只觉得心头一阵狂喜,喜得她差点没忍住,想大喊一声"好"。

这样一来,不仅没便宜二房,还能让那晏三合以后少缠着我们家老三,真真是意想不到啊。但她转念又一想,凭什么那晏三合嫁得这样好?我女儿除了眼睛看不见,哪一样比她差?

朱氏见屋里气氛凝重,赶紧瞄一眼谢总管。

谢总管几乎是撒腿就跑:哎哟喂,不得了,了不得,小裴爷竟然来向晏姑娘提亲了,这这……这是怎么说的!

朱氏到底是见过世面的,笑盈盈地走到裴笑面前:"小裴爷,嫂子问句不该问的,这上门提亲的事,裴太医、裴太太知道吗?"

废话,他们要是知道了,还用得着我亲自登门?裴笑昂昂头,一脸正色道:"大嫂,婚姻之事,父母之命,媒妁之言,可对?"

朱氏点点头:"对。"

裴笑:"媒人我请来了,言也言了,这规矩上没错吧?"

朱氏又点点头:"没错。"

裴笑:"既然没错,那不就得了,我爹娘知不知道,又有什么要紧的?"

又一道惊雷直劈下来,这回连朱氏都被劈了个正着。被她料中了,这小子竟然是瞒着家里人跑来提亲的,成何体统啊!

…………

当谢家如同沸水般炸开锅的时候,三爷一行已经来到了水月庵。

三爷这人做事能躺着,绝不站着,能省事,绝不肯多废一点劲儿。

"晏姑娘脚伤了，我替她过来问一问。"他掏出兵马司腰牌，在慧如面前重重一放，"我这人性子粗，脾气躁，没什么耐心，你和她们说，大人问什么，她们就答什么，别跟大人这个不知道，那个不知道。"

慧如一听，脸色当场就白了。上回夜探墓地，这人跟在晏姑娘身后，不吱声，不吱气，没想到竟是个凶神恶煞。

慧如哪里敢耽搁，忙拉着兰川去召集人。

李不言用胳膊蹭蹭朱青，捂着嘴低声道："你家爷怎么了？养了几天伤，没去勾栏泄火，又开始欲求不满了？"

朱青差点没一头栽下去："姑娘家怎么一天到晚勾栏勾栏的，也不嫌臊得慌。"

李不言眼皮也没抬一下："总比某些人一声不吭就下黑手强。"

朱青："……"

不消片刻，满满一堂的尼姑都站在谢三爷面前，清一色的尼袍，外加光不溜丢的脑袋。

四九城里，武将中有个不成文的说法，出门遇着尼姑，那是会不吉利的。三爷心里默念一声"百无禁忌"，便朝李不言看了一眼。

李不言清了清嗓子："接下来你们自己分成两拨，一拨和静尘熟悉的，一拨和静尘不熟悉的。熟悉的站左边，不熟悉的站右边。"

尼姑们相互看一眼，连个咳嗽声都没有，悄无声息地分好了队。

谢知非抬头一看，惊得连跷二郎腿的心思都没了。左边的队伍一共就两个人，一个胖，一个瘦，整整十八年呢，这人也太少了点吧！

谢知非站起来，冷冷道："你们两个，跟我来。余下的，朱青你负责。"

"是。"这么多人，朱青正想喊李不言一道帮忙，冷不丁一抬头，才发现这人竟跟着三爷走了，"李——"

李不言扭头，一脸"我不和下黑手的浑蛋共事"的壮烈表情。

朱青在心里默念了一声"阿弥陀佛"，压住自己的火气。

…………

静尘的斋房简单朴素到让谢知非一脸嫌弃。

兰川端上热茶，他喝一口，便往桌上重重一搁："这什么茶，难喝死了，换好的来。"

兰川一看大人这么凶，哪敢说个"不"字。

李不言抓耳挠腮，奇怪了，去南宁府那一趟，条件再苦，三爷也没有挑剔成这样，他是故意的？

第二回茶端上来，兰川不等谢大人喝一口，撒腿就跑，一边跑一边想，还是前头那位裴大人脾气好，人和气。

这时，谢大人冷冷地唤道："进来一位。"

先进来的是个胖尼姑，脸色有些发白，冲谢知非行了个礼后，便不知道自己该站着，还是该坐着，很是拘谨。

谢知非也不喊她坐，直接问道："你叫什么？"

"清竹。"

"来庵里几年了？"

"十五年。"

"比静尘晚三年？"

"是。"

"在你眼里，静尘是个什么样的人？"

胖尼姑一怔，还没细想呢，上头的官大人已经不耐烦了，一拍桌子，厉声道："想什么想，说！"

胖尼姑吓得一哆嗦，脱口而出："就是很安静，话不多。"

沉默、安静。谢知非迅速提炼出两个关键词，提笔在纸上做了个记号。写完，他抬头又问："你是怎么和她熟悉的？"

"我这人笨，有些佛法参悟不透，就常常厚着脸皮去问她，一回生，二回熟，慢慢就好上了。"

"怎么个好法？"

"我在水月庵是负责做饭的——"

"慢着。"谢知非冷冷地打断，"我问你怎么个好法，你跟我说你是做饭的，别跟大人牛头不对马嘴啊！"

"大人冤枉。"清竹赤红着一张脸，"我就是因为这个，才和她慢慢熟悉起来的。"

"这么说来，你们水月庵每个人都有各自要干的活儿？"

"是的，大人。"

"你是负责做饭的，那么静尘呢？"

"她佛经悟得透，就负责给庵里的尼姑讲课。"

"在哪里讲？"

"在大殿里讲。"

"什么时候讲？"

"每天晚饭后讲一个时辰。"

"除此之外呢，她还做些什么？"

"整理一些佛经，别的就没什么了。"

谢知非懒洋洋地往椅背上一靠："好了，现在你具体说说，和她怎么个好法？"

清竹忙道："她因为要授课，所以每天的晚饭都要比我们早吃，我常常会暗中帮她开一点小灶，做些她爱吃的。"

"她爱吃什么？"

"她不喜欢吃清淡的，喜欢口味偏重一点。"

"哦？"谢知非两条剑眉往上一挑，出家人的饮食都习惯清淡，比如观音禅寺的斋饭，淡得像白开水。她这个习惯有点意思啊。他低头，又在纸上做了个记号。

"她和你说起过从前的事吗？"

"从来没有。"

"她做过什么让你觉得匪夷所思的事吗？"

"也没有。"

这两句话一问，谢三爷怒了，砰地一拍桌子："你最好认真回忆一下，本大人最恨听的就是'没有'两个字。"

清竹吓得扑通跪倒在地，刚要开口分辩几句，突然眼睛一直："大……大人，有件事情不知道算不算。"

"说。"

"静尘她……她很少出庵门，十八年好像就出过三次，对，庵主说就三次。"

十八年只出三次庵门，余下时间就都在这座庵里面？谢知非暗下一惊："你们尼姑可以经常出庵门吗？"

"庵里规定，但凡年节，都是可以出去的，我们庵里有些小尼姑就喜欢过年过节。"

"这说明她们六根不净啊！"

清竹脸涨得通红："大人，小尼姑年纪小，心思活络，她们——"

"静尘呢？"谢知非哪里耐烦听她说别的小尼姑，"她六根清净吗？"

清竹明显顿了一下："回大人，她六根不清净，那这世上就再也没六根清净的人了。"

"放屁！"谢知非大声骂了句，"她临死前把僧袍脱下，换上了别的衣裳，擦了胭脂，穿了绣花鞋，算什么六根清净？"

清竹一屁股跌坐下去，两只眼睛失神地看着地上，一言不发。

谢知非这下反而不急了，慢悠悠地端起茶盅，慢悠悠地再次跷起二郎腿，那神情就像一位经验丰富的猎人，老神在在地看着已经被逼上绝路的猎物。

到这里，李不言才终于悟了一些，敢情这位兵马司指挥使是把审犯人的那一套用在了审尼姑身上。

兵马司抓的都是些小偷小贼，这些人就是从泥里钻出来的，滑手得不行，审他们的人不厉害些，根本拿不住。但这一招放在尼姑身上也有奇效，不用多费口舌，吓一吓，她们自个儿就像水壶一样往外倒了。比起晏三合一点一点深挖，三爷这一套更省时省劲儿。

屋里陷入了短暂的寂静。

谢知非半盅茶喝完，才温声开口："清竹，你和我说句实话，放心，不管你说什么，我都是左耳进，右耳出，只当没听过，也不会往外吐半个字。"

三爷没等到清竹开口，却等来了李不言意味深长的一眼。

看什么看，这一招叫攻心为上，李大侠好好悟悟。

"大人，"清竹声音有些哽咽，"不瞒你说，如果是我，我死了也想穿件俗人的衣裳，可惜我不敢。"

谢知非语气又柔了一点："为什么不敢？"

清竹欲言又止。

谢知非看着她："是不是怕别人说什么？"

清竹用力地点点头："这世上有几个人是真正看破红尘的，不被逼到那个份儿上，谁愿意青灯古佛一辈子？"

这话里带着几分怨气。

谢知非心思一动："你的意思是，静尘的心里其实有对尘世间放不下的东西？"

"至少我觉得是。"清竹喃喃道，"反正……反正……我也是的……"

谢知非没有问她"你放不下什么"，各人有各人的难，佛祖都没点化成的人，他更劝慰不了。

"静尘穿俗人衣裳且要火化的事情，你是知道的？"

"知道。"

"你劝过吗？"

"谁能劝动静尘师姐，她认定的事情，无论如何都会去做。"

"你的意思是说，静尘这人很固执？"

"大人可曾仔细打量过这间屋子？"

谢知非心头一激灵："这屋子有什么特别的地方吗？"

清竹抹了抹眼泪："哪有床头对着门靠着窗的，这从风水上来讲，不大吉利。"

谢知非起身，往厢房里探头一看，果然一眼就看到了那张木板床。坐回原位，他问："静尘她知道这是不吉利的吗？"

"我特意和她说过的，还说过好几回，她听是听进去了，就是不挪。"

"是不相信风水这玩意儿，还是她压根儿就不在乎什么吉利不吉利？"

"她说床这样摆着，春有暖阳，夏有凉风，秋能听雨，冬听雪落，多好啊。"

不知道为什么，清竹说完这话，谢知非脑子里的静尘一下子活色生香起来，不再是那个穿着尼袍安静、寡言的，眼睛如死水一般无波无澜、无喜无怒的木头人。

他记下来，通通记下来，回去一五一十地说给晏三合听。

他起身，虚扶了一下清竹："我叫谢知非，字承宇，谢道之的第三子，以后有什么难处，只管来谢家找我。"

打一记巴掌，喂一颗甜枣，三爷这笼络人心的手段简直了得。李不言再次悟到了谢三爷受欢迎的原因，人精一个呗！

…………

清竹一脸动容地离开，接着进来的便是一位瘦尼姑。瘦尼姑不光瘦，而且黑，不仅黑，眼睛还小，睫毛短得几乎看不见。

这副长相……谢知非竟一时有些判断不出她的年龄。

"叫什么？"

"贫尼妙真。"

"多大了？"

"三十有三。"

谢知非心说，你这张脸长得可真够显老的："在庵里负责什么？"

"负责写字。"

"写字？"

"庵里所有的字，挂庵门上的、挂正堂上的，以及你们看到的佛书佛经，都由我负责写。"

谢知非暗暗惊讶。

那天在树荫下等晏三合的时候，他留意过庵门，上面贴着一副用草书写的对联，笔迹行云流水，不承想竟是眼前这么一个又黑又瘦的人写的。

"你读过书？"

"四书五经都读过。"

难怪她一进门，便不卑不亢，神色淡定，原来是个读过书会写字的女先生。既然是读书人，那就得换个问话的方式了。

谢知非二郎腿也不跷了，脸上也没戾气了，整个人坐得端端正正，一副翩翩君子的模样："李姑娘，拿张凳子请人坐下。"

李不言虽然不明白这人葫芦里卖的是什么药，但还是听话地搬了张凳子，让妙真坐下。

等人坐定，谢知非开口问："你和静尘熟悉？"

"她整理出来的佛经都由我来抄写，水月庵库房里的那些佛经注解是我们两个一起弄的。"妙真道，"别人都说我们是水月庵的黑白双煞。"

一个皮肤白净，一个皮肤黝黑；一个对佛法有悟性，一个对写字有天赋。妙真比静尘小一轮，同一个属相，这么看还真有那么几分黑白双煞的意思。

谢知非噙着笑："在你眼里，静尘是个什么样的人？"

妙真："做事认真，谨小慎微。"

这八个字远远比"话不多"这三个字透露出来的信息量要大。

"做事认真我明白，但谨小慎微又怎么说？"

妙真从怀里掏出几张纸，递到谢知非面前："大人，你看。"

谢知非低头一看，纸上是用瘦金体抄写的一段佛经。

"官爷觉得这字如何？"

"运笔灵动，笔迹瘦劲，好字。"

"与我的字相比，大人觉得哪个更好一些？"

"不分上下，各有特点。"

"这其实是静尘写的。"

"哦？"

这一下，谢知非被惊到了，偏过脸冷冷地看了李不言一眼。

这怪我吗？李不言一脸无辜地撇撇嘴，是庵主说的她的字很一般，那庵主还给三合看了呢。

"你确定这是静尘写的？"

"大人，出家人不打诳语。"

谢知非脑子转得多快："你的意思是，她是故意把字写丑的？"

妙真轻轻颔首。

谢知非的好奇心一下子被勾上来："她为什么要这么做？你又是怎么发现的？"

妙真记得很清楚。

那年二月十九是观音菩萨生日，庵里要帮观音菩萨庆生。她的任务很重，不仅要将庵里旧的字联通通换掉，还要写一堆佛经。

那天夜里，她在灯下写到半夜，实在撑不住，就趴在桌上打了个盹儿，翻身的时候，手不小心碰到蜡烛烫伤了。烫伤的是右手中指和食指，写字根本使不上劲儿，她自己给自己缠了块纱布，咬牙硬撑着，但很快就被磨出了血。十指连心，是真疼。

谁也没瞧见，只有静尘注意到了。静尘把厚厚一沓抄好的佛经递给她，她这才发现原来静尘的字是出众的。

"事后，我还特意问过她，一笔那么好的字，为什么要藏起来？"

"她怎么说？"

"她说，人还是傻一些笨一些好，否则容易遭人嫉妒。"

谢知非想着庵主至今不曾放下的嗔念，突然问："你们庵里嫉妒她的人很多？"

"我觉得没有。"妙真拨弄着佛珠，"出家人一心向佛，戒的就是这些尘世里的七情六欲，嫉妒就是嗔，连个嗔都戒不掉，那修的是什么行？"

"所以在你看来……"谢知非半眯的双眼突然睁大，"静尘是过分小心了？"

妙真只觉得两道冷光从男人的黑眸中射出，像肃杀的匕首，直刺入她的心口："这……"

"说。"谢知非看着她，眉峰往前逼近几寸。

李不言看着妙真额头冒出的冷汗，这才明白三爷对这人用的是先礼后兵。不同的人用不同的问话方式，呵，贼啊！

妙真被谢知非的视线逼得无所遁形，沉默良久，道："我觉得……她可能是怕麻烦吧。"

谢知非："为什么这么说？"

"我知道她写得一笔好字后，就求她写一段佛经给我，求了好几年，她才写给我这么一段。"妙真道，"还特意交代说，'万一被人发现了，你就说是你自己写的。'"

那么还有一种可能，是静尘不想让别人通过她的字找到她在尘世间的身份。想到这里，谢知非重新拿起纸，认认真真地看起这笔字来。

瘦金体是某朝的皇帝所创，运笔灵活快捷，笔迹瘦劲，至瘦而不失其肉，用父亲的话说，练这种字体的人个性极为强烈，而且独特。

都说字如其人，文如其人。字和文章都是渗透在一个人的骨子里、血肉里的，不是静尘用一件尼袍就能刻意掩盖住的。

"妙真，你因何出家？"他突然问。

"说来官爷也许不信，我抓周就是抓的一串佛珠，六岁时母亲带我去寺庙，我指着寺庙里的佛像说，我见过它们。"说起往事，妙真的神情稍稍放松了一点，"回去后就生病，怎么也看不好，有和尚说这孩子须得养在庙里，才能养活。十岁时我就来了水月庵，先是带发修行，倒也没病没灾。但只要我动了还俗的念头，病啊灾啊就来了，后来索性就出家了。老庵主收我进门的时候，说我上辈子是菩萨跟前的人，这辈子到尘世间就是来修行的。"

"你读过书，字写得好，可见出家前家境不差。"

"倒也谈不上多好，但至少从不为生计发愁，家里一年施粥两次，算是积善行德。"

问到这里，再无可问的话，谢知非摆摆手，示意妙真可以离开了。

李不言等人走远，一脸好奇道："三爷，这一位怎么不让她去谢府找你了？"

谢知非一副"你是不是傻"的表情："她家都能施粥了，还来找我做什么？"

李不言一噎，不服气，又问道："那三爷从这人身上问出了哪些名堂啊？"

谢知非懒洋洋地伸出两根手指："第一点——"

"什么？"

"静尘出家前家世也是好的，甚至要好于妙真家里，否则练不出那么一笔瘦金体，养不出那么一双漂亮的手，更不会留意春阳、夏风、秋雨、冬雪这些无关生计的东西。"谢知非微笑，"李大侠，可对啊？"

李大侠点头表示：三爷，你很有几把刷子。

"第二点，她来到水月庵后，事事谨小慎微，刻意藏拙，为的是不引人注目。"谢知非摸摸下巴，眼神有些飘，"由此可见，她在出家前经历过翻天覆地的人生变化，说不定是从人生的最高处跌到了最低处。嗯，还有一点……"

还有？李大侠瞪大了眼睛。

"既然练瘦金体都是颇有个性的人，那么这个静尘在出家前应该不会太循规蹈矩。"谢知非手托着脸颊，"李大侠，你觉得呢？"

李大侠回了他一记皮笑肉不笑："我觉得……你和我们家小姐一样，都是狐狸投胎。"

没错，一只公狐狸，一只母狐狸，天生配一对。谢知非缓缓地勾出一记笑，这笑还没扬到眉梢，朱青便走进屋里。

"爷，都问过了，请过目。"

谢知非接过纸，一张一张翻过去，越往后翻，心越往下沉，答案惊人地一致，他们最深刻的记忆都是静尘给他们讲解佛法，无一例外。他把这些纸，连同静尘抄的那几张佛经一同收起来。

"在庵里随便用些斋饭,下午再找几个人问问。"

"是!"

话音刚落,就听外头有人呼天抢地地喊着跑过来:"爷,三爷,我的三爷哎……"

谢知非起身,这声音是他院里的小厮顺才。

顺才冲进来,气喘吁吁道:"三爷,可了不得了,小裴爷瞒着裴家二老到谢府提亲,大奶奶叫你赶紧回去劝一劝。"

谢知非一屁股跌坐在板凳上,呼哧呼哧,气都喘不匀了。

李不言却扑哧一笑:"哟,裴大人这看人的眼光……可以啊。"

…………

太医院,也有一个小厮呼天抢地地冲进来:"裴太医,大事不好了,大事不好了啊。"

裴寓正在配药,身为太医,这种呼喊声听得太多,他连眼皮都没抬一下。等小厮跑到近前,他一脸淡然:"说吧,你们家又有谁病危了?"

小厮抹了一把脸上的汗:"裴太医,您可快去瞧瞧吧,小裴爷他……他……"

"他病危了?"裴寓手上的动作一滞。

"小裴爷不是病危,他带着媒婆上谢府提亲去了。"

"提亲?"裴寓有些蒙,"向谁提亲?"

"老太太的远房亲戚,我们府上的晏姑娘。"

哗啦,药草撒了一地。

裴寓拎起衣角,像阵风一样冲了出去,小畜生啊,他这是要把他亲老子活活气死啊!

…………

静思居。

晏三合这会儿脑子里嗡嗡直响,什么话也听不见,眼前都是重影。

提亲?裴明亭?

裴明亭?提亲?

谢总管看着眼前木愣愣的少女,心头一万个不是滋味。

虽说这晏姑娘脸是臭了点,话是少了点,性子是冷了点,家世是薄了点,但不知为何,他竟生出一朵鲜花插在牛粪上的感觉。可明明提亲的人是小裴爷啊,裴寓唯一的嫡子,百药堂的继承人。

谢总管狠狠掐了自己一把:"姑娘,这事您看……"

"你去把裴明亭给我叫来。"晏三合终于回了神。

第四十五章
嫡庶

裴明亭再次走进静思居，气势都不一样了，颇有几分理直气壮，跟回自个儿家似的。

汤圆迎出来："裴爷。"

"姑娘呢？"

"在屋里。"

裴明亭往前走几步，又停下来看着汤圆。别说，这丫头看着就比李不言要讨喜，至少将来他和三合拌嘴时，不会把剑横在他的脖子上。嗯，这人一定要陪嫁到裴家去。

裴明亭走进堂屋，他的心上人坐北朝南，一双黑眸正淡淡地看着他。

真是怎么看怎么赏心悦目啊，裴明亭精气神一下子提了起来，笑得露出一口小白牙："三合，找我来做什么？"

"裴明亭，你是不是闲的？"

看看，受了惊吓不是？也不怪她受惊吓，我小裴爷这么好的条件，哪个女子被我相中了，都会自我怀疑一番。

"哪里闲，我这几天都快要忙死了。"裴大人看她一眼，"三合啊，王媒婆是京里顶有名的媒人，就没有她牵不了的线，搭不上的桥，为了请她，我可是三顾了茅庐。"

晏三合一时时心情复杂："所以，你是当真的？"

"谁会拿自己的婚姻大事作假？"裴笑上前一步，眼中柔情万分，"晏三合，在娶你这件事情上，我裴明亭比真金还真。"

"你——"

"你别忙着说话，先听我跟你说三件事。"裴笑伸出一根手指头，"这头一件事，我升官了，右善世升到左善世。"

晏三合："有什么区别吗？"

"有啊。"裴大人一脸骄傲，"现在整个僧录司，我说了算。"

"然后呢？"

"然后，我就成了四九城里最年轻的五品官，将来前途不可限量。"这些话，裴笑在心里字斟句酌地盘算了很多遍，"三合，以后你就是堂堂正正的官太太，等过几年，我的官再做大点，就能帮你请个诰命，这辈子你见着谁，都能抬头挺胸。"

了不起，裴大人！晏三合竟无言以对。

裴笑伸出第二根手指头。

"我是我爹的嫡长子，虽说后面还有个庶出的，虽说我对医术一窍不通，但我爹说了，家业还是要传到我手上的。"裴笑道，"裴家的百药堂，除了京城，咱们华国还有四十八家分铺。"

嗯，你裴家家大业大！

"人吃五谷杂粮，这病啊痛的少不了，也谈不上日进斗金，但这辈子吃香的喝辣的是一点问题也没有，最主要的是，咱看病不求人啊，都是别人来求着咱们。"

晏三合算听出来了，官太太是给她地位，百药堂的东家是给她银子。有了地位，有了银子，她还有什么拒绝的理由？

裴笑笑眯眯地再伸出第三根手指。

"我这人平生不好女色，勾栏听曲那都是逢场作戏，当不得真。只要咱们成了亲，什么通房，什么小妾，什么姨娘，通通边上去，我就守着你一个。"裴笑越想，心里就越美，"将来咱们生个一儿半女，男娃传宗接代，女娃帮她寻个好人家，这日子过得既踏实，又称心如意。"

晏三合："……"是称心如意，连下一代都想到了。

"最后我还得多说一点。"裴笑这回指了指自己，"长相一表人才，气质卓尔不凡，心中更是有大义与大爱，别说四九城，就是整个华国，打着灯笼也难找，晏三合，你好福气啊。"

我谢谢你啊！晏三合目光越过卓尔不凡的裴大人，看向正在门槛外竖着耳朵偷听的谢总管："谢总管，裴家来了几个人？"

"回晏姑娘，就小裴爷和王媒婆两个。"

两个？晏三合瞬间就明白了是怎么回事，这人是瞒着父母长辈自个儿偷偷跑来的。

大门大户里的婚姻，那都是要拿一杆秤称的，男方几斤几两，女方几斤几两，两相一称，分量差不多，才算门当户对，才能做成好事。一个孤女，一个裴家，差了十万八千里都不止，这就逼得裴明亭不得不来个先斩后奏。

想明白这一点，晏三合再看裴笑的眼神便透着些不一样。傻是傻了点，傲是傲了点，心却是一颗真心。

对真心，晏三合还以真心。她淡淡一笑："裴明亭，'齐大非偶'这四个字，你可听说过？"

就防着你用这个做借口呢。裴笑笑得不以为然："我的字还没你写得好，作画更是不用说，聪明连你的一半都没有，算什么齐大非偶？"

原来这傻小子是这么想的，晏三合不得不拿出撒手锏："婚姻大事，父母之命，媒妁之言，才不算私相授受，可对？"

"对啊，所以我请媒人了。"

"父母之命在前，媒妁之言在后，可对？"

"这……"

"我晏三合虽是一介孤女，却也不是随便之人。"晏三合目光锐利地看着他，"你真有心求娶我，就请府上长辈出面，带着媒人，挑个黄道吉日，拿着拜帖再来。"

裴笑眉头皱起："三合，咱们非得这样吗？"

"非这样不可！"晏三合语气异常坚定，"到时候，我应，或者不应，当场会给你

·609·

一个答复。汤圆,替我送送小裴爷。"

"慢着。"裴笑还没得到晏三合一句话呢,哪里肯走,"三合,你好歹先给我透个底啊,这事你自个儿是什么想法?"

我的想法说出来,怕凉了你的心。

"我这只手从前摸过死人,以后也会摸下去。"晏三合伸出手,"你想与我执子之手,与子偕老,也要先掂量掂量敢不敢握住我这只手,这就是我先给你透的底。"

…………

"晏姑娘当真是这么说的?"

"大奶奶,一个字都不敢掺假。"谢总管缩了下脖子,心说:我只是把死人那一段给瞒下了,免得大奶奶夜里做噩梦。

"真真是个聪明的啊。"朱氏拍拍胸口,把吊在喉咙里的那口气顺下去,"这一番话全了两家人的脸面。"

谢总管深以为然地点点头,但一旁的春桃还没回过神来:"大奶奶,这话怎么说?"

"我问你,如果你是晏姑娘,是应下好呢,还是拒了好?"

"这……"春桃设身处地地想了想,"还真是应也不是,不应也不是。"

朱氏追问:"为什么?"

春桃:"若应下了,万一裴老爷、裴太太不同意呢,岂不是闹得人家裴家鸡飞狗跳。"

朱氏苦笑:"以小裴爷的性子,鸡飞狗跳还是轻的,只怕以后都不得安宁,晏姑娘就成了罪魁祸首。"

春桃深以为然地点点头:"若不应下,小裴爷那么心高气傲的一个人,当场落得没脸,他能甘心?"

"就算他能甘心,他身后的二老也不会甘心。"朱氏,"裴家是什么家世,晏姑娘又是什么家世,我儿子相中她,那是她祖上积来的德,她倒好,一口拒了,这可不光是在打小裴爷的脸,也是在打整个裴家的脸。"

春桃惊得朱唇微张。

"晏姑娘是老太太的故人,如今住在咱们府里,她打裴家的脸就是咱们谢府打裴家的脸。她成了罪魁祸首,就是咱们谢家成了罪魁祸首。"朱氏幽幽地看着谢总管,"谢、裴两家要好了几十年,从来都是你敬我一尺,我敬你一丈,只有说两家越来越要好的,没的说因为一桩亲事而闹得一拍两散的。谢总管,我说她全了两家人的脸面,有没有错?"

"大奶奶说得半点没错。"谢总管深深地叹了口气。

晏姑娘要求小裴爷拿出父母之命,就是让他们一家三口自个儿商量去,又摆出自个儿与死人打交道的身份,也是婉拒的意思。不仅全了两家人的脸面,也给了小裴爷暗示,就是不知道小裴爷能不能听明白。

春桃这时才算恍然大悟："从前只觉得晏姑娘做什么都淡淡的，不太好相处，不太好说话，如今我才发现，她不是不会相处，不会说话，她是懒得与咱们相处，与咱们说话。"

"什么懒得，是不屑。"朱氏纤手戳了一下春桃，那孩子什么话能说，什么事能做，心里透亮着呢。

就在这时，有小厮突然跑到谢总管跟前，一通低语。

谢总管听完，忙躬身道："大奶奶，裴太医、裴夫人来了。"

朱氏黑亮的双眸一转："既然裴太医来了，那你也赶紧去把大爷叫回来吧。"

"是。"谢总管匆匆离去。

春桃左右看看，见四下无人，才敢低声问："大奶奶，你说这桩婚事能成吗？"

朱氏摇摇头："绝无可能。"

…………

裴寓夫妻进了谢府，一个往谢老大的书房去，一个往内宅去。

裴夫人今年三十有九，保养得极好，若不是因为季家的事情，眼角急出几道皱纹，鬓角生出几根白发，看上去还得更年轻些。

一进门，季氏便对老太太喊："哎哟，我的老祖宗，你瞧瞧那孩子，做的那叫什么事，快，给我拿个蒲团来，我给老祖宗磕头赔罪。"

老太太活了一把年纪的人，话说得也是滴水不漏："也不是什么大事，咱们都是从年轻过来的，谁年轻的时候不冲动一回两回？来人，上茶。"

一个高高提起，一个轻轻放下，正堂里的气氛一下子活了起来，哪还有半点尴尬？

季氏坐下，一边用茶盖拨茶叶，一边抬起目光扫了扫。

吴氏忙挥了挥手，示意下人们都退出去。

季氏等人走远，才放下茶盖，掏出帕子，抹了抹眼角："老祖宗，当真是一点风声都没透给我们啊，你说说，现在的孩子胆子怎么就这么大呢？"

老太太笑笑："那孩子也是个直肠子，心里藏不住事。"

"心里藏不住事，也不能乱来啊。"季氏埋怨了儿子一句，"老祖宗，事情到了这个份儿上，我也只能和你敞开天窗说亮话。"

老太太早在季氏进门后说第一句话时就已经摸出她的心思，脸上却不动声色："你只管说。"

"按理，晏姑娘帮过季家，只冲着这一点，我就该称了那傻孩子的心，更不用说晏姑娘要长相有长相，要学问有学问，还是个顶顶聪明的。"

老太太一听这话，竟比夸她自个儿还觉得舒服。谁说不是呢？晏行的孙女，除了家世差一点，别的那都是拔尖的。

"但裴家不比别家。"季氏话锋一转，脸色苦了下来，"老祖宗你是知道的，我家老爷能坐镇裴家，靠的是他一身实打实的本事，否则按规矩，哪轮得到他当家做主？"

·611·

裴家的家事，老太太知道得一清二楚。

裴家四个兄弟，裴寓就占了一个"嫡"字，他上头还有一个嫡亲大哥，下头有两个庶弟。裴家老太爷是见裴老大在医术上实在不成器，裴寓却又天赋极高，这才把家业传到了他手上。

为此，裴老大对自家亲爹恨入骨髓。是裴寓主动把百药堂的股份让出一成给自家大哥，才算安抚住裴老大。

可惜风水轮流转。明亭那孩子半点都没遗传到他老子在医术上的天赋，反而族里的其他几个孩子，还有裴寓的庶子，颇有青出于蓝而胜于蓝的意思。

"老祖宗啊！"季氏一想到儿子没出息，便恨得牙直痒，"要是族里那几个有天赋的孩子坐上家主之位，我也就算了，但那个人，我是万万算不了。"

裴太太口里的那个人正是裴寓的庶子，只比裴笑小几个月，生母是裴家老太太的娘家人，姓钱。

老太太偏心大儿子，又不敢违背男人的意思，只好暗地里给老二使使绊子。

钱姨娘被抬进门后，仗着老太太偏宠，又生了个儿子，气焰一度十分嚣张。要不是季家的门第摆在那儿，钱姨娘甚至起了取而代之的心。

整整十年，季氏在老太太手下没过什么好日子，也被钱姨娘气得不轻，唯一顺心的，就是裴寓行事周正，事事处护着她。

老太太一死，季氏把钱姨娘狠狠地收拾了一番，才算过了几年舒心日子。哪晓得，随着庶子在医术上天赋的展露，钱姨娘的野心又冒头了。

…………

书房里，裴寓的话更是直截了当："明亭的婚事，我们夫妻二人早有打算，女方的门第相比裴家只有高，不能低，我不能让他一个嫡出的最后被庶出的生生压一头。"

谢而立听这话里的意思，问道："裴叔已经决定要把裴家的家业交到明亭手上？"

"他居长居嫡，交到他手上，才是正理。"裴寓想着这些年自己的处境，脸色前所未有地坚定，"谁说当家人就一定要是医术好的，明亭做着官，好歹也是个正五品，总能帮衬到家里。再加上岳家的助力，家主的位子他能坐得稳稳的。"

谢而立点头："裴叔思虑得周全。"

裴太医叹了口气："父母爱子，必为之计深远，我当年如果没有岳家的助力，我母亲、我大哥岂能服我？不知道得闹出多少幺蛾子。"

正因为裴太医尝过其中的好处，所以才会一门心思想为儿子选个好岳家。晏三合虽说是谢家人，但到底不是亲的，娶她进门根本服不了众。

"裴叔是否已经有了人选？"谢而立问。

"左右不过那几个公侯府的嫡女。"裴太医眉头紧蹙，"若不是季府的事情，媒人早上门了，好在明亭前几日升了官，他自个儿腰板挺起来，没了季家一样能成事。"

"既然已有这样的打算，裴叔还是早些和明亭交底的好。"

"早就跟他提过，这小子转个身就忘，压根儿没往心里去。"

·612·

谢而立笑笑，心说那还不是被你们夫妻宠出来的。

裴寓变了变脸色："那晏姑娘那头……"

"裴叔别急。"谢而立把晏三合的话一五一十地说给裴寓听。

裴寓听完，唇角微张，叹了一声："是个通透的，可惜，可惜啊。"

…………

晏三合通透吗？并不，只是有自知之明。更何况她早就和李不言商量好，自己的根儿找不着，绝不谈婚论嫁。

这会儿她正眼巴巴地盼着谢知非他们回来，好让她有事情做，否则这寸步难行的日子可太难熬。

她正盼着，人就回来了，但只有李不言一个人。

李不言见到晏三合第一个动作，就是抱起双臂，似笑非笑地倚在桌旁。

晏三合一看她这副表情，便问："你都知道了？"

"否则能这么急地赶回来？快说说，你是怎么回他的，我快好奇死了。"

晏三合重复了一遍。

李不言听完，愣了好一会儿，突然笑道："晏三合，这不是你一贯的做派啊。"

"我一贯是什么做派？"

"你会直接对他说……"李不言学着晏三合的语气，"这位壮士，神婆不是你能肖想的，我给你指一条活路，赶紧回家找爹娘去吧。"

晏三合再也忍不住，扑哧一声笑了。

李不言心中蓦地一跳，也难怪裴大人要先斩后奏，她笑起来当真好看极了，眼仁比星星还亮。

"得了，不说这个，水月庵如何？"

"汤圆，劳烦给我端一碗冰镇的酸梅汤过来，这鬼天热死了。"

"来了，姑娘。"

一碗酸梅汤喝完，李不言浑身舒畅，便把今天跟在三爷身边听到的、看到的一一道来。末了，她从怀里掏出一沓纸："小姐，你看看吧，这才是静尘真正的笔迹。"

瘦金体？晏三合一个字一个字看过去："这个静尘打小应该不是什么循规蹈矩的人。"

"巧了，三爷也是这么说的。"

晏三合一怔，蹙眉看着李不言。李不言撇撇嘴："看我做什么，他就是这么说的啊！"

"他人呢？"

"刚到府里，就被谢总管拦住了，估计是去劝某人了吧。"

"不言，抱我去书房。"

"干吗？"

"我来临一临这个字。"

字如其人，每一幅字都是书写者当时心情的映照，心情不同，字就有细微的不同。
　　"我的小姐啊，你可真沉得住气，换了我，怎么着也得到外头去瞧瞧热闹。"李不言道，"更何况这个热闹还是关于我自己的。"
　　"我在看热闹的同时，他们也在看我。"晏三合冷笑，"何必自己给自己搭个戏台呢！"
　　…………
　　世安院，裴明亭一巴掌拍在桌上："这日子，小爷我不过了。"
　　你还有脸发火？谢知非难以置信地看着他。他原本以为晏三合的态度说明了一切，这小子受几次挫，怎么着也得知难而退，结果倒好，还越挫越勇了。
　　"裴明亭，"谢知非连名带姓地喊，决定一盆冷水泼过去了，"弄出这么大的动静，你是先斩后奏了，可有想一想晏三合的处境？"
　　"我还要想她的处境，她不应该很开心吗？"
　　"那是你以为，凡事总要讲个你情我愿，你可曾问问她愿意不愿意？"
　　"这种事情哪好问啊，人家姑娘家脸皮薄，会害羞。"
　　"晏三合是那种会害羞的人？"谢知非冷笑一声，"你裴明亭就是脱光了站在她面前，害羞的也只会是你，不是她。"
　　裴明亭看了看身下，好像是的哎。
　　"这是其一。"谢知非点点他的脑袋，"其二，你行事之前为什么不来问问我？"
　　裴明亭不服气："怎么，小爷我的婚姻大事还得经你点头同意？"
　　"你来问我，我就会告诉你，晏三合答应留在谢家之前和谢家约法三章，"谢知非道，"其中一条，便是她的婚事只有她能做主，谁都不能干涉。"
　　裴明亭一拍脑袋："哎呀，那我提亲提错了人，我应该直接向她提的。"
　　"你……"谢知非别说气笑，真能被这人气得哭出来。
　　"行了，我知道错了。"裴明亭用肩膀碰碰谢知非。从得知爹娘急吼吼地冲到谢府，他其实就知道错了。
　　他小裴爷不是转个身就忘了，更不是没往心里去，恰恰相反，他心里明白着呢。他的婚事，不仅爹重视，娘重视，赵怀仁说不定也早有安排，总而言之一句话：谁都会称心，但就是不会让他称心。
　　可人活一世，多不容易啊，胡三妹年轻的时候还为一个吴关月折腾呢，他们俩那才叫一个地下，一个天上。怎么，到他小裴爷这里，他就应该认命了、妥协了，连个挣扎都没有，就乖乖进洞房了？那多没意思啊。
　　"谢五十，"小裴爷耷拉下脑袋，声音压得很低很低，"我查不到她的来龙去脉，心里慌，就想为自己搏一搏，我没想她的处境，是没时间去想，来不及了。"
　　谢知非神色大变："你派出去的人已经回来了？"
　　裴明亭老老实实地点点头。
　　"什么都没查到？"

裴明亭又点点头。

谢知非一时心里哽得厉害："这丫头难不成是从石头缝里蹦出来的？"

"你这话，和我想到一处去了。"裴明亭"啧"了一声，"还有那个李不言，也什么都查不到，我有时候夜里想一想，都觉得瘆得慌，她们俩不会都不是人吧！"

亏你想得出。谢知非刚要呵斥，便听外头有人喊道："小裴爷，裴老爷、裴夫人要回去了。"

裴明亭可怜巴巴地看了谢知非一眼："我先回去，水月庵的事情回头再说。"

"我送你。"

两人走出院子，裴明亭突然停下来："谢五十，你帮我给晏三合传个话，只要她应下，我就敢为她把天都捅破。"

"这会儿你也不怕她是鬼了？"

"是鬼我也喜欢！"裴明亭一脸鄙视地看着他，"算了，这种感觉你不会懂的。"

谢知非："……"

"别送了，你伤还没好透呢。"

谢知非看着这人的背影，又是想打死他，又替他觉得怅然。

正所谓兔死狐悲，明亭做不了主，那么他呢？他能吗？答案从大哥大嫂就可窥见。

大哥大嫂成婚前，其实都有暗自喜欢的人，但谁也扛不过"父母之命"这四个字。虽然这几年夫妻二人看着举案齐眉，但只有他这个最亲的人知道，大哥大嫂其实活得都很憋屈。

朱青看着三爷一动不动，像魔怔了一样，忙劝道："爷，回吧。"

"嗯。"谢知非一转身，忽然看到几个婆子探头探脑，脸色倏地一沉，"朱青！"

"爷。"

"去把谢总管叫来。"

"是。"

谢总管一听三爷找，小腿跑得噔噔噔的："三爷，你找老奴有什么吩咐？"

谢知非凉飕飕地看他一眼："来，摸摸我心口。"

谢总管哪敢伸手，看着主子的脸色："三爷这是……心口不舒服？"

"对，找你来揉揉。"

谢小花多精明一人，忙凑近了："爷心口不舒服，一定是老奴有什么地方做得不对，爷只管说，老奴这就改。"

谢知非掏掏耳朵，故意拉长了调："我这人呢，听不得闲话。"

闲话？谁的闲话？谢小花眼珠骨碌一转，想到今日小裴爷的举动："三爷放心，谁敢把小裴爷的事情往外透一丁点，我就撕烂他的嘴。"

"就小裴爷吗？"

谢总管抓狂了，除了小裴爷，还有……对了，静思居那主儿。

"三爷放一百个心。"谢总管忙道，"姑娘家的闺名顶顶得要，老奴一定约束着底下的人，谁要是敢说晏姑娘半点不是，我就打断他们的腿。"

"你办事，我是放心的。"谢知非冲谢总管一笑，笑得特别和蔼可亲，"去吧，拿出点手段来，否则，庄上那个挑粪的空缺就是你谢小花的归宿。"

谢小花："……"

…………

一个人要沉下心来做事，外头的闲言碎语是入不了耳的。

几页纸临下来，晏三合又让李不言把她抱回竹榻上，伤脚不能下垂的时间太长，还得把它架起来。

"静尘在写这几张佛经的时候心不算太静。"晏三合揉着发酸的手腕，"她是在用写字强压下心头的情绪。"

李不言："就像你现在这样？"

晏三合点点头："所以你看她字的收笔，都有一点点偏急，如果她情绪是稳定的，绝对还能写得再好一点。"

李不言凑过头看了又看，也没看明白什么叫收笔偏急。

"谢三爷的判断是对的，她就是高门大户里的人。"晏三合道，"一会儿你跑一趟，劳烦他查一查十八年前，京中高门大户，官宦人家，有没有妇人出家为尼。"

"不用劳烦，他人在。"李不言推开窗户，冲外头站着的人笑了笑，"三爷，在窗下偷听，可不是君子所为。"

谢知非十分淡定："李姑娘看我像君子吗？"

李不言："……"你不像君子，你像个登徒子。

谢知非迎上晏三合的目光："我已经让兵马司的人去查了。"

晏三合没有掩饰吃惊，眼中都是赞扬。

"京城不大，高门大户也就那么几百家，不出三天，一定会有结果出来。"谢知非道，"可惜没有静尘的画像，否则，能更快些。"

"辛苦，谢了。"

晏三合说得真心实意，偏他觉得不够："晏三合，就这一句可太轻薄了。"

有了前面那颗青枣，晏三合料定他不会太过分："说吧，怎样才能不轻薄？"

"那就……"谢知非嘴角上翘，那股坏劲儿又起来，"说说为什么拒了小裴爷？"

晏三合十分淡定地回他："不喜欢，不高攀，不委屈。"

"不委屈谁？"

"自己。"

"不喜欢谁？"

"他。"晏三合看着谢知非，夕阳将他的眉眼映得俊朗而温柔，"三爷还有话要问吗？"

三爷用手揉揉鼻子，笑了，笑得都有些站不稳。好像怀里原本揣着一个宝贝，然后被人瞧上了，差一点抢走，结果闹半天，那宝贝稳稳的，还在他怀里揣着呢。

"没话了。"谢知非硬生生地收了笑,一本正经道,"我在回来的路上,帮你想了想锣的几个用法,你要不要听听?"

晏三合还没回答,李不言眼睛便瞪大一圈。她在回来的路上,净想着晏三合和小裴爷那点事了,他谢三爷竟然还有心思想这些?

"想听,你说。"

"丧、葬、嫁、娶,那是一定要用到的。除此之外,皇帝巡视、大官出行也需锣鼓开道;秀才中举,家有红白喜事都会敲锣;就是街头卖拳卖艺的,上来也先是一通锣声。"谢知非道,"对了,唱戏用的是小锣,鼓点子一敲,小锣声一起,这戏就算开了场。等你脚好了,哪天我带你听戏去。"

最后一句话,晏三合压根儿没听见,她脑子已经转开了。能听到锣声的地方可太多了,哪一种锣声才是静尘念念不忘,以致心念成魔的呢?

"哟,又是这么巧,三弟也在?"

这不是太巧,这是阴魂不散。谢知非眼中的锋芒一闪而过,他转过身,笑得一脸和气:"二哥啊,好久不见。"

是好久不见。他不过是去保定府做了一笔买卖,十天不到的时间,一个伤了,一个瘸了,还有一个……疯了。

谢不惑看了眼身后,乌行忙上前把纸包塞到汤圆手中。

"这是保定府的蜜饯,给晏姑娘解解闷。"谢不惑说完,也走到窗前,看着竹榻上的晏三合,一脸惋惜,"不知道姑娘的脚伤了,否则就买些那边的跌打膏药回来,听说药效是好的。"

晏三合一领首:"多谢。"

李不言莞尔一笑:"两位爷要不都进屋喝盅茶吧!"堵着窗户实在不像样。

谢二爷:"不必了。"

谢三爷:"好啊。"

三爷微笑着,语气不咸不淡道:"二哥怎么来了就走啊,也不进屋里坐坐?"

二爷回以不咸不淡的语气:"刚进府,衣服也没换,长辈也没见,去晚了怕失了礼数。"

谢三爷听了这话,用一种非常奇怪的眼神看着谢二爷,只是一眼,便从窗户边走到了正堂:"汤圆,这蜜饯金贵,都是二爷的一片心意,你可不能偷吃。"

汤圆一张圆脸涨得通红,瓮声道:"谁偷吃了?三爷别冤枉人。"

"笨,我这是好心提醒你。"谢三爷敲她脑袋一下,又冲屋里喊,"那个谁,说好给茶喝的呢,茶呢?"

李不言表情扭曲了一下,赶紧跑出去冲茶。

谢不惑像没有听到老三那几句话,依旧一脸温和道:"晏姑娘好好养伤,等我见过长辈,再来陪晏姑娘说说话。"

"多谢。"晏三合依旧是不冷不热的两个字。

·617·

二爷一走，三爷茶也不喝了，与李不言说了两个字"有事"，便扬长而去。

李不言捏着一把茶叶，收起来难受，冲泡开来也难受。愣了半晌，她索性把茶叶一扔，揪住正把蜜饯收起来的汤圆，恶狠狠道："说，你们家二爷和三爷到底是什么仇，什么怨？"

汤圆惊了一跳："左……左不过是嫡啊庶的那些。"

"不可能。"李不言面露狠色，"你和我说实话。"

汤圆头摇得跟拨浪鼓似的："姑娘，奴婢真的不知道啊，只知道三爷不怎么待见二爷，不止三爷，大爷也不待见。"

"不言，听说谢总管晚上都是一个人睡，要不……你问问他去。"

"好主意。"李不言松开汤圆，把头探进房里，"小姐，斯文地问，还是粗鲁地问？"

"看他表现。"晏三合眼里有冷笑闪过。

本来她不好奇，见谢老二闹这么一出，不好奇也好奇了。他衣裳没换，长辈没见，听到她受伤就跑来了，偏偏另一个受伤的就在他面前，还是手足兄弟，他却只字不问。她一介孤女何德何能？

…………

青石路上，主仆二人并肩而行。

"二爷这一趟去静思居有些冲动了，至少也该问一问三爷的伤。"乌行看着主子的脸色，小声道，"三爷刚刚瞧二爷的眼神很不善。"

"怎么着，全天下的人都得围着他谢老三转啊？"谢不惑冷笑，"问他的人排着长队呢，用得着我那点虚情假意？"

"这不是做给老爷和老太太看的吗？"

"反正他们看见了也只当看不见。"谢不惑冷笑一声，便往木香院去。

柳姨娘听说儿子回来，已经站在屋檐下等着。

谢不惑上前行礼。

柳姨娘看着儿子风尘仆仆的样子，笑道："酒菜都备下了，就在姨娘房里用些吧。"

"好。"

母子二人进到里间，小圆桌前早就坐着俏丽的谢婉姝。她一见着自家亲哥的面，小嘴一嘟，小手一伸："我要你带的蜜饯呢？"

"急急忙忙赶回来，没时间了。"谢不惑掀衣坐下，"一回来就听说小裴爷上门向晏姑娘提亲，姨娘，这是怎么回事？"

柳姨娘帮儿子斟酒："听说是瞒着长辈过来的，这会儿又被拎回去了，小裴爷这回行事有些鲁莽。"

那小子可不就是鲁莽吗？谢不惑抿了口酒："老三的伤和晏姑娘的脚又是怎么回事？"

"三哥是被徐家人打的，晏姑娘的脚是自己扭的。"谢婉姝声音又脆又甜，"我和姨娘一个个都去瞧过了，没什么大事。二哥，徐家倒台了，欺负我的畜生听说进了锦衣卫受审，真是活该。"

谢不惑知道这事没这么简单："哥知道了，用饭吧。"

谢婉姝却没动筷子，手托着腮，道："二哥，小裴爷怎么相中了晏姑娘？一个性子躁，一个性子冷，不配啊。"

谢不惑看了妹子一眼，没说话。

"再说了，门第上也差了十万八千里。"谢婉姝轻声叹了口气，"不过这会儿，我倒有些羡慕晏姐姐的福气了，命怎么就那么好呢，得了小裴爷的青眼。"

啪！谢不惑手里的筷子往桌上重重一拍："堂堂谢府二小姐，这话是你该说的吗？"

"哥，我说说怎么了？"

"你这样说，不仅显得你蠢，还显得你眼皮子浅。"

"我——"

"你什么你？"谢不惑，"我早就和你说过了，和晏三合亲着些，亲着些，你倒好，平白无故还嫉妒上了。"

"我嫉妒了吗？我……我……"谢婉姝急得眼泪掉下来，"我就是觉得她命好，什么堂堂谢府二小姐，我还不如她命好呢！"

谢不惑："你哪里命不好？"

"……也没个嫡子向我提亲啊！"谢婉姝眼泪汪汪，"哥都二十二岁了，按理早该成家立业，也没见着谁为哥打算打算，庶出的命就是不好，难道我说错了吗？"

谢不惑噌地站起来，冷着脸冲柳姨娘道："姨娘好好管教管教，再这么胡言乱语下去，总有一天会给我们二房惹祸。"

说罢，他拂袖而去。

屋里传来谢婉姝嘤嘤的哭泣声，还有姨娘低声的安抚，听在谢不惑的耳中，与这燥热的天气一样，让他心头的火一股一股涌上来。

"二爷，"乌行上前，从怀里掏出一封封了口的信，"刚刚门房送来的。"

"谁的？"

乌行看了看四周，掩着嘴道："杜姑娘。"

杜依云？谢不惑眉头微微一皱，把信收入袖中，若无其事地回了书房。

油灯点亮，他从袖中掏出信，展开一看，这么热的天，他竟然生生打了个寒战。

…………

折腾了一夜的谢府终于安静下来，谢总管拖着两条疲倦的腿走回自个儿院里。

心腹小厮早已备下热水和饭菜，见人回来，笑道："总管是要先沐浴，还是先用饭？"

"一身臭汗，先沐浴。"

"是。"

浴桶在净房，谢总管那体格往下一坐，水哗啦啦漫了一地。

"舒服啊！"几乎是他叹出这三个字的同时，一把冰冷的软剑横在了他的脖子上。

谢总管吓得一抖，浑身的血都凝住了。

"别怕，是我，李不言。"

谢总管哗啦转过身，眼中都是难以置信。

李不言和他大眼瞪小眼，瞪了片刻后，莞尔一笑："问个问题，总管大人老老实实回答，咱们就相安无事。"

谢总管扯着发紧的喉咙："要是我不呢？"

李不言轻轻笑起来："那谢总管可就是第二个徐晟，要不要试试啊？"

"问！"

"谢府二爷和三爷是什么仇，什么怨？"

谢总管简直哭笑不得，搞出这么个阵仗，还当她要问什么惊天秘密，哪知竟是问这事。

"一个嫡，一个庶，一个得宠，一个不得宠，这仇不就这么结下来了吗？"

"谢总管，你当我是三岁小孩吗？"李不言把长剑逼近一寸。

"你……你急啥？"谢总管浑身哆嗦着，"我这不正要往下说吗？"

"快说！"

"三爷小时候生过一场大病，差点死掉，是二爷使的阴招，让三爷在大冷的天淋了半个时辰的雨。"谢总管说，"三爷当时那个身子，别说淋雨，就是少穿一件衣裳都不行。"

谢总管永远记得三爷那副落汤鸡的样子，冻得瑟瑟发抖，脸都是青紫色的。

见着他，三爷像蚊子一样喊："小花，我冷，你抱抱我。"

谢总管的心都要疼得碎掉了，赶紧上前抱住他，拼命往家中跑。那一路，谢总管感觉自己怀里像抱了一个冰锥子，一点热气都没有。

"从那以后，这仇就结下了。"谢总管叹了口气，"也不怪老爷、老太太都不喜欢二爷，这孩子阴损得很。"

竟是这么回事。那回去我得提醒小姐，离谢家老二远一些。李不言收了剑："谢总管，原来你真名叫谢小花啊！"

"你你……你……"谢总管浑身颤抖着，心说：你再敢叫一声，我挖你家祖坟。

"这名字起错了。"

谢总管："呃？"

"多有得罪，您老别放在心上。"李不言把软剑往腰上一收，"以后我会帮你在小姐和三爷面前说好话的，一堆好话。"

"用得着你……"话刚起了个头，眼前的人影便忽地一闪，带着一阵风，惊得谢总管打了个激灵。

"无法无天的死丫头、贱丫头……"谢总管骂了半天。

…………

古月楼是京城最有名的吃素斋的地方。

这里的掌柜原来是个和尚，后来还了俗，就在京城开了这样一家酒楼。楼有三层，一层是散客，二层是雅间，三层便不是用钱就能订得到的，须得有官家的身份。

谢不惑在伙计的指引下上到了三层，推开其中一间的门，顿时一股凉气扑面而来。

杜依云起身莞尔一笑："二哥，许久不见，快坐。"

谢不惑在她对面坐下，并不说话，目光始终看着眼前的女子，不冷也不热。

有伙计上菜上酒，一切妥当后，倪儿颇有眼色地掩门而去。

这时，杜依云才笑道："二哥，这里的桂花酿很有名，妹妹陪你饮点。"

谢不惑轻轻笑了两声。家里的那位还在为这个人酸，那个人酸，这一位已经有胆量和男人坐在一起，谈天论地了。

他端起酒盅，与杜依云的酒盅碰了碰，然后一口饮尽。

杜依云放下酒盅，柔声唤道："二哥，我实话与你说了吧，我恨谢知非。"

谢不惑自己给自己斟了一盅，慢悠悠道："恨他没娶你？"

杜依云声音微弱："恨他心变得太快。"

"男人的心本来就易变。"谢不惑看着手里的酒盅，笑道，"今儿个朝东，明儿个朝西，依云妹妹难道不知道吗？"

"二哥不恨吗？"杜依云不答反问，"明明是三个兄弟中书读得最好的，却连参加科举考试的资格都没有，成天跟一群乌烟瘴气的商人打交道，算计这个，算计那个。"

谢不惑冷冷地看着她。

"我相信以二哥的本事，只要做了官，必有一番光明的前程。"杜依云神色一悲，"可这世间就是如此不公平，一个'庶'字压得二哥一辈子抬不起头，二哥甘心吗？"

谢不惑依旧是淡漠的样子，叫人看不出丁点喜怒。

"就算二哥甘心，柳姨娘呢？婉姝呢？"

谢不惑突然眉头一蹙，而他这一蹙，杜依云瞧得清清楚楚。

"论长相，论气度，论聪明，论本事，柳姨娘哪一点比不过太太，却还要事事受太太的冷脸，不敢逾越半步。"杜依云摇头浅笑，"婉姝就更可惜了，娇娇柔柔的姑娘家，就因为一个'庶'字，将来的婚嫁……"到这里，她突然话锋一转，"我真真是替她打抱不平啊，连那个来路不明的晏三合都能压她一头。"

谢不惑神色有些惊讶。

"不瞒二哥，小裴爷的事情，我已经知道了。"杜依云直叹气，"这事让我怎么说呢？能配得上小裴爷的根本不是晏三合，而是婉姝妹妹。"

"所以，"谢不惑终于开了口，"依云妹妹的意思是……"

"二哥是聪明人，聪明人做聪明事。"杜依云笑盈盈地看着他，"我唤你一声二哥，是真心把二哥当成自己人。今天这顿饭，我的底都给二哥看到了，二哥不妨回去想一想，自己想要什么。"

"怎么？"谢不惑声音淡淡的，"我想要的就一定能得到吗？"

"得不得到不好说。"杜依云，"二哥只需要记住一点，我和我身后的杜家总是会帮二哥的。"

第四十六章 花魁

"来路不明"的晏三合这会儿正看着衣架上静尘的那件衣裳出神。

贵妇与尼姑之间隔着一片深海,这片深海里一定发生过惊涛骇浪般的事情,才能将两者连在一起。而那桩惊涛骇浪般的事也许就是静尘的心魔。

屋里有动静,晏三合倏地回神。

李不言几乎是扑过去的:"三合,想不到二爷竟然还是那种人。"

"哪种人?"

李不言三言两语就把事情说了个大概。

晏三合听完,半响才道:"恩怨是他们的事,我们还和从前一样,不必冷着,更不必热着。对了,手里还有多少银子?"

"好好的怎么问起这个来?"李不言好奇,"你这人只知道赚银子,银子有多少,怎么花可从来不问的。"

"去外头租一套房子吧。"

这是要搬出去了?李不言笑吟吟道:"就不怕老太太、老爷跑来对着你一通哭?"

"先预备下。"晏三合道,"等静尘的心魔一解,我们就搬过去。"

最主要的是,她答应查郑家的案子,这案子一旦查起来,弄不好会牵连到谢府。她这人,别人欠她情可以,她欠别人情,不安。

"银子管够。"李不言压着声道,"也不用租,咱们就买一套小点的,二进二出,布置得舒舒服服,买几个丫鬟小厮侍候着。"

晏三合对这些俗物一窍不通:"你说了算。"

"对了,我刚刚经过世安院,原本想和三爷说几句话的,你猜怎么着?"

"怎么着?"

"咱们的好三爷又去勾栏听曲了。"李不言手托下巴,"我倒是弄不明白了,他这是憋了几天憋不住了,还是唱戏给别人看的?"

"唱戏给别人看是其一,其二是……"晏三合浅浅一笑,"也需安慰安慰裴大人那颗受伤的心。"

…………

裴大人那颗受伤的心啊,不仅需要谢三爷的安慰,还需要美酒来灌醉,当然,还少不了几位小娘子作陪。生平第一次对姑娘动心,偏偏被门第绊住了脚,什么长戟高门,什么显赫医族,如今对小裴爷来说,就是个累赘。

一连三天,裴大人和谢三爷都宿醉在丽春院。

两人白天呼呼大睡,晚上便寻欢作乐,乐得兴起时,小裴爷和谢三爷还在丽春院开赌。

赌啥？赌丽春院下一个恩客是左脚进门，还是右脚进门；赌正则侯世子今天晚上找的是小娘子，还是小倌人。

像话吗？忒不像话！尤其是谢府三爷，眼角的瘀青还留着一点呢，就好了伤疤忘了疼，和那没了根儿的徐晟都是一丘之貉。

到了第四天晚上，裴、谢两位老爷亲自上丽春院拎人。

听说裴老爷看着小裴爷那放浪形骸的样子，没忍住，直接一个巴掌扇过去。谢老爷斯文一些，把谢三爷绑了，带回家教训。

谁说一定就是龙生龙，凤生凤，瞧瞧这两位爷，简直就是扶不起的阿斗，将来啊，早早晚晚要败光祖宗的家业。

回到家的谢三爷沐浴更衣，一身清爽地直奔静思居。

晏三合闭门养了三天，已经把天上飞的鸟、地上爬的老鼠、河里游的鱼通通羡慕了一个遍。

见谢知非缓缓而来，她头一回觉得这人眼睛是眼睛，鼻子是鼻子，怎么瞧怎么顺眼。不等谢知非坐定，她便问道："怎么样，查到什么了吗？"

谢知非连喝三天酒，闻什么鼻子里都是酒味，这会儿闻到晏三合身上的膏药味，没来由地觉得好闻。

他把竹椅往前挪了挪，深吸了一口气，道："四九城里，王侯将相、高官商贾内宅里削发为尼的女子这十八年来一共八十六人。"

晏三合："快说下去。"

谢知非看到她一脸紧张，露出一丝忍俊不禁的神色："这八十六人中，四十七人还活着。"

晏三合算得十分快："还剩下三十九人。"

谢知非："这三十九人中，有九人已经还了俗。"

晏三合："还剩下三十人。"

谢知非："这三十人中，五十岁以上的有十人，四十岁以下的有十一人。"

晏三合："还剩下九人。"

谢知非："这九人中，七人都不是今年过世的。"

晏三合心头一惊："那就还剩下两人。"

谢知非："剩下的两人，一个在龙泉庵出的家，一个在云塔院避的世。"

晏三合愣愣地看着谢知非，心里彻底凉透。片刻后，她垂死挣扎了一下："三爷，你有没有查漏的？"

三爷不说话，只淡淡地看了眼身后的朱青。

朱青开口："回晏姑娘，这几天除了我和五城兵马司的人外，三爷还求了锦衣卫的几个兄弟，断没有漏的。"

晏三合目光落在三爷身上，露出歉意。

那就是她判断错了？可是怎么会呢？识字、白皙、柔若无骨的手、出尘的气质，

·623·

分明只有高门大户的人才会有。

"那有没有可能，她被休了，然后出家？"

谢知非："这八十六人中包括五个被休的。"

晏三合："有没有另一种可能，静尘家里是被罢官，或者被抄家？"

这话让谢知非醍醐灌顶："有。"

"真有？"晏三合眼睛倏地一亮。

"真有。"谢知非道，"罢官的可能性小一点，抄家的可能性大一点。"

晏三合追问："为什么这么说？"

谢知非："男人罢官就意味着落魄，一落魄，谁还敢抛弃糟糠之妻，除非静尘是妾。"

晏三合"嗯"一声。

"抄家后，女眷有几种可能，要么一起被处死，要么也被流放，年轻的、长得漂亮的会入教坊司。"谢知非道，"年纪大的则为奴为婢，还有一种可能就是被熟人买下来。"

晏三合顿时有种柳暗花明又一村的感觉："被熟人买下来，走投无路，便出家为尼？"

谢知非没有半分犹豫："朱青！"

"爷请吩咐！"

"十八年来罢官、抄家的事不难查，吏部都有详细记录在案。"谢知非道，"我记得大哥有个同窗在吏部任职，你去翰林院跑一趟，请大哥帮帮忙。"

"是。"

"等一下，朱青。"晏三合叫住了人，"劳烦和谢大爷说，十八年前的也查一查。"

"晏姑娘，需往前查几年？"

"五年。"

"再等一下。"这回把人叫住的是谢三爷，三爷目光扫了眼晏三合的脚，"出去的时候，顺道去把谢小花叫来。"

谢小花颠颠地来了，拿出手里的拐杖，献宝似的给晏三合看："晏姑娘，你看看，这雕工，这颜色，真真没话说。"

"谢总管，你这是在诅咒我瘸一辈子吗？"

我也要有这个胆啊。谢总管幽怨地看了三爷一眼：三爷你说吧，这锅小花背不背？

用不着你背。三爷接话道："东西是我送的，你这脚过了半个月以后，就得慢慢下地走走，这样才能好得快。"

晏三合一愣。

三爷不等她开口，又说："若真是觉得感动，那就想想该送我点什么好，我最近花销大，实在想不到的话，银子也是成的。"

"不言，"晏三合道，"拿八百两银票给三爷。"

"你还真送？"这回轮到谢知非傻眼。

"三爷都开口了，哪有不送的道理？"晏三合拿过拐杖，放在手里看了看，"不为这东西，也为三爷替静尘动的那些人脉。"

谢知非听她这么一说，来劲儿了，伸出手："那八百两可不够，得再添点，凑个整数吧。"

晏三合想也没想，啪的一巴掌打上他的掌心："美得你。"

谢知非："……"

谢小花："……"

晏三合自己也被自己的举动吓一跳：我为什么要打他的掌心？我有病吗？

"那个……"她眼神闪烁着，"不好意思，不言每次伸手问我要银子，我都打她，习惯了。"

李不言跨出门槛的脚一顿：小姐，你管过银子吗？你当三爷这么聪明的人听不出你在撒谎吗？

"原来晏姑娘是舍不得啊。"谢知非一双眉眼里尽是飞扬的神采，"舍不得就别给了，三爷偶尔做次亏本买卖，心里也乐意的。"

我不乐意。晏三合朝李不言递了个眼色。李不言把八百两银票递过去："小姐很少主动给钱的，三爷拿着吧！"

谢知非只当看不见，伸出手，搭在晏三合的竹榻上："要我拿着也行，你的手心让我打一下。"

晏三合一张粉脸涨得通红："……"这还有仇必报了？

谢小花："……"打过来打过去，这是我谢小花能看的吗？

就在这时，有个小厮匆匆走进院里："三爷，外头有个叫梅娘的说要见您。"

谢知非收了玩笑之色："她可曾说什么事？"

"她说那双绣花鞋，她在别处见过。"

"快，快请进来！"晏三合脸上的红晕一下子消失了，她急道，"不言，你亲自去请。"

…………

梅娘是被李不言拽着进静思居的。

"姑娘呀，就不能走慢点吗？心都要跳出来了。"她一边说，一边抚着胸口，"老胳膊老腿的人了，比不得你们年轻人。"

晏三合指着面前的椅子："梅娘，快坐；汤圆，倒茶；不言，把绣花鞋拿出来；谢总管，你去忙你的。"

谢总管一步三回头，眼睛都落在了梅娘身上。

门吱呀一声关上。

梅娘两盏茶喝完，指着绣花鞋："晏姑娘，这绣花鞋能再让我看看吗？"

"只管看。"

·625·

梅娘拿起来，翻来覆去地看几眼后，道："我回去越想越觉得这鞋子眼熟，就是一直想不起来在哪里见过。"

晏三合见她说得没头没尾："梅娘，你把话说清楚一点。"

"这鞋子我从前也有一双。"梅娘道，"姑娘不在意穿衣打扮，所以不知道这绣花鞋的图案是有讲究的。"

"怎么个讲究法？"

"一般来说，鞋面上绣的都是莲生贵子、榴开百子、双蝶恋花、龙飞凤舞这些吉利的图案。"梅娘把绣花鞋递到晏三合手上，"姑娘细看这鞋面上的图案，可看出是什么吗？"

"一株池塘里盛开的并蒂莲。"

梅娘点点头："咱们挪步到厢房里，姑娘把帘子拉起来，然后点灯，多点几盏。"

"不言。"

"马上。"

所有人立刻行动起来，三下两下就挪进厢房，拉上帘子，点了灯。

梅娘把绣花鞋放在灯下："姑娘看这里，看到了什么？"

晏三合大吃一惊："这池塘里竟有一轮倒映在水中的圆月。"

"我看看。"谢知非拿过绣花鞋，"哟，还真是。梅娘，这是怎么做到的？"

"绣线不一样。"梅娘道，"这种绣线一定要在灯下看才能看到，那天我大意了，虽然也是在灯下，但没看得那么仔细。"

晏三合："梅娘，你说你也有这样一双鞋子？"

"是。"梅娘叹了口气，"那时候只想着怎么招人怎么来，看到这么个稀罕物，自己就想办法也弄了一双。"

这话又没头没尾，晏三合听得云里雾里。

谢知非见她皱眉，忙咳嗽了一声："梅娘从前是丽春院的头牌。"

丽春院？勾栏？男人的销魂窟？晏三合和李不言对视一眼，竟都不知道要说些什么好。

反倒是梅娘低低笑了一声："对不住三爷，我让晏姑娘受惊了。"

"别这么说！"晏三合抢在谢知非之前开了口，"这世上没有哪个好人家的姑娘愿意去那种地方，都有苦衷。是我该说对不住，让你又想到了从前。"

梅娘静静地看了晏三合一会儿，又笑道："嗐，什么从前不从前的，我早忘得一干二净了，否则怎么过了几天才想到那绣花鞋的事。"

晏三合伸出手，在梅娘的手背上轻轻拍了拍："那我们就说回绣花鞋的事。"

一股凉气浸入皮肤下，梅娘心底浮起一丝异样的情绪，没觉得凉，只觉得暖。

"姑娘也知道，丽春院这种地方，最不缺的便是年轻的、容色好的、身段俏的小娘子。我虽是个头牌，但花无百日红，总有年老色衰的那一天。人一老，皮也松，肉也松，就不招男人待见了。"梅娘嘴上说忘得一干二净，但神色仍慢慢黯淡下来，"可在高处待久了，就不想落下来，我就动起了别的小心思。嗐，无非就是在穿衣打扮上更别致些，更新奇些。有一天，我听有位客人说，教坊司有小娘子夜里穿着这种绣花鞋，博男人欢心，我便让婢女去打听是怎么回事。"

"等一下。"

"等一下。"

晏三合和谢知非竟同时喊出了这三个字。

两人一对视，晏三合脱口而出："你的意思是，穿这鞋子的人是教坊司的小娘子？"

梅娘"嗯"一声："听说是从那边时兴起来的。"

晏三合立刻扭头："谢知非，教坊司是个什么地方？它和丽春院有什么区别？"

"一说到这个就问我……"谢知非笑得痞坏痞坏的，"晏三合，我这形象在你那里还翻不了身啦？"

晏三合无语了："三爷，现在是说这个的时候吗？"

"别扯开话题，你就说能不能翻吧？"

"翻翻翻。"晏三合苍白的脸上被激出一层气急败坏。

谢知非见她恼成这样，心里得意一笑："真正说起来，教坊司还不光是寻欢作乐的地方。"

"那是什么？"

"教坊司掌殿廷朝会舞乐应承，以及管理乐户。但乐户呢，分两种人，一种是倡伎，另一种才是官妓。"

他这么一说，晏三合更糊涂了。

"懂音律，擅长歌舞，会杂耍……这些人被称为倡伎，别小看他们啊，他们吃的可是朝廷俸禄，算官家人，只卖艺不卖身的。"谢知非娓娓道来，"而那些年轻貌美的罪官家属，战争中被掳来的女俘虏，还有从外头买来的漂亮小娘子，则通通为官妓，官妓的命就没么好了，说白了就是陪人寻欢作乐。"

晏三合："那静尘……"

谢知非想了想，道："我猜……多半是后者。"

前身是官妓，后身是尼姑，晏三合的精气神一下子提起来："梅娘，你继续往下说。"

"晏姑娘，其实也没啥可说的了。"梅娘道，"婢女打听回来后，我就立刻找人做了一双，整整花了我五两银子。"

一双鞋子花五两银子？晏三合："为什么这么贵？"

梅娘："主要是绣线贵，这种绣线只供皇亲贵族用，寻常百姓别说买了，就是见一见都难。"

晏三合："你是怎么买到那线的？"

梅娘笑了："姑娘，鱼有鱼路，虾有虾路，这四九城里只要有银子，舍得下本钱，总有人的手能够得着。"

"是那些宫里的小太监。"谢知非也不遮着掩着，索性敞开了说，"这些小太监一年到头存不下几个银子，又要孝敬老太监，他们就会想些贴补的办法，拿宫里的线出来卖，只是微乎其微的一种。"

这里头门道还真多！晏三合深深地看了谢知非一眼，又问："梅娘，这鞋子让你红了多久？"

"快别提了，也就红了不到一个月，"梅娘自嘲一笑，"那些狗男人说我是东施效颦，还不如不穿，那双鞋子没多久就被我扔进了箱笼。"

晏三合明白了，官妓作陪的人要么是王侯将相，要么是各色官员，这些人大部分是读书人，读书人玩的是个"雅"字。

年轻的小娘子穿着轻薄的衣裳，一步一步从屏风后走出来，灯火中，脚上的那轮明月若隐若现。

文人骚客常常用冷清、孤寂、高雅来形容月亮。最美最媚的人将冷清、高雅踩在脚下，这对男人来说，是何等的视觉冲击？

"梅娘，那双鞋子你还留着吗？"

"三爷赎我出丽春院的时候，我就走了一个人，别的什么都没要。"梅娘轻轻叹了一声，"泥坑里的东西就留在泥坑里吧。"

泥坑里的东西就留在泥坑里？晏三合被这话说得心头一紧，刚刚涌上的喜悦一下子淡了不少。

如果静尘是教坊司的人，如果这一身行头是教坊司的行头，为什么她还要带到水月庵？临死前还要穿上？这很矛盾啊。

晏三合摇摇头，多想无益，先查了再说。

"梅娘，谢谢你。"

"姑娘谢我做什么？我不过是奉命行事。"

奉谁的命，那还用说吗？不就是边上那个身子随意歪着，手支着脑袋，眼里尽是风流的男子。

晏三合："不言，替我送送梅娘。"

"好嘞。"李不言走过去，伸手一钩，"梅娘，接你的时候对不住，走得快了些；送你的时候咱们慢慢走，争取路上多踩死几只蚂蚁。"

"……"梅娘看着肩上的手，不知为何喉咙口像堵了一团棉花，什么话都说不出来。

…………

何止梅娘如此，晏三合这会儿喉咙里也堵住了。

且不说她这个伤脚现在是寸步难行，就是脚利索了，教坊司这种地方没有人带着，估计也难进去。

开口？又欠这人一个人情。

不开口？难不成让李不言硬闯？

她余光向边上看一眼，心里打的小九九是这人能不能像送拐杖一样主动一点。偏这人优哉游哉地喝着茶，半点都没有想要主动的意思。

　　晏三合静默片刻，决定还是要开口。

　　喀喀……她清了清嗓子，刚要说话，一旁的谢知非便嘴角一勾，露出半笑不笑的表情："嗓子这是怎么了？来，我帮你换盅新茶润润喉咙。"

　　"不必忙，我——"

　　"咦，你怎么脸红了？"谢知非一脸惊奇，"热得？"

　　晏三合："……"我是急得。

　　"我竟忘了，我们家晏姑娘是最怕热的。"谢知非抬头，"汤圆，去跟谢总管再要几盆冰来。"

　　"是，三爷。"

　　汤圆一走，整个静思居就剩下两个人，晏三合决定豁出去，不要脸了："谢知非，教坊司你能不能——"

　　"晏三合，"谢知非再次打断了她的话，"树要皮，人要脸，三爷我在外人眼里是个扶不起的阿斗，但根儿上还是很正的，你觉得呢？"

　　晏三合："……"她算听明白了，这人还在介意刚刚梅娘一提教坊司，自己就想到他。

　　"嗯，我也觉得很正！"她咬牙。

　　"正在哪里啊？"谢知非笑得很不正经，"正在坐怀不乱吗？"

　　"嗯，坐怀不乱。"她再咬牙。

　　"不对！"谢知非挑衅似的，"是男人怎么能坐怀不乱呢？"

　　"三爷有定力。"她依旧咬牙。

　　"有吗？这话连三爷听着都不相信，你信？"

　　"我信。"她又一次咬牙。

　　"晏三合，你耳朵这么红，说谎了吧？"

　　"谢知非，你有完没完？"晏三合被这人逼得溃不成军，"行就行，不行我找别人去。"

　　"瞧你，发什么火啊，我说不行了吗？"谢知非看着她的眼睛，自己还一脸委屈，"到那种地方打听女人穿的绣花鞋，人家还以为三爷有什么特殊癖好呢，不得让你先哄我几声，我才有勇气去吗？"

　　晏三合："……"

　　"再说了，"谢知非哼哼唧唧，"我这是为了谁牺牲色相，又是为了谁逢场作戏？"

　　我的牙磨这么久，怎么还这么痒？晏三合匀好气："谢知非，你还记得在客栈里你欠我一个人情的事吗？"

　　"别，别，那么大的人情，哪能用在这里，太浪费了，我还是继续欠着好了。"谢知非逼视着她的眼睛，"但这好话该说还得说啊，晏三合。"

晏三合眼底的火烧起来。

"……不是，"谢知非声音低哑，"要你说一声'承宇，谢谢'有那么难吗？"

轰！这一下，晏三合心底的火都烧了起来。

…………

夜幕降临。

李不言盘起头发，换上男装，把软剑往腰间一收，准备出门，一低头，见晏三合眼巴巴地瞅着，不由得笑了："汤圆，你哪儿都不准去，好好看着小姐。"

"姑娘放心。"

李不言走过去，蹲下："哟，瞧瞧这小眼神委屈的。"

"知道我委屈就好好听着，一个字都不能少地给我听回来。"

"放心吧，他三爷就是偷偷摸摸放个屁，我也得竖着耳朵听个响。"

"正经点。"

"很正经。"李不言收了笑，"你呢，也别闲着，再临临静尘的字，看看能不能再琢磨出些别的来。"

晏三合知道她是担心自己闲出病来："你安心去。"

"还有，谁来串门你都说身体不舒服，不见。"

"我有那么好欺负吗？"

"有。"李不言一起身，又蹲回去，"对了，那一声好话你说了吗？"

"说了。"晏三合道，"你娘说的，做人要能屈能伸，龙门可以跳，狗洞也能钻。"

"你啊……"李不言纤指一戳她的额头，"没开窍呢！"

四个字让晏三合半天没回神，连汤圆帮她把头发散开，也浑然不觉：我这么聪明，哪里没开窍？

"小姐，沐浴吧，热水都已经备下了。"

"嗯。"

因为脚伤，沐浴都成了一件难事，晏三合想着这些天遭的罪，心里又后悔起那天不该因为谢纵绔连自己的脚都顾不上。

一想到这个，晏三合的脸又红了。

她说完那一句好话，他笑了笑，很是满意地看着她："我们家晏姑娘长进了，会说好话了。"

你们家，你们家，谁是你们家的？脸都不要了。晏三合一激灵回过神来，我这会儿不是撑得挺顺口的吗，怎么那会儿嘴巴就跟被缝起来似的？

…………

马车里，谢知非看着李不言，脸板得端端正正："李大侠，教坊司不比别处，得眼观六路，耳听八方，回头我让你干什么，你就干什么，不让你干什么，你千万不能干什么。"

"三爷，你还不放心我？"

"对。"

李不言:"……"

谢知非手指冲她点点,语气又严厉了些:"能进教坊司的都不是普通人,酒一喝,性子一起,难免放肆,你可别动不动就把剑拔出来,给我惹事。"

李不言"哼"一声:"那就劳烦三爷麻利地查案,别酒一喝,性子一起,光顾着招蜂引蝶,别的什么事都忘了。"

谢知非一怔:"李不言,你哪只眼睛看到我招蜂引蝶了?"

"三爷,明人不说暗话。"李不言微笑起来,"小姐没开窍不等于丫鬟也没开窍。"

谢知非定定地看着李不言。这哪里是根搅屎棍,根本就是太上老君炼丹炉里跳出来的孙猴子,长着一双火眼金睛啊,真想一板砖敲过去。

良久,他皮笑肉不笑道:"看来,李大侠脑子不好使,眼睛却亮得很啊。"

"说对了。"李不言又笑,"所以某些人不要欺负我家小姐脸皮薄、嘴笨,真要有那份心思,就跟小裴爷一样,敞开了说。"

你懂个屁,我真要像小裴爷那样敞开了说,一样没戏。凡事要谋定而后动,听说过吗?不打无准备的仗,听说过吗?

谢知非揉了揉嗡嗡疼的脑仁,一脸嫌弃:"得了,李大侠,你闭嘴吧,我还想多活几年。"

…………

马车驶到巷口,忽然停下来。

朱青:"爷,前面堵住了。"

谢知非掀帘:"去打听打听是怎么回事。"

"我去。"李不言跳下车,很快又回来,"说是今日教坊司选花魁,四九城一半的官都来了。"

谢知非:"今儿初几?"

李不言:"七月初一。"

谢知非一拍额头:三爷我这是什么运气,七月初一,教坊司选花魁。

花魁三年一选。往年这个日子,他都会带着兵马司的兄弟们巡街,防着国子监那帮喝多了酒的学子闹事。

教坊司这地儿,除了官能来,国子监的贡生、身上有功名的书生也能来。这帮书生一个个年轻气盛,喝了点酒,见着个漂亮娘子,东西南北都分不清。

今年他在家养伤,日子过得糊里糊涂,竟然连这么重要的日子都忘了个一干二净。

"朱青,马车停边上,等明亭来了,我们走进去。"

"是,三爷。"

朱青刚把马车停好,远远就见黄芪驾着马车向他们驶来。

裴笑下车。

谢知非和他打了个照面,不厚道地笑了:"哟,裴大人这是为伊消得人憔悴啊!"

·631·

"怎么，不行啊？"裴大人不仅胡子拉碴，眼底黑青，连下巴都尖了，指着李不言语气不善道，"她怎么来了？"

"奉我家三合之命而来。"

裴大人一听"三合"两个字，就觉得心头一阵绞痛。

"小裴爷，"李不言走到他面前，先毕恭毕敬地行了个礼，接着又把谢三爷没接过的那八百两银票拿出来，塞到他手上，"小姐说，不能让你们出人出力又出钱，小裴爷拿着。"

瞧瞧，我的冤家多体谅我啊，可惜啊，老天没长眼，棒打鸳鸯啊。裴笑把银票往怀里一塞，冲谢知非一点头，浩然正气直冲云天："一会儿好生打探消息，眼睛少往小娘子身上瞄，咱们不能辜负她的一片心，定要为她打探出些东西来。"

谢知非："……"瞧你能的！

朱青走上来："两位爷，赶紧走吧，去晚了怕没位子。"

"走。"谢知非一挥手，一行五人向教坊司出发。

到门口，连一向淡定的朱青都有些惊住了，教坊司两扇朱门前竟排起了长队，乌泱泱的全是人。

李不言看得直感叹："没见过花钱逛勾栏也要排队的，我娘说得半点没错，男人啊，哪怕是外面的屎，他都觉得新鲜。"

小裴爷："……"

谢知非："……"

谢知非取下腰牌，递到朱青手上："明亭，你的也解下来。"

朱青接过两位爷的腰牌，走到队伍后面老老实实排队。

李不言憋半天，问："三爷，您内阁大臣宠子的身份，都不能插个队吗？"

"不言姑娘，"谢知非冷笑，"你大侠的身份，能乱杀人吗？"

李不言："……"这人今儿个脾气怎么这么大？

废话，你把三爷的心思都窥探清楚了，还借着你娘的话骂三爷，能给你好脸色吗？

排了约一盏茶的时间，才轮到朱青。

朱青把腰牌递过去，侍卫看了眼腰牌，又往谢知非他们这边瞄一眼，才问道："两位大人可曾订位？"

朱青摇摇头。

侍卫一脸歉意："今日选花魁，楼里的包房都坐满了，只有戏台前的散桌还有空位，不知道两位大人——"

谢知非耳朵尖，赶紧冲侍卫大喊一声："没问题。"人越多，他们几个越能趁乱行事，天助我和三合也。

一行人由婢女领着往里走，李不言一路看一路惊。

从外头看，教坊司的两扇朱门并不起眼，无非是门口多挂了几只红灯笼，门里有阵阵幽香飘出来。但走到里面,且不说亭台楼阁、轩榭廊舫别有洞天,只说这地上铺了一路的青白玉砖,红毯两边一盏又一盏精致的宫灯……豪华啊!

转眼间,就到了一座金碧辉煌的小楼前。楼有三层,里面尽是欢声笑语,偶尔还夹杂着一两句让人面红耳赤的下流粗话。

婢女带他们绕到楼后,入眼的是一座巨大的戏台,台前与幕后悬挂着鲛绡宝罗帐。舞伎们在台前翩翩起舞,乐者们在幕后吹拉弹唱。

正对着戏台的是十几张八仙桌,差不多都已经坐满了,都是些高谈阔论的书生。婀娜的婢女们穿梭其间,或端茶,或斟酒,好不热闹。

谢知非选了张最不起眼的方桌,拉着裴笑坐下。李不言、朱青、黄芪三人则站着侍候。

李不言今日的身份是三爷的贴身侍卫,为此她还束起了胸,往鼻子下面贴了一撮胡须,如果不细看,根本看不出她是女扮男装。

李不言头一回遇到这么热闹的场面,好奇死了,走到谢知非身后低声问:"三爷,快说说,这花魁怎么选?"

谢知非扭头看她一眼,没搭理。两个人偏偏来问他,都解释过多少遍了,这地儿他不常来,来也是逢场作戏。

"三个回合。第一个回合比舞,第二个回合比琴,第三个回合比诗词。"小裴爷出娘胎都没这么好的耐心,就因为那一句"谢谢",连带着他看李不言都顺眼许多,"教坊司所有的客人,人手一票,谁的票多,谁就是花魁。"

"花魁选出来以后呢?"

"那就轮到花魁选客人了。"

李不言越发好奇:"花魁选客人,要怎么选?"

小裴爷:"所有客人公平竞争,不谈银黄之物,不谈位高权重,只谈花前月下。"

李不言:"怎么个花前月下法?"

"斗诗。"小裴爷一说到这两个字就觉得牙酸,怎么也不斗个《金刚经》什么的,那这四九城还有谁是他小裴爷的对手,"谁的诗入了花魁的眼,花魁就会引谁入屋,那屋可不是一般的屋,是建在水中的,坐船才能过去。"

"好家伙,在水中春宵一度啊。"李不言脸上那个感叹啊,"啧,玩得可真够雅的。"

"还有更雅的呢。"小裴爷,"两人进了水屋,先品茶,聊聊诗词歌赋,谈谈人生梦想,花魁如果对客人不满意,这个时候就可以端茶送客。"

"那一定是客人长得跟猪头似的,实在倒人胃口。"李不言瞄一眼谢知非,"像我们三爷这样俊的,花魁倒是都愿意啊。"

三爷不搭理你。三爷多给你一个眼神就算输。谢知非绷着脸朝身后的朱青、黄芪扬扬眉毛。

朱青、黄芪接到三爷的命令,无声无息地退出去。

目前他们手上有的线索,一是瘦金体,二是带月亮的绣花鞋,看看能不能通过这两样东西探出静尘的身份。年纪轻的不必问，三爷说了，得找年纪大的，哪怕花点银子也无所谓。

然而刚折回小楼前，朱青和黄芪冷不丁一抬头，顿时头皮发麻。

几丈之外，有人挑着眉，嘴角噙着一丝冷笑，正面无表情地看着他们。大爷？他怎么也来了？

谢而立跟身后数位同僚低语几句，等同僚相继进了小楼，才绷着脸上前道："人呢？"

"我领大爷过去。"

朱青给黄芪递了个"你在这里等一等"的眼神，便赶紧在前边带路。

四方桌前，谢知非刚想把二郎腿跷起来，忽然面前出现一道身影，他抬头一看，吓得赶紧把脚放下去。

裴笑更是眼角一阵狂跳："大哥，好巧啊。"

"是巧。"

每年教坊司选花魁，翰林院都会派人来瞧个热闹，算是给教坊司捧个场，也看看这一届的花魁水准如何，不想竟遇到了老三他们。

谢而立掀衣坐下，目光扫过老三身后的人，只觉得这人瞧着有些眼熟。他再一细看，气血直往头顶冲，竟然是婢女李不言。

谢而立咬咬牙，目光落在老三身上，刀子一样剜过去。

谢老三那是什么样的脸皮，没事人似的冲自家大哥露出一丝人畜无害的笑容："大嫂知道吗？"

狗畜生，敢往亲哥身上捅刀。谢而立愤而起身，甩袖离去。

老三和明亭肚子里没什么墨水，很少会来这种地方，今儿个过来，且又带着一个女扮男装的李不言……多半是在帮晏姑娘查水月庵尼姑的事。罢，罢，罢，眼不见为净。

谁知他刚走两步，却见数丈之外，黄芪苦着一张脸，领着一个人过来。

桌边三人见谢老大动作停下来，纷纷顺着他的目光看过去。

三爷："……"他是怎么进来的？

小裴爷："……"这是出门没看皇历？

李不言："……"三兄弟勾栏听曲，全乎了。

谢不惑走到近前，冲谢而立微微颔首："大哥，我是跟着武安侯世子一道来的，不承想在门口遇到了黄芪，想着小裴爷也在，就过来打个招呼。"短短一句话，前因后果交代得清清楚楚，丝毫不乱。

武安侯世子叫赫昀，字温玉，比谢不惑小两岁。七八年前，两人因一方砚台结缘，关系一直处得很好。

"三弟也在呢！"谢不惑目光掠过李不言，微微一顿，随即意味深长地感叹一句，"今儿可真热闹啊。"

谢知非知道他认出了李不言，也不解释，神色自若地一笑："二哥坐哪里？一会儿三弟好给世子爷去敬杯酒。"

"三弟身子骨刚好，还是我和温玉过来吧。"谢不惑笑道，"对了，大哥坐哪里？和谁一道过来的？"

谢而立："我跟翰林院同僚一块儿来的，老地方，二楼梅花菀，二弟有空过去玩。"

谢不惑摆摆手："翰林院可都是顶顶聪明的读书人，大哥也知道我最怕读书人，就不过去敬酒了。"

谢而立微微颔首："也行。"

"大哥，那我先去了。"

"去吧。"

谢不惑快步走出院子，到无人处时，脚步忽地又慢下来。带别人的丫鬟出来逛勾栏，谢老三这是在做什么？大哥是没认出来那人是李不言，还是揣着明白装糊涂？

他骨节分明的手摸了摸额头，冲身后的乌行低声道："你不用跟着我，暗中多留意那个李不言。"

"是。"

谢而立目送老二离开后，手在老三的肩上重重地拍了两下，什么也没说，转身离开。

李不言看着这一幕，心说要是晏三合在就好了，保准能看出些门道来，她这个脑子，只看出了兄弟三人一片祥和。

哪知下一瞬，小裴爷就把这里头的门道给道破了："敬酒是假，让姓赫的看看我们和书生们坐一堆，笑话笑话咱们没本事才是真。我呸，他算老几啊！"

谢三爷跷起二郎腿："你管他呢。"

"谁想管他？"小裴爷连连冷笑，"我就是瞧不惯他那副阳奉阴违的样子。哟，三弟也在呢，装什么装，谁不知道有我小裴爷的地方就有你谢三爷？"

谢三爷笑笑，抬头望着李不言："回去记得和你家主子说说三爷这一趟为她受的委屈。"

李不言拍拍胸脯，一副"包在我身上"的表情，然后又神秘兮兮地补一句："要不……我去替你教训教训他？"

别说，搅屎棍还挺仗义。

"你给我坐下，今儿个哪里都不许去，刚刚他认出你了。"谢知非再次看向朱青和黄芪，低声叮嘱，"老二在，你们两个行事更要小心些。"

"是。"朱青和黄芪再度离开。

李不言嘴里嘀咕着"认出来又怎样"，却老老实实地坐下。她出门前，三合特意叮嘱过，让她凡事只听三爷的调遣，万万不能私自行动。

"你们听说没有？老御史家昨儿进贼了。"

边上书生的议论声越来越大，他们想不听都难。

·635·

"偷了什么？"

"哪是偷啊，往老御史的院里泼了一地的鸡血，听说差点没把那几个老仆人给活活吓死。"

"杀鸡儆猴，人家这是在警告老御史，别敬酒不吃吃罚酒。"

"八成是那老阉狗的同伙干的。"

"天子脚下，朗朗乾坤，还没王法了不成？"

"王法？你看看那老阉狗的宅子，比二品大员的宅子都要气派，里面金山银山堆满，满朝文武百官谁敢放个屁？"

"我还听说，去年春闱，有人把路子通到老阉狗那边，还真中了。"

啪！有书生一听这话，拍案而起："这是舞弊，该诛九族。"

"小声点，小声点。"同伙赶紧用力把他拽着坐下，"没根没影的事，都是道听途说，小心祸从口出，祸从口出啊！"

裴笑默默不作声地踢了谢知非一脚：那老东西把手伸到春闱，真的假的？

谢知非摇头：没听说过。

裴笑冷笑：无风不起浪。

谢知非无声地叹气：这事与我们无关。

就在这时，朱青再次去而复返，走到三爷跟前，弯腰附在他耳边低语了几句。

谢知非脸色微微一变。等朱青离开后，他抬头见面前两个人四只眼睛都巴巴地盯着他，想了想，用食指蘸了点茶水，在桌上写了一个字：孙！

裴笑："……"怀仁也在？

李不言："……"这世上还有不逛勾栏的男人吗？

见这两人明白，谢知非迅速用手一抹，然后又在桌上写了一个字：汉。

裴笑目瞪口呆：这王八蛋怎么也在？

李不言也惊得目瞪口呆：一个太孙，一个汉王，今儿个不会打起来吧。

谢知非不去看两人脸上的震惊，只是心底涌上一抹疑惑——怀仁这样的身份，很难得会到教坊司来，是为了看花魁，还是出了什么事？

图书在版编目（CIP）数据

长命百岁：全二册 / 怡然著. -- 南京：江苏凤凰文艺出版社, 2025. 6. -- ISBN 978-7-5594-9119-0

I. I247.5

中国国家版本馆 CIP 数据核字第 2025A52U44 号

长命百岁：全二册

怡然 著

产品经理	穆　晨　殷　希　朱静云
责任编辑	白　涵
特约编辑	王苏苏　丛龙艳
内文排版	刘龄蔓
封面设计	白砚川
出版发行	江苏凤凰文艺出版社
	南京市中央路 165 号，邮编：210009
网　　址	http://www.jswenyi.com
印　　刷	天津中印联印务有限公司
开　　本	710 毫米 × 1000 毫米　1/16
印　　张	40.5
字　　数	863 千字
版　　次	2025 年 6 月第 1 版
印　　次	2025 年 6 月第 1 次印刷
书　　号	ISBN 978-7-5594-9119-0
定　　价	84.00 元（全二册）

江苏凤凰文艺版图书凡印刷、装订错误，可向出版社调换，联系电话 025-83280257